ヴァイオリン職人と天才演奏家の秘密

ポール・アダム

名ヴァイオリン職人ジャンニのもとに一挺のグァルネリが持ちこまれた。天才演奏家パガニーニ愛用の名器“大砲《イル・カノーネ》”で，コンクールの優勝者エフゲニーがリサイタルで弾く予定だった。修理を終えた翌日，リサイタルに来ていた美術品ディーラーの撲殺死体が発見される。彼はホテルの金庫に黄金製の箱を預けていた。中にはエリーザという女性がパガニーニに宛てた1819年の古い手紙があり，彼女がパガニーニに何かを贈ったことが書かれていた。殺人事件解明の手がかりなのか？　名職人にして名探偵が“悪魔のヴァイオリニスト”をめぐる謎に挑む！

現代の登場人物

ジョヴァンニ（ジャンニ）・カスティリョーネ……ヴァイオリン職人
アントニオ・グァスタフェステ……クレモナ警察の刑事
マルゲリータ・セヴェリーニ……経済学者。ジャンニの友人
エフゲニー・イヴァノフ……ロシアの新進ヴァイオリニスト
リュドミラ・イヴァノヴァ……エフゲニーの母親
ヴィットーリオ・カステラーニ……ミラノ大学音楽学部教授
マルコ・マルティネッリ……同大学准講師。カステラーニの助手
ミレッラ……同大学の学生
ヴィンチェンツォ・セラフィン……ヴァイオリンディーラー
フランソワ・ヴィルヌーヴ……パリの美術品ディーラー
イグナツィオ・アリーギ……ジャンニの友人。司祭
ウラジーミル・クズネツォフ……クラシック音楽業界の代理人《エージェント》

オリヴィエ・ドラクール……………………パリの高級宝石店の副支配人
ニコレッタ・フェラーラ……………………マッジョーレ湖畔の屋敷の主。故人
ルーディ・ワイガート………………………オークションハウス社員

過去の登場人物

ニコロ・パガニーニ…………………………一八―一九世紀の天才ヴァイオリニスト、作曲家
エリーザ・バチョッキ………………………ルッカおよびピオンビーノ公国の女公。パガニーニの恋人
ドメニコ・バルバイア………………………ナポリのサン・カルロ歌劇場経営者
イザベッラ・コルブラン……………………ソプラノ歌手。バルバイアの愛人で、のちのロッシーニ夫人

ヴァイオリン職人と天才演奏家の秘密

ポール・アダム
青 木 悦 子 訳

創 元 推 理 文 庫

PAGANINI'S GHOST

by

PAUL ADAM

This book is published in Japan by TOKYO SOGENSHA Co., Ltd.
Japanese translation rights arranged with St. Martin's Press,
LLC., New York
through Tuttle-Mori Agency, Inc., Tokyo

ヴァイオリン職人と天才演奏家の秘密

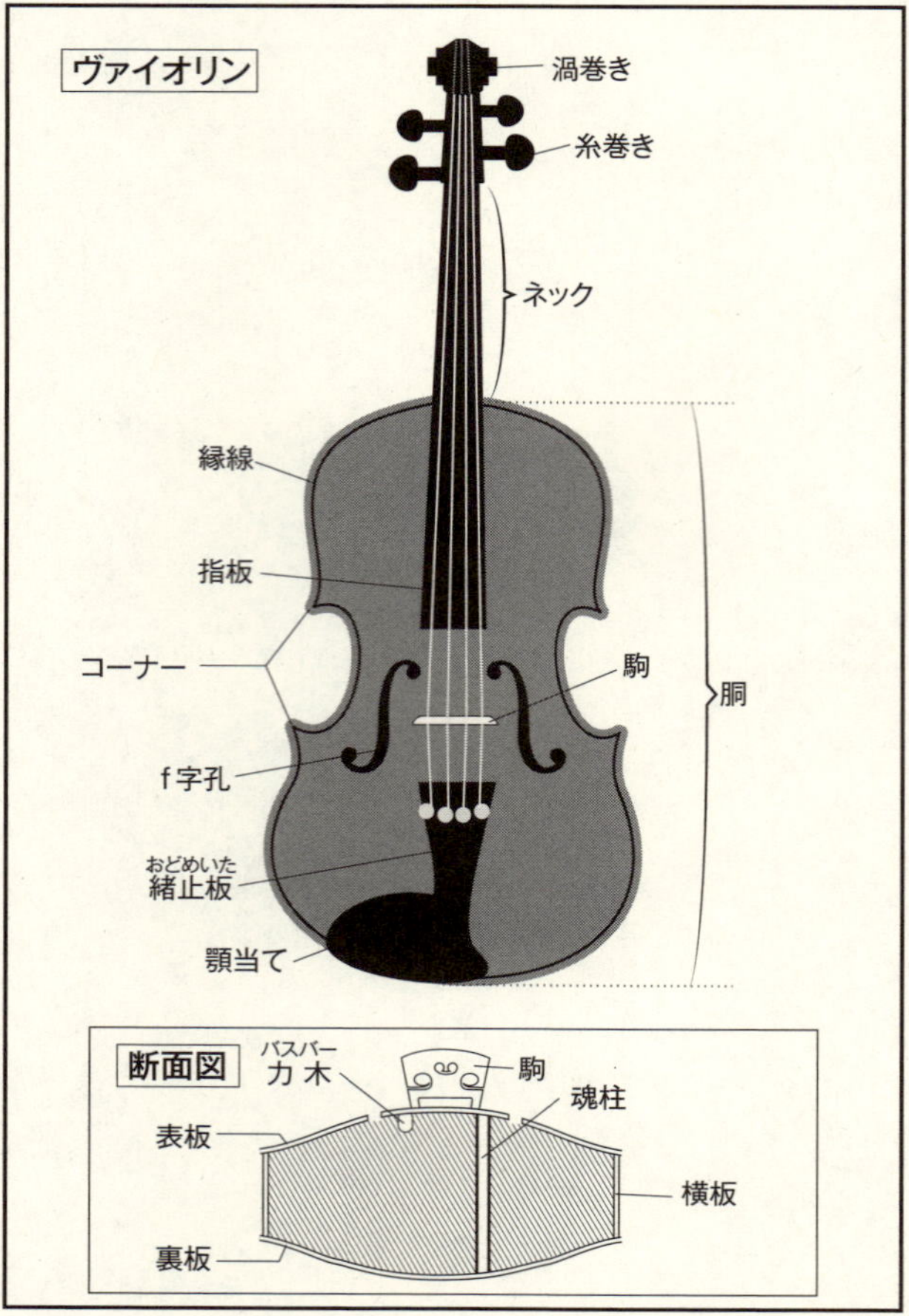
ヴァイオリン
渦巻き
糸巻き
ネック
縁線
指板
コーナー
駒
胴
f字孔
緒止板《おどめいた》
顎当て
断面図
力木《バスバー》
駒
魂柱
表板
横板
裏板

I

半世紀以上もヴァイオリン職人兼修復師として仕事をしているので、これまでにはさまざまな方法で楽器が持ちこまれてきた。たいていはごく普通のやり方だった――音楽家がケースに入ったヴァイオリンを持って、うちの工房にやってくるだけ――しかしもっと驚くようなことも一、二度はあった。

グァダニーニが――ベルガモ近くの馬小屋の二階で、積まれた木箱の下から見つかったものだ――新聞紙と古いじゃがいも袋にくるまれて送られてきたことがあった。それから、有名だがあきらかにエキセントリックな性格の、世界に知られた名演奏家――名前を出すことはさしひかえておく――が、ある日、スーパーマーケットのレジ袋に自分のストラディヴァリを入れて、わが家の玄関にあらわれたこともあった。おそらく、これまで最高に常軌を逸していたのは、ある著名なイタリア人ソリストの所有になるアマティで、彼の妻――夫にかえりみられていない神経質な女性で、単なる木ぎれの下位におかれて第二ヴァイオリンに甘んじることにうんざりした――が、いつにもまして激しい夫婦喧嘩のさなかに、彼の頭に叩きつけたというものだった。ソリストは彼の――じきに〝元〟になった――伴侶を暴行罪で訴え、数か月後、そのヴァイオリンは、というか、ヴァイオリンの残骸は、その刑事事件における証拠物件Aとなり、八つの警察用証拠品袋に入って、修理のためにわたしのところへ運ばれてきた。

しかしそうした出来事のどれも、たしかに変わってはいたが、いま目の前にくりひろげられている光景ほど忘れがたいものではなかった。

六台の車が護送艦隊を組んでいた。半時間前にこれから行くと電話で連絡を受けたので、わたしが家の外で待っていると、地平線にこの行列があらわれ、クレモナからの道路をこちらへ疾走してきたのだ。先頭は青と白のパトカーで、ルーフのライトを点滅させているものの、ありがたいことにサイレンは鳴らしていなかった――イタリアの警察が自制心を見せるのは珍しい。そのパトカーの後ろには濃色ウィンドーのついた光るダークブルーのアルファロメオ、その後ろが黒い装甲ヴァンで、銀行が支店に現金を運ぶときに使うような車だ。列の四台めは赤いフィアット・ブラーヴォ、それから銀のメルセデスのセダン。しんがりをつとめるのはまたもやパトカーだった。

こんなものを見るのははじめてだった。わが家は野中の一軒家といってもよく、もともとは農家で、まわりはとうもろこしとじゃがいも畑だ。いちばん近いご近所でもたっぷり一キロ離れている。わたしはふだん、この場所がもたらしてくれる干渉されない生活を楽しんでいるが、今日ばかりは、この珍妙な見世物を一緒に見物してくれるご近所がいないのを残念に思った。

これだけ派手な護送艦隊の見物人がわたしだけではもったいない。

一台めのパトカーが、うちの正面側にある砂利敷きの前庭への入口のすぐ先に、スリップしながら停まったが、運転手が恰好つけたがりという悪癖に負けて、ブレーキを強く踏みこんで車を横すべりさせたため、車体が車道をふさいでしまった。むさくるしい制服の警官が二人降りてきた。どちらもミラーサングラスをかけ、鈍重そうで、国家警察《ポリツィーア・ナツィオナーレ》では必須条件らしいおきまりの粗野さがあった。

そのすぐ後ろの二台――アルファロメオと装甲ヴァン――は、道路をそれて前庭へ入り、わたしの横で停まった。アルファロメオからも二人の男が降りてきた。外見がそっくりなので、双子かもしれなかった。しゃれた黒いスーツ、白いシャツ、ぴかぴかに磨かれた黒い靴もまったく同じだった。ネクタイまで、黒いダイヤ柄のシルヴァーグレーの絹で揃っている。どちらも二十代後半で、警官たちと同じようにミラーサングラスをかけていたが、あらゆる面で階級が違っていた――警官たちがみすぼらしい裏通りの猫だとすれば、二人組はつややかな毛並みの、じゅうぶん食べ物にありついている豹だった。彼らの地味だがスタイリッシュな服、油断のない物腰――たえず頭を動かし、目は脅威になるものがないか探っている――それから手に無線機を持っているところは、まるでアメリカ大統領や国家元首に付き添っているボディガードのようだった。ただし、ボディガードだとしても、ガードしている相手の体《ボディ》は血と肉ではなく、楓《かえで》と松でできているわけだが。

「あなたがジョヴァンニ・バティスタ・カスティリョーネですか?」彼らの片方がぶっきらぼ

うにきいてきた。

わたしはうなずいた。

「工房はどこです？」

「裏へまわった、庭の中ですよ」

「案内してください」

わたしは彼を連れて家の横を通り、工房に改造した古い農家用の鍛冶場へ行った。彼の相棒は表に残ったが、二人は無線でひっきりなしに応答しあっていた。

「平屋の煉瓦造り、家とは別棟だ」ボディガードは無線機に言った。「庭は」——彼の目がうちの芝生と花壇を検分した——「広くて開けている。見通しがいい。周囲の防壁なし。むこう側は畑だ」彼の目がわたしに戻ってきた。「中を見ましょう」

わたしが工房をあけるあいだに、彼は重い木のドアと頑丈な錠をよしというように見て、自分の調べたことを同僚に連絡していた。それから工房の内装を調べだし、まず窓を確認してから、作業台と戸棚に目を向けた。

「あれは金庫ですか？」以前は暖炉だったくぼみに組みこまれた鋼鉄の扉を見て、彼が尋ねた。

「そうです」

「頑丈そうですね」

「高価な楽器を多く扱いますので」と答えた。

彼は部屋の中央にあるテーブルをまわっていって二つの戸棚を油断なく、まるで暗殺者が中にいて——おそらくは非常に小柄な者が——飛び出して襲いかかってくるとでも思っているかのようにあけた。それからまた無線機を口へ持っていった。

「オーケイ、安全だ。いま戻る」

わたしたちが家の表に戻ると、何人かの人々が小さく固まっていた——フィアットとメルセデスの乗客たちだ。その二台は前庭にスペースがなかったので、やむをえず道路の端の歩道べりに駐車していた。グレーのスーツと縁なし眼鏡の小柄な男が進み出て、手をさしだした。

「ドットール・カスティリョーネ、はじめまして。わたしはエンリーコ・ゴリネッリ、ジェノヴァ市古美術部門の副キュレーターです」

わたしは彼の手を握った。相手の指が細くてきゃしゃなので、力を入れられなかった。

「急な話で申し訳ありませんでした」ゴリネッリは続けた。「助けていただけて本当にありがたく思っています」

「何でもありませんよ」わたしは答えた。「頼んでいただいて光栄です」

「こんなことが起きたのははじめてです。どういうわけなのかさっぱりわかりません。楽器はジェノヴァを発つ前に入念にチェックされたんです。しかし、シニョール・イヴァノフが間違いないと……」ゴリネッリは言葉を切った。「申し訳ない、礼儀を忘れていました」

彼はわたしから目を転じて、隣にいた男女を手で示した。

「ご紹介します、エフゲニー・イヴァノフと、そのお母様のリュドミラ・イヴァノヴァです」

リュドミラ・イヴァノヴァが手をさしだした。今度はわたしもためらわずにしっかり握ることができた。彼女の指にも、握り方にも、繊細なところは皆無だった。大柄な女性で、背が高く堂々としており、ゆたかな黒髪を後ろへ引っぱってうなじのところで留めていた。赤いハイヒールに、緋色と黒の膝丈のワンピースを身につけ、それは彼女の重ねてきた年齢にはいささか襟ぐりがあきすぎていたかもしれないが、着こなしてしまうだけのスタイルと自信を持っていた。彼女の体格、強くて決然とした顎は、あるワーグナー歌いのソプラノを思い出させ、わたしはリュドミラがオペラ歌手だったのだろうかと思った。彼女が口を開くと、その声にもブリュンヒルデ（ワーグナーの楽劇『ニーベルングの指輪』に登場する、戦死した勇者を神々の楽園へ運ぶ乙女）の力強い響きがあった。

「ドットーレ、お噂はかねがねお聞きしていました」彼女は流暢《りゅうちょう》なイタリア語で言ったが、その言葉は強いロシア訛《なま》りであたりがやわらかくなっていた。「皆さん、あなたはすばらしい、クレモナで最高の弦楽器製作者だとおっしゃって」

わたしはつつましく頭を下げたが、彼女は返事など求めていなかった。

「皆さんの言うとおりだといいのですけれど」と、彼女は続けた。「あなたの腕がいますぐ必要なんです。どこが悪いにせよ、直していただかなければ。息子のリサイタルまであと数時間なんですから」

彼女は隣の若い男に目を向けた。彼ははにかみながらわたしに会釈し、それから縮んでいくかのように、母親の影の中へ撤退した。リュドミラより背が低く、だいぶ細い。顔はひどくやせており、それが高い頬骨とくぼんだ褐色の目のせいで際立っていて、肩幅は広くて骨格もしっかりしているものの、ついている肉があまりに少ないので、痛々しいほど貧弱にみえた。

「みんながこの楽器を聴きたがっているんです」リュドミラは言った。「これがなければ、リサイタルは別のものになってしまいます。キャンセルしなければならないかもしれません」

「先走るのはやめておきましょう、シニョーラ」ゴリネッリがすばやく割って入った。「問題は簡単に解決するかもしれませんよ。すぐにとりかかりましょう、保険会社からの護衛の方々が許可してくれればですが」

ゴリネッリは二人のボディガードに顔を向けた。

「お二方？」

「万事適切のようです」若い男の片方が答えた。

「では始めましょう」

ボディガードたちが装甲ヴァンの運転手に合図を送ると、相手はうなずいて安全ヘルメットをかぶり、分厚いクッション入りの防護ヴェストを装着してから降りてきて、車の後ろへまわった。残りのわたしたちはまわりに集まって、彼がドアをあけるのを見物した。全部で十二人いた――わたし、保険会社のボディガード二人、リュドミラとエフゲニー・イヴァノフ、二人付きの運転手らしいがこれといって特徴のない男、ゴリネッリ、副キュレーターのアシスタントと思われるいかめしい学者然とした顔の若い女性、車から降りてこの大騒ぎの原因を見にきた警官四人。

保険会社の護衛たちはこの状況に不満を抱いた。これは彼らのショーなのだ。地元の警官には割りこんでほしくないというわけである。ボディガードのひとりが警官たちをじろりと見て言い放った、「あなた方は道路を見張っているはずでしょう」

警官たちはサングラスで目を隠したまま、そっけなくうなずいたが、移動はしなかった。アルマーニのスーツを着た民間人から指図を受ける気はないのだろう。

「オーケイ？」ヴァンの運転手がきいた。彼の声はやわらかく、安全ヘルメットのアクリルガラスのバイザーのせいでくぐもっていた。

ボディガードたちは最後にもう一度あたりに目をやり、前庭、道路、畑をじっくり見た。

「オーケイ、やってくれ」

ヴァンの運転手はロックに鍵をさしこみ、まわし、重い装甲板のドアを開いた。見物のグループは――わたしも含めて――じりじりと前へ進み、車の中を見ようと首を伸ばした。

それはかなりの期待はずれだった。一見したところ、ヴァンはからっぽにみえた――むきだしの壁とがらんどうの空間。それから目が床のほうへ、何かを固定しているロープやバックルの蜘蛛《くも》の巣に引きつけられた。蜘蛛の巣の真ん中にあるのは――ひどく小さくてつまらないものにしかみえない――かなり古びた長方形のヴァイオリンケースだった。

運転手はヴァンに乗りこみ、慎重にロープをはずすと、ハンドルをつかんでケースを持ち上げた。彼はそれを保険会社の人間に渡し、体をかがめて地面に降り、それからまたケースを受け取った。

無言のまま、指示を受けるまでもなく、わたしたちはおおざっぱに一列に並んだ。ボディガードたちが先頭になり、ヴァンの運転手が彼らのあいだにはさまった。それからゴリネッリとイヴァノフ親子が続く。次がわたしで、ゴリネッリのアシスタントとイヴァノフ親子の運転手のすぐ前だった。四人の警官は、まるで葬儀の弔問客よろしくしんがりに固まり、わたしたちは粛々とうちの工房へ進んでいった。

このときのものすべて――警官たち、ボディガードたち、装甲ヴァン――があまりにおおげさに思え、わたしは噴き出しそうになった。しかしこれだけの用心をするのももっともだった、なぜならわたしたちが付き添っていたのはただのヴァイオリンではないからだ。それはグァルネリ・〝デル・ジェス〟で――しかも全世界でもっとも価値があり、世に知られたグァルネリ・デル・ジェスだった。それは〝イル・カノーネ〟――大砲という意味で――ニコロ・パガニーニの愛器だったのだ。

2

パガニーニが愛器のグァルネリにいつ、どのようにしてめぐりあったのか、誰もはっきりしたことは知らない。何につけても他の者と意見を同じくするのを忌み嫌うことで有名な専門家たちは、この件に関しても意見が割れている。とはいえ、おおむね受け入れられている説では、それは一八〇二年、リヴォルノでのことだった。パガニーニはトスカーナのその街に滞在していたが、ヴァイオリンを持っていなかった。ギャンブルで作ったあちこちの借金のひとつを払うため、質に入れていたらしい。当時彼は十九歳で、専制君主的な父親と縁を切って家を飛び出し、昔から若者なら誰でもやる方法で、新たに見つけた自由を満喫していた――過度の飲酒、カード、女。長髪のやせこけた容貌とメフィストフェレス的な悪名を得るのはまだ数年先だったが、北イタリアではすでに類《たぐい》まれな才能のヴァイオリニストとして名をはせていた。リヴォルノの人々はパガニーニに自分たちの街でコンサートをしてくれと依頼し、彼がヴァイオリンを持っていない点は、裕福な地元の商人リヴロンの所有していたグァルネリ・デル・ジェスを貸し出して解決した。リヴロンはパガニーニの演奏にいたく感激し、リサイタルのあと、そのデル・ジェスを彼に贈った。この楽器を〝大砲〟と命名したのはパガニーニだった――その力強い、とどろくような響きから――そして、彼は生涯にほかにもヴァイオリンを複数所有したが、〝大砲《イル・カノーネ》〟は常にいちばんのお気に入りであり、彼の心に特別な場所を占めていた楽器であった。一八四〇年に死んだとき、パガニーニはデル・ジェスを故郷のジェノヴァ市に遺し、楽器は普段、市庁舎のガラスの展示ケースにおさまっているが、二年に一度、パガニーニ国際ヴァイオリンコンクールの優勝者に、副賞の一部として演奏を許可されるときだけ外に出される。

わたしはジェノヴァでこの楽器が展示されているのを見たことがあり、ずっと昔にも一度だけ、当時ジェノヴァ市のヴァイオリン修復師で、わたしがクレモナで徒弟をしていた頃からの旧友の工房で、実際にさわらせてもらう栄誉に浴した。だが、詳しく調べたり、このヴァイオリンに作業をほどこすなどという責務を負ったことはなかった。いままでは。

そう思うと怖くなった。これは非常に特別な楽器なのだ。わたしは〝イル・カノーネ〟にいくらの価値があるのか考えまいとした。これは〝値段のつけようがない〟とよく表現されるが、保険会社はその形容をもっと明確な数字で表示しているはずだ。一千万ユーロ？　それとも二千万？　聴衆を感動で涙させる声に、音に、どうやって値段をつけるのだろう？

ケースがわたしの前の作業台に置かれた。わたしは長いこと、さわりもせずにそれをじっと見ていた。周囲の人々の存在は意識していた――首に息を吹きかけてくる二人のボディガードたち、四方に集まっている警官たちやほかの人々、その全員がこのヴァイオリンをひとめ見ようと待ちかまえていた。わたしは王族の出産に立ち会った医師が、暇な廷臣たちが見物している中で、王位継承者をとりあげようとしているような気持ちになった。

わずかに震える指で、手を伸ばしてケースの留め金をはずした。一秒、間を置く。自分の工房が突然、きゅうくつで息苦しくなった気がした。

「もう少し離れてくれませんか」と言った。「狭苦しいですよ」

見物人たちは後ろへさがったが、そう遠くへではなかった。こぢんまりした工房という閉ざされた空間の中では、彼らとしてもどこへ行きようもなかったのだ。わたしは肩をまわして、保険会社の若い男たちを押しやり、彼らはしぶしぶといった様子で離れた。それからわたしはケースの蓋《ふた》を持ち上げた。一瞬で全員が元の場所に戻り、中身を見ようと押し合いへし合いした。警官のひとりが軽蔑するように鼻を鳴らし――まるで、〝こんなもののためにあの大騒ぎかよ？〟と言うように――そっぽを向いた。彼の失望がほかの人々にも伝染した。工房の中の興奮が静まり、見物人たちの興味もあっさり消えた。期待が粉々に砕かれる音が聞こえそうなくらいだった。

ある意味、彼らの気持ちもわからないではない。〝イル・カノーネ〟は見目うるわしいヴァイオリンではないのだ。それどころか、みすぼらしいと言ってもいい。もう二百五十歳を超えているし、むろんそれはやむをえないことなのだが、問題はその年齢だけではない。われわれはヴァイオリンがなめらかかつ無傷であって当然と思うようになってしまっているのだ、たったいま職人が仕上げたばかりのように。われわれはヴァイオリンがあざやかな色と目もくらむような光沢をそなえているものだと思っているが、グァルネリは――その点に関しては、ストラディヴァリもだが――そんなふうにヴァイオリンを作らなかった。十八世紀のヴァイオリンは高価なフランスニスを塗られなかったのだ。〝大砲〟のような楽器を理解するには、第一印象に左右されてはならない。表面の下に目を向け、その真価を完全に認識しなければならない。細部を、職人の腕前をじっくり調べ、スタイルだけでなく本質を探らなければいけない。心を開いておき、予断や先入観を捨てるのだ。人類学者が、われわれとは別の美の定義を持った、遠くの隔絶したコミュニティへ旅するように。

それに〝大砲〟は美しいヴァイオリンだ。そのことに疑いの余地はない。色はあせているし、表板はf字孔のあいだが降りつもった松脂《まつやに》のせいで黒くなっていたが、裏板はいまでもみごとなつやを保ち、赤褐色の縞模様が輝く黄金の地にかかっていて、まるで斜めにした木のブラインドごしに落陽を見ているようなのだ。

工房の中でそれがわかったのはわたしだけだったのだろうか？　この楽器のあらゆる線とカーブに歴然としている偉大さを、真の意味で認めたのは。しかしどうでもよかった。わたしはすっかり見とれていたのだ。彼女に、と言うべきだろう、ヴァイオリンは昔からずっと女性であったから。工房の中にはほかに一ダースもの人間がいたが、もはやわたしの目には入らなかった。見ていたのはただ目の前の、箱に入った魅惑的な小さいレディ——わが生涯の新しい恋人だけだった。つかのまの相手とはいえ。

エンリーコ・ゴリネッリが咳払いをした。

「ドットール・カスティリョーネ、いそいでいただけますか」彼はじれったそうに言った。「シニョール・イヴァノフのリサイタルは八時ですし、もう五時になります」

わたしは顔を上げた。

「ああ、そうでしたね。もう始めないと。それじゃ彼女を見てみましょうか」

ケースの中へ手を伸ばして、〝大砲〟のネックをつかんだ。その木の部分に指がまわったとたん、震えが腕を駆けあがるのを、これまでにない不安なうずきを感じた。馬鹿なことだとわかっていたが、この楽器についたパガニーニの指の跡が見える気がした。手を離すと、ふいに心臓がどきどきしはじめた。

「ドットール・カスティリョーネ？」ゴリネッリが声をかけてきた。「どうかしましたか？」

彼は心配そうにわたしを見つめ、分厚い眼鏡のむこうで目を大きく見開いていた。

「いいえ」わたしは安心させるように答えた。「何でもありません。ただその……ここには人が多すぎますね。皆さんに見つめていられては仕事ができません」

「なるほど、気がつきませんでした。ここから出なければいけませんね」

ゴリネッリはまわりを見まわして声をあげた。

「それでは皆さん、出ていっていただけますか……」

リュドミラ・イヴァノヴァは抗議しようと口を開きかけたが、彼女が何か言う前にゴリネッリが割って入った。

「シニョーラ・イヴァノヴァとシニョール・イヴァノフは例外ですとも。お二人は残っていただかなければ」

「われわれも出ていくわけにはいきません」保険会社の連中が言った。「ヴァイオリンから目を離すなと命令されているんです」

ゴリネッリがためらうのがわかったので、わたしは口をはさんだ。何はさておき、ここはわたしの工房なのだ。仕事をしようとしているときに、おっかない警備係二人に上から見おろされているなどまっぴらだった。

「いったい何が起きるというんです?」わたしは言った。「わたしはこのヴァイオリンに危害を加えたりしませんよ。それは保証します。これまでにも貴重な楽器をたくさん手がけてきたんです――グァルネリも、ストラディヴァリも――それに間違いがあったこともありません。このヴァイオリンを守っていただくのなら、外で待っていて、どこが問題なのかわたしが突き止められるようせかさないでくれるのがいちばんです」

保険会社の男たちは顔を見合わせた。それから肩をすくめ、ドアへ向かった。二人がほかの人々にも出るよううながし、それから自分たちもそれに続いて、しっかりドアを閉めていった。窓のむこうを見ると、彼らはテラスに陣取った。そこからなら、誰が工房に近づこうとしてもさえぎれる。

ゴリネッリとイヴァノフ親子とわたしだけが作業台のまわりに残った。わたしはデル・ジェスをケースから出した。今度は震えないですみ、楓《かえで》材のあたたかみのある堅さを見るだけでうれしかった。ざっと楽器を見てみて、弦をはじいて音程が合っていることをたしかめた。それからエフゲニー・イヴァノフに目を向けた。彼は母親の威圧的な体に半分隠されていた。

「何が問題なのか話してみてください」と、わたしは言った。「正確にはどんなものが聞こえたんですか?」

エフゲニーは横へ出て、細い顔をはっきり見せたが、彼が何も言わないうちに、リュドミラがわたしの質問に答えた。

「かすかな振動です」彼女はそう言った。「ブーンという雑音のような」

「ブーンという雑音?」わたしはおうむ返しに言った。

「大きくはありませんが、エフゲニーには聞こえるんです。感じられるんです。それがこの子には気になるんですよ。そんな雑音が耳についていては演奏ができませんもの」

「その音にはいつ気がつきました?」わたしはエフゲニーを見てきいた。

またしても、答えたのはリュドミラだった。

「今日の午後です。大聖堂でリハーサルをしていたときに」

「前には聞こえなかったんですね、ジェノヴァでは?」

「ええ、この子は聞いていません」リュドミラが言った。「今日の午後だけです」

ゴリネッリがそわそわと両手をこすりあわせながらわたしのほうを向いた。

「さっきも言いましたように、ジェノヴァではシニョール・イヴァノフのコンサートの前にヴァイオリンをチェックしましたし、ヴァンに積んでクレモナへ運んでくる前にもう一度チェックしたのです。たぶん、移動のせいでどこかに不具合が生じたんでしょう。何としてもその不具合を見つけて直さなくては。何としても。〝大砲〟は国の宝なのですから」

わたしは手を伸ばして、彼のそわそわ動く手を落ち着かせた。

「心配いりません」なだめるように言った。「不具合は必ず見つかりますよ。気を揉むことはありません。必ず直しますから」

「しかし時間がありませんよ、ドットーレ。あとほんの数時間です」

「それだけあればじゅうぶんです」

わたしはエフゲニー・イヴァノフにヴァイオリンをさしだした。

「音を聞かせてください」

エフゲニーはケースから肩当てを出して楽器に装着した。それから弓を出して強く張った。ヴァイオリンを顎の下に入れる。その小さな動作ひとつで、彼が別の人間になったようにみえた。無口で内気な若者が突然変わり、別の、もっと自信に満ちた人間になった。偉大なソリストたちにこうしたことがあるのはこれまでにも見てきた。彼らは往々にして自分たちを謙遜しており、他人の前で演奏する――文字どおり、ステージで自分を誇示するのがなりわいの人間にしては、意外なほどみずからを表に出さない慎ましさを持っている。なのにいったん楽器を手にすると、まるで体に欠けていたパーツが元に戻ったかのようになる。もう一度、完全な人間になるのだ。

　エフゲニーはバッハの無伴奏パルティータのひとつからサラバンドを弾いた。すぐに、なぜこの内気な若者がパガニーニ国際コンクールで優勝したのか、目でも耳でもわかった。彼の演奏にはたちまち人の心をつかみ、背すじを伸ばして聴き入らせるものがあった。音色はゆたかで力強く――〝大砲〟だけのせいではない――それでいて同時に、耳に残って離れない甘美さもある。彼は旋律を引き出し、ヴァイオリンを歌わせ、わたしが常に奇跡と考えるに不足はないと思っている魔法をしてのけていた――馬の毛（弓に張ってある）と動物の腸（弦の材料）と木でできた箱だけで、こんなにも心を高揚させる音楽を奏でることを。

「めいっぱい強弱をつけて弾いてみて」わたしは言った。「ピアニシモからフォルティシモへ、それからまた戻って、全部の弦を交互に」

「それじゃ……」リュドミラが言った。「聞こえるんですか？」

「ええ、わたしは――」

「でしょうね。原因は何なんです？」

「ちょっと待ってください、シニョーラ」

「でも聞こえたんでしょう?」

「ええ、聞こえました」

それはひどくかすかだった――閉めた窓の外で、一匹の動きの鈍いスズメバチがとぎれとぎれにブンブンいっているような――それでも、わたしには聞こえた。心臓が沈みこんだ。かすかなうなり音というのは、弦楽器職人にとって最大の悪夢なのだ。ヴァイオリンの存在理由のすべては振動にある。すなわち、音の作られる工程ということだ――弦から駒をつたい、魂柱(ヴァイオリンの内部で、表板と裏板のあいだに立っている細い木の円柱)へ、表板と裏板と楽器内部の空気そのものへ。しかしうなりのような欠陥による振動はいくつも原因が考えられるし、軽微なものも、きわめて深刻なものもありうる。問題はどの原因が、もしくは原因の組み合わせが、その不具合の理由になっているのかを突き止めることであり、それがまたひとすじなわではいかないのだ。ヴァイオリンは、人間の体と同じく、各パーツを合計しただけのものではない。あらゆるものが相互に関連している。ごくごく小さな部品も重要であり、うまく機能しないときには、その大きさをはるかに超えた影響をもたらすことがあるのだ。

「楽器を見せて」わたしは手をさしだした。

エフゲニーはヴァイオリンを返した。わたしは楽器を持ち上げ、すべての面から慎重に見てみた。指がかすかに震え、心臓はざわめいていた。〝イル・カノーネ〟は四十年近くもパガニーニの愛器だった。彼の円熟期全体を通じて、彼がイタリアで、次にヨーロッパで数多くの大成功をおさめ、そのまばゆいばかりの名人芸で輝いていたあいだ、ずっとともにあった。このヴァイオリンには歴史が詰まっている。もしこれが音楽のかわりに、人間の声を持っていたら、いったいどんな物語を語るのだろう、とわたしは思った。

　そうした絶え間ない旅の続いた四十年のあいだには、それなりに衝撃を受けているはずで、パガニーニが街から街へ移動するときには、でこぼこの舗装されていない道を、駅馬車や荷馬車の後ろでがたごと揺られたことだろう。とはいえ、楽器はその年齢にしては驚くほどいい状態にあった。むろん、この百五十年あまりは博物館にあったわけだが、そうした息の詰まるような無活動状態というのは、弦楽器にとって必ずしも好ましくない。頻繁に弾かれないと、楽器は乾燥しきって縮んでしまうのだ。閉じこめられ、忘れられた人間とそっくり同じに。

　グァルネリは一七四三年、つまり死の前年、弦楽器職人としての最盛期にこれを作った。大きさはとくに変わってはいないが、大きなヴァイオリンのように感じられる。胴とそのふくらみは彼の大半の楽器よりも高く、板は極端に厚い──ストラディヴァリよりも、あるいはこんにち作られるヴァイオリンの板よりもずっと厚いのだ。このがっしりした構造が、〝大砲〟の強く心に残る音色の理由のひとつであることは間違いないが、唯一の理由ではない。もしそれだけのおかげなら、寸法をすべて同じにすれば、これに肩を並べる音を出す楽器を作れるはずだ。パガニーニは〝イル・カノーネ〟に匹敵する別のデル・ジェスを何年も探したが、ついに見つけることはできなかった。これは唯一無二の存在なのだ。その忘れがたい声は、寸法だけではなく、職人がみずからの創造物に加えた計測不可能な要素──愛と技術と、そしてグァルネリの場合には、燃え立つような怪物的才能との混ざりあいから発せられるのだろう。

わたしは弦を調べて、それがすりきれかけていないことをたしかめ、それから指板の先端と糸巻きを見た。糸倉（ネック上部のくりぬいてある部分。糸巻きを納める）には驚いた——彫刻刀ではなく丸鑿《まるのみ》で削られており、粗削りにされたむきだしの木材にはニスが塗られていなかった。渦巻きも同様で、その彫りは左右が非対称なうえ、どこか荒っぽく、まるでグァルネリが面倒くさがってあまり手をかけなかったかのようだった。渦巻きの裏側には、もともとは裏板につけられていた不細工な赤い蠟印がついていた——このヴァイオリンが最初にジェノヴァ市に遺贈されたとき、仕事熱心すぎる市の役人によって、信じがたい芸術破壊行為でつけられたものだが、何年かのちに、これまた信じがたいことに、渦巻きに移され、美女の顔にできた派手なかさぶたよろしく、そこにとどまっている。

「あなたはどう思います？」わたしはエフゲニー・イヴァノフにきいた。「弾いているとき、うなりがどこから来るかわかりますか？」

「この子にわかるはずないでしょう」リュドミラがつっけんどんに言った。「だからあなたのところへ来たんじゃありませんか」

「シニョーラ」わたしは礼儀正しく答えた。「わたしは息子さんの意見をお尋ねしたんです」

「エフゲニーはイタリア語がほとんどできないんです」リュドミラが言い、わたしには少々とげとげしく思えたのだが、こう付け加えた。「それに、あなたもロシア語は話せないでしょう」

「おたがいが使える言葉があるんじゃないでしょうか」わたしは言った。「英語は話せますか、シニョール・イヴァノフ？」

「ロシア語はもちろん話せますよ、ですからわたしが通訳します」母親が言った。「これじゃ時間の無駄遣いでしょう。このヴァイオリンを直してくれるんですか、くれないんですか?」

「ええ、英語なら話せます」エフゲニーが答えた。

彼は小さく、おずおずとしゃべった。声は細かったが、好ましいあたたかみがあった。

「あなたはどう感じますか?」わたしは英語できいた。「誰よりも楽器に近く接したんですから」

「音が小さくなる気がします、G線(いちばん低音を出す弦)を弾くと」エフゲニーはそう答えた。

わたしはヴァイオリンの左手側を調べ、各板をこんこんと叩き、何かばらばらな音がするかどうかやってみた。それから小さな懐中電灯と歯科医用の鏡をとり、f字孔から表板の、力木《バスバー》が接着されている裏側を見た。力木《バスバー》には問題がないようにと祈っていた、それに対処するには、ヴァイオリン本体をあけなければならないのだ——もしシニョール・ゴリネッリが許可してくれたとしてもわたしはやりたくなかったし、彼が許可しないことはわかっていた。ジェノヴァでは〝大砲〟に非常にすぐれた弦楽器職人のチームがついていて、楽器の手入れをしている。重要な作業は何であれ、彼らによってなされるべきだろう。

「何かわかりましたか?」ゴリネッリがまたもや手をそわそわさせてきいた。「ひどい状態なんですか? ドットーレ、言ってください」

「力木《バスバー》は大丈夫なようです」わたしは答えた。「ほかの何かでしょう。魂柱を見てみます」

「ドットーレ……」

わたしは頭を上げた。エフゲニーがいっしんに、懇願するようにこちらを見ていた。無言のメッセージを送ろうとしているように。

「できればあなたと僕で……」彼の声は細くなって消え、目はゴリネッリから母親へ動いた。わたしは直感で――ほとんどテレパシーで――彼が言いたがっているが、臆して口に出せないことを察した。

「シニョール・ゴリネッリ」わたしは言った。「シニョール・イヴァノフとわたしは額《ひたい》を突き合わせて話し合い、問題をとことん調べてみなければなりません。そのためには、二人だけにしてもらいませんと。シニョーラ・イヴァノヴァをしばらくわたしの家へお連れしていただけませんか? キッチンにお茶もコーヒーもワインもあります。くつろいでくださって結構ですから」

リュドミラは抗議しようとしたが、わたしはさえぎった。

「それしかないのです、シニョーラ。息子さんとわたしで解決できますよ」

「まあ、何て、そんなことおかしいでしょう!」リュドミラは憤然と叫んだ。「そんなことをする必要はないはずです」

「それがあるんです」わたしも断固として言った。「これを解決するには、邪魔されず、静かに、工房にはわたしたちだけにしてもらわなければだめです」

「本当にそう思われるなら……」ゴリネッリは不安げに言った。

「そうです」わたしは答えた。「何かお話しできることがわかれば、すぐにお呼びしますよ」

リュドミラは動かなかった。唇を固く結び、憤慨の目でわたしをにらんでいる。

「時間がなくなりますよ」わたしはそう言い、〝大砲〟を作業台に置いて、彼らが出ていくまでは仕事を続ける気がないことをはっきりさせた。

リュドミラは母国語で何か、わたしが理解できなくてさいわいなことをつぶやき、それからくるりときびすを返して工房を出ていった。ゴリネッリもあとに続き、戸口で足を止めてこう言った。「何かわかったら教えてください。すぐにですよ？　わたしはこのヴァイオリンに対する責任があるんです」

「まっさきにお知らせしますよ」と答えた。「約束します」

わたしはドアが閉まるのを待って、エフゲニーに向き直った。

「さて？」と英語で言った。

彼は窓へ歩いていった。母親と副キュレーターが鍵穴で耳をそばだてていないことをたしかめているのはあきらかだった。それから作業台のところに戻ってきた。先刻よりもリラックスしてみえたが、ボディランゲージにはまだ緊張が見てとれた。彼はきゃしゃで、傷つきやすそうで、まるで小枝のように、ごくわずかな圧力でも加わったらぽきんと折れてしまいかねなかった。

「いまのは勇敢でしたね」彼は言った。「母は指図されるのが大嫌いなのです」

「そのようですね」わたしはすまして答えた。

「あなたを信頼していいんですよね？」

「信頼してくれてかまいません」

「お話ししなければならないことあります。でも、母にも、シニョール・ゴリネッリにも言わないでください」

「どんな話なんです？」

「僕は自分でヴァイオリンを傷つけてしまったようなのです」

「先をどうぞ」

彼はためらい、それから興奮した様子で行ったり来たりしはじめた。

「大聖堂で、クレモナで、僕は部屋をひとつもらいます」と彼は言った。「楽屋です。僕の荷物を置いたり、着替えをするための。ヴァイオリンも持ってきています。ケースから出します。不注意なんです。よく見なくて。あれが——背の高い金属の蠟燭立てが——すぐ横にあります。僕は体をまわすときに、ヴァイオリンをその蠟燭立てにぶつけてしまいます」

「ヴァイオリンのどこをですか？」

「よくわかりません。駒のような気がします」声にパニックのきざしが忍びこんできた。「もしこれを傷つけてしまっていたら……とんでもないことになりますよね。こんなヴァイオリンを。助けてください、ドットール・カスティリョーネ。僕がいためるところを直してください」

「さあ落ち着いて」わたしは言った。「どこが悪いにせよ、何とかなりますよ」

「母には、彼女には知らせないでください。きっとものすごく怒ります。シニョール・ゴリネツリも。僕からこのヴァイオリンを取り上げてしまうでしょう、もしかしたら優勝も。僕の評判も、キャリアも終わります。言わないと約束してください。お願いします」

わたしは彼に同情した。二十二、三歳だろうに、まだ少年のようで、この不運な出来事のために厳しい罰を受けるのではないかと震え上がっている。

「誰も優勝を剝奪したりできませんよ」と言ってあげた。「あれはあなたが得たものなんですから。あなたがすばらしかったから優勝したんです。あなたがやったことを非難する人間なんかいません。単なる事故だったんですよ」

「でも、言いませんよね？」

「ええ、秘密はもらしません。さあ、椅子を持ってきてお座りなさい」

わたしは〝大砲〟をライトのところへ持ち上げ、駒を近くで見てみた。裸眼では何もわからなかったので、宝石商用のルーペを出してそれで見ながら、駒のやわらかい木材がダメージを受けているかどうか指でつまんでみた。

「ああ、ここだ」

エフゲニーが乗り出し、駒に目を凝らした。

「何かわかりましたか？」

「ごく細いひび割れですよ。ちょうどここに」わたしは駒の端の、G線のすぐ下のところをさわった。

「それでうなりが出るんですか？」エフゲニーがきいた。

「ええ」

「でも、ヴァイオリン本体には問題ない？」

「わたしに言えるかぎりでは、そうですね」

彼は椅子の背にもたれ、安堵で息を吐いた。

「ああよかった。オリジナルではないのですよね、その駒は？」

「ええ、グァルネリのものではありません。現代のものでしょう、比較的最近につけられたものですよ」

「新しい駒つけられますか？」

「簡単ですよ。でもまずはシニョール・ゴリネッリに相談しなければ」

副キュレーターはエフゲニーと同じように安堵した。

「駒だけで、ほかに深刻なものはないんですね？」彼とリュドミラが工房に戻ってきて、こちらの診断を伝えると、彼はそう言った。「新しい駒が必要になるんでしょう？　その時間はありますか？」

「たっぷり」わたしは答えた。

「いそいでください」リュドミラが言った。「わたしたち、大聖堂に戻らなくてはならないんです。エフゲニーはウォームアップをして、リサイタルの心構えをしなければ」

「まずジェノヴァに確認をとらせてください」ゴリネッリが言った。「先方がいいと言わなければ、わたしではいかなる作業も許可できないんです」

彼は携帯電話を出して、市のヴァイオリン管理主任にかけた。そしてこれまでのことを説明し、電話をわたしに渡した。わたしは管理主任と短く話をして、電話をゴリネッリに返した。

「先方は作業を進めるよう言っていますよ」

ゴリネッリは心配そうにこちらへ目を向けた。

「ひびなんですか？　どうして突然、ひびなんか入ったんでしょう？」

わたしはさらりと肩をすくめ、エフゲニーのほうは見ないように気をつけた。

「よくあることですよ。木材は気まぐれなものですからね。思いがけない反応をすることがあるんです。気温の変化、湿度の違い、ヴァンでの移送——どれも原因になりえます。さて、もうしばらくひとりにしていただければ、作業をやってしまいますから」

作業をしているあいだも時間がどんどんすぎているのはわかっていたが、それにはわずらわされまいとした。楽器の貴重さも考えないようにした。歴史上もっとも有名な名演奏家のヴァイオリンではなく、普通のヴァイオリンだと思わなければならなかった。しかし、簡単ではなかった。楽器にさわるたび、パガニーニの手がわたしより前にそこにあったことを思ってしまう。彼の指がこれを持ち、顎がこの表板にのせられ、息がこのニスの上を流れたのだと。この楽器の魂のどこか奥底に、かの偉大なる人物の消えない記憶がしまいこまれているのだ。

この楽器を相手にしていると、奇妙な無常感を感じた。これはわたしが生まれる二世紀も前に作られ、わたしが死んだあともずっと長く残るだろう。これがわたしの人生を通りすぎていくのではない。わたしがこれの人生を通りすぎているのだ、パガニーニがそうだったように。

弦楽器職人として、これまで何百もの新しい駒を取りつけてきたが、これほど慎重につけたものははじめてだった。完璧でなければならない。ヴァイオリンの一部になり、この独特の声が変わらずにあるよう仕上げなければならない。作業を終えると、もう一度弦を張って調音し、それからしばらく座ったまま楽器をじっと見つめた。

作業はうまくいった。自分でもそれはわかった。しかしヴァイオリンはどんな音を出すだろう？　すぐにエフゲニーを呼び戻して弾いてもらわなければならなかったが、わたしはぐずぐずとそれを先延ばしにした。もう少し、〝大砲〟と二人きりでいたかったのだ――こんな機会は二度とめぐってこないだろう。しかしただ見ていたいわけではなかった、それはそれで楽しいことではあったが。

わたしはまるで誰かに見られているかもしれないというように、さっと工房の中を見まわした。やったらいいじゃないか？　自分にそう言った。どうしていけない？　そう、たしかに出すぎたまねだ、しかしやる必要もあるんじゃないか？　たいしたことじゃない、エフゲニーを呼ぶ前に、念のためチェックするだけだ。良心的な弦楽器職人なら誰だってそうする。

腕が震えた――期待と、少なからぬ後ろめたさで――ヴァイオリンを顎の下にはさんで弓をとった。わたしはためらった。パガニーニもこの楽器を弾き、彼が死んだあとはコンクールの優勝者――実力のある才能ゆたかな音楽家たち――だけがこれを使うことを許されてきた。なのにいま、このわたし、ジョヴァンニ・バティスタ・カスティリョーネ、一介の弦楽器職人で三流のアマチュアヴァイオリニストが、これを弾こうとしている。

弓を弦に食いこませたとたん、その音にひるんだ。音は工房じゅうに響きわたった。パガニーニがこの楽器につけた渾名《あだな》を思い出させる、とどろく大砲の音だった。大きく、鳴り響く音だが、同時にゆたかであたたかい。翳《かげ》のある太い声で喉をつかまれ、息ができないのに、もっとそれを聞きたくてたまらない。そしていちばん肝心なことだが、G線のうなりが消えていた。

こんなヴァイオリンを弾いたのははじめてだったので、このひとときを最大限に使わせてもらった。エフゲニーが弾いたサラバンドでは、たがいの演奏にいやになるほど差があるのを思い知らされるので、それを避けて、暗譜しているバッハを弾き、それからシューベルトのソナチネと、マスネの『タイース』から〝瞑想曲〟を弾いた。パガニーニその人の曲、できれば奇想曲のどれかにも挑戦してみたかったが、自分の限界はわきまえていた。たとえ〝イル・カノーネ〟といえども、わたしに弾かせることはできないだろう。パガニーニが、もし天上からわたしを見ていたとしたら――とはいえ、彼が悪魔だったという評判を考えれば、いるのは地下のほうだ――わたしの哀れなたわむれに大笑いしていただろうが、どうでもよかった。自分がうまくないことはわかっていたが、ひとつだけ確信していることがあったのだ――これまで弾いてきたよりも、そしてこの先弾くよりも、いい音が出せていると。

ようやく、好奇心と虚栄心が満たされると、作業台に〝大砲〟を置いて、エフゲニーを探しに家の中へ行った。彼は奥の部屋にひとりきりで、ピアノのそばに立ち、積んであった室内楽の楽譜をぱらぱらめくっていた。

「楽譜たくさんありますね」彼は言った。

「室内楽が好きなものですから」わたしは答えた。「とくに弦楽四重奏が」

「四重奏をするんですか?」

「ええ……その、していました。以前は毎週、友人三人と演奏していたものです」

「でももうやらない?」

「ひとりが亡くなってしまったんです」

トマソ・ライナルディが殺されてから一年以上がたっていたが、思い出すといまでも喉がしめつけられた。(前作『ヴァイオリン職人の探求と推理』参照)

「四重奏は好きですか?」と話を続けた。

「めったに弾けません」エフゲニーは物足りなさをにじませた声で言った。「もっとやってみたいんですが。音楽院での一年めには、ほかの学生とときどき一緒にやります。でも母が、彼女が好きではないのです。ソロ活動に専念させたがってるんです」

「人生のおおいなる楽しみのひとつですよ」と、わたしは言った。「ほかの人々と音楽を作り上げるのは」

エフゲニーはうなずいた。

「あと何年かしたら、時間見つけてやってみます。いまは無理ですが」

「まあ、ここにいたの。もう終わったんですか?」

振り返ると、リュドミラがコーヒーのカップを手に部屋へ入ってくるところだった。

「ヴァイオリンは修理できましたよ」わたしは言った。

「だったら何を待っているんです？　エフゲニーが弾いてみなければ」

リュドミラはピアノの上にカップを置き去りにして、わき目もふらずにフランス窓から、保険会社の男たちがまだ警備についているテラスへ出た。エンリーコ・ゴリネッツリは工房で合流し、わたしはエフゲニーに〝大砲〟を渡した。彼はいくつか音階を弾き、それからもう一度バッハのサラバンドを弾いた。わたしは注意深く耳を傾けていたが、音には何の不具合も聞こえなかった。エフゲニーも同じだった。

「とてもいいです」彼はヴァイオリンをおろした。「前よりいい響きします」

「それでいいのね？」リュドミラがきいた。

「うん、すごく安心した」

「それじゃ大聖堂に戻らなきゃ。あなたのリサイタルまで」――リュドミラは手首の金時計を見た――「あと九十分足らずなんだから。シニョール・ゴリネッツリ、一刻も無駄にできませんよ」

副キュレーターはすぐさま行動に移った。保険会社の男たちが工房に集められた。それから装甲ヴァンの運転手が車から呼んでこられ、警官四人がその後ろについていった。〝イル・カノーネ〟はケースにしまわれ、わたしたちはさっき来た道を戻り、ぞろぞろとまとまりのない列になって家の前へまわった。

ヴァイオリンがヴァンに積みこまれると、エフゲニーはわたしに手をさしだした。

「ありがとう、ドットール・カスティリョーネ」

「ジャンニで」わたしは言った。

「ありがとう、ジャンニ。僕のリサイタルを救ってくれて」――それから声を低めてささやいた――「それに僕を救ってくれて」

「何でもありませんよ」

「コンサートのチケットをあげたいんですが」

「もう持っていますよ」わたしは言った。「本当に楽しみです」

「それじゃ、終演後のパーティーに来てください――市庁舎での」

「友人たちが一緒なんです」

「その人たちも連れてきて。お願いします、きっとですよ」

「エフゲニー！」

リュドミラが門のところでじれったそうに待っていた。

「運転手が待っているのよ。もう行かなきゃ。早く」

エフゲニーは申し訳なさそうにわたしを見た。

「それじゃまたあとで」彼はそう言って、小走りに母親のところへ向かった。

ゴリネッリが来て礼を言った。

「請求書はジェノヴァのわたし宛に送ってください」

「料金はいりません」わたしは答えた。「〝大砲〟にさわれただけで名誉なことですから」

ゴリネッリはわたしの手を握り、それから急ぎ足で路上のフィアットに向かった。パトカーとイヴァノフ親子のメルセデスはすでに方向転換し、一列になって待っていた。装甲ヴァンと保険会社の車がうちの私道をバックで出ていき、先導のパトカーの後ろについた。そして護送艦隊は走り去った。表の階段から見送っていると、車列はクレモナへと高速で道路を進んでいき、どんどん小さくなって、やがて地平線のむこうに消えた。

3

クレモナの大聖堂はイタリアの知られざる宝のひとつだ。フィレンツェやローマやヴェネツィアにあるもっと有名な聖堂より小さく、派手さでは劣るものの、わたしの目から見ると、そうした大きな教会は本来の目的を失い、普通の人々との触れ合いもなくしてしまったようにみえる。それらの大きさや威容には、どこか圧倒してくるような、こちらを怖気《おじけ》づかせるところがあるのだ。いまも礼拝の場ではあるが、個人レベルでの霊的な導きにはならない。たぶん、これまでもなったことはないだろう。サン・ピエトロ大聖堂もサン・マルコ大聖堂もサンタ・マリア・デル・フィオーレ教会も、神の栄光をたたえるために建てられたが、わたしはときおり、それらを建てた人間たちの頭の中では、人間のほうの栄光をたたえるべきと思われていたのではないかと首をひねる。そうした聖堂は建築史上の驚異として、人の心を高揚させ、感銘を与えるが、個人が信仰をあらわす場としては、うつろなはりぼてになってしまった。せいぜいが観光の守護聖人のための寺院であり、休日の行楽客たちが訪れてはチェックマークをつける、スケジュール表の一地点にすぎない。

わたしはどんな宗教であれ、信仰は個人的なものであり、静かに、見せびらかすことなく奉ずるべきと思っている。宗教の付属物——教会、司祭、儀式——は、そうした信仰に不可欠な部分ではない。そういったものにはそういったものの役割があり、多くの人々が慰められもするだろうが、信仰はたまさかの贅沢をすることではないし、神に捧げられた建物の中で安息日にだけおこなえばいいというものでもない。それは日常生活の欠くべからざる一部であり、意識していようといなかろうと、人の行動と思考を決める導き手なのである。

クレモナ大聖堂は堂々たる建物だが、サイズは簡潔さと自己犠牲のうえに築かれた宗教によりふさわしいものだ。観光客もそれなりに来るが、聖堂本来の目的から気をそらされることはない。ここはいまも、どんな人であっても、信仰のあるなしにかかわらずみずからの生活について思いをいたすようになる場所である。高いアーチ天井の内部には心をなだめる静寂があり、それが深く考えることをうながし、同時に、時宜《じぎ》に応じて祝典——生と死の、結婚と誕生の、そして今夜は音楽という、わたしがささやかながらこれまでの生涯をついやしてほかの人々と分かち合い、喜びあうようつとめてきた、すばらしい心躍る贈り物の祝典の場を提供している。

会衆席は人々でいっぱいで、すべてうまっていた。誰もがこのリサイタルを見逃すまいとしていたのだ。クレモナという街は人によってさまざまな意味を持つが、その住民にとって、また広く世界にとっては、何にもまして、ヴァイオリンの街なのである。あらゆる偉大な弦楽器職人たちがここで生き、仕事をした。ストラディヴァリ、グァルネリ、アマティはこの街の歴史、そしてその独自性の基礎を築いた人々であり、富と地位しか目に入らないいまの世界の中で、彼らの重要性もしくはユニークな立場は、いくら強調してもしすぎることはない。彼らは貴族ではなかった。金持ちでも、権力者でもなかった。彼らはただの職人、木工細工人だったが、その名前はいまや世界じゅうに知れ渡り、敬《うやま》われているのである。

だから、クレモナの市民が自分の街のもっとも有名な息子のひとりによる、もっとも有名な楽器を聴こうと、こぞってやってくるのも無理はなかった。〝大砲《イル・カノーネ》〟がこの街を出ていったのは二世紀以上前だった。いまはジェノヴァが、かの街のもっとも有名な息子からの贈り物として使用しており、ふだんはジェノヴァでしかその音を聴けない。パガニーニ国際コンクールの優勝者リサイタルもいつもジェノヴァで開かれる。エフゲニー・イヴァノフもジェノヴァですでに一度、リサイタルをおこなっていたのだが、今年は――伝統から脱却して――二度めのリサイタルをクレモナでおこなう許可を得たのだった。大聖堂の中で、じりじり焼けつくような期待の雰囲気が感じられたのも当然だった。〝イル・カノーネ〟が故郷に帰ってくるのだ、誰もがその場に居合わせてそれを歓迎し、その歌を聴きたがっていた。

わたしは会衆席の中央、前方から少し離れた席にいた。いちばん前の何列かはさまざまな市の高官と彼らの客のために予約されていた――亡き弦楽器職人たちに示す畏敬の念も、悲しいかな、現在生きているその後継者にまでは及ばないのだ。市長やほかの地元政治家たち、それからこういう大規模な文化的行事になるとあらわれるような、どこからか集めたセレブの集団が見えた。有名な俳優が二人、テレビタレントが何人か、それにACミランのサッカー選手もいたが、その選手のピッチでの好戦的態度と、試合後の何を言っているのかよくわからないインタビューからして、ヴァイオリン音楽に興味があるとは思えなかった。

ほかに知った顔もいた――小太りでたっぷり栄養のとれた体つきのヴィンチェンツォ・セラフィン。ミラノのヴァイオリンディーラーで、わたしとは常にうまくいっているとはいえないにしても、仕事では長い付き合いである。彼は二列めに座り、隣に愛人のマッダレーナがいた。会場で最高の席を手に入れるとはいかにも彼らしい。セラフィンは頭をまわしながら、きざに笑って絹のような黒いひげを撫で、後ろの聴衆を、自分のようにコネを作る確実な才覚のない庶民や無名の人々の列を見わたした。

「どうやってあの席をせしめたんですかね？」友人のアントニオ・グァスタフェステがわたしの視線をたどり、右耳に話しかけてきた。「あんなやつが」

「セラフィンにはよからぬコネがたくさんあるからね」

「かなりよくないわね、あの人の隣に座っている人間で判断するのなら」マルゲリータが言った。

わたしは頭を振り向けて、自分の左隣にいる、褐色のショートヘアの下に銀のイヤリングをきらめかせたエレガントな人物を見た。マルゲリータも友人で、親しい友人だ――わたしのガールフレンド、と言っている人間もいるかもしれない。それが彼女の年齢の人間に対して、馬鹿馬鹿しい言葉でないとすればだが。マルゲリータはもうじき六十歳になるが、そうはみえない。いま着ているぱりっとしたクリーム色のジャケットと黒いスラックスは、年齢に関係ないシンプルさがあった。髪にまじったわずかな白髪、目と口もとのかすかな皺《しわ》が、本当の年齢をほのめかしているだけだ。

「あの女性のことかな？　マッダレーナの？」と、きいてみた。

「いいえ、反対側よ。ヴィットーリオ・カステラーニ」

「ああ、本当だ、いるね。教授とは知り合い？」

「教授？」マルゲリータは辛辣《しんらつ》な口調で言った。「それじゃほめすぎよ。大学が称号を剥奪していないのが驚きだわ、ろくに出てこないのに」

「学者仲間のやっかみがかすかに混じっているようだけど？」わたしは彼女に笑いかけた。

「でしょうね。わたしたち大学の人間の中にはとても古い考えの人もいるの。ときどきは実際に姿をあらわして、学生に教えることに価値があると信じているのよ。カステラーニが学生の顔をおぼえているか怪しいものだわ。まあ、ベッドに連れこもうとする可愛い子ちゃんは別だけれど」

「単なる学者仲間のやっかみではなさそうだね」

「もう、勘弁して。彼に会ったことはある？　あの馬鹿みたいにボリュームを出した髪、マニキュアした爪、いつだって革のジャケット。もうじき五十になるっていうのに、まったく」

「どこかで見た気がしますよ」グァスタフェステが言った。

「テレビで見たんだろう」わたしは答えた。「イタリア放送協会《RAI》おかかえの有識者だから。政治、時事問題、文化、スポーツまで――その全部について話ができるらしい」

「ある対象について話すことと、実際にそれについて何かを知っていることは全然別よ」マルゲリータが言った。「テレビのプロデューサーはその違いをわかってないんでしょう」

わたしは噴き出した。マルゲリータはわたしの手をとって、愛情をこめて握った。

「でもヴィットーリオ・カステラーニみたいな傲慢なおしゃべり屋に、わたしたちの夜をだいなしにさせるのはやめましょう、ね?」彼女はそう言った。「むこうのほうがいい席に座っているとしても」

「むこうのほうが音がいいわけじゃないよ」わたしは言った。「実のところ、こちらより悪いだろうね。音は彼の頭の上を通り抜けて、いちばんよくなるのは……おや……ここらへんだ、いわば。わたしたちの真上。だからこの席を選んだんだよ。ここには前にもコンサートで来ているから」

「チケット代は払わせてちょうだいね、ジャンニ」

「その話は聞かないよ」

「だめよ、わたしは引き下がらないから」

「わたしもだよ。あなたたち二人が来てくれてうれしいんだ。友達と音楽を聴くというのが、わたしにとっては最高に楽しい夜の外出なんだから」

「大惨事になるかもしれませんよ、ほら」グァスタフェステが言った。「あなたが取りつけた新しい駒。途中でそれが壊れたらどうします?」

わたしは午後の出来事を二人に話したのだが、エフゲニー・イヴァノフの秘密は伏せておいた。グァスタフェステはクレモナ警察の刑事である。彼になら命をあずけてもいいが、おいしいゴシップはだめだ。

「心配しないで、ジャンニ」マルゲリータが言った。「何かまずいことになったら、わたしのジャケットを頭にかぶって、横の出口からこっそり逃げればいいのよ。聴衆があなたをリンチしないよう、アントニオが警察の護衛を手配してくれるわ」

「まずいことになんかなるわけないだろう」わたしは答えた。「イヴァノフを聴くまで待ってごらん。彼はすごいよ」

数分たって、演奏者があらわれた。彼は片側の袖廊から早足で出てきて、まるで人目につきたくないかのように、駆けだしそうな勢いで会衆席の正面へ来た。頭を垂れ、床に目を落として、〝大砲〟を左手に持っている。大聖堂のあらかたは陰の中にあった――単純に言って、広すぎるせいでうまく照明の光がいきわたらないのだ――しかしそれもこのときの背中がぞくぞくするような雰囲気を増しただけだった。スポットライトがひとつだけ、祭壇の階段の下の部分にあてられ、エフゲニー・イヴァノフはそこに立っていた。反射光が彼の右手の、オルガンのある二階の金めっきの囲いに光り、後陣にはねかえって、ボッカチーノが十六世紀にえがいた、四人の聖人に取りまかれたキリストのフレスコ画の端に踊った。四人の中には、クレモナの守護聖人オモボノもいる。大聖堂の内部を飾るほかのフレスコ画はほとんど暗闇に隠れてしまい、例外は入口のそばのもので、そこでは奉納された蠟燭が何列も、ほの明るくちらちらする光を壁に投げかけていた。

エフゲニーは聴衆の拍手にこたえて、機械的におじぎをした。それからヴァイオリンを顎に持っていくと、先刻わたしが工房で目にした変化がふたたび起きた。はにかみ屋のイヴァノフは外向的な演奏家イヴァノフになった。内気さは外套《がいとう》が地面に落ちるように消え、新しい、もっと自信に満ちた人間がスポットライトの中に進み出た。

彼はバッハの無伴奏パルティータ・ロ短調から始め、わたしは聴衆があたかも、会衆席をうねって流れていく音の波に実際に打たれたかのように体をそらしたのを感じた。周囲のそこかしこからはっと息を呑む鋭い音、はじけるような小さいあえぎが聞こえた。ほんの一、二時間前に〝大砲〟を聴いたばかりのわたしですら、その音の強烈さに体が動かなくなった。この大聖堂は音響がすばらしいのだが、これほどのものはいままで聴いたことがなかった。それは畏怖を呼び起こす――その力で人間を打ち負かし、激情と熱狂でよみがえらせる集中砲火だった。

エフゲニーが演奏を始める前、わたしは神経質になっていた。マルゲリータはリンチに走る群衆の冗談を言っていたが、このリサイタルには彼だけでなく、わたしの評判もかかっていたのだ。もし〝イル・カノーネ〟に不具合が、何か物理的なそれが生じたら、非難の指はわたしに向けられるだろう。必死に働いてきた年月も、クレモナやその外で築いてきた名声も、何の役にも立たない。わたしは〝大砲〟をだめにした弦楽器職人として悪名をはせることだろう。

しかしエフゲニーのすばらしい演奏の波が押し寄せてくるにつれ、緊張がとけていった。ヴァイオリンは妙《たえ》なる音を響かせていた。それが自分のおかげだなどとうぬぼれてはいないが、心の中ではうれしかった――何はさておき――わたしの新しい駒によって、ジュゼッペ・グァルネリのはかりしれないほどすぐれた技を、うっとりと聴き入る多くの聴衆に楽しんでもらえたことが。

忘れがたいリサイタルだった――永遠に記憶に残るだろうとわかる夜だった。エフゲニーはバッハを弾いた。それからピアニストが加わり、一緒にパガニーニを演奏した。シューマンによる伴奏付きの奇想曲をいくつかと、そのあとに『無窮動』、そして演奏家に花火を打ち上げさせる、オペラのアリアによる変奏曲を三つ――『こんなに胸騒ぎが』、『わが心うつろになりけり』、そして『モーゼ幻想曲』。

終わったときは、パガニーニその人すらこれほど激しい喝采を浴びたことがあっただろうかと思うほどだった。聴衆全体が勢いよく立ち上がり、この大聖堂がかつて見たことがないほど沸きかえり、とめどない賞賛に手を叩き、歓声をあげた。しかし、状況を考えればそれも無理のないことだった。〝イル・カノーネ〟が生まれた地に帰ってきた。放蕩息子さながら、許されて家族の愛情あふれるふところに戻ってきたのだから。

三回のアンコールのあと、エフゲニーがもう舞台に出てこないとわかると、やっと聴衆もしぶしぶながら散らばりはじめた。マルゲリータとグァスタフェステとわたしも大聖堂を出て、コムーネ広場《ピアッツア・デル・コムーネ》を通って市庁舎へ歩いた。広場は昼間のように明るく照らされ、家へ向かったり、遅いディナーをとりにレストランへ行くリサイタル帰りの客たちでいっぱいだった。わたしたちはコムーネ宮の中央の中庭を通って、入口のところで立ち止まり、そこで係員がわたしたちの名前をリストでチェックし――係員はさんざん苦労したあげく、あとから追加された補足シートに名前を見つけた。

長い石の階段で二階の〝槍兵士の間《サローネ・デリ・アラバルディエーリ》〟へ行った。そこからアーチ形の入口を通って〝絵画の間《サローネ・デイ・クアドリ》〟へ入った。長くて幅の狭い部屋で、天井は高く、壁にはボッカチーノ、ミラドーリ、コッサーリ、カッタパーネなどの絵画がかかっており、なかには高さ四メートル、幅が五、六メートルあるものもあった。部屋のむこう側の戸口はこの市庁舎でもっとも有名な〝ヴァイオリンの間《サラ・ディ・ヴィオリーニ》〟に通じており、そこにはストラディヴァリ、グァルネリ、アマティの手になるヴァイオリンを含め、市が所有するすばらしい弦楽器のコレクションがある。今夜、その部屋は閉めきられ、制服を着た警備員が外に立って、人々を入れないようにしていた。

わたしたちはテーブルからワインの入ったグラスをとり、部屋の一角へ引っこんだ。わたしは〝ヴァイオリンの間《サラ・ディ・ヴィオリーニ》〟にあこがれの目を向けた。市のパーティーに出ているより、あそこに入って、偉大な弦楽器職人たちの、インスピレーションを与えてくれる作品をじっくり見たかった。普段なら、こういった公的な催しはできるだけ避けるようにしている。そういうものの底の浅さ、退屈なおしゃべり、知り合いでもないのに蛇口からだらだら流れる水のように話しかけてくる人々が嫌いなのだ。しかし、エフゲニーに会いたかった。今日の昼間の出会い、二人だけの内緒話のせいで、彼に親しみが湧いていた。彼の演奏をどんなに楽しんだか伝えたかった。

「押しかけ入場かい、ええ、ジャンニ?」隣で声がした。

顔を向けると、ヴィンチェンツォ・セラフィンが皮肉な笑みらしいものに唇をゆがめて、こちらを見ていた。

「このパーティーには有力者しか呼ばれていないのかと思ったんだがな」彼は続けた。「誰でも入れるとわかっていたら、わざわざ来なかったよ」

彼は剣呑な、ユーモアのかけらもない笑い声をあげ、自分の連れの二人に目を向けた。

「マッダレーナは知っているだろう、もちろん」

わたしは礼儀正しく彼の愛人に会釈した。木の杖のようにやせた偽物のブロンドで、ファッションモデルのようにとがった顔と骨ばった体の持ち主だ。見下すようにわたしに鼻を鳴らし、それから退屈そうな中身のない目で室内を見まわした。

「それからこちらはパリから来た友人だ」セラフィンは言った。「フランソワ・ヴィルヌーヴ。こちらはジャンニ・カスティリョーネだよ。ときどきわたしの仕事をしてくれているんだ。ほかにいい人間が見つからないときに」

わたしはその無礼な言葉を聞き流し――ジョークだとは思うが、セラフィンが相手となると、たしかなことは言えない――ヴィルヌーヴと握手をした。

彼は背の低い、山羊に似た男で、歯が曲がってちょっと前に出ており、とかしていない白髪はもしゃもしゃで、顎をおおっている淡い色のふわふわしたものは、ひげという言葉をあてはめるには量が少なすぎた。ぱっと見には親切で温和な感じがしたが、それも彼の目を見るまでだった。その目は冷たく曇っており、霜《しも》のおりたガラスの破片のようだった。

「はじめまして」と、わたしは言った。「こちらには長くいらっしゃるんですか?」

「ほんの数日です」ヴィルヌーヴはたどたどしいイタリア語で答えた。

「クレモナにご滞在で?」

「〈オテル・サン・ミケーレ〉です」

「まったくなぜなのかねぇ」セラフィンが苦虫を嚙みつぶしたように言った。「こんな田舎の遅れた土地に。わたしと一緒にミラノにいればいいのに、本物の都会に。なのに田舎者たちの暮らしぶりを見たいっていうんだから」

「楽しんでいってください」わたしは言った。「前にもいらしたことがあるんですか?」

ヴィルヌーヴは首を振った。

「今回がはじめてですよ。しかし、魅力的な街のようですね」

「第一印象はあてにならないよ」セラフィンが言った。人さし指でわたしの胸をつつく。「きみに見てもらいたいヴァイオリンがあるんだ。ベルゴンツィかもしれないが、そうでないかもしれない」

「いまはちょっと忙しいんだ。予定を調べてみないと」わたしはそっけなく答えた。

「忙しい?」セラフィンは唇をめくりあげて言った。「何だ、木のきれっぱしを削っているのか? きみたち現代のヴァイオリン職人が何でわざわざ手間隙かけるのかわからんな。今夜、あの音を聞いただろう。逃げ出して手首を切りたくならないか?」

「誰もがグァルネリになれるわけではないよ」と、わたしは答えた。

「ああ、ありがたいことにな。グァルネリがすぐ手に入るようなものだったら、わたしのようなディーラーはどこで生きればいい？　今晩あそこにいたときには、ほら、駆け出していって、〝イル・カノーネ〟をイヴァノフの手から引ったくり、出口へ走りたくてたまらなかったよ」

「なるほど、だがきみの体格じゃ走るのは無理じゃないか、ヴィンチェンツォ？」わたしはすまして言ってやった。

彼はこちらをきっとにらんだが、すぐに薄笑いを浮かべた。

「あんなヴァイオリンが手に入るなら何でもするんだがなあ」と言った。「いくらになるだろうな、二千万か？　あれなら五千万でも払う客が何人もいるよ。もっと払うかもしれない」

「おぼえておきましょう」グァスタフェステが言った。「〝大砲〟に何か不運なことが起きるかもしれないと」

「ほう？」セラフィンは言った。「で、きみは？」

「こちらはアントニオ・グァスタフェステだよ。クレモナ警察の」わたしはこのひとときを楽しみながら言った。

セラフィンの目が細くなった。舌がちろりとのぞいてそわそわと唇をなめる。しかしすぐに立ち直り、おおげさに腕を振った。

「単なるおしゃべりだよ、もちろん。〝大砲〟をほしがる人間などいないさ。ここにいるジャンニなら、チャンスがあればやるだろうがね？」

「何のために？」わたしは答えた。「銀行の金庫か個人コレクションにしまいこんでおくためかい？　あれは人々のものだよ。聴いてもらうべきだ。演奏されるべきなんだ。自分のものにするなんてごめんだね」

セラフィンは同感だといわんばかりのオーバーな身ぶりでわたしの腕を叩いた。

「だからきみは一介の弦楽器職人なんだよ、ジャンニ、そしてわたしは金持ちというわけさ」

彼はマッダレーナの腕をとった。

「おいで、ダーリン。ほかの人にも会ってこよう」

二人は人々のグループを出たり入ったりしながら、もっと自分たちが相手をするに値する人物を探して遠ざかっていった。

「何ていやな人」マルゲリータが言った。「いつもあんなふうなの？」

「そうでもないよ」わたしは答えた。「ときどきは本当にいやなやつになるけど」

「どうしてあの人と仕事をしているの？」

「ディーラーとしては非常に成功しているし、とてもいいコネクションを持っているんだ。それにたまに――ごくたまにだけど、何かを手に入れようとしているときには――このうえなく魅力的にもなれる」

「一緒にいたブロンド、あの物干しは誰？　奥さん？」

「意地悪になったときのあなたはすてきだね」わたしは言った。「いや、セラフィンの奥方は地方に隠遁させられているんだ、ゴシック小説に出てくる狂女みたいに。彼と同様、彼女もそのほうがいいんだろう。マッダレーナは彼の愛人だよ」

「彼にはずいぶん若いんじゃない?」

「金持ちの愛人はそういうものだろう」

白い上着のウェイターがカナッペののった盆を持って通りかかった。わたしたちはそれぞれカナッペをとり、それからパーティーに来ている有名人を探してしばらく遊んだ。例のサッカー選手はむろん、マッダレーナよりもブロンドで細い女性を連れていた——そんなことがありうるならの話だが。グァスタフェステは派手な恰好の地元の実業家を二人見つけて、彼らは組織犯罪と関係があると言い、マルゲリータは部屋の反対側で取り巻きにかこまれている人物がミラノの有名デザイナーか、もしかしたら映画俳優だと見当をつけた——どちらかはわからなかった。クレモナにしては、そうそうたる出席者たちだった。クレモナは必ずしも、セラフィンがフランス人の友人に馬鹿にしてみせたような田舎の遅れた土地ではないが、北西のご近所さんであるミラノのように洗練された世界的な都会でもなく、その着飾った影の中でずっと暮らしてきた。もちろん、そうするのが好きだからだ。わたしたちはおだやかな人間で、大きな主張など持たないのである。ミラノが舞台の上で叫んだり気取って歩いたりしているのを、袖から見るだけで満足なのだ。

部屋の中がきゅうにざわついて、客たちが横へどき、移動したのを感じたとき、スーツ姿の男たちの方陣が部屋に入ってきた。その集団はむこう側の端まで行進していってから分かれ、真ん中にいたリュドミラとエフゲニーのイヴァノフ親子とクレモナ市長があらわれた。部屋がしんとなった。市長がわれわれ全員を抱きしめるかのように両腕を広げ、おおいなる長さと、それ以上に退屈なスピーチをした。彼はこの街に来たイヴァノフ親子を歓迎したのち、見当違いの話をあれこれ始めてしまい、自分にへつらう取り巻き以外の人間までが彼の話に興味を持っていると錯覚しているのはあきらかだった。

まとまりのない話のあいだ、リュドミラはぴんとまっすぐ立って耳をすましており、注目の的になっているのをはために楽しんでいた。しかしその横のエフゲニーは恥ずかしさを絵にかいたような様子で、背中を丸め、残念ながらぱかっと口をあけて彼を呑みこんでくれそうもない床に目を向けたままだった。

ようやくスピーチが終わった。短い拍手が起こり、客たちはしゃべったり飲んだり見られたりの、もっとさしせまった用事に戻った。

「くだらないことを長々と」グァスタフェステがうんざりして言った。

「政治家なんだから、仕方ないさ」

「もう出ない？」マルゲリータがきいた。

「ちょっと待って」

黒いタキシードの細い人影が、部屋のへりを忍び足でやってくるのに気がついたところだったのだ。エフゲニー・イヴァノフはわたしたちの横で足を止め、不安げな動物のように背中を壁につけた。マルゲリータとグァスタフェステとわたしは、彼がわたしたちの保護を必要としていることを本能的に察して、まわりをかこんだ。エフゲニーは言葉が出ないようだったので、わたしから公演の成功にお祝いを言った。

「ありがとう」エフゲニーは英語で答えた。「でも僕だけの手柄じゃありません。あのヴァイオリンのおかげもありましたから」

「〝イル・カノーネ〟は持ってきているんですか?」

「保険会社の人たち持っていきます。いまごろはもうジェノヴァに向かっています」

「たいした経験だったでしょう、パガニーニのヴァイオリンを弾くというのは」

「ええ、驚きました。僕のヴァイオリンはストラディヴァリですが、〝大砲〟に比べたらものの数にも入りません。音が、これからはずっとかぼそく聞こえるでしょうね」

エフゲニーは見つけられたくないかのように、頭を低くしたまま、心配そうに部屋の中を見まわした。

「来てくださってうれしいです」彼は低い声で言った。「こういうの、僕は好きじゃないんです。知らない人たちが話しかけてくる、中身のあることは何も言わない。知っている人に会えるとほっとします」

「招待してくれてありがとう」わたしは言った。「こちらはわたしの友人たちです、マルゲリータ・セヴェリーニとアントニオ・グァスタフェステ。アントニオはさっき話した四重奏団のチェリストなんです」

「ああ、そうでしたか」

エフゲニーは二人と握手をかわした。彼はちょっと考えてから、マルゲリータにイタリア語で話しかけた。「僕のイタリア語は大目に見てください。うまくないので。あなたもジャンニの四重奏団に参加しているんですか?」

「あら、いいえ」マルゲリータは答えた。

「でも、彼女はピアノを弾くんですよ」わたしは言った。「とても上手なんです」

「そんなことないわ、全然よ。ほんのアマチュアですもの」

「アマチュアだから下手だということにはなりませんよ」エフゲニーが言った。「ただ楽しみのために演奏するって、いいですよね。僕もアマチュアだったらよかったのにと思うことがあります」

「イタリア語がとても上手じゃありませんか」わたしは言った。「お母さんはあまりしゃべれないとおっしゃっていましたが」

「ええ、まあ、母はね。僕は何をやらせてもだめだと思っているのです」

「ヴァイオリンを弾く以外は」グァスタフェステが言った。

「ときどきはそれもです」エフゲニーは言い、不満げな笑い声をたてた。

「クレモナにはいつまでいらっしゃるの?」マルゲリータがきいた。

「火曜に出発です」エフゲニーは答えた。「それからヴェネツィアとフィレンツェとボローニャでコンサートあります。そのあとはニューヨークへ飛んで、次に日本とオーストラリア。今月の末には、またイタリア戻ります――ミラノとトリノに」

「刺激的な生活ですね」

エフゲニーはちょっぴり悲しげな笑みを浮かべた。

「刺激的？　いいえ、そんなことはないんです」

「このあと二日間は何か予定があるんですか？」と、きいてみた。

エフゲニーは首を振った。

「練習を少し。ホテルの窓から外をながめるのがたっぷり。ホテル、空港――この頃はそんなところにばかりいます」

「あした昼食に来ませんか」わたしは思わずそう言っていた。「あなたとお母さんで」

「昼食に？」

「もしほかに予定がなければ。ぜひ来てください」

エフゲニーはためらった。

「あの……いいんですか？」

「こんなにうれしいことはありませんよ」

「楽しそうだなあ。もちろん、母にきかなくてはなりませんが。お昼に呼ばれることめったにないのです」

「まさか」

「みんな僕が忙しすぎるとか、有名すぎると思っているんです。遠巻きにしているばかりで。僕は年じゅう旅をしていますけれど、誰とも知り合ってないんです」エフゲニーは言葉を切った。それからぱっと目を輝かせた。「ヴァイオリンを持っていきましょうか。みんなで四重奏をしましょう。どうですか？」

「そんな」と、わたしは言った。「われわれじゃあなたに釣り合いませんよ」

「そんなことないじゃありませんか。演奏会ではないのですし」

わたしはグァスタフェステに目を向けた。

「あしたは非番だけど」と彼は言った。

「きっとがくぜんとしますよ」わたしはエフゲニーに言った。「本当に、そんなに上手じゃないんですから」

「楽しみですよ」

「それじゃヴィオラ奏者にも電話して、時間があいているかどうかきいてみましょう。ええと――」

横に誰かが来て、わたしを押しのけるようにしてエフゲニーに近づいたので、そこで言葉がとぎれた。

「シニョール・イヴァノフ、本当に心に残るリサイタルでした。あんなにすばらしい演奏はなかった。お祝いを言わせてください。ヴィットーリオ・カステラーニといいます、ミラノ大学で音楽学の教授をしています」

カステラーニは手を伸ばし、エフゲニーの手をつかんで上下に振った。エフゲニーは路上で誰かに呼び止められた男が、身ぐるみはがれるのではないかと怖がっているかのような顔で相手を見つめた。

「わたしはパガニーニについてはちょっとした権威でしてね」と、カステラーニは続けた。

「これからコッリエーレ・デッラ・セーラ紙（ミラノの日刊紙）に記事を書くんですよ。〝イル・カノーネ〟、クレモナに帰る、そんなようなことを。それで、あのヴァイオリンについてどうお思いですか？」

カステラーニは腕でわたしを押しやり、その途中でわたしの爪先を踏んでいった。

「失礼、かまいませんよね？」

わたしは後ろにさがった。そうするしかなかった。カステラーニは他人に進路をふさがせるタイプの人間ではない。彼がくるりと体をまわしたので、革ジャケットとふさふさしたオールバックの髪がわたしの目の前に迫ってきた。アフターシェーヴローションのつんとする香りが鼻に充満した。

「『わが心うつろになりけり』のあなたの解釈はとくにいいと思いましたよ」カステラーニはエフゲニーに言った。「もちろん、パイジェッロはこんにちでは流行りじゃありませんけどね、たとえイタリアでも。何年か前にスポレートで『水車小屋の娘』の制作を見まして、ですから正直に言ってなぜなのかはわかります。オペラ全体でまあまあ聴けるのは『わが心』だけで……」

マルゲリータを見ると、彼女は目をぐるりとまわしてみせた。先刻、彼女はカステラーニを〝傲慢なおしゃべり屋〟と呼んでおり、それもさほど的外れではないが、彼は口だけの人間ではなかった。かつては熱心な研究者で、尊敬に値する音楽学者であり、音楽について何冊も本を書いて好評を博し、その中にはパガニーニの伝記もあり、わが家の書棚にも置いてあった。

しかし三十代後半のどこかで手を広げ、並行してジャーナリズムの仕事を始めて、最初はクラシック音楽に関することだけを書いていたが、すぐにロックやポップスについても権威であると自称するようになった。放送業界が司会者に求める、もっともらしいハンサムな外見とうわべだけの魅力があったので、時を経ずして専門家として頻繁にテレビにゲスト出演するようになり、考古学から禅宗まで、幅広い対象について意見を述べた。たしかに――マルゲリータの言ったとおり――彼はそうした話題の大半についてほとんど何も知らなかったが、それは問題ではなかった、なぜなら彼を見る視聴者は彼以上に知らなかったから。肝心なのは視聴者にうける態度、流行の服、平均的なイタリアのカウチポテト族が集中していられる最長時間であるとTVプロデューサーたちが考えている、せいぜい二十秒の編集ビデオが流れるあいだにしゃべる能力なのだ。

カステラーニは知識階級の好ましい代表者となり、ポピュリズムというベニヤ板の下に学識を隠しつつも、かなりの信頼性を維持できる研究者となった。プロデューサーたちが彼を好きなのは、自分たちのだらけた底の浅い番組にちょっぴり真面目さを加えてくれるからであり、カステラーニが彼らを好きなのは、放送の仕事についてくる名声とお追従《ついしょう》のせいだった。一度テレビという魔女の呼び声に答えてしまったら、その毒のある抱擁から逃れるすべはない。彼はもはや音楽学者でも、大学の教師でもなかった。〝パーソナリティー〟であり、それになる過程でみずからのアイデンティティを失ってしまった。

「これはぜひ言いたいんですが、『こんなに胸騒ぎが』があれほどすばらしく弾かれたのはほぼはじめてですよ」彼はエフゲニーに話しつづけていた。「あれの裏話はもちろんご存じですよね、ロッシーニが食事を作ろうと米を煮ているあいだに、あのオリジナルのアリアを書き上げたというのは。まったくのでたらめです。わたしはひと言だって信じません。ロッシーニはそういう見せかけを楽しんでいたんです、二週間でオペラを書き上げてしまう怠惰な道楽者《ボン・ヴィヴール》という自分を演じて……」

カステラーニはふっと話をやめて、ついてきていた取り巻きたちを振り返った。有名人の取り巻きにしては、それはかなりつつましく、たった二人だけ――色の黒い、気むずかしそうな若い男と、学生らしいほっそりした魅力的な娘だけだった。

「マルコ」彼は若い男に言った。「ワインのおかわりを持ってこい、それと何か食べるものも。腹がぺこぺこだ。それからシニョール・イヴァノフにも何かワインを」

「いえ、結構です、自分でとりにいけますから」エフゲニーは抵抗し、じりじりと壁にそって離れようとした。

「馬鹿なことを言わないで。マルコが持ってきますよ。そのためにいるんですから。早くしろ、マルコ、喉が渇いて死んでしまいそうだ」

マルコは体をひるがえし、歩き去るその顔に憤懣《ふんまん》の雲がよぎるのがみえた。カステラーニは若い美人のほうに手を伸ばした。

「ミレッラ、さあ、こっちへおいで。きみもシニョール・イヴァノフとお近づきになりたいだろう」

カステラーニはその女性の手をつかんで自分のほうへ引っぱり、好意というより自分のものだというような態度で彼女の肩に腕をまわした。わたしはその瞬間を利用して、エフゲニーとカステラーニのあいだに割りこんだ。

「失礼」と、小さく言った。「シニョール・イヴァノフはほかに呼ばれているところがありまして」

「何だって？　いったいどういう意味……」カステラーニはそう言ったが、そのときにはもうわたしがエフゲニーの腕をつかみ、きっぱりと彼の先に立って歩きだしていた。

部屋の反対側へ行き、少なくとも五十人の人間をカステラーニとのあいだにはさんでからやっと足を止めた。グァスタフェステとマルゲリータもついてきて、彼女がわたしの大胆な作戦に大喜びしているのがわかった。

「あなたもカステラーニの顔を見るべきだったわよ」彼女は言った。「ブラーヴォ、ジャンニ。ほかの人も彼にああいう態度をとる度胸があればいいのに」

「ありがとう」エフゲニーが言った。「あのおっかない人は誰だったんですか？」

「たいしたやつじゃありませんよ」わたしは答えた。「わたしたちはそろそろ帰らないと。でも、あしたはお待ちしていますよ、一時に」

「まず母に相談してみないといけませんが」エフゲニーは答えた。

「そうしてください。でもお母さんが無理なら、ひとりでもいらっしゃい」

パーティー会場の部屋を出て、おおぜいの人々や、熱気や、喧騒から逃れるとほっとした。

階段の上の踊り場は涼しくて静かだった。誰もいないと思ったのだが、右側のどこかから声が聞こえてきた。そちらを見ると、陰になった一角に二人の人間がいて、低いが張りつめた声で話をしている。意外なことに、ひとりはリュドミラ・イヴァノヴァだった。もうひとりは肉づきのいい顔と、動かすたびに照明を受けて光るはげ頭のずんぐりした男だった。彼らはロシア語で話していたが、その声や身ぶりから、何かについて言い争っているのはわかった。どちらもわたしたちが見ていることに気づいていなかった。自分たちの言い合いに気をとられていて、その言い合いはますます白熱してきた。リュドミラは声をはりあげ、かんかんになった。はげの男は肩をすくめて立ち去ろうとした。それがいっそうリュドミラを怒らせたようで、彼女は男の肩をつかんで引き戻し、ぐっと体を近づけて彼の顔に向かって憤然と怒鳴りつけた。

　そんな場面に出くわしてばつが悪かった。まるで彼らを覗き見して、ひどく個人的な内緒話を盗み聞きしているような気がしたのだ。マルゲリータとグァスタフェステを見ると、彼らも同じ気持ちでいるのがわかった。わたしたちはそうっと踊り場を抜けて階段を降りた。上ではまだリュドミラが叫んでおり、何を言っているかわからない彼女のロシア語が市庁舎の石の壁に威《い》嚇《かく》するように響いた。

4

次の朝、わたしはエフゲニーが電話で昼食の約束をキャンセルしてくるものと、なかば思いこんでいた。あまりに母親に縛られているので、彼女が来させないだろうと思ったのだ。とりわけ、約束したときに自分がかかわっていなかったのだから。しかし実際には、二人とも一時きっかりにやってきた。

前庭に出て二人を迎えた。リュドミラはクレモナから二人を乗せてきたタクシーの運転手に金を払っているところで、エフゲニーはヴァイオリンケースを持ってその横にいた。わたしは心から彼に笑いかけ、手を握った。

「エフゲニー、また会えて本当にうれしいですよ。体調はどうです？　ゆうべのパーティーから復活しましたか？」

「ええ、ありがとう」

「遅くまで起きていたんですか？」

「少しだけ。ママはああいうことが好きなもので」

「あまり早く失礼するわけにもいかないでしょう。礼儀にかなっていないもの」リュドミラはそう言いながら、タクシーに背を向けた。「ああいうふうに市がパーティーをしてくれるのは名誉なことなのよ、エフゲニー。出席する義務があるの」彼女は手をさしだした。「ドットール・カスティリョーネ、お招きありがとうございます」

「ジャンニと呼んでください」

「それじゃわたしはリュドミラと呼んでいただかなきゃ」彼女はにこやかに言った。

前の日の午後、工房から出てくださいと言ったことを根に持っていたとしても、表にはあらわれていなかった。彼女は機嫌がよく、顔はリラックスしてやさしくみえた。きのうとは違うがやはり襟ぐりの深いワンピースを着ていて――細身のロイヤルブルーで、豊満な体にぴったり張りついており――靴も揃いだった。長い黒髪を肩にたらし、首には銀のチェーンをつけていて、そこにサファイアの房がさがっていた。

「四重奏をするんですよね?」エフゲニーがきいた。

「あなたにまだやってくれる気があれば」と答えた。

「もちろんありますよ。だからヴァイオリン、持ってきました。ほかの人たちはもうここに?」

「アントニオは来ています。ヴィオラ奏者のアリーギ神父は、もうじき来るでしょう」

「神父?　司祭の方ですか?」

「わたしたちのような四重奏をするときには、神が味方してくださると助かるんですよ」

一緒に家の中へ入った。エフゲニーとリュドミラをリビングに通し、それからキッチンへ行くと、マルゲリータが皿いっぱいの前菜を用意しているところで、グァスタフェステはそのそばをまごまごと動きまわっており、手伝おうという気はあるものの、実際には何の役にも立っていなかった。みんなの食前酒を作ってくれと頼むと彼は喜んで応じ、食器棚の中を探して、わたしが忘れていたものも含めてありとあらゆる酒のボトルをとりだした。アントニオのカクテル作りの腕は伝説的なのだ。彼の食前酒、つまりジンとウォッカと、そのほか使えるものは何でもかんでも入れる強いカクテルは、食欲を刺激すること請け合いだ――その前に酔いつぶれてしまわなければ。

彼がカクテルを盆にのせていたとき――例の有名なタイミングのよさで――イグナツィオ・アリーギ神父が到着した。

「彼にはわかるんですね」グァスタフェステは司祭がキッチンに入ってくるとそうささやいた。「何でだか、いつだってわかるんですよね。きっと風にのった酒のにおいを感知するとか何とかですよ」

「おお、ちょうど飲みたかったんだ」アリーギ神父はそう言って、自分でグラスのひとつをとった。

彼は黒っぽいスーツと聖職者の衿をつけており、ほんのりピンクの顔は健康に輝いていた。彼が今朝忙しかったのはわかっていた――早起きの人たちのために七時半のミサ、それから遅い人たちのために十時のミサ――しかしいまは晩まで自由の身だった。カトリック教会は巧みに組織化された機関だ。信徒と司祭の安寧が、日曜午後の長い昼食と昼寝にかかっていることを、はるか昔から承知しているのである。

神父をリビングに連れていってイヴァノフ親子に引き合わせた。そのあとからグァスタフェステが食前酒を持ってきた。わたしはカクテルを配るのを手伝い、それから失礼してキッチンに戻った。マルゲリータは流しのところで洗い物をしていた。

「それはほうっておいて」わたしは言った。

「邪魔なものをちょっと片づけているだけよ」彼女は答えた。

「早く行って、座ってカクテルを飲んで」

「あとでね。もうちょっと――」

「いますぐ」わたしはきっぱりと言った。「洗い物をさせるために呼んだんじゃないんだから」

「でもあなたひとりじゃ無理よ、ジャンニ」

「議論はなし」わたしは言った。「早く行って」

「パスタソースはどうするの？」

「行って！」

わたしは彼女をキッチンから追いたてた。彼女は出ていったが、しぶしぶだった。われわれは男女のそれぞれの役割について固定した考えで育った世代である。わたしの妻は生前、料理やほかの家事をほぼすべてやっていた。そういうものだったのだ。その後世の中は変わったが、わたしたちが思いたがるほど変わってはいないのだろう。マルゲリータは自立し、解放された女性で、本人も家事という苦役を嫌っているのは認めているが、慣習の名残を捨てるのはむずかしいものだ。彼女の中の何かが、キッチンで片づけるべき作業があるときに、何もせずくつろぐことを許さない。
わたしはガス台の上でぐつぐついっているトマトソースの具合を、それからオーヴンの中の豚肉のエスカロップ（薄切り肉のカツレツ）の様子を見た。料理という技術を身につけたのが遅かったので、わたしのレパートリーは限られている。やもめになって七年のあいだに、新しい料理もいくつかおぼえたが、ふだん食べるのはいまも基本的に、カテリーナと結婚していた三十五年間に作ってもらった料理だった——パスタ、鶏肉に豚肉、たっぷりの新鮮な野菜。シンプルで飾り気のない健康法だが、それを言うなら、わたしもシンプルで飾り気のない人間だ。そういう料理でじゅうぶんだし、お客に出すのも恥ずかしいとは思わない。六十四歳のひとり住まいなのだ。誰もわたしが一流コック並みの食事を出すとは期待しないだろう。たいていは、ゆで卵が作れるだけでも感心してくれる。

　わが家の狭く、少々きゅうくつなダイニングで食事にした。夏であれば、テラスに出て外で食べるのが好きなのだが、いまはもう十月で、外で座っているには寒すぎた。食事は楽しく、和気あいあいとしたものだった。グァスタフェステ、アリーギ神父、それにわたしは昔からのなじみだ。マルゲリータはわたしの人生の彩りとなってくれてほんの十二か月だが、もうわたしの友人たちと気の置けない間柄になっているし、彼らも同じだった。イヴァノフ親子も気さくな客人だった。エフゲニーはあまりしゃべらなかったが、リュドミラは彼の無口さをおぎなってあまりあった。

「教えていただけませんか」食事の終わりに彼女にそうきいてみた。「そんなに流暢《りゅうちょう》なイタリア語をどうやって身につけられたんですか？」

　わたしたちはマルゲリータがミラノから持ってきてくれたケーキを食べおえ、クレモナ名物のトッローネ、つまり蜂蜜とアーモンドのヌガーをまわしているところだった。グァスタフェステは新しくあけたボトルからみんなのグラスにワインをつぎ、半分残ったボトルをぬかりなくアリーギ神父の横に置いた。

「ここで勉強したんです」リュドミラは答えた。「もっと若かったときに。わたしはモスクワの音楽院の学生でしたけど、一年間ミラノに留学していたんですよ、あの音楽院《コンセルヴァトーリオ》に」

「楽器を弾かれるんですか？」グァスタフェステがきいた。

「歌手でした」

　きのうのわたしの推測はあたっていたわけだった。

「プロの歌手でいらしたんですか？」と、きいてみた。

「短いあいだだけです。それから夫に出会って、エフゲニーが生まれて」――彼女はやさしく息子にほほえんだ――「そこでぱたりと自分のキャリアは重要でなくなりました」

「ご主人も同行していらっしゃるんですか？」アリーギ神父がきいた。

「元夫です」リュドミラは言葉を選んで言った。「二人めの奥さんとモスクワに住んでいます」

「ああ、申し訳ないことをきいてしまいました」

「いいんです。フョードルと離婚したのはずっと前なんです、エフゲニーはまだ一歳でした。すべて昔のことですし」

わたしはみんなにコーヒーをいれ、それから四重奏をするために全員で奥の部屋へ行った。「いまのうちに、わたしたちの水準が低いことを謝っておきますよ」それぞれが楽器を出しているあいだに、エフゲニーにそう言った。「もしあんまり苦痛で気分が悪くなったら、いつでもそう言ってもらえればやめますから。あなたを拷問にかけたくないですしね」

「楽しむためにやるのですから」エフゲニーは言った。「皆さんがどんなふうに弾いても大丈夫です」

彼はストラディヴァリを手に持っていた。

「見せてもらってもいいですか？」と、わたしはきいた。

彼がヴァイオリンを渡してくれ、わたしはそれを目でたどった。すぐにわかった——そのあたたかく黒みを帯びた色、長いコーナー、みごとな二枚板の楓《かえで》の裏板で——それが一七〇〇年代初期、つまりストラディヴァリの〝黄金期〟のはじめに作られたものだと。当時彼は五十代後半で、いまのわたしよりそれほど若くはなかった。わたしのように、彼もヴァイオリンを作りはじめて四十年以上がたっていたが、似ているのはそこまでだった。目の前にあるのは最高のヴァイオリンで、わたしのまったく平凡でもないキャリアにおいて作ることのできたものをも、はるかにしのいでいた。ストラディヴァリのヴァイオリンはたくさん見てきたが、弦楽器職人として彼の比類なき腕前をうらやんだことは一度もない。あまりにもほかの誰ともかけはなれた存在なので、人間が神をうらやむようなものなのである。わたしはただ、彼が生きていたこと、彼の作品が残っていて、新しい世代のヴァイオリン職人たちがそれを喜びとし、超えようとしていることをうれしく思うだけだ。〝大砲〟がまだ記憶に新しかったので、わたしはパガニーニの愛器とこれを比べずにいられなかった。グァルネリ・デル・ジェス――文字どおり、〝イエスの〟という意味で、彼が自分のラベルにつけた十字架からきている――とストラディヴァリは、人間として非常に違った性格の人物で、その違いが彼らのヴァイオリンにもたやすく見てとれた。ストラディヴァリは完璧主義者で、厳格で真面目な人間であり、仕事熱心で謹厳実直な生涯を送った。グァルネリのほうはもっと奔放で、気の多い性格だった――われわれの大半によく似ている――土曜の夜には酔っ払い、仕事が雑になっても気にしなかった。ストラディヴァリの楽器は綿密に作られ、どんな小さな部分も注意がゆきとどいている。グァルネリのほうは――とりわけ〝大砲《イル・カノーネ》〟は――もっと粗削りで派手だ、しかし外見にだまされてはいけない。うわべの飾りは違うかもしれないが、その下ではどちらも天使のごとく歌うのだ。

　f字孔の中をのぞいて、製作者のラベルが見えるようにヴァイオリンを明かりのほうに傾けた。〝クレモナのアントニオ・ストラディヴァリが一七〇一年に製作《アントニウス・ストラディヴァリウス・クレモネンシス・ファチエバット・アンノ・ミッレ・セプティンジェンティ・ウーヌス》〟

「僕のものではないのです」エフゲニーは言った。「こんなヴァイオリンを買うお金はなかったので。モスクワ音楽院から貸し出されているんです」

「いい楽器ですね」わたしは後ろ髪を引かれながら楽器を返し、自分のヴァイオリンをとった――もちろん、自分で作ったものだ――一九八五年に二週間だけ続いた、自分では〝黄金期〟と思っている時期のものだった。

「何を弾きます?」グァスタフェステがきいた。彼はもう譜面台を前に座って、脚のあいだにチェロをはさんでいた。

「エフゲニーに決めてもらおう」わたしは言った。「何がいいですか?」

「わかりませんよ」エフゲニーは答えた。「選ぶ範囲が広すぎて。助けてください、ジャンニ。どこから始めましょう?」

「では最初から」

そんなわけで、わたしたちはハイドンを、弦楽四重奏の父を演奏し、それから彼の後継者、モーツァルトとベートーヴェンに移り、ときには曲の全部ではなく、ひとつの楽章だけを弾いたりした。エフゲニーは弾いたりやめたりして、いろいろな作曲家を弾いてみるのを楽しんでいた。まるで誕生日プレゼントをあけている子どものようで、まだ包み紙をはがして楽しめるものがあることに大喜びだった。

わたしは彼が特定の曲に長くとりくんだり、むずかしいパッセージを練習しようとしたりしなくてほっとした。アマチュアの四重奏者として長年やってきて、むずかしい部分を練習しても、演奏がよくならないのはわかっている。そんなことをしても、自分は決してこれを弾けるようになれないだろうという気の滅入る結論が頭に叩きこまれるだけなのだ。

弦楽四重奏は、理屈のうえでは四つの同等なパートをひとつにまとめた音楽形式で、どのパートも隣のそれと同じように重要とされる。しかし実際には、第一ヴァイオリンがほかのパートより重要であり、グァスタフェステもアリーギ神父もわたしもそれで全然かまわなかった。

わたしたちは後ろに控え、エフゲニーに主導権を持たせた。彼のすばらしい音に耳を傾け、味わった。彼のように卓越したヴァイオリニストと演奏したのははじめてだった。彼はソリストであること、スターでいることに慣れていたが、音楽家としてもすばらしく、そのすぐれたテクニックで共演者たちを圧倒したりはしなかった。彼なりに溶けこもうとし、こちらに恥をかかせまいとしてくれていた。わたしたちとの大きな差は室内にいる誰にも歴然としていたが。

マルゲリータとリュドミラは奥の壁ぎわの肘掛け椅子に座り、うっとり聴き入っていた。ベートーヴェンの後期四重奏のひとつにあるカヴァティーナを弾いていたとき――これまで書かれた室内楽の中でももっとも美しいもののひとつだ――マルゲリータを見ると、彼女は目に涙を浮かべていた。アントニオとアリーギ神父も気持ちが揺れている様子だった。いまの音楽だけでなく、よみがえってきた思い出に。そのカヴァティーナはトマソ・ライナルディのお気に入りの曲で、彼が亡くなってから、わたしたちがそれを演奏するのはこのときがはじめてだったのだ。それどころか、みんなで四重奏をしたのもはじめてだった。

第一ヴァイオリン奏者をなくしたのは、わたしたちにとって深い傷の残る体験だった。エフゲニーがその隙間を埋めてくれたことは音楽的にはありがたかったが、トマソは子どもの頃からの友人だった。五十年も一緒に音楽を奏でてきた。わたしの人生においても、四重奏団においても、誰も彼のかわりにはなれない。彼を思い出し、ともに過ごした幸せな日々を思い出していると、自分も目がうるんできたので、その楽章を弾き終わると、わたしは口実を作ってそそいで部屋を出た。

しばらくして、キッチンでハンカチで目を押さえているのをマルゲリータに見つかってしまった。彼女は何も言わず、ただわたしに両腕をまわして引き寄せ、わたしが立ち直るまで抱きしめていてくれた。

「トマソのことでしょう?」彼女は体を離してきいた。

わたしはうなずいた。マルゲリータはトマソに会ったことはないが、わたしから彼のことはいろいろ話してあった。

「とくにあの曲」と、わたしは言った。「トマソは本当にあれが好きだったんだ。みんなでよく冗談を言ったんだよ。〝まただカヴァティーナはごめんだよ〟ってね、トマソがあれを弾こうと言いだすと、みんなでそう言ったんだ」

「とても感動的な曲ね。それにみんなとても上手だったわ」

「うん。エフゲニーはすばらしいだろう? 彼がトマソよりもっとうまく弾いてくれたのはわかるんだ、でもおかしなもので、そんなふうに感じられなかったんだ。わかるかな? 何かが違う感じがしたし、あるべき音じゃなかったんだ、弾いていたのがトマソじゃなかったから」

わたしはまたハンカチで目をぬぐった。「弾いているあいだずっと思っていたんだ、トマソがこれを弾くのはもう聴けないんだ、って。もう彼に会うことも、彼に話しかけることも、一緒に音楽を演奏することもないんだ。彼は逝ってしまった」

マルゲリータはもう一度わたしをハグした。

「わかるわ」やさしくそう言った。「つらいわよね? 思い出は痛みをともなうわ、でも同時に心を上向けてくれる。彼はいまでもあなたと一緒にいるのよ、ジャンニ。そういうふうに考えなければだめ。トマソは逝ってしまったけれど、彼の一部はまだあなたとここに残っているし、これからもずっとそうなの」

彼女はわたしにほほえみかけた。

「それじゃ休憩にしない？　もうじゅうぶん弾いたでしょう。みんなにお茶をいれるわ」

わたしは彼女の手をとって強く握った。

「ありがとう。あなたがいてくれてよかった」

「わたしにはいつでも話してくれていいのよ、ジャンニ。わかっているでしょう」

しばらく庭に出て、新鮮な空気で頭をすっきりさせようとした。トマソのために涙を流したのはずいぶん前のことだったが、悲しみとはそういうものだ。たえず続きはしない。それは波のようにやってくる。しばらくは、ダムが湖を押しとどめているように遠ざけておけるが、やがて何かがきっかけとなって胸の中で爆発が起き、壁が崩れて洪水を起こす。わたしの場合、きっかけは音楽であることがしばしばだ。音楽は、何にもまして思い出を、人とのつながりを持ち、潜在意識レベルにうったえかけるのだが、そのほうが目に見える力よりもなぜか強いのだ。写真、記憶に残っている会話、地理的な場所——どれでも感情の激流を引き起こしうる。しかし音楽はもっと深いところを探り、わたしのいちばん無防備な部分を見つけてしまうようで、その結果、洪水はますます激しいものになる。

午後の日ざし、平野を吹きわたる風はわたしをなだめ、濡れた頬を乾かしてくれた。野菜畑から遅く実ったさやいんげんとズッキーニをいくつかとっていると、後ろで足音がした。振り返ると、エフゲニーがこちらに来るところだった。

「大丈夫ですか?」心配そうな顔できいてきた。

「ええ」

「僕のせいで疲れさせてしまったのでしょうか?」

「そんなことはないですよ」

「たくさん演奏してしまいましたね。でも本当に楽しくて。弾いたことないすばらしい音楽がたくさん。ありがとう」

「わたしたちと合奏してくれて、こちらこそありがとう」と、わたしは言った。「あなたのようなヴァイオリニストと演奏できたなんて、本当に光栄でしたよ。釣り合わなくて申し訳なかったですね」

「お上手でしたよ、皆さん全員。それに弾くことを愛している。それがすばらしいです。僕の世界、プロの世界では、必ずしも楽しいことじゃありませんから」

彼は庭を、低木と高木を、遠くまで広がる周囲の畑を見まわした。

「本当におだやかなところですね」と彼は言った。「昔からここに住んでいますか?」

わたしは首を振った。

「ずっと街に住んでいたんです。田舎は好きだったんですが、子どもたちのためにはクレモナにいたほうがよかったので。街には彼らの学校もあったし、友達もいましたから」

「お子さんがいるんですか？」

「息子が二人と娘がひとりです。みんなもう大人になって、ほかの土地に落ち着いていますよ。孫も三人います」

「クレモナに？」

「マントヴァです。遠くではないんですよ」

「家庭を持つっていいでしょうね」エフゲニーは言った。「友達も」彼はさびしげに眉を寄せた。

「あなたも友達はいるでしょう？」

「全然」彼は答えた。「僕の生活は、四歳のときから、ヴァイオリンだけです――レッスン、練習、コンサート。普通の男の子がやること――サッカーをしたり、パーティーや映画に行ったり――ひとつもやりません」

わたしは彼が可哀相になったが、その打ち明け話を意外とは思わなかった。弦楽器職人として生きてきて、多くの才能ある音楽家たちに出会ってきたが、彼らの誰ひとりとして、普通の子ども時代と呼べるものは送っていなかった。子ども時代と、音楽において秀でることは両立しない――二つのうちどちらかを選ばなくてはならないのだ。わたしはエフゲニーの孤独がわかった。彼が過ごしてきた、他者から隔絶したような人生を想像できた――現在の地位にのぼりつめるため、ひたすら練習に明け暮れた年月。しかし彼は幸運な人間のひとりだった。彼は耐え抜き、あらゆることを乗り越えてソリストとして自分を確立したが、彼の同類の何千という人間が途中で挫折したことをわたしは知っていた。彼らは若さを音楽に捧げたのに、気がつくと大人の世界にも自分の場所はないのだ。

神童であることには得るものも多いが、その暮らしはわたしが万人にあれかしと思うものではないし、多くの子どもたちも、野心的な親に強制されなければ選ばないだろう。そして、たいていは背後のどこかに押しの強い母親か父親がいる。ほとんどの子どもは、名演奏家の水準に達するために必要な、日に何時間もの楽器の稽古などしたがらない。そのことはうちの子どもたち三人でわかっている。三人とも楽器を習ったが、練習するようにというわたしの説得に全員が反抗した。無理じいする気にはなれなかったし、そうしたほうがいいのかと迷ったことは一度もなかった。音楽は義務ではなく、喜びであるべきだ。夢破れ、苦い思いを抱えたプロたちをあまりにたくさん見てきたので、自分の子どもはそんなふうにしたくなかった。しかしエフゲニーは夢破れたわけではない――何といっても、賞をとったソリストで、前途洋々なのだから――それでもさまざまな後悔を抱え、これまで自分が見落としてきたものは何だろうと考えはじめている。

「少しスピードを落としたらどうですか」と言ってみた。「音楽だけでなく、何かほかのことをするとか」

彼は悲しげに笑った。

「スピードを落とす？　母が許してくれっこありません。パガニーニ優勝したばかりだし。僕の生活はこれからどんどんめまぐるしくなるでしょう。もうたくさんの人が弾いてくれと呼んでいます。母は僕がその全部にイエスと答えなければいけないと言うんですよ」

「あなたはもう子どもじゃない、エフゲニー」わたしは言った。「もう自分で決めていいんですよ」

彼は考えこむようにわたしを見た。それからうなずいて何か言いかけたが、テラスから突然大きな声がしてさえぎられてしまった。グァスタフェステが芝生をこちらへ歩いてきた。手に携帯電話を持っている。

「すみませんが、ジャンニ、俺は帰らないと」と彼は言った。「署《クエストゥーラ》から呼び出しがあって」

「悪い知らせかい？」

「フランソワ・ヴィルヌーヴ――ヴィンチェンツォ・セラフィンのパリの友人ですよ。ホテルの部屋で死体で発見されました。自然死じゃないそうです」

5

殺人事件の捜査はたいていの場合、時間がかかるうえ、捜査員がそれに没頭してしまうものなので、グァスタフェステは数日間、ときには何週間も続けてわたしの前からすっかり消えてしまうことがある。だから次の朝、彼から電話がかかってきたのは意外だった。わたしは工房にいて、二枚組のトウヒから、新しいヴァイオリンの表板を切り出しているところだった。

「いま忙しいですか?」彼はきいた。

「待たせておけないものはないが」と答えた。

「力を貸してほしいんです。そっちへ行ったら会えますか?」

「もちろんだよ。でもヴィルヌーヴの事件はどうしたんだ? それにかかっているんじゃないのか?」

「その事件に関係あることなんですよ」

二十分後、彼の車が私道に入ってきて、タイヤが砂利にざくざく鳴るのが聞こえた。わたしは鋸《のこぎり》を置いてエプロンをはずし、テラスへ出て彼を出迎えた。グァスタフェステはひげが伸びて赤い目をしていた。服はそれを着て寝たままのようにみえたが——過去の経験から——ほとんど徹夜だったのが察せられた。警察署《クエストゥーラ》のベテラン刑事のひとりとして、殺人事件の捜査の中心になり、最初の数時間、つまり痕跡がまだ新しいうちに全力で働いていたのだろう。

「コーヒーは?」と、きいてみた。「飲んだほうがよさそうだよ」

「ありがとう」

一緒にキッチンへ行き、エスプレッソポットをいっぱいにして火にかけた。グァスタフェステはテーブルを前に座った。顎の線にそってできた黒い影をかき、あくびをする。

「カミソリを貸そうか?」

「もうちょっとこのしゃれた無精ひげでいますよ」

「コーヒーを飲んだら、工房に来て、その顎で楓《かえで》にやすりをかけてもらおうかな」

グァスタフェステは口をゆがめて笑った。

「仕上がりが気に入らないと思いますよ。目が粗すぎて」

わたしは食器棚からコーヒーカップを二つ出してテーブルに置いた。

「それで、ヴィルヌーヴはどうなった？」と、きいた。「彼に何があったんだ？」

「頭を殴られていました。彼の部屋にあったテーブルランプに血液と、毛髪も少しついていたんです。鑑識の報告はまだ来てませんが、ランプが凶器なのはほぼ間違いありません」

わたしは思わず顔をしかめた。

「気の毒に。何か証拠はつかんだのかい？」

「いまのところ、これというものは何も。ホテルの従業員たち、ほかの客たち、誰も何も見ていないし、聞いてもいない。誰かが彼に会いにきたのははっきりしています。言い争いか格闘をしたようで——室内に争ったあとがありましたから——それから、まだ誰だかわかりませんが、訪問者のほうがテーブルランプをつかんで、ヴィルヌーヴの頭を殴った。解剖をした病理学者の話では、ヴィルヌーヴは珍しいほど頭蓋骨が薄かったそうです。殺すのにたいした力はいらなかったでしょう」

「それが、ええと、正確には——きのうの午後だったんだね？」

「ドクターは死亡時刻をきのうの朝、午前十時から正午のあいだとしています」

「でもきみが呼ばれたのは——何時だったっけ？　五時半か、六時じゃなかったか？」

「その頃に死体が発見されたんですよ。部屋のドアに〝声をかけないで〟の札があったので、ホテルの清掃係はきのうの午前中、中に入らなかったんです。そのあとヴィルヌーヴの奥さんがパリからそのときのシフトの支配人に電話してきて、誰か部屋を調べてくれと頼んだんです。彼女は一日じゅう夫に連絡しようとしていたんですが、つながらなかったんです、携帯とホテルの電話の両方とも。それで不安になった。支配人が自分の親鍵を使ってドアをあけたら、ヴィルヌーヴが床に倒れていたというわけです」

グァスタフェステはまたあくびをした。わたしは彼の憔悴《しょうすい》した顔をじっと見た。

「朝食は食べたのかい?」

「いえ」彼は答えた。「いいんですよ、ジャンニ、かまわないで――」

「誰かがきみの面倒をみなきゃだめだろう」わたしはさえぎって言った。「きみが自分でやらないなら」

パンとバターと杏のジャムを出して、彼の前に並べた。

「ちゃんとした朝食をとる時間はいつだってあるものだよ」口やかましい親みたいな言い方になっているのは承知で言った。しかし、わたしが言わなければ、グァスタフェステがまったく気をつけないこともわかっていた。彼は四十代なかばで、わたしより二十歳も若いので、ときどき自分の息子のように心配してしまう。彼は離婚してから何年もひとり暮らしで、不規則な勤務時間と無頓着な生活が健康に害を及ぼしていた。警察の仕事はストレスが多い。わたしにできるのは、せめてきちんとした食事をとらせるくらいだった。

グァスタフェステはため息をついた。彼はパンにバターとジャムを塗って食べた。わたしは二人ぶんのカップにコーヒーをそそぎ、彼とテーブルについた。

「力を貸してほしいと言っていたね」

グァスタフェステは上着のポケットを探り、小さな、十五センチ四方くらいの透明なビニール袋を出した。下のほうにある役所のスタンプから、警察の証拠品袋だとわかった。グァスタフェステは袋をテーブルに置いてくるりと回し、わたしに中身がはっきり見えるようにした――楽譜の小さな切れ端だった。

「ヴィルヌーヴの財布に入っていたんです」と彼は言った。「普通、人は楽譜の切れっ端を持ち歩いたりしないでしょう、それで気になったんです。曲の題と作曲者の名前はありません。あなたなら音楽に詳しいでしょう。これが何かわかりますか?」

わたしは袋に目を凝らした。楽譜の切れ端はおおざっぱな四角形で、一辺は縁がまっすぐで、あとの三辺は大きな紙から破られたぎざぎざの縁だった。クラシックの楽譜の左上の一部であるのはあきらかだったが、題と作曲者はページの残りの部分に残してきていた。

最初の二小節だけがそこにあった。五線譜が一段だけなので、鍵盤楽器の楽譜ではない。ト音記号がついており、拍子は四分の四、調号はフラットが三つ、テンポ表記はアダージョだ。わたしは頭の中で音符を弾き、音を出さずにハミングしてみた――ソの四分音符、ドの複付点四分音符、レの十六分音符、ミのフラット複付点四分音符、ファの十六分音符。それだけだった。

「わかりました?」グァスタフェステがきいた。

「たしかめないと」と答えた。

奥の部屋へ行って、ピアノで音符を弾いてみた。

「きみもわかるかい?」

グァスタフェステはぽかんとした。「俺が?」

「つい最近聴いているよ。もっとヒントが必要かい?」

「早く教えてくださいよ、ジャンニ」グァスタフェステはじれったそうに言った。

わたしは楽譜用のたくさんあるキャビネットのひとつの引き出しをあけ、山とある楽譜を調べて、探していたものを見つけた——ピアノ伴奏付きの、あるヴァイオリン曲。ピアノの楽譜をはずして、ヴァイオリンのパート譜を証拠品袋と並べてみた。袋の中の楽譜の切れ端は、わたしの楽譜の出だしと同じだった。

「ショット社の版まで同じだ」とわたしは言った。「パガニーニの『モーゼ幻想曲』だよ」

グァスタフェステは楽譜と証拠品袋を受け取って、自分で見比べた。

「土曜の夜にエフゲニー・イヴァノフが弾いてた曲ですね」

「だから最近聴いていると言っただろう」

グァスタフェステはふいに体を硬くした。わたしを見つめて、目を細くしていたが、心はどこか別のところにあるのがわかった。

「どうかしたのか?」

「モーゼ」と、彼は言った。「ヴィルヌーヴはホテルの金庫にあるものを入れていたんです。預けたのは金曜の晩。黄金製の箱で、本くらいの大きさですが、もっと分厚いやつです。俺にはアンティーク品にみえました、精巧な出来で、高いやつに。それで、箱の蓋《ふた》に、シナイ山で十戒を記した銘板を受け取っているモーゼが彫刻されているんですよ」

「黄金の箱？」わたしはきいた。「中には何か入っているのかい？」

「わかりません。普通とは違う錠がついていて。四つのダイヤルの組み合わせ錠なんですが、ダイヤルには数字じゃなくて、文字がついてるんです」

「あけようとしてみたんだろう？」

　グァスタフェステはうなずいた。

「いくつかあてずっぽうな組み合わせでやってみたんです。でも、ダイヤルにはそれぞれ七つの文字があるんですよ。並び替えはたぶん何千とあるでしょう。偶然に頼っていてはあけられないし、力ずくではあけたくないし」

「ヴィルヌーヴが殺されたのはその箱に関係があると思っているんだね？」

「さあどうですか。彼が持っていたもので、値打ちがあるのはそれだけなんです。でも、彼がそれを売りにクレモナにきたのか、あるいはここで手に入れたのかがまだわからない。奥さんと電話で話してはみました。でもたいして助けにならなくて。箱のことも何も知りませんでした。旦那がクレモナで何をしていたかも知らないんですからね、出張だったという以外」

「彼はどんな仕事をしていたんだい？」

「美術品とアンティークのディーラーでした」

「セラフィンはどうなんだ？　彼とは話してみたんだろう？」

「一時間くらい前に。こっちも、何も知らないと言ってました」

「信じるのか？」

グァスタフェステはにやりと笑った。

「セラフィンを信用しないほうがいいとわかるくらいのことは、あなたに教えてもらいましたから」

「彼はヴィルヌーヴと仕事をしていたのかな？」

「違うと言っていますがね」──グァスタフェステは間を置いた──「全部正直には話してないって感じがしました」

「セラフィンが相手じゃ、そう感じるのも無理はないさ」と、わたしは言った。「ヴィルヌーヴはヴァイオリンも売買していたのかい？」

「わかりません。美術品とアンティークというと、ずいぶん広い分野ですからね。セラフィンが売り買いするのはヴァイオリンだけなんですか？」

「金になるなら何でも売り買いするよ」

わたしはコーヒーをかきまわして飲んだ。

「さっきの楽譜の切れ端と、その金の箱は関係があるのかい？」

「でなければ、なぜヴィルヌーヴは『モーゼ幻想曲』の切れっ端を財布に入れておいたりするんです？　でもどんなふうに関係しているのか？」グァスタフェステはしばし無言だった。それから立ち上がって、せかせかとキッチンを歩きまわりはじめた。「妙ですよ、そう思いませんか？　ヴィルヌーヴは殺された、そして財布の中には、彼が前日に行ったリサイタルで演奏された曲の、楽譜の切れ端が入っていた。それが偶然ですか？」

「突き止める方法がひとつだけあるよ」わたしは言った。


　廊下を歩いていくと、ヴァイオリンを弾いている音がかすかに聞こえた。何の曲かはすぐわかった――パガニーニの二十四の奇想曲のうち最後の、もっとも有名な曲で、ブラームスもリストもラフマニノフも後年、その変奏曲を書いている。わたしたちはドアの外で立ち止まった。グァスタフェステはすぐにはノックをしなかった。わたしと同じように、彼も部屋からもれてくる美しい音に聴き入っていた。その音には、人がそのために動きを止め、一音たりとも聴きのがすまいと息を詰めるような、胸を打つものがあった。最後の和音が演奏され、しばらく静寂が続いてからやっと、グァスタフェステは手を上げてドアを叩いた。

　リュドミラ・イヴァノヴァが出てきた。前もって電話をしておいたので、わたしたちが来るのを待っていたのだろう。

「おはようございます《ボン・ジョルノ》」彼女はいつものゆたかな、陰影のある声で言い、その体が戸口をふさいでいた。「どうぞ」

　わたしたちが入れるようにドアを引いてくれた。そこは〈オテル・エマヌエーレ〉の中でも広く贅沢なスイートで、ゆったりしたリビングに寝室二つとバスルームが二つあり、どれも棟の端に位置していて、ここならエフゲニーが練習してもほかの客たちの邪魔にならないと思われた。

エフゲニーは部屋の真ん中で、譜面台のそばに立っていた。彼はヴァイオリンをおろして笑顔になった。

「またお会いできましたね」訛《なま》りのあるイタリア語で言った。「きのうの四重奏、楽しいです」

「途中で終わらせることになってしまってすみませんでした」グァスタフェステが言った。

「もっと弾いていられたらよかったんですが」

「お仕事があるんですから。わかります」エフゲニーは言った。「それにそういうことは――殺人事件は――重大なんでしょう？」

「クレモナみたいな土地では、殺人事件なんて多くはないでしょうに」リュドミラが言った。

「ええ、きわめて稀《まれ》ですね、ありがたいことに」グァスタフェステは答えた。

「今朝の新聞に載っていましたよ。パリのアンティークディーラーだそうですね」

「そのとおりです」

「なぜ殺されたのかはわかっているんですか？」

「まだです」

リュドミラは椅子に座って脚を組み、ワンピースが膝を隠すように行儀よく裾をなおした。

「それで、わたしたちは何をしたらよろしいのかしら？」

グァスタフェステはエフゲニーに顔を向けた。

「土曜の晩のあなたのリサイタルですが」と言った。「暗譜して弾いていましたよね、でも楽譜は持ってきているんでしょう?」

「もちろんです。楽譜はいつも持っています」エフゲニーは答えた。「それで練習するために、それから……」彼は言いよどんで、ロシア語で母親に何か言った。

「記憶を新たにするために」リュドミラが言った。「この子はイタリア語の言葉がわからなかったんです。エフゲニーはたくさんのレパートリーを暗記しています、とくに大きな協奏曲をね、それでも楽譜は常に荷物に入れています。珍しい曲——土曜のプログラムのような——弾くことの少ない曲ですと、楽譜を持っていくことはなおさら大事です」

「『モーゼ幻想曲』の楽譜を見せていただけますか?」グァスタフェステがきいた。

「『モーゼ幻想曲』ですか? いいですよ」

エフゲニーは部屋の一角の、積んである楽譜でいっぱいになっていた上品なマホガニーのデスクのほうへ行こうとした。グァスタフェステはすばやく動き、エフゲニーがデスクに着く前にさえぎった。

「結構です、シニョール・イヴァノフ。わたしに探させてください」

エフゲニーはきょとんとしながらも後ろへさがった。

「どうして?……ええまあ、お好きなように」

グァスタフェステは楽譜の束を見ていき、どの紙も端っこだけしかさわらず、指紋が残っていても保存しておけるように注意していた。やがて二枚組になっている紙を引っぱり出した。わたしはすぐに、最初のページの左上の一部が破りとられているのを見てとった。

グァスタフェステは楽譜の右上端を慎重につまんで、エフゲニーに見せた。エフゲニーは楽譜を見て、眉を寄せた。

「それは……これ、どうしたんです？」彼はきいた。

「これを最後に見たのはいつでしたか？」グァスタフェステが尋ねた。

エフゲニーは肩をすくめた。

「おぼえていません。土曜の午後だと思います――ピアニストと通し稽古しているときに」

「そのあとは見ていない？」

「はい」

「この端がなくなっていることには気づかなかったんですね？」

「なくなっていませんでした。土曜日には」

「ピアニストとこの曲を弾いたあと、楽譜はどうしました？」グァスタフェステがきいた。

「ほかの楽譜と一緒に楽屋置きました」

「大聖堂の？」

「そうです」

「ただ置いておいただけですか？　ケースとかバッグに入れたのではなくて？」

「椅子の上に置きました、たしか。どうして僕の楽譜気にしますか？」

グァスタフェステはポケットからあのビニールの証拠品袋を出して、エフゲニーの『モーゼ幻想曲』の楽譜の横に並べた。二つの紙のぎざぎざになった端はぴったり合っていた。

「それはどこにあったんです?」リュドミラが尋ねた。

彼女は椅子から立ち上がり、もっとよく見ようとこちらへ歩いてきた。

「フランソワ・ヴィルヌーヴが持っていたんですよ」グァスタフェステは答えた。

リュドミラがぽかんと口をあけた。

「ヴィ、ル、ヌーヴ? あの死んだ人がですか? でもどうして?」

「あなた方が何か力になってくださるかもしれないと思っていたんですがね」グァスタフェステは言った。

「わたしたちが? 知らない人ですよ。会ったこともないし、見かけたこともありません、わたしの知るかぎりでは。エフゲニーは?」

エフゲニーは首を振った。

「僕も会ったことありません」

「しかし、どこかの時点で彼があなたの楽譜を手にして、この端を破いたことは間違いないんです」グァスタフェステは言った。「土曜日に、楽屋を無人にしていた時間がありましたか?」

「むじん? 意味がわからないんですが」エフゲニーが答えた。

「楽屋の中、もしくはそばにいつも誰かがいましたか?」

「どうだったかな。ジャンニの家から帰ったあと、僕は伴奏者と少しリハーサルします。それから楽譜を持って楽屋に行って、コンサートまでそこいます」

「一度も楽屋を離れませんでしたか?」グァスタフェステがきいた。

「一度離れたかもしれません、お手洗いに行って。でも保険会社の人たちがずっとあそこにいますよ、外で警備についているんです。誰も中へは入れなかったはずです」

「リサイタルのあいだはどうです? 保険会社の人間は楽屋のそばにいたんですか?」

「いいえ」エフゲニーは答えた。「僕についてきます、大聖堂の中まで。あの人たちが警護しているのは〝大砲〟であって、僕の楽譜ではありませんから。横の、柱の陰に立っています、リサイタルのあいだじゅう」

「それじゃ楽屋に警備員はいなかったんですね? 鍵もかけていなかった?」

「ええ、鍵はかけませんでした」

「それで、コンサートが終わるとどうなりました?」

「僕はアンコールを終えて、楽屋に戻ります。保険会社の人たちも僕についてきます。彼らは〝大砲〟をケースに戻して、すぐに僕から遠ざけます。ヴァンに乗せて、ジェノヴァへ持って帰ります」

「楽譜は?」

「パーティーのあいだ楽屋に置きっぱなしです。それからあとで僕は戻っていって、楽譜を持ってホテルに行きます」

「ありがとう、シニョール・イヴァノフ」グァスタフェステは言った。「とても参考になりました」

「それは返していただけるんですか?」リュドミラが、証拠品袋に入った楽譜の切れ端を指さしてきいた。

「申し訳ありませんが」グァスタフェステは答えた。「しばらくこちらで預からせていただきます。『モーゼ幻想曲』の残りも。指紋がついているかもしれませんので」

「かまいませんよ」エフゲニーは言った。「僕は必要ないですから」

「どう思います?」グァスタフェステはバックミラーをたしかめ、〈オテル・エマヌエーレ〉の外の縁石から車を出しながらきいた。「ヴィルヌーヴはいつあの端っこを破ったんでしょうね?」

「コンサートのあいだじゃないだろう」と、わたしは言った。

「違いますか?」

「ヴィルヌーヴは客席にいた。大聖堂は人でいっぱいだった。会衆席は見通しがいい。エフゲニーの演奏中に彼が席を離れたら、誰かが気がついたはずだよ。だからコンサートのあとだろう」

「俺もそう思います。聴衆が立ち上がって、みんなが動きまわっていたときでしょう。彼は聖具室に忍びこんで、エフゲニーが楽屋を出ていくのを待ち、それからすばやく中へ入る。ほんの数秒あれば足りたはずです。あるいは、あとで戻ってきたのかもしれない、エフゲニーがパーティーに出ているときに」

「しかし、なぜ楽譜の隅っこなんだ？　どうして全体じゃないんだ？」

「あの隅っこだけがほしかったのかもしれない。邪魔が入ったのかも。ほら、誰かが入ってきてびっくりしたので、偶然あの端を破いてしまったとか」

「それはずいぶん妙な行動だな」わたしは言った。「そもそも、何だって彼は楽譜なんかほしかったんだろう？」

「それについてはひとつ考えてることがあるんです」グァスタフェステは答えた。「寄り道していく時間はありますか？　見せたいものがあるんですよ」

彼はヴィットーリオ・エマヌエーレ大通り《コルソ・ヴィットーリオ・エマヌエーレ》を進み、ポンキエッリ劇場《テアトロ・ポンキエッリ》の先を右に曲がり、裁判所通り《ヴィア・トリブナーリ》を引き返した。青と白のパトカーが警察署《クエストゥーラ》の外の道路の両側に並んで停まっていた。グァスタフェステはスペースを見つけて車を入れた。

「ここで待っていたほうがいいかい？」わたしはきいた。

「いや、中に来てください」

警察署《クエストゥーラ》のアーチ形の入口を入っていった。グァスタフェステは受付でサインしてわたしを入れ、わたしは来訪者のパスを発行されて、彼と上の階へ行き、デスクとコンピューターとワイシャツ姿の真剣な顔をした男たちでごったがえしている、広くて仕切りのないオフィスに入った。グァスタフェステは同僚たちにわたしを紹介し、椅子を持ってきてくれた。

「すぐ戻ります」

彼は部屋を歩いていって、あるドアのむこうに消えた。わたしは周囲を見まわした。ほかの刑事たちは皆、電話をしたり、キーボードを叩いたりしていた。オフィスの反対側の壁に大きなホワイトボードがあり、文字でびっしりと埋めつくされている――言葉や語句が黒い四角で囲まれ、それぞれが矢印で全部つながっていた。ヴィルヌーヴの名前がてっぺんにあり、ほかにも名前や情報がその下に、家系図のように伸びていた。

グァスタフェステはしばらくして戻ってくると、また別の透明ビニールの袋を持っていた。それをデスクに置き、封をあけ、長さ三十センチ、幅十五センチ、高さ五、六センチほどの長方形の金の箱を出した。女性の宝石箱か、男性の葉巻入れにみえた。美しい細工の品で、高価なのはあきらかだった。わたしは金属細工、とりわけ金や銀細工には詳しくないが、質のいいものを見分ける目は持っており、これは間違いなく名工の手になるものだった。

「さわってもかまいませんよ」グァスタフェステが言った。「もう指紋採取の粉は振ってしまいましたから」

わたしは箱を手にとってじっくりながめた。縁は細かい細工がされており、側面にぐるりとある彫刻は線と四角からなる幾何学模様だった。蓋の上には、グァスタフェステが言っていたとおり、シナイ山上のモーゼの彫刻がある。それもまた、最上級の出来だった。長くなびく髪とひげのモーゼの姿はとくにすばらしかった。皺《しわ》の寄った顔が生き生きとして、目は熱く燃えている。金《きん》の部分は少し汚れていて、磨く必要があった。溝に白い粉が点々とついているのは、警察の鑑識員が残したものと思われた。

「いい細工だね」と、わたしは言った。

ひっくり返してみると、底に刻印があった。

「誰が、いつ作ったのかわかったのかい？」

「まだです。それには専門家を見つけないと。錠を見ました？」

「ああ、面白いね？　数字ではなく文字を使った組み合わせ錠ははじめて見たんじゃないかな」

錠は箱の正面側にあった。四つの円形ダイヤルがついた頑丈そうな仕掛けは金属部分に組みこまれているので、円周の一部しか外に出ていない。ダイヤルに刻まれている溝は黒い漆《うるし》のようなものが塗りこめられて読みやすくなっており、文字が並んでいた。わたしはそれぞれのダイヤルを親指で交互に回してみた。つい最近油をさしたばかりのようになめらかに回った。

「文字に気がついたでしょう？」グァスタフェステが言った。

「ああ。ダイヤルそれぞれにAからGまで。七文字しかない」

「何か思いつきませんか？」

「誰かの名前を綴ったんじゃないか」

「俺もそれは考えました、でもそこで行きづまってしまったんですよ。たった四文字で、AからGまでしか使わないクリスチャンネームなんて思いあたりませんでした。姓だって同じようなもんです」

「じゃあ、誰かのイニシャルかな？」

「それもありえます。でも思ったんですよ。ヴィルヌーヴが『モーゼ幻想曲』の楽譜の切れっ端を盗もうとしたのはなぜだったのか？　あの楽譜は印刷されて売られている、だから彼は自分で簡単に手に入れられたんです。なのにエフゲニー・イヴァノフの楽譜をちぎらなければならなかった。なぜなのか？」

「そのときその場で必要だった」と、わたしは言った。「彼はいそいでいて、待てなかった」

「そのとおり。彼は『モーゼ幻想曲』が演奏されるのを耳にして、ぱっと何かを思いついた。この金の箱にはモーゼの彫刻がついていた――だから音楽とのつながりははっきりしてます。そしてもうひとつのつながりもある。この箱の組み合わせ錠にはAからGの文字が使われている。そしてAからGといえば……」

「音階だ（英語式ではA＝ラ、B＝シ……G＝ソ、となる）」

グァスタフェステはにやっとした。

「俺が何を言おうとしているかわかったでしょう？　〈オテル・サン・ミケーレ〉の夜間担当支配人が言うには、土曜の晩十一時半頃、ヴィルヌーヴはホテルの金庫からこの金の箱を出したそうです。それを持って自分の部屋へ上がっていったんですが、三十分後に箱を金庫に戻したんですよ」

「彼が箱をあけたと思っているのかい？　開錠の組み合わせを突き止めたと？」

「すじは通っていると思いますが」

「パガニーニの『モーゼ幻想曲』の最初の音符を、錠の組み合わせに使ったりするかな？　ずいぶんとっぴな考えじゃないか、きみも認めざるを得ないだろうけど」

「やってみましょうよ」

グァスタフェステは楽譜の切れ端をとって、デスクの上で箱に並べた。

「栄誉を担うかい？」と、きいてみた。

「いえ、あなたがやってください。俺が音符を読みますから」

グァスタフェステは楽譜を見た。

「G《ソ》」

わたしはいちばん上のダイヤルをGに回した。

「C《ド》、D《レ》、E《ミ》フラット」

ほかの三つのダイヤルも回した。それから蓋をあけようとした。びくともしなかった。

「下からやってみてください」グァスタフェステは言った。

文字の順番を逆にしてやって、もう一度蓋を持ち上げてみた。やはりがっちり鍵がかかったままだった。

「ちょっと見せて」グァスタフェステが言った。

彼はわたしから箱を受け取り、自分でダイヤルを回して、その四文字の組み合わせをいくつか試した。どれもだめだった。

「くそ《メルダ》！」

「とっぴな考えだと言っただろう」

グァスタフェステはいらだって低くうなった。

「その手は避けたかったんですが、こじあけなきゃならないようですね」

「だめだよ」わたしは驚いて言った。「こんなにすばらしい箱なのに。壊してしまうぞ」

「ほかにどうしようもないでしょう？　もちろん、許可はとらなきゃなりませんけど。こいつは値打ちのある品物です。厳密にいえば、ヴィルヌーヴの財産で、彼の奥さんか相続人のものだ。治安判事から令状をとらないと」

「どれくらいかかるんだ？」

「ここのお役所手続きですからね、少なくとも二十四時間は」

わたしは箱をとって、もう一度蓋の彫刻を見てみた。モーゼが両腕に一枚ずつ石板を抱え、背後には連なる山々、頭上では雲が切れ、そこから天上の光が輝いている——おそらく古代のユダヤ律法、すなわち十戒の託宣をあらわしているのだろう。その六番めの戒め（殺人の禁止）はつい最近、フランソワ・ヴィルヌーヴの痛ましい事件で破られたわけだが。

「あまり重くないね」わたしは言った。「無理やりこじあけて、中がからっぽだったら恥をかくんじゃないか」

「からっぽとは思いませんね」グァスタフェステは静かな確信をもって言った。「中には何か入ってます。俺にはわかる。それが何であれ、重要なものですよ」

6

その日の残りは工房で過ごし、自分のヴァイオリンを相手に仕事をした。これまでにはヴィオラやチェロも作ってきた――頼まれればまたやるだろう――しかし弦楽器職人は専門化しがちで、わたしがいま作っているものはほとんどがヴァイオリンだ。ときどき、これまで何挺の楽器を作ってきたのかときかれる。ひとつひとつ記録をつけているので、金庫に入っているぼろぼろになった日誌を見れば正確な数はわかるが、おぼえているかぎりでは三百挺台の低いほうだろう。かなりの数だが、過去の偉大な職人たちの何人かに比べればつつましいものだ。ストラディヴァリは千二百だし、ジャン゠バティスト・ヴィヨームは驚いたことに、三千挺を作っているのである。

よいヴァイオリンを作るのはむずかしいが、それだけのヴァイオリンを作ることは困難ではない。厄介なのは売ることなのだ。まだ若かった頃、わたしは自分の楽器を買ってくれる人間を探すのに必死だった。ちゃんと音の出る中古の楽器がわたしのところの半値で買えるのに、無名のジョヴァンニ・バティスタ・カスティリョーネの手になる新しいヴァイオリンなど、誰がほしがるだろう？　しかしヴァイオリン作りはわたしの天職だった、だからあきらめず、必ず成功してみせると心に決めていたが、駆け出し時代の収入の大半は修理とオーバーホールと弓の張りなおしで得ていた。

だんだんと経験を積んで腕のいい職人という評判を得るようになって、売れる楽器の数も増えはじめた。満足してくれた顧客、とりわけおもな客すじであったプロの音楽家たちの口コミのおかげで売り上げは伸び、やがて売る先の決まっていないヴァイオリンを作らなくてもすみ、契約の仕事だけをやるようになった。全盛期には、一年に十挺かそれ以上楽器を製作し、それもすべて自分ひとりでやった。ストラディヴァリや他の職人は、これは記憶されるべきことだが、さほど腕がなくてもできる多くの仕事を徒弟たちにやらせていた、しかしわたしは一度も他人を雇わなかった。ときおりそうしようかと考えたこともあるが、ひとりで仕事をするのが好きだし、すべての仕事を自分で引き受けるのが好きなのだ。そうすれば一日のあいだにいろいろな変化がつくのだが、同時にそれはヴァイオリン製作の全工程がわたし自身の厳しい水準にかなうようにおこなわれるということでもある。わたしは完璧主義者で、それを恥ずかしいとは思っていない。召使のするような仕事以外のことを徒弟にまかせて心安くはいられないだろうし、それではおたがいのためにもよくない。

工房で孤独を感じたことはない。これまでずっと家か、あるいは家のそばで仕事をしてきた。妻が生きていたときには、毎日一緒に昼食をとったし、友人たちやほかの弦楽器職人たちがおしゃべりに立ち寄り、子どもたちも学校から帰ってくるといつも顔を見せにきた。妻が先立ち、子どもたちも成長して家を出ていったいま、わたしのそばにいてくれるのは音楽だ。無音の中で仕事をしたことはない。いつもCDか古いLPをプレイヤーにかけている。オーケストラ曲や声楽曲、もしくはヴァイオリン曲の膨大なコレクションからの何かを。

いまではもうあまり多くの楽器は作らない——たぶん、せいぜい年に五挺で、それもすべて注文による。もっと多く作ることはできる——契約の待機リストは数年先までいっぱいだ——しかしわたしはゆっくりやるのが気に入っているし、まだ多少の修理仕事もやっている。ただしそれは市場の最上層、つまりストラディヴァリやグァルネリやそういった職人のものにかぎっているが。

わたしの仕事は必然的に繰り返しが多いが、退屈することはめったにない。楽器作りには多くの異なる段階があり、常に製作中の楽器がいくつもあって、ひとつのヴァイオリンの作業に飽きても、二つめか三つめの楽器の別な作業に移ることができる。ごく普通の日、わたしは楓《かえで》の板を鋸《のこぎり》で引いたり、横板を接着したり、裏板を削ったり、ネックを調整したり、そのほか百もある作業のどれかをしている。ごく小規模な生産ラインであるが、自分の選んだように動きまわれるのだ。

自分の手を使って、それも木を相手に仕事をすることには、心を深く満たしてくれるものがある。きっと人間すべてにある基本的な、ほとんど根源的な欲求に合うのだろう——もっと原始的な、住みかを建てたり狩りの道具を作ったりすることが、生き延びるために欠かせなかった時代への回帰というわけだ。わたしはそうしていると心が安らいで癒されるので、ストレスに苦しんでいる人にはよく勧めている。人間がみんな職人だったら、この世界はもっとおだやかな場所になるだろう。いろいろな国際会議で、好戦的な指導者たちが集まって議論したりはかりごとをめぐらせたりしてもいっこうに意見の違いを解決できないとき、わたしなら彼らを全員、一室に連れていき、それぞれナイフと削るための木のブロックを与えるだろう、そうすれば、一日の終わりには彼らももっとおだやかな気持ちになって、歩み寄ろうとするはずだ。さまざまな問題はひと晩では解決しないだろうが、合意する確率は必ず上がる。たぶん、わたしは世間知らずなのだろう。それに、指導者たちの性格を考えれば、木のブロックなどには目もくれず、ただ誰かの背中にナイフを突き刺すだけ、というほうがありそうだ。

六時半に仕事を切り上げてキッチンへ行き、夕食を作った——チーズオムレツと、前の日に摘んでおいたさやいんげん、それからそれに合う赤ワインをグラス一杯。食事を終えてコーヒーを飲んでいると、電話がかかってきた。意外なことに、かけてきたのはリュドミラ・イヴァノヴァだった。

彼女は挨拶で時間を無駄にすることなく、単刀直入に言ってきた。「エフゲニーはそっちにいます?」

声に不安がひそんでいるのがわかった。

「いいえ、彼がうちにいるはずがないでしょう?」

「あの子のクレモナでの知り合いはあなただけなんです。またそちらへうかがっているのかと思って」

「いいえ、シニョーラ、うちには来ていませんよ。大丈夫なんですか?」

「いいえ、大丈夫じゃありません」

さっきは隠れていた口調が表に出てきて、いまや彼女の声にははっきりと不安があった。

「あの子がいなくなってしまったんです。どこにいるのかわからないんですよ。エフゲニーがいなくなったんです。きっと何かあったんだわ」

「どういう意味です、〝いなくなった〟というのは？」と、きいた。

「ここにいないんです。わたしは午後にショッピングに出かけて、帰ってきたら、あの子はいませんでした」

「それは何時でした？」

「三十分くらい前です」

「シニョーラ、落ち着いてください。ただ散歩に出かけただけでしょう」

「エフゲニーは散歩にいったりしません。それにもしそうなら、わたしに手紙を置いていくはずです」

「三十分じゃまだそれほど時間がたっていませんよ。階下は調べましたか？　ホテルのレストランかラウンジにいるかもしれない」

「いいえ、そこにはいないんです。もう見ましたから。ホテルのどこにもいないんですよ。何かがおかしいわ、わたしにはわかるの。何かがすごくおかしい」

「心配することはないと思いますよ」わたしは力づけるように言った。

「そう思います？」

「まだ時間も早いですしね。彼は大人の男ですよ。観光をしに出かけたか、そんなところでしよう。もう少し待ってごらんなさい。じきに帰ってきますから」

「もし帰ってこなかったら？」

「もう一度電話をください、そのときにどうするか決めましょう」

「ええ、そうね。もう少し待ってみます。ありがとう。親切にしてくださって」

リュドミラは電話を切った。わたしは受話器を置いて頭を振った。親というものはいつだって子どものことを心配する、それは自然なことだが、ときには過保護になりかねない。リュドミラはエフゲニーを少しほうっておいてやる必要があった。そのほうが二人のどちらにとってもいいだろう。


わたしは皿とカップを洗い、次は何をしようかと考えた。晩にはときどき、工房へ戻って少し片づけをしたり、道具を研いだり、仕事に関する日常的な管理業務をしたりすることもあった——伝票、口座、そういうものを。たまにはテレビも見るが、見るに耐えるものはほとんどない。この晩はどれもする気分になれなかった。ヴァイオリンを弾きたかった。

奥の部屋へ行って、自分のヴァイオリンケースをあけた。中の楽器を批評家の目で見る。人間が努力というフィールドにおいて、心からあこがれる傑出した存在に向き合ったとき、本能的にとる反応はほぼ二つある。その傑出した存在に追いつくべく、いっそう努力しようと思うか、または敗北に両手を上げて、〝どうせ無駄だろう？〟と言うか。ときによって、ひとつの反応よりも別の反応へ傾く人もいる。わたしは一番めだ。〝大砲《イル・カノーネ》〟をつぶさに見たとき、自分がこれまで作った、あるいはたぶんこれから作るであろうどれよりもはるかにすばらしいヴァイオリンであることがわかった。しかしそれがわかったからといって、絶望でいっぱいにはならなかった。現実世界では、わたしたちはみんな二流の存在なのだ。平凡であることは人間という存在において普通のことだ、だからこそ、個人がその平凡さを超えたとき、わたしたちは後ろへさがり、彼らの偉業を畏怖をもって見るのである。彼らがそれをなしとげたことが信じられずに。

グァルネリはどうやってあのような卓越した楽器を作れたのだろう? わたしにはわからない。たぶん彼自身もわかっていなかっただろう。もちろん、彼は長年にわたって技術を身につけ、それを磨いた。しかしわたしも長年自分の技術を磨いてきたが、それでもわたしのヴァイオリンはグァルネリのものに比べれば、出来の悪い木の箱だ。彼がわたしにはない何かを、特別な生まれつきの何かを持っていた、というのが悲しい事実である。彼は天賦《てんぷ》の才を持って生まれたのであり、わたしがどれほど彼に追いつこうとして精進しようと、どれほど心身を打ちこもうと、かなうことはないだろう。しかし、だからといって努力しなくてよいことにはならない。わたしはジュゼッペ・グァルネリではないかもしれないが、よりよきジャンニ・バティスタ・カスティリョーネになることはできるからだ。

ヴァイオリンを弾くにも同じことが言える。わたしはエフゲニー・イヴァノフの演奏を聴き、彼の息を呑むような妙技に圧倒された。それでも落ちこむことはなかった。ヴァイオリンを弾くのをやめたくなりもしなかった。もっとうまく弾きたくなり、もう少し努力して自分の水準を上げたくなった。わたしが上手なアマチュア以上になることはないだろう。自分でもそれはわかっている。だが、限界を押し上げ、自分の限られた能力をどこまで伸ばせるかやってみることには、満足と充実感がある。

　ヴァイオリンに肩当てをつけ、弓をぴんと張った。音階と分散和音《アルペッジョ》をいくつかやって指をあたため、それから何を弾こうかと楽譜を探した。『モーゼ幻想曲』はまだピアノの上にあった。いつもならパガニーニの曲に挑戦したりはしない——技術的な要求がわたしには大きすぎる——しかしこの晩はこう思った。かまわないじゃないか。やってみたらいい。

　楽譜を譜面台に置いてじっくり見てみた。パガニーニが書いた、オペラのアリアにもとづくこうした超絶技巧の変奏曲にはひとつのパターンがある。最初の何小節かはたいてい、もっともシンプルな形で主題を演奏する。それから続くヴァリエーションがだんだんとむずかしくなって、ダブルストップやトリプルストップ（それぞれ二本・三本の弦を同時に弾く奏法）を使ったり、三十二分音符や左手のピチカートやきわめてむずかしい技巧ハーモニクス（すでに押さえている弦に別の指を触れて倍音を出すこと）が連続する。こうした目もくらむばかりの華麗な曲につくピアノ伴奏は、きまって極端なほど最小限だ。わたしはよく妻とこうした曲にいくつか挑戦してみた——彼女はヴァイオリニストとしてのわたしより、はるかに上手なピアニストだった——すると彼女は我慢できないほど退屈してしまった。たとえば『ヴェネツィアの謝肉祭』の伴奏は同じ十六小節の反復進行が二十回繰り返されるのだ。『モーゼ幻想曲』も似たようなもので——見せびらかすような、ほとんど演奏不可能なヴァイオリンパートと、ほどほどに器用なチンパンジーならいちおうは弾けるであろうピアノ伴奏から成っている。

わたしがこうした曲を弾くやり方にもパターンがある。はじめは大胆に、最初の何小節かをパガニーニが実際に書いたものに近い編曲をして弾く——音符は音程もだいたい合っていて、正しい順番に並んでいる。しかし曲が進むにつれ、正確さは崩れはじめる。音を抜かし、和音を抜かし、ときには一小節丸ごと抜かしていき、やがてわたしの弾いているのは元の音楽にぼんやりと似ているだけのものになる。二十番めの小節の頃には、背が立たないほど深いところにはまりこみ、三十番めではどんどん沈んでいき、四十番めでは溺れ、五十番めでは引っぱり出して人工呼吸をしてもらわなければならなくなるのだ。

『モーゼ幻想曲』はとりわけサディスティックに作られていて、悪魔的にむずかしいだけでなく、ヴァイオリンの弦一本で演奏されなければならない——いちばん音の低いG線なのだが、これは音を出すために左手をぐっとねじまげなければならないので、もっとも弾きにくい弦なのである。

わたしはヴァイオリンを顎にはさんで弓を持ち上げた。

それからふと手を止め、弓を空中で静止させた。

目の前にある譜面台の楽譜をじっと見た。題の下に印刷されている、短い語句に気がついたのだ。

そうとも。そうとも。わたしは何て許しがたい間抜けだ。忘れていたのが信じられなかった。

ヴァイオリンと弓をケースに置いて電話のところへ行った。七時半だったが、グァスタフェステがまだ警察署《クエストゥーラ》にいるのはわかっていた。彼の直通番号をダイヤルした。

「わたしだ」彼が出るとそう言った。「あの金の箱だが、あけ方がわかったかもしれない」
「本当ですか？　どうやって？」
「スコルダトゥーラ（普通と違うやり方で調弦すること）だよ」

ニコロ・パガニーニは、何はさておき、演出上手な興行師であった。彼はキャリアのごく初期に、音楽の世界で成功するつもりなら、ひとつのイメージが必要だと気がついた。もちろん、そんな言葉は使わなかっただろうが、おおぜいの中から自分を目立たせるために何かしなければならないことはわかっていたのだろう。音楽は当時も、いまと同じく、きわめて競争の激しいビジネスだった。とくに器楽演奏家が身を立てるのはむずかしかった。イタリアでは間違いなく声楽家が王――というか、しばしば女王だった、なぜなら女性の歌手が聴衆に格別に人気があったからだ。当時の偉大なソプラノ歌手たちは莫大な出演料を要求し、その慣習は十九世紀のあいだずっと続いて、実際、こんにちでも強い力を持っている。ヴィクトリア時代後期のもっとも著名な声楽家、アデリーナ・パッティがかつて、ワシントンのホワイトハウスでリサイタルをおこなう契約を結んだときの話は有名だ。ひと晩の興行に対する出演料がアメリカ大統領の年俸より多いと指摘されたとき、彼女は辛辣《しんらつ》な口調で答えた、「あの方は歌えますの？」

パガニーニの時代の歌手たちも似たような高い地位を持っていた。このことは幼いニコロが十歳の神童として、ジェノヴァでコンサートをしにきていたテレーザ・ベルティノッティとルイジ・マルケーゼの前座で出たとき、彼の意識にくっきり刻まれたに違いない。ベルティノッティは有名な、そして非常に高給取りのソプラノだったが、世に知られていたのはむしろマルケーゼのほうだった、彼はカストラート（去勢した男性歌手。子どもの咽頭と成人の肺活量を持つため、広い声域で力強い声が出せる）だったからである。十八世紀の最後の十年間、カストラートはまだ大人気だった。ヘンデル、モーツァルト、ロッシーニがこぞってその声のために曲を書き、聴衆も彼らに音楽的・性的な魅力を見出していたらしい。しかし彼らはすでに滅びゆく種族だった――彼らの減っていく数に加わろうという志願者は当然ながらごくわずかだった――だが十九世紀のはじめには、去勢の実施は事実上なくなっていたものの、教皇領ではわずかな抵抗が続いており、少なくともひとりのカストラートが蓄音機の時代までシスティーナ礼拝堂の合唱隊で歌っていた。

パガニーニはこのスーパースター級の有名人二人を畏怖の目で見つめたに違いなく、おそらくは、どうすれば自分がヴァイオリン演奏の分野で彼らに匹敵する存在になれるかと考えただろう。それ以前にも偉大で卓越した技巧を持つヴァイオリニストは何人もいた――コレルリやタルティーニのような人々だ、彼らの名前は演奏家としてより、作曲家として残っているが――しかし若い器楽奏者にとっては、たとえパガニーニのように才能のある者でも、有名になるのはむずかしかった。

頂点へ至る楽な道はなかった。イタリアには全国的な新聞もなかったし――それどころか、当時はひとつの国ですらなかった――それにアーティストを売り出してくれるラジオ局もレコード会社もなかった。若い演奏家は都市から都市へ旅をしながらコンサートをおこない――ステージに上がって演奏するだけでなく、会場を借り、オーケストラを予約し、宣伝の準備をした。客を呼ぶには鋭敏かつ効果的なマーケティングが欠かせず――ソリストは自分を売りこみ、客に会場まで足を運ばせるイメージを作らなければならなかった――そしてパガニーニははじめの一歩から、みずからがすぐれた自己宣伝家であることを証明した。

『モーゼ幻想曲』は一八一九年に書かれ、そのときパガニーニは三十代の後半であったが、彼の重要な特徴の多くはキャリアのはるか以前にあらわれている。G線だけで弾く曲を作ったのもこれがはじめてではなかった。一本の弦だけで弾くことは長年にわたって彼の十八番《おはこ》――競争相手たちから自分を際立たせる方法のひとつだったのだ。当時のヴァイオリンの弦は動物の腸でできており、切れることもたびたびで、コンサートのさなかにぷつんと切れてしまうこともあった。いちばん音の高い弦――E線――はほかの弦より強く張るため、とくに切れやすかった。そんな状況に陥《おちい》ると、たいていのソリストは演奏を中断して切れた弦を張り替えた。しかしパガニーニは残った三弦で演奏を続け、普通はE線で弾く音もA線でどんどん高く高く弾いた。A線が切れたら、D線で続けた。それも切れたらG線で。この特技が聴衆に強烈な印象を残したため、パガニーニはわざとすりきれた弦を張ってコンサートをおこなう、もしくは実際に弾いているときに弦を切れるよう、ナイフを隠し持っているという噂になった。それが事実だったのかどうかはわからないが、パガニーニは彼のキャリアにおけるいかなる舞台でも、こうした噂を打ち消すようなことはしなかった。短期的にみれば、これはゆがんだ形だが、商売としては理にかなっていた――そうした噂が、影のように彼につきまとっていた論争に拍車をかけ、聴衆は彼のコンサートに押し寄せたからだ――しかし長期的には、ペテン師という評判が立つことになってしまった。

　もうひとつ、彼が多くの作曲で用いたテクニックが〝スコルダトゥーラ〟——ヴァイオリンの調弦を変えることだった。それをやった音楽家は彼が最初ではないが、パガニーニが同時代の誰よりも頻繁に用いたのはたしかだった。たとえば、彼の最初の協奏曲は変ホ長調で書かれているが、ヴァイオリンパートはニ長調になっており、弦はすべて半音上げて、ヴァイオリンが変ホ調で弾いているかのような音を出すようになっている。このおかげでソロパートが弾きやすくなっているが、同時にヴァイオリンの音の輝かしさが増し、オーケストラの伴奏に対して、より音が際立つようになった。パガニーニはほかの作曲、なかでも『こんなに胸騒ぎが』『ヴェネツィアの謝肉祭』で同じ方法を使った。それから、『モーゼ幻想曲』でもそれを用いた。

「さっきは間違った音でやっていたんだよ」わたしはグァスタフェステに言った。

　彼はクレモナから車でやってきて、いまは赤ワインのグラスを手に、うちのキッチンテーブルに座っていた。あの彫刻のある金の箱を持ってきていて、それにはお役所の規則を半ダースは破ったのだろうが、まったく気がとがめていないようだった。イタリアの警察は、あらゆる警察と同じように、一般大衆に規則をあてはめることにはうるさいのに、同じ規則を自分たちに課すことにはまったく厳格ではない。

「音が間違っていた?」彼はきいた。

　わたしは『モーゼ幻想曲』のうちの楽譜を見せた。

「最初の四つの音はG《ソ》、C《ド》、D《レ》、E《ミ》フラットに見えるだろう」と言った。「そういうふうに書かれているんだから。でもここ、題名の下を見てごらん」文章の行を指さした――ドイツ語で書かれているのは、ショット社の版だからだった。〝Die G Saite nach B umstimmen《ディー・ゲー・ザイテ・ナーハ・ベー・ウムシュティメン》〟

「どういう意味です?」グァスタフェステがきいた。

「G線を短三度上げてB《シ》フラットに調弦せよ」わたしは答えた。

「B《シ》フラット? ここにはB《シ》と書いてありますよ」

「これはドイツ語だよ、忘れないで」わたしは言い、ドイツの音楽表記の謎を説明した。彼らが彼らにしかわからない理由で、半音階をわれわれのするようにA《ラ》、B《シ》フラット、B《シ》、C《ド》とせず、A、B、H、Cとすることを。

「ヴァイオリンパートはハ短調《Cマイナー》で書かれている」わたしは言った。「しかしピアノ伴奏のここを見てごらん。こっちは変ホ短調《Eフラットマイナー》だ。だからピアノと同じ調になるように、ヴァイオリンを調弦しなおさなければならない」

グァスタフェステは楽譜を見つめ、最初の四音を頭の中で変換した。

「それじゃ本当はB《シ》フラット、E《ミ》フラット、F《ファ》、G《ソ》フラットなんですね」

「そのとおり」

グァスタフェステはビニールの証拠品袋から金の箱を出して、テーブルの真ん中に置いた。

「やってみましょう」

彼は組み合わせ錠のひとつめのダイヤルをBに、それから二つめをEに回した。三つめをFに回し、そこで手を止めた。わたしを見上げる。「あなたが正しくないと困りますよ、ジャンニ、でないとこいつにバールを使わなきゃならない」
四つめのダイヤルをGに回した。錠がはずれてかちっという音がした。グァスタフェステはまたわたしを見た。

「頼りになる人ですね、ほんとに」

彼は箱の上を持ってそっと引っぱった。何も起きなかった。もう少し強く引っぱる。ヒンジが少しつっかえながら、蓋《ふた》があいた。箱の中で最初に目に入ったのは、折った紙だった。グァスタフェステは下に何かないかという様子で端をつまんで紙を持ち上げ、横に置いた。しかし何もなかった。その紙以外、箱はからだった。

「うーん」グァスタフェステは落胆を隠せずに言った。「てっきり……何もないとは思いませんでした」

「いまはからっぽだが」わたしは言った。「でもずっとからだったわけじゃない。見てごらん」

箱の内寸は外側より小さかった。長さと幅はおおよそ同じだが、深さが違った——三センチほど浅くなっているのは、あげ底が入っているからだった。それは箱の底全体をおおう台のようだった——やわらかな紺色のベルベットにおおわれた台で、真ん中に何かを収納するくぼみがあり、そこもベルベットでおおわれていた。

「いったい……」グァスタフェステが言いかけた。「でもこれはまるで……」

「だろう?」わたしは言った。

くぼみは正確にヴァイオリンの形をしていた。金の箱は単なる金の箱ではなかった。黄金のヴァイオリンケースだったのだ。

「でも本物のヴァイオリンじゃありませんよね?」グァスタフェステが言った。「小さすぎるし」

わたしはくぼみをよく見てみた。長さは約二十センチ、幅はいちばん広いところで十センチほどだ。ヴァイオリンにはさまざまなサイズがある。二分の一や四分の一、それにごく幼い子が習いはじめるとき用に八分の一というものまであるが、このくぼみに合うほど小さいものは見たことがなかった。

「わからないな」わたしは言った。「このサイズのヴァイオリンを作ることはできても、音が出ないだろう」

「それじゃどうしてでしょう?」

わたしは肩をすくめた。

「飾り物? ジョーク? 誰にもわからないよ。腕だめしだったのかもしれないな。この小ささの楽器を作れば、どんな弦楽器職人の腕前もテストできる」

「やってみたことはあります?」

「いや」

「ほかの人はどうです? ほら、名人たちですよ。ストラディヴァリはこのサイズのヴァイオリンを作ったんでしょうかね?」

「わたしの知るかぎりではないな。これまで見つかってないのはたしかだよ」

「本当に？」

「本当に本当だ。どうしてストラディヴァリが関係あるなんて思うんだ？」

グァスタフェステは箱の外側を指でなぞった。

「ここに入ってたのがそんじょそこらのヴァイオリンのはずありませんからね」彼はそう言った。「この箱にはひと財産かかってますよ。この技術、金の質を見てください。これはとても特別なヴァイオリンのために作られたんですよ。でも誰の？」

「手紙は見ないのかい？」わたしはきいた。

「手紙？　何の手紙です？」

彼の目がわたしの視線を追った。

「あなたの言うのは……」

彼にもやっとわかった。さっき箱から出した紙きれはわずかに開いていた。内側に手書き文字がちらりと見えた。

「さわらないで」グァスタフェステが言った。「すぐ戻ります」

彼はキッチンを出て、家の横へまわった。離れたところで彼の車のドアが開いて閉じる、かすかな音がした。やがて戻ってきたときには、薄いゴム手袋をつけていた。彼はまたテーブルに座って、慎重に手紙を検分した。

それは厚いアイヴォリー色の便箋に書かれており、半分に折られて赤い蠟で封がしてあった。封印はまだ紙に残っていた。華麗なものだった——貴族か重要人物が使うような手のこんだ紋章で、真ん中にE・Bとイニシャルが押されていた。

「E・B?」グァスタフェステが言った。「何か心当たりはありますか?」

わたしは首を振った。

「誰に宛てたものだい?」と、きいてみた。

グァスタフェステは紙をひっくり返して、表側の文字を見た。インクは色あせてかすかなグレーになっており、判読は容易ではなかった。グァスタフェステはしばらくその文字を見つめていたが、やがて低く感嘆の声をもらした。

「ニコロ・パガニーニ。この手紙はパガニーニに宛てたものですよ」

彼は紙を明かりのほうへ持ち上げてわたしに見せた。手書き文字は三行あったが、下の二行はひどくぼやけていて、判読できなかった。いちばん上の一行だけが判読できた。〝ニコロ・パガニーニ〟と読めた。

グァスタフェステは手袋をつけた指の先だけを使って紙を開き、テーブルの上で平らにした。インクは少し色あせ、紙は歳月で黄色になっていたが、手書き文字はじゅうぶん判読できた。いちばん上に、はっきりした女性の書体でこうあった、〝トリエステ、ヴィセンティーナ館、一八一九年九月〟その下には手紙の本文があった。

親愛なるニコロ、
前の六月にさしあげた手紙にお返事がなくて気持ちが沈んでいます。あなたを怒らせるようなことを何かしてしまったかしら? あなたの哀れなエリーザが、この退屈な、神も見捨てられた狭い穴の中で、つらい暮らしをしているのをお忘れになったの? わたしを可哀相と思って、あなたの旅のことを知らせてください。

夏に送ってくださったあのすばらしい『モーゼ幻想曲』をもう一度見ていました。シニョール・ロッシーニの『エジプトのモーゼ』はまだ見ていないけれど、あなたの変奏曲の半分でも美しければ、傑作に間違いないでしょう。あなたがご親切にも献呈してくださって、名誉に感じます、ルッカでのあなたとの幸福な記憶がよみがえるわ、とくにもうひとつのあの曲――あなたの『情熱のセレナーデ《セレナータ・アパッショナータ》』――わたしのために書いてくださった曲が。いまも頭の中であの忘れられないメロディが聞こえます。あれはあなたの影、ずっとわたしのそばにいてくれる霊だと思っているのよ、わたしたちが最後に会ってからこんなに長い年月がすぎたけれど。

この箱を贈り物として、あなたの変奏曲に対するわたしの愛着と感謝のしるしとして送ります。気に入っていただけるといいけれど。ルッカでさしあげたもうひとつの贈り物と対《つい》になるよう、特別に注文したものなの――何のことかはおわかりね。この錠には興味をお持ちになると思います、でもあなたの鋭い頭があれば、どうやればあくのかすぐにおわかりになるでしょう。

フェリーチェがあなたの変奏曲をいろいろ弾こうとしたのだけれど、あんなに面白いものはそれまで見たことも聞いたこともなかったわ。ああいう曲がきちんと弾かれるのを聴ければ、あなたが弾いたように聴ければ本当にすてきでしょうね、愛しいニコロ。もしできればこちらにいらしてください、わたしにとってそれ以上うれしいことはないでしょうから。もし来ていただけなければ、そしてあなたの演奏を聴く楽しみを先延ばしにしなければならないのなら、かわりにあなたのことを思う楽しみが持てるよう、手紙をください。

あなたの親愛なる友、エリーザ

グァスタフェステは手紙を放してわたしを見た。

「エリーザというのは？　誰だか知ってますか？」

「エリーザ・バチョッキ」わたしは答えた。「ルッカおよびピオンビーノ公国の女公だよ」

「女公？　パガニーニの友達だったんですか？」

「ただの友達じゃない。二人は恋人だったんだ」

グァスタフェステは手紙に目を戻した。

「彼は上流社会に入ったんですね？　女公と恋愛とは」

「ただの女公でもない」と、わたしは言った。「バチョッキは彼女の結婚後の姓だ。結婚前の名前はエリーザ・ボナパルト。ナポレオンの妹だよ」

7

自分をパガニーニの専門家と思う気持ちはまったくないが、彼に関するものはそれなりに読んできたので、その生涯についていくらかは知っている。ヴァイオリンに関心があるのなら、この複雑で厄介な男、歴史上もっとも有名な――そしてもっとも悪名高い――名演奏家に魅了されずにいるのは不可能だ。

彼が一七八二年にジェノヴァで生まれたこと、幼い頃からヴァイオリンに桁外れの才能をあらわしていたことは知っている。父親のアントニオは怠け者の港湾人足だったが、すぐに息子の才能が一家を貧乏から解放し、そのうえ大いなる富までもたらしてくれるかもしれないと気づいて、ニコロが弾くことを奨励し、教師を探してきて厳しく稽古を強い、おかげでもともと虚弱だった息子の体はさらにいためつけられた。

後年、パガニーニは父親がもっと懸命に練習をさせるために食べ物を与えてくれなかったと言った。これはおおげさだろう。成功した人間は若き日の苦労を強調するものだ、とはいえアントニオ・パガニーニが厳しい親方であったのはたしかなようだった。しかし彼の努力は報《むく》われた。ニコロはじきに人前で演奏するようになり、その技巧で聴衆の度肝を抜いた。そして父親にとっては重要なことだが、金を稼ぐようにもなった――あまりに稼いだので、彼が十六になったときには、両親はジェノヴァの郊外の田舎に老後用の家を買えたほどだった。

その時期を通じて、アントニオ・パガニーニは常に息子のそばにいた——練習を監督し、コンサートの手配をし、演奏旅行に付き添い、収益をピンはねした。ほかのティーンエイジの少年たちと同様、ニコロも父親の目が息苦しくなり、逃げ出したいと願うようになったに違いない。チャンスは一八〇一年、サンタ・クローチェで毎年おこなわれる音楽祭のためにルッカへ、今回は父親ではなく兄カルロの付き添いで行くのを許されたときに訪れた。音楽祭が終わると、カルロはジェノヴァに帰った。ニコロは帰らなかった。かわりにピサへ行って、自分でコンサートをおこなった。そのあとはリヴォルノとフィレンツェとシエナへ行き、またコンサートをした。もう二度と強欲な父親に人生を支配させることはなかった。

そのすぐあとにパガニーニが何をしていたかはほとんど知られていない。一八〇一年から一八〇四年の期間はしばしば〝失われた年月〟と言われている。かなり時間がたって、パガニーニが国際的に有名なソリストとしての地位を確立したとき、彼がその時期に何をしていたのかについて、さまざまな噂が飛びかった。ひとつは、彼が金持ちの未亡人と恋に落ちて、彼女の田舎の屋敷に二人で引きこもり、そこで彼はギターをおぼえ、ロトスの実を食べたり（ギリシャ神話で、この実を食べると現実のわずらわしいことを忘れるとされている）、愛する女性にセレナーデを歌ったりしてのんびり暮らしていたというものだ。別の話では、彼が愛人あるいは——少し違ったバージョンでは——ある女性の愛情をめぐってライヴァルを殺してしまい、殺人罪で刑務所に入っていたと言われていた。そして刑務所にいるときに、と話は続くのだが、看守の娘——この種の話には必ず登場する人物

――がパガニーニを気の毒に思い、彼のヴァイオリンをこっそりさしいれた。何年も房に閉じこめられていたので――その期間は誰が話をしているかによって延びる――パガニーニはその時間を利用して自分の技巧を完璧なものにした。

それなりに面白いが、かつてはパガニーニの〝大砲〟の作者、ジュゼッペ・グァルネリについても、ほとんど同じ話が流布されていた。グァルネリも人を殺して何年か刑務所にいたと言われていた。彼の場合は親切な看守の娘が木材と工具をさしいれてくれ、グァルネリは弦楽器職人として技術を磨く機会を与えられたということだ。ロマンス小説愛好家には残念だが、クレモナで毎年おこなわれる人口調査によれば、グァルネリは問題の時期はずっと自宅で暮らしていたとある。

事実はずいぶんとつまらなく平凡で、パガニーニは実際、その失われた年月にヴァイオリンの技巧を完璧にしたが、田舎の邸宅や刑務所でやったのではなく、ルッカの市立オーケストラのコンサートマスターとしてそうしたのだった。そして一八〇五年、まだその地にいたとき、エリーザ・バチョッキ、旧姓ボナパルトが彼の人生に登場した。

エリーザはナポレオンの妹三人のうちいちばん上で、容貌も激しい気性もいちばん彼によく似ていた。美人ではなかったが、スタイルがよく、足も手も小さくて、蠱惑的《こわくてき》な褐色の目をしており、それがどちらかといえば不器量な外見のおおいなる埋め合わせとなっていた。彼女は知的で教養があり、頭の回転が速いうえに気が強く、そのせいで周囲の人々には必ずしも好かれなかった。

エリーザと兄はあまりそりが合わなかった。ナポレオンは兄弟姉妹が控えめで従順であるよう望み――その二つの性質はエリーザとはまったくかけはなれたものだった――そして彼らにさまざまな称号や王国を誕生日プレゼントのごとく与えた。ジョゼフはスペインの王になり、ルイはオランダの王にされ、ジェロームはヴェストファーレン王国の王、リュシアンはカニーノ公国の大公。ナポレオンの末の妹カロリーヌの夫、ジョアシャン・ミュラはナポリ王国を与えられ、別の妹ポーリーヌはボルゲーゼ一族に嫁いで侯爵夫人となったが、彼女が有名になった最大の理由は、カノーヴァの彫像のためにトップレスでポーズをとったことだった。

エリーザは以前から称号と、自分が統治する公国をほしがっていたので、彼女をなだめるため、ナポレオンはトスカーナ地方のちっぽけな一角、ピオンビーノとルッカを与えた。その称号は単なるシンボルにはならなかった。エリーザは政治をおこないたいと強く思っており、この眠っていたような地域に対する彼女の影響は劇的だった。

静かでわびしい遅れた土地であったルッカは、まばゆいばかりの首都に変貌し、活気と文化に満ちあふれた。二つの劇場ができ、カジノと水浴施設が建設され、学校、図書館、その他の教育施設も設置されて、裕福な来訪者たちが提供される娯楽を楽しもうとイタリアじゅうから流れこんできた。

エリーザは芸術と文学を好み、一度などはヴォルテールの芝居にピンクの絹タイツ姿で舞台にあらわれてナポレオンを仰天させ、また彼女はすぐさまサロンをつくり、そこでは作家や芸術家が集い、たがいに才能を見せつけ合うようになった。音楽はとりわけ彼女が好きなものだった。頭の鈍い夫のフェリーチェ——エリーザの言いつけたことを実行するのが生涯のおもな役割だった——が熱心なアマチュアのヴァイオリニストだったので、彼女はほどなくして、その頃には宮廷オーケストラとなっていた楽団のコンサートマスターに興味を持った。

パガニーニは当時二十三歳だった。その頃の肖像画には、もじゃもじゃの褐色の髪をしたハンサムな青年の姿がある。われわれが彼というと連想するあのやつれた、不健康なおもざしはまったく見られないが、肉体的な衰えの種はすでにまかれていた。この段階にはもうほぼ確実に梅毒にかかっていた——しかし当時、そうでない人間がいただろうか？　実際には当時の若い男は、性行為をおこなえる者であればすべて、この病にさらされていたと思われる。童貞か、もしくは性病か。そのどちらでもない者は多くなかった。

エリーザはパガニーニより五歳年上で、ほしいものは手に入れることに慣れていた女性だった。まもなく二人は恋仲になった。パガニーニはフェリーチェのヴァイオリン教師の職を与えられたが、それはエリーザが彼に美々しい制服で宮廷行事に出てもらいたがったからであった。それから公国の憲兵隊長や彼女の個人的護衛官の一員という役割も追加された——最後の役職は二人の逢瀬に都合のいい口実を与えてくれ、その逢瀬はフェリーチェがヴァイオリンの練習のために遠ざけられた隙におこなわれた。

というのが、パガニーニとエリーザについて、わたしがこれまで読んだ本や記事でおぼえていることだった。グァスタフェステにあらましを説明したが、彼らがルッカで一緒だった時期については記憶が曖昧だった。それについては、記憶を呼び起こしてみなければならなかった。

奥の部屋へ行き、棚からパガニーニの伝記を出してキッチンへ戻った。グァスタフェステは表紙にある著者名を見てはっとした。

「ヴィットーリオ・カステラーニ？　彼は本を書いてるんですか？」

「何冊もね」わたしは答えた。「テレビのプードルになる前は、本当に真面目な学者だったんだよ」

本の末尾の索引を見て、それからパガニーニとエリーザの関係をとりあげている章へページをめくった。グァスタフェステはわたしがページに目を通すのを見ていた。

「エリーザが作らせた贈り物のことは何か書いてあります？」

「具体的にはないな」わたしは答えた。「だが彼女は気前のいい女性だった——それに非常に強い力を持った、金持ちの兄が後ろにいた」

「彼女はパガニーニに小さなヴァイオリンをあげてないんですか？」

「ここではそのことには何も触れられてない、しかしだからといってあげてないことにはならないよ、もちろん。パガニーニの生涯にはグレーの部分が多くあるんだ」

「グレーの部分？」

「ああ、ついさっき言った〝失われた年月〟がある。それから彼がルッカにいた時期もちょっとした謎なんだ。彼は父親の束縛から逃げ出したばかりで、ソリストとしての名声を築こうとしているところだった、なのになぜルッカへ行って宮廷オーケストラのコンサートマスターなんていう、相対的には低いポストを引き受けたのか？」

「安定ですかね?」グァスタフェステが言った。「独力でやっていくことには不安があったとか」

「それもひとつの要因だった可能性はあるね」わたしは言った。「彼は自信家でなかったとは言われていない――少なくともキャリアの後半では。しかし最初の頃には彼なりに不安を持っていたんじゃないだろうか。父親と離れることには複雑な感情があっただろうし。逃げられたことはうれしいが、思い悩む時期でもあっただろう。父親はそれまで彼の生活を管理し、周辺の些事はすべてやってくれていたんだから。パガニーニはヴァイオリンを弾いていればよかった。まったくひとりでキャリアを築くことを思うと怖気《おじけ》づきもしただろう」

「女性かな?」グァスタフェステは言った。「あなたが言っていた裕福な未亡人。あの話は本当だったのかも」

「かもしれない。パガニーニはあまりにもたくさんのでたらめに取り巻かれているから、作り話から事実を選別するのはむずかしいんだ」

「それじゃ、彼はたぶんエリーザと恋に落ちて、それでルッカにいた?」

「たぶんね」

「疑ってるような言い方ですね。エリーザとは恋仲じゃなかったんですか?」

「誰にもわからないよ」と、わたしは言った。「たしかに彼女の愛人ではあった、だからといってパガニーニが彼女を愛していたとはかぎらない。彼はむずかしい立場にいた。エリーザは彼の雇い主で――おまけに女公だった。彼女に目を向けられて気分がよかったことは間違いないにしても、袖にするわけにはいかなかったんじゃないか？　それは賢いとはいえないだろう」

「ずいぶん夢のない言い方ですね。あなたらしくもない、ジャンニ」

「現実的であろうとしているだけだよ。パガニーニは女たらしだった。同じ時期にほかの女性とも付き合っていただろう。エリーザもおそらく、ほかの愛人を持っていた。当時の支配階級の中では、不倫は暇つぶしだったんだ——いまでもそうだろうね。彼らはひとつのレストランだけで食事をしようなどと考えないように、伴侶に忠実であろうとは考えていないだろうさ」

「彼女がパガニーニに書いた手紙はかなり情熱的ですよ」グァスタフェステは言った。そして便箋の日付けを見た。「一八一九年九月。あきらかにまだ彼に未練がありますね、二人の関係はとっくに終わっていたんでしょうが」

「ああ、二人が恋人だったのはほんの二年だけだったんだ」

もう一度カステラーニの伝記を見て、事実をたしかめた。エリーザは一八〇五年七月にルッカに来た。一八〇八年はじめには、パガニーニが変化を求めるようになっているのはあきらかだった。北イタリアへコンサート旅行に出る許可を申請して、認可されているからだ。その旅でトリノへ行き、エリーザの妹のポーリーヌ・ボルゲーゼの宮廷に行った。彼女は宝石と贅沢な暮らしが好きで、巨大な黒人の召使に牛乳の風呂へ運ばれ、そこで客を迎えたことで有名だ。ポーリーヌの夫、カミッロ・ボルゲーゼは恋人としては無能で服装倒錯の傾向があったので、ポーリーヌは目の前にあらわれた男たちのほとんどとベッドをともにしてそのおおいなる性欲を満たし、その中にはパガニーニも含まれていた。彼はトリノ滞在中に何かわからない病気で倒れ、腕の悪い医者によって誤診をくだされた。その治療によって病気は悪化し、パガニーニの健康は――それまでもすぐれなかったが――こののちはいっそう不安定なものとなった。

エリーザによってルッカに呼び戻されたパガニーニは、宮廷オーケストラの仕事を再開したものの、二人の関係はあきらかに冷えはじめていた。一八〇九年の春、エリーザは兄によってトスカーナの女大公となり、宮廷をフィレンツェに移した。パガニーニも随行したが、不和の噂があり、その年後半の宮廷ガラコンサートでついにそれが表面化した。

パガニーニは公国憲兵隊長の制服でコンサートの指揮をしたのだが、エリーザのほうは飾りのない黒い大礼服を着てもらいたがっていた。彼女は着替えるよう指示を伝えたが、パガニーニは聞かず、その後の舞踏会にも隊長の制服のままであらわれた。エリーザはふたたび着替えるよう指示した。パガニーニは拒否し、その場から追い払われた。彼は荷物をまとめ、馬車を呼び、夜明けには宮廷を去っていた。

エリーザはすぐに気持ちをやわらげて、とどまってくれと懇願したようだが、パガニーニは受け付けなかった。彼のモラルを欠いた性格からして、出ていく口実を得るためにこの対立をしくんだ可能性は高い。オーケストラの団員や、要求の多いお姫様の使用人でいることにうんざりしていたのだ。前の年の演奏旅行で、定住地を持たないソリストとして生きていきたいという気持ちがよみがえってきていた。これ以降、彼はみずからの主人となり、長く困難な道を歩みはじめ、やがて国境を越えて喝采をあびるようになるのである。

「もう一度エリーザに会うことはあったんですか？」グァスタフェステがきいた。

「どうだろうな」

「一八一九年にまだ彼女と連絡をとっていたのはたしかですね。それに『モーゼ幻想曲』を彼女に捧げている。その点からみると、彼はまだエリーザを思っていたんでしょう。エリーザはトリエステで何をしていたんです？」

「ほとんど何も、だろうな。ナポレオンはその頃には権力の座から転落し、イギリスによってセントヘレナ島へ流されていた。エリーザはトスカーナ大公の地位も宮殿も失ったから、辺鄙《へんぴ》な土地でおとなしく暮らしていたんじゃないか」

「それでパガニーニは？」

「彼は体力を消耗しながらイタリアじゅうでコンサートをおこない、たえず移動していて、どこにも落ち着かなかった。実際、現代のコンサートソリストに似ているね」

グァスタフェステはもう一度手紙を読んだ。

「つまりエリーザは『モーゼ幻想曲』の礼としてこの金の箱を彼に贈った」と言った。「〝ルッカでさしあげたもうひとつの贈り物と対《つい》になるよう〟と書いてますね。それがヴァイオリンなんでしょう。この箱はそのために作られた。でもそれはどうなったんですかね？　そのヴァイオリンはどうなったんでしょう？」

突然、電話が鳴って、答える必要がなくなった。かけてきたのはまたリュドミラ・イヴァノヴァで、先刻よりももっと不安そうだった。

「エフゲニーが帰ってこないんです」と、彼女は言った。「夜になるまでずっと待っていたのに。きっとあの子に何かあったんです」

わたしは腕時計を見た。

「まだ九時にもなっていませんよ、シニョーラ。遅い時間じゃありません」

「もう帰ってきているはずなんです。でなければわたしに電話してきたはずです」

「彼は携帯電話を持っているんですか?」

「ええ。こっちからずっとかけているのに、ヴォイスメールにしかつながらないの。これから警察に行きます」

「シニョーラ、たぶん――」

「いいえ、行かなければだめよ。あなたのあのお友達、アントニオ、彼なら助けてくれるでしょう。電話番号を教えていただける?」

「彼ならいまここにいますよ」

「それじゃ話をさせて」

「ちょっと待ってください」

わたしは受話器をふさいでグァスタフェステに状況を説明した。彼は顔をしかめた。

「何で俺なんです? こっちはリュドミラ・イヴァノヴァの手を握っているよりやらなきゃならないことがあるんですよ。エフゲニーはどこかのバーに行って酒でも飲んでいるんでしょう。あんな母親がいたら誰だってそうするでしょうが?」

「しーっ」わたしは言った。「彼女に聞こえるかもしれない」

「俺に何をしてほしがってるんです?」

「励ましてあげてくれ。彼女とちょっと話してみてくれ、アントニオ。心配することは何もないと言ってあげて」

グァスタフェステはため息をついて手を出した。わたしは電話を渡した。彼はそれを耳にあてて何か言おうとしたが、リュドミラは彼が言い終わらないうちにさえぎった。電話のむこうから彼女のまくしたてる声がかすかに、しかし執拗に聞こえてきた。グァスタフェステはわたしを見て天をあおいだ。

「ええ、シニョーラ、ですが……ええ……もしあなたが少し……」と彼は言った。「シニョーラ、きっと……ええ、わかっています……ですが、もし……」

彼はあきらめて、リュドミラが息切れするまで耳をすましていた。

「オーケイ」ようやく言った。「オーケイ」

そして電話を切った。

「これから二人で会いにいくと言っておきました」と彼は言った。

「二人で?」

「ひとりじゃ無理ですよ、ジャンニ。彼女、ヒステリックになっているし。取り乱した女の相手は俺よりうまいでしょう」

グァスタフェステはエリーザの手紙の隅をつまんで金の箱に戻した。そして箱をビニールの証拠品袋に戻し、腕に抱えた。わたしたちは外へ出て彼の車に乗り、〈オテル・エマヌエーレ〉へ向かった。

リュドミラ・イヴァノヴァは見るからに神経が高ぶっていた。わたしたちがノックもしないうちに、まるで廊下の足音に耳をすましていたかのようにスイートのドアを勢いよくあけ、わけのわからない熱弁をふるって、リビングを行ったり来たりしはじめた。ふさいでいるというより、怒っているようにみえた。

「あの子ったらどうしてわたしにこんなことをするの？　あの子らしくないわ。こんなわがままで、分別のない。わたしがあの子に何があったと思っているかおわかり？　あいつに誘拐されたのよ。あいつがあの子をどこかへ連れていって、洗脳して、わたしに逆らわせているんだわ。きっとそうよ。それしか考えられない」

「シニョーラ――」わたしは言いかけた。

「いいえ、わたしにはわかるの。あいつがあの子を誘拐したのよ。それは罪でしょう？　あいつを見つけて、逮捕して、閉じこめてください。エフゲニーはとても弱い子なの。きっと降参してしまうわ。きっとそう」

「シニョーラ……シニョーラ」わたしは呼びかけた。

リュドミラが振り返ってわたしを見た。目が濡れ、激情で顎が震えている。

「どういうことなのかわかりませんよ」と、わたしは言った。「誰の話をしているんですか？

エフゲニーが誘拐されたと言っているんですか？」

「ほかに何があったというんです？　あの子はどこにいるの？　いなくなってもう何時間もたつのよ。これまでこんなふうにわたしから離れたことなんかないのに」

「誰に誘拐されたと？」グァスタフェステが尋ねた。

「クズネツォフよ、もちろん。誰のことを言っていたと思っているの？」

「クズネツォフ？　クズネツォフというのは何者です？」

リュドミラは答えなかった。また歩きまわりはじめ、指で長い黒髪を引っぱっていた。

「シニョーラ」わたしは声をかけた。「クズネツォフというのは誰なんです？」

彼女は歩くのをやめて、眉を寄せてわたしを見た。

「え？」

「クズネツォフ。われわれはその人が誰だか知りませんよ」

「ウラジーミル・クズネツォフよ。大聖堂で彼を見かけたとき、よからぬことをたくらんでいるってわかったわ、そのあと彼があそこをこそこそ歩きまわっているのを見つけたの。あいつは最低の悪党よ」

「シニョーラ・イヴァノヴァ」グァスタフェステはじれったそうに言った。「そいつが何者なのか説明してくれなければ力になれませんよ」

リュドミラはわたしたちの無知に驚いたようだった。

「エージェントです」と答えた。「嘘つきで、不誠実なごろつきよ、あの人たちはみんなそう」

「エージェント？　諜報員？　スパイということですか？」グァスタフェステはきいた。

リュドミラは信じられないといった顔で彼を見つめた。

「スパイ？　まあ、そうね、スパイよ、たぶん。もう何か月もわたしたちをつけまわしていて、エフゲニーをわたしから奪う機会をうかがっていたの」

「彼女が言っているのはクラシック音楽における代理人《エージェント》だと思うよ」と、わたしは言った。「音楽家の代理をするんだ。そうでしょう、シニョーラ？」

「ええ、そう言ったでしょう」

「頭のはげた、ずんぐりした男ですか？」

「それじゃあなたも知っているのね。どうして知っているの？」彼女の目が、今度は疑わしげに細まった。「どうして？　彼と会ったことがあるの？　どこで？」

「土曜の夜、市庁舎で、パーティーからの帰りに」と、わたしは言った。「あなたは大広間の外でその人と話していたでしょう」

「ああ、なるほど、あれのこと。彼が何をしようとしていたのかわかるでしょう？　わたしとエフゲニーのあいだに割りこむ以外、あそこにいる理由はなかったはずよ」

「彼が息子さんを誘拐したと非難しているんですか？」グァスタフェステがきいた。「裏づけになる証拠はお持ちですか？」

「証拠？」リュドミラは言った。「そんなの歴然としているでしょう？　あの人はずっと息子を追いかけているのよ。みんなそうするの、エージェントって人たちは。こっちが必要としているとき、まだ無名の音楽家で、チャンスをつかもうと必死になっているときには何もしてくれない。でも成功したとたん、死肉に群がるハゲワシみたいにまとわりついて、肉を手に入れようと必死になる。あの人たちは寄生虫よ。利益の二十五パーセントをとるのよ、それで何をしてくれるの？　何もないわ、そういうこと。だからあの人はエフゲニーを手に入れたいの。エフゲニーはスターだから。いずれ偉大なヴァイオリニストになるから。クズネツォフはあの子を餌で釣って連れ去るつもりよ。わたしにはわかる。レコーディング契約や、世界ツアーや、富、名声を約束してあの子を誘惑するでしょうから、エフゲニーは負けてしまうわ。あの子は若くて、気が弱いの。クズネツォフはあの子を洗脳してしまう。いままでずっとわたしがあの子を支え、あの子が必要としているときにはそばにいたのよ。あの子のためにすべてをあきらめてきた。自分のキャリアも手放した——歌手として輝かしいキャリアを積めたのに。なのにいまになって、あの子はわたしから離れていってしまう」

顔がくしゃっとなり、リュドミラはわっと泣きだした。わたしは不意をつかれた。彼女がとても強い人間にみえていたのだ。こんなふうに崩れるとは想像もしていなかった。グァスタフェステとわたしは顔を見合わせた。彼の目には恐怖が浮かんでいた。二十五年も警察官をやってきて、ありとあらゆる犯罪や被害者を見てきたのに、女性に泣かれるといまだにどうしていいかわからなくなるのだ。何とかしてくれとわたしに頼っているのがわかった。取り乱した女性の相手はわたしのほうがうまい、と彼は言っていた。それは事実ではない。わたしだって、女性感情の崩壊に対する経験など彼以上にない。ただわたしは三十年以上結婚していたから、女性の気分というものには個人的な経験を多く積んでいる。だからいまは言葉で慰めても役に立たないことはわかった。怒ったりいらだったりは——グァスタフェステの顔からはそうした典型的な男の反応が見てとれたが——さらによくない。リュドミラが必要としているのは体に触れてもらうことだった。グァスタフェステはその役割には若すぎた。彼がやったら何か不適切なものが生じてしまうだろう。だがわたしは老人で、おじいちゃんだ。わたしが慰めても、リュドミラは悪くとるまい。わたしは近づいていって彼女に腕をまわした。何も言わなかった。彼女はわたしの肩に頭をうずめ、わたしは彼女が泣きやむまで抱いていた。

「ごめんなさい」やがて彼女は体を離し、手の甲で目をぬぐった。そしてこぶしについたマスカラの汚れを見た。「ちょっと失礼」

リュドミラはいそいでバスルームへ行き、ドアを閉めた。グァスタフェステとわたしは無言で待っていた。五分後、リュドミラは出てきて、メイクアップの乱れは直されていた。

「ごめんなさい」もう一度言った。「ずいぶん取り乱してしまって」

「わかりますよ」わたしは言った。そして短く、励ますように笑いかけた。「でも心配するようなことはないと思いますよ。エフゲニーは離れていくつもりはないでしょう。そういう人間にはみえませんし」

「あなたはあの子を知らないのよ。本当に影響されやすいんですから。まだほんの子どもで」

「彼は二十三歳ですよ」わたしはやさしく言った。「もっと彼を信頼してあげてください。あなたが思っているよりもしっかりしていますよ」

グァスタフェステはポケットから手帳とペンを出した。

「それじゃ最初から始めましょうか?」彼は仕事の用件に戻れてほっとしていた。「最後に息子さんを見たのはいつでしたか?」

リュドミラはデスクのそばの竪琴形の背の椅子に座り、脚を組み、すでに自分を取り戻していたが、目はまだ赤かった。

「昼食のあとです」彼女は答えた。「エフゲニーは練習をしていました。わたしはあの子を残して買い物に行きました――そんなにたくさんではなく、靴を何足かと、服を二、三枚」

「それで、ホテルに戻ってきたのは何時でした?」

「六時頃です。エフゲニーはいませんでした。わたしは下の階を見てみて、ホテルのラウンジやダイニングルームにも行きましたが、あの子はそこにもいませんでした。それでドットール・カスティリョーネに電話をしたんです。エフゲニーが会いにいったのかもしれないと思って」

「置き手紙はなかったんですね?」

「ええ。あの子はクズネツォフと一緒よ。わたしにはわかります。ほかにどこへ行くというんですか?」

「結論に飛びつくのはやめておきましょう」グァスタフェステは言った。「彼が行くかもしれないところはたくさんありますよ」

「あら、そうかしら? たとえば?」

「バーへ行って一杯やっているのかもしれない」

「エフゲニーはお酒を飲みません」

「一滴も？」

「ええ」

「レストランに行ったのかもしれないですよ」

「ひとりで？　それはないでしょう」

「ただクレモナをぶらぶらしているだけってことも」

「エフゲニーはわたしがついていなければ絶対にどこへも行きません」リュドミラは言った。

「絶対に？　友達とは出かけるでしょう？」

「友達なんかいません。音楽に打ちこんでいるんですもの。友達に使う時間なんかありませんよ」

「しかし、彼が自分の意志に反して連れ去られたことを示すものは何もないんですよ」

「わたしは何も、クズネツォフがあの子の頭に袋をかぶせて縛り上げ、車の後ろに積んだなんて言っていません。彼は頭がいいからそんなことはしないわ。どこか静かな、誰にも邪魔されないところへエフゲニーを連れ出したんでしょうよ。自分の魅力を振りまいて、罠にかけようとするんだわ。ああいうエージェントたちのやり方はわかっています」

「あなたの言うとおりだとしても」グァスタフェステは言った。「わたしにどうしろとおっしゃるんです？　あなたのお話に違法な点はありませんよ」

「クズネツォフは詐欺師よ」リュドミラはかっとなって言った。「悪魔みたいな、ずるがしこい詐欺師で、エフゲニーに興味を持っているのは、あの子が運んでくるお金が目当てなだけ。ほかには何もないの、お金だけよ」

「ビジネスというのはみんなそういうものでしょう、シニョーラ」

「エフゲニーはビジネスマンじゃありません。無垢な、世間知らずの子どもなんです。クズネツォフはあの子を利用するつもりなのよ。彼は――何ていうんでしたっけ？――あの子をはめるつもりなの。エフゲニーを言いくるめて契約書にサインさせ、自分の客にしてしまうわ。もうやってしまったかもしれない。あの人を止めなければ。わからないの？　エフゲニーはわたしの息子です。わたしが面倒をみてやらなければだめなのよ」

グァスタフェステは顎をさすり、伸びたざらざらのひげをこすった。そしてわたしと目を合わせ、力なくため息をついた。

「クズネツォフがどこに滞在しているかご存じですか？」彼はリュドミラに尋ねた。

「いいえ。知っていたら、いまごろはもう乗りこんでいます」

「彼の行方を探して、エフゲニーの居所を知っているかどうかきいてみましょう。それでいいですか？」

「ええ。ありがとう。助かります」

「おやすみなさい、シニョーラ」

グァスタフェステは廊下を歩きながら電話を出し、警察署《クエストゥーラ》にかけた。そして誰かに、ホテルをチェックして、クズネツォフがどこかの名簿に載っているかどうか調べるよう頼んだ。

「まったく時間の無駄ですよ」彼はポケットに電話を戻した。「あの坊ちゃんは何て人生を送ってるんですかね、ええ？　二日ごとに街から街へ、友達もなく、連れといえばあの息が詰まるような母親だけ。きっと駅へ行って娼婦でも拾ったんでしょうよ」

「彼はそういうタイプじゃないよ」わたしは言った。

「人は変わりますよ。彼みたいにひどく緊張した、神経質な若者は――何だってありえます」

　車まで戻ったときに、警察署《クエストゥーラ》が折り返してきた。グァスタフェステはしばらく耳を傾け、二つほど質問をして、それから切った。

「ウラジーミル・クズネツォフは〈オテル・サン・ミケーレ〉に泊まっていたそうです」と、彼は言った。

「いた？」

「今日の夕方チェックアウトしました。郵便物の転送先はなし」

「〈サン・ミケーレ〉？　フランソワ・ヴィルヌーヴと同じホテルじゃないか」

「クレモナではあまり選択肢がありませんからね。でも、どちらにしても調べてみますよ」

　グァスタフェステは運転席に乗った。わたしは助手席に座った。

「警察署《クエストゥーラ》に行って、それからむこうであなたを送ってもらう人間を探します。協力してくれてありがとう」

「いつでもどうぞ」

グァスタフェステはイグニションにさしたキーを回し、わたしを見た。

「ひとつ頼まれてくれませんか？　こいつはあなたの専門分野だし――ヴァイオリンとヴァイオリニストは。あなたが持っている本を全部あたってみてください。それで、エリーザ女公がルッカでパガニーニに正確には何をあげたのか、わかるかどうかやってみて。殺人犯の目的はそれですよ」

8

次の朝、わたしは朝食を終えると、いつものように工房へは行かず、奥の部屋へ入って音楽関係の所蔵本を見ていった。わが家には長年かけて築いた伝記や資料本のささやかな蔵書があるのだ。〝ささやかな〟と言ったのは、市や大学の図書館に比べれば、本当にささやかなものだからだが、ほとんどの家庭の標準からすればかなり多いだろう――一階に数百冊、二階にはもっとある。妻のカテリーナは生前、わたしの本がじわじわと家全体に入植していくことにやんわりと苦情を言ったものだった。はじめは奥の部屋にいくつか棚があるだけだったのから始まって、本はしだいにリビングへ、そのあとは、子どもたちが成長して家を出ていったので、彼らの寝室全部へと広がっていった。まるで病気みたい、と彼女は言った。でなければ湿気た壁の黴《かび》ね。最初はごくわずかだった。しかし、気がつくと、平らなところはすべて伝染性の黴でおおわれ、手のほどこしようもなかった。

パガニーニについての本もたくさんある。それに目を通し、パガニーニとエリーザ・バチョッキの関係についての情報を探しているうちに、ある有名な引用句を思い出した――ストラヴィンスキーだったと思うが、違っているかもしれない。〝よい作曲家は借りる。偉大な作曲家は盗む〟。伝記作者にも同じことがいえるだろう。同じ人物に関する本を続けて何冊か読むと、伝記というものが本質的には独創の姿を借りた剽窃《ひょうせつ》だとわかってくる。同じ情報、同じフレーズ、同じ引用、それに同じ間違いすらあらわれつづけ、こんな疑いを――いや、確信を逃れることができない――作家たちは以前の伝記作者の作品をコピーしただけではないか、と。大衆むきの伝記本なら、読者ははじめからこう思う――新聞の切り抜きや少しばかりのインタビューから三文作家が急ごしらえした、出来の悪い〝有名人〟の肖像だろう――しかし、同じようなまがいものの、焼き直しの著作が、いちおうは学術書とされているものの中にあるとがっかりしてしまう。

五冊見てみたところで、パガニーニとエリーザについての部分はどれも事実上同じだとわかった。もちろん、それに対する論理的な説明はできるだろう。作家がみんなまったく同じ原資料にあたり、同じ文書庫へ行き、同じ文書を調べたのかもしれない。だがそれは疑わしいと思った。その五冊がすべて――スタイルや強調点はそこそこ異なっているが――同一人物によって書かれたといっても通りそうなのは偶然が重なりすぎだろう。ヴィットーリオ・カステラーニの本は、中身と同じくタイトルも独創性に欠け、『パガニーニ：人間と神話』となっていた。

伝記の中ではこれがもっとも最近のもので、ほんの十年前に書かれ、五冊のうちではいちばん読みやすかったが、これ以前の本の仰々しい退屈さを考えても、たいした中身はなかった。

わたしはエリーザについての章を繰り返し読み、それからパガニーニが受け取った贈り物、もしくは彼が所有していた楽器について言及がないかと目次を見てみた。エリーザが彼に、あの金の箱に入るような小さいヴァイオリンを送ったことを示すものは何もなかった。グァスタフェステの言葉を考えてみた。もし中に入れるのが大量生産のヴァイオリンだったら、どうして高価な黄金のヴァイオリンケースを注文して作らせたりしますか？　きっと何か特別な、値打ちのあるものに違いないですよ。グァスタフェステの言ったとおりなのだろうか？　偉大な弦楽器職人、たとえばストラディヴァリか、おそらくグァルネリ・デル・ジェスが、どこかの時点で小さいヴァイオリンを作り、それをのちにエリーザが手に入れてパガニーニに与えたのか？　そんな楽器の話は聞いたことがないが、だからといって存在しないことにはならない。ストラディヴァリとグァルネリの生涯はまだ謎だし、どちらも自分の作った楽器の記録を残さなかったのだ。

ちょっと休憩してコーヒーを一杯いれ、それからカステラーニのパガニーニ伝記に戻った。エリーザがパガニーニに宛てた手紙の、何か別のことが頭に引っかかっていたのだ。彼女が書いていたことを正確に思い出そうとした。パガニーニが彼女のために作った別の曲に関することだ。〝あれはあなたの影、ずっとわたしのそばにいてくれる霊だと思っているのよ……〟正確に思い出せているだろうか？　パガニーニの影。『セレナータ・アパッショナータ』、と彼女は呼んでいた。わたしはその曲を知らなかった、それが気になっていたのだ。パガニーニの作品の楽譜は山ほど、録音も何十と持っている——演奏者はサルヴァトーレ・アッカルド、ルッジェーロ・リッチ、アルトゥール・グリュミオー、イツァーク・パールマン、ジノ・フランチェスカッティ、等々。うちにはパガニーニの協奏曲もすべてあるし、奇想曲も三、四の違ったヴァージョンがあり、彼のあまり有名でないヴァイオリン曲のLPやCDもあった。しかし『セレナータ・アパッショナータ』というのは記憶になかった。

カステラーニの本の付表にある作曲リストを見てみた。『セレナータ・アパッショナータ』はない。妙だった。わたしはうちにある楽譜や録音を取り出し、ひとつひとつ見ていった。忘れているCDの中に、世間に知られていない録音があったかもしれない。

まだ調べているときに電話が鳴った。グァスタフェステだった。

「リュドミラ・イヴァノヴァが俺に会いに署にきてるんですよ」彼は言った。「エフゲニーはゆうべホテルに戻ってこなかったそうです。今朝も。彼女、心配でおかしくなってますよ。また泣きだしたりはしなかったんですがね、ありがたいことに、でも俺が彼を見つけると約束しなければ署《クエストゥーラ》を出ていかない気です」

「本当に誘拐されたと思うかい？」

「何も除外するつもりはありませんよ」

「クズネツォフは？」

「行方がわからないんです。きのうの晩、〈サン・ミケーレ〉を引き払ったときにはひとりだったそうです、勤務についていたフロントによると。サンクトペテルブルグにあるオフィスの番号はわかりました。かけてみたんですが、応答はありません」

「これからどうするんだい？」

「クズネツォフはレンタカーを使っていたんです。先週飛んできたときに、マルペンサ空港からそれで来たんですよ。登録番号もわかりました」

「いまごろはもうどこに行っていてもおかしくないだろう。イタリアを出ていることだってありうる。エフゲニーはパスポートを持っていったのか？」

「いえ、何もかも置き去りです。パスポートも、服も、ストラディヴァリも」

「何だかいやな感じがするな」

「俺もですよ。クズネツォフと一緒に逃げたんじゃないなら、まだクレモナにいるか、あるいは別の方法で出ていったか。鉄道の駅、バスとタクシーの会社をあたってるところです」

「レンタカーを使ったんじゃないかな」

「クレジットカードを持ってないんですよ」

「現金は？」

「それもあまり。金のことは全部ママがやってるんです。ホテルやレストランの勘定を払うのも、飛行機チケットの予約をするのも。エフゲニーの服も全部彼女が買ってるんですよ。彼は毎月お手当てをちょっぴりもらうだけ。小遣い銭を。本当に子ども扱いですね」

「きみのカンはどうだ？」

「わかりません。彼は有名な国際的コンサートヴァイオリニストです。クズネツォフと一緒にいる可能性はある。同時に、誰か別の人間が誘拐した可能性もある」

「たとえば？」

「どこかの偏執狂。組織犯罪かもしれない。身代金の要求は来てませんが、これからかもしれない。逆に、ただ列車に乗ってヴェネツィアか、フィレンツェか、ほかのところに二日ばかり行っただけかもしれない。彼が子どもなら、徹底的に全国手配をします。でも二十三歳の男じゃ、そう単純にはいきません」

グァスタフェステは言葉を切った。彼が離れたところで同僚と話しているのが聞こえた。

「すみません」彼は電話に戻ってきてそう言った。「まさに大歓迎の状況ですよ。殺しの捜査のまっさいちゅうに、有名人の失踪だなんて」

「そっちはどうなってる？」

「ヴィルヌーヴの件ですか？　まだ何も。もう切りますね、ジャンニ。また連絡します」

わたしは音楽関係のコレクションの調査を再開したが、収穫はなかった。『セレナータ・アパッショナータ』が過去に録音されていたとしても、わが家にないことはたしかだった。CDやLPを棚に戻し、しばらく肘掛け椅子に座って、次は何をしたらいいかと考えた。パガニーニ関連の蔵書は全部見てみたが、役に立つような新しい情報は見つからなかった。クレモナに出て、市立図書館に行き、何か見つかるかやってみてもいいのだが、過去の経験から、音楽関係の蔵書があまりないのはわかっていた。わたしの知らないことが見つかるとは思えなかった。

学者ならば、むろん、原資料に戻ってみるだろう――文書庫を調べ、古い手紙や記録を精査して――しかしわたしにはそうするだけの時間も能力もなかった。だいいち、パガニーニの個人的文書はジェノヴァと、ワシントンの議会図書館にあるし、エリーザ・バチョッキの文書がもしこんにちまで残っているとしても、どこにあるのかわたしには見当がつかなかった。それでも別の手段は残っていた。尋ねる相手を見つけることだ、わたしよりもパガニーニについてよく知っている誰かを。

わたしがマルコとしか知らない肌の浅黒い、気鬱そうな若者は、ミラノ大学の音楽学部の玄関ホールで待っていた。顔はやつれて疲れてみえ、目の下に隈ができていた。わたしたちは握手をし、彼はしげしげとこちらを見た。

「前にもお会いしてませんか?」と彼は言った。「ああ、そうですよね、やっぱり。クレモナのパーティーで。あなたはたしか……ミレッラが話してくれましたよ」彼は言葉を切り、少しほほえんだ。

「ええ、そうですね、あのときは残念なことになってしまいました」わたしは気まずい沈黙を埋めようとして言った。

「心配はいりませんよ。彼はあなたをおぼえていませんから」

「そうですか?」

「ヴィットーリオはまわりの誰も、何も、目に入らないんです。鏡を見るときは別ですがね」

マルコは辛辣《しんらつ》にそう付け加えた。「さあどうぞ、彼のオフィスへご案内します」

石の幅広い階段を二階へ上がり、コンサートのポスターや予定表、学部の通達などでおおわれた掲示板が並んだ廊下を進んだ。半分ほど行ったところのドアにさしかかったとき、汚れたオーバーオールを着た男を通らせるのに、横へどかなければならなかった。男は片手に軽いアルミのはしご、もう一方の手には工具箱を持っていた。彼が出てきた部屋をのぞいてみると、別の男が架台の上にのって、天井に漆喰《しっくい》を塗っていた。

「上の階はトイレになってるんです」マルコが説明した。「夏に水道管が破裂して、あの天井が全部落ちてしまったんですよ」

「夏に?」

「大学の管理部の人たちは――僕たちとは別の時間帯で生きてますからね。運がよければ、クリスマスには終わるでしょう」

わたしたちはそのまま廊下を進んだ。学生のグループがこちらへ歩いてきて、その大半が楽器ケースを持っていた。彼らは真ん中で分かれてわたしたちを通してくれた。どこか離れたところで、ピアノの音がかすかに聞こえた。誰かが音階とアルペッジョを練習している。

「あなたはカステラーニ教授の助手をしているんですか?」と、きいてみた。

マルコがその言葉にむっとしたのがわかった。

「厳密には准講師です」彼は硬い声で言った。「少し前に博士号をとったんですが、ヴィットーリオのための調査もいくらかしているんです」

ヴィットーリオ・カステラーニの名前が白い塗料でステンシルされた、鏡板張りのオークのドアの外でマルコは立ち止まった。一度ノックをして、返事を待たずにあける。カステラーニはオフィスの反対側にあるデスクのむこうに座っていた。大きな部屋で、音楽学の教授としての彼の地位にふさわしかったが、その大部分はスタインウェイのグランドピアノで占められていた。三方の壁には本や総譜がごちゃごちゃと詰めこまれた本棚があり、四つめの壁には高い窓がひとつあって、そこから胡桃《くるみ》の木が見え、裸の枝が空を背にシルエットになって浮かんでいた。もう午後遅い時間だったので、あたりは暗くなりかけていた。窓ガラスに雨が点々とついていた。

「シニョール・カスティリョーネがおみえですよ」マルコが声をかけた。

わたしはデスクのほうへ歩いていったが、カステラーニはわたしが来たことに気づいたそぶりも見せなかった。彼はわたしを通りこしてマルコを見た。

「あの記事をまだ打ちこんでないのか？」彼の声は厳しかった。

「もうほとんど終わっていますよ」マルコは身構えて答えた。

「ずいぶんかかってるじゃないか。金曜日の資料はどうなってる？　ブリーフィングだが」

「『カルチャー・ショー』の？　いま進めています」

「今夜ほしい」

「あしたって言ったじゃありませんか」

「今夜ほしいんだ、いいな？　すぐやってくれ。それからジルベルトの店に電話してくれ。土曜の夜に二人ぶんのテーブルを予約だ。九時。ミレッラを見かけなかったか？」

「いいえ」

「見かけたら、わたしが呼んでいたと言っておいてくれ」

カステラーニはマルコに部屋から出ていくよう、手を振った。わたしは若者が出ていくのを待ち、それからデスクに近づいた。

「教授、こんなにすぐ会っていただいてありがとうございます」

わたしは手をさしだした。カステラーニはおざなりな握手をした。

「どういったご用でしょう？」彼はぶっきらぼうに言った。「あまり時間がないんですよ」

彼はわたしを見たが、その目にはわたしに気づいた様子がまったくなかったのでほっとした。マルコの言ったとおりだ。カステラーニはわたしをおぼえていなかった。

わたしはデスクの片側に置いてあった椅子に座り、持ってきていた軽いレインコートを椅子の下の絨毯《じゅうたん》に置いた。おそらく書棚にあきがないせいだろうが、床は本の入った段ボール箱でいっぱいだったため、脚を伸ばせる場所が少ししかなかった。

わたしは彼に、パガニーニとエリーザ・バチョッキに関する情報を探しているのだと話し、探している理由についてはぼかしておいた。

「あなたの書かれたパガニーニの伝記を読みましてね」と言った。「ついでながら、あれは本当に面白い本でした」と付け加えたのは、ちょっとお世辞を言っておいても悪いことはないだろうと思ったからだった。

カステラーニは長い髪を手でかきやり、耳にかけた。オープンネックの黒いシャツを着ていて——間違いなくデザイナーものだったが、わたしはファッションにうといので、ブランドを推測することすら無理だった——色あせたブルージーンズに手縫いの黒い革靴で、それはわたしにもグッチだとわかったが、単に控えめなロゴがついていてその事実を示していたからだった。

「ええ、批評家たちもそう思ってくれましたよ」と彼は答えた。「〝間違いなく、これまでに書かれたパガニーニのもっとも完全な伝記〟というのがラ・スタンパ紙の言葉でしたね。だからといってあの新聞には何も寄稿しませんが。まあ、いずれにしろ当時もしてませんでしたがね」

「パガニーニとエリーザの関係についてとても詳しくていらっしゃいましたね。でも、本に書かなかったこともたくさんおありなんでしょう」

「もちろんです、いつもありますよ。ひとつにはスペースや、出版社の要請によって制限されるからです。何が重要で、何がそうでないか判断しなければならない。ルッカでの時期はパガニーニのキャリアのごく一部でしたし」

「でも、非常に重要な時期ですよね」わたしは言った。

彼はじろっとわたしを見た。いまの言葉のせいで、わたしが話をするに値する相手かどうか疑っているようだった。

「彼の生涯全体という文脈でみれば違います」カステラーニは言った。「ルッカはただの寄り道、余興といったものですよ。あそこでは足踏みをしていただけです。大きな業績はすべて、もっとあとのものですから」

「わたしが言ったのは、彼の私生活にとって重要だということです。エリーザとの恋愛が」

カステラーニは馬鹿にしたように笑った。

「パガニーニをとりまくそういったロマンティックなたわごとに惑わされないでくださいよ。彼はエリーザを利用し、エリーザは彼を利用した。男と女の関係ではきわめてよくあることです」

「わたしの経験ではありませんが」

カステラーニは哀れむような目になった。

「ずいぶん純情な方のようですね。電話では何と言っていたんでしたっけ？　お仕事は？」

「ヴァイオリンを作っています」

「ああ、なるほど、職人さんですか。まあ、あなたの世間での――それに女性との――経験はたぶん、すこぶる狭いものなんじゃありませんか。パガニーニは、ルッカにいたときは若く、ハンサムで、カリスマがありました。エリーザが彼と寝たがったのもごく当然のことでした。才能は女性にとってすばらしい誘惑ですからね。それは現在でも変わりません」

カステラーニはまた髪を撫でつけ、自分の経験からそう語っていた――もしくはそういう印象を与えようとしていた。

「パガニーニがエリーザに少しでも好意を持っていたなんて考えないでくださいよ」彼は続けた。「彼女はパガニーニにとってつかのまの征服地であり、おおぜいの中のひとりにすぎなかったんです」

「でも彼女に曲を捧げているでしょう」

「そんなものには何の意味もありません。エリーザは彼の後援者だったんですから。作品を献呈するよう要求されていたんです」

「彼がルッカにいたあいだに作った曲を、正確にご存じですか？」

「わたしの本を読んだとおっしゃっていたでしょう。巻末の付表に完全なリストをつけてありますよ」

「本当にあれで全部なのですか？」

カステラーニはその言葉が気に入らなかったらしい。口をきゅっと結んだ。

「わたしが何か見落としていたと言うんですか？」

「いいえ、違います、教授。でも、新しい作品が発見されることはありうるでしょう。パガニーニは、たとえば、エリーザに『セレナータ・アパッショナータ』という曲を書いていませんか？」

「『セレナータ・アパッショナータ』？」カステラーニは眉を寄せた。「あの伝記を書いてからだいぶたつのでね。細かいこと全部はおぼえていないんですよ。本を見てみましょう」

彼は椅子を引いて立ち上がり、デスクの後ろの棚を見ていった。わたしも本を見つける手伝いになればと、足元の段ボール箱に目を落とした。箱はどれも蓋《ふた》があいていた。そこからあふれだしている本は形もサイズもばらばらだったが、すべて音楽に関するものだった。一冊の背表紙にはベートーヴェンの名前が見え、別の一冊の折れたカバーには、リヒャルト・ワーグナーの顔がついていた。それから二つめの箱をのぞくと、別のものが目についた。わたしは手を伸ばした。

「あった」カステラーニが言った。

彼が自著のパガニーニの伝記を手にして振り返った。わたしは体を伸ばして彼に目を向けた。

「彼はルッカで二十四の奇想曲を書いています、言うまでもなく」カステラーニは言い、本の巻末をめくった。「ヴァイオリン演奏曲における彼のもっとも偉大な、もっとも長く続いている貢献といっていいでしょう」

「でもエリーザのために書いたのではありませんよね」わたしは言った。

「ええ、奇想曲は〝芸術家たちに〟捧げられています。彼の作品番号一番でした。二番はヴァイオリンとギターのための六つのソナタで、シニョール・デッレ・ピアーネに捧げられています、それから三番も、ヴァイオリンとギターのための六つのソナタで、幼なじみのエレオノーラ・クゥイリチに。遺言書でも彼女に金を遺贈していますね。四番はヴァイオリン、ヴィオラ、ギター、チェロのための三つの四重奏曲で、献呈は〝ニコロ・パガニーニからアマチュアの人人へ〟、五番も同じで、同じ楽器のための三つの四重奏曲です。

出版された作品で、ルッカに関係しているものはそれだけですね。未発表のG線とE線のための『愛の光景《セン・アモルーズ》』を書いたのもわかっています——貴婦人とその恋人の二重唱みたいなもので、Eが貴婦人の声を、Gが恋人の声をあらわしています。それから、『ナポレオン』と題をつけた G線のためのソナタをひとつ書いていますが、これはエリーザの兄に献呈されていて、やはり出版されていません」

「『セレナータ・アパッショナータ』はないと？」

「そんな曲のことは初耳ですね。どうしてそれが存在すると思っているんです？」

「あるところで読んだ資料からです」わたしは曖昧に答えた。

「きっと勘違いでしょう。わたしはこの本のために大がかりな調査をしましたが、『セレナータ・アパッショナータ』なんて曲は出てきませんでしたよ」

「わたしが間違えていたようですね」と言った。「プレゼントについてはどうですか？　エリーザはパガニーニにたくさん贈り物をしたんですか？」

「彼女は贅沢で有名でしたからね、ええ。宝石やら、金やらを与えていました」

「ヴァイオリンはどうです？　ヴァイオリンはあげたんでしょうか？」

「可能性は高いでしょう。パガニーニは生涯を通じてヴァイオリンを集めていましたからね、ただし弾いたのはほとんど〝大砲《イル・カノーネ》〟ばかりでしたが」

「たしかなことはご存じない？」

「二百年も前の話ですよ。わたしが読んだ文書でヴァイオリンに触れていたものはありませんでした。どんな伝記作家もそうでしょうが、手に入る記録で仕事をしなければならないんです。空白があるところは埋めようと精一杯やりますが、それでは知識にもとづいた推論になりかねない」

カステラーニは棚に自著の伝記を戻してまたデスクに座り、クッションつきの革椅子を後ろに傾けて、じっとわたしを見た。

「あなたが言っていた『セレナータ・アパッショナータ』についての資料ですが」と、彼は言った。「どこで見たんですか?」

「はっきりしないんです」わたしはごまかした。

「本ですか?」

「わかりません。わたしはパガニーニに興味があるだけで。たぶん、勘違いしていたんでしょう」

「パガニーニは実際に『アパッショナータ』というソナタを書いています」と、カステラーニは言った。「あなたはそれを思い浮かべているのかもしれない」

「ええ、きっとそうですね」

「でもその曲はルッカよりずっとあとです。たぶん一八二九年くらい。彼がエリーザと別れたのはそれより二十年近く前です」

「それで、彼女には二度と会わなかったんですか?」

「何であれ、確実だというつもりはありませんよ」

「彼は『モーゼ幻想曲』を彼女に献呈しましたね。それは一八一九年に書かれた」

カステラーニはゆっくりうなずいた。

「わたしの本をよく読んで――それにおぼえているんですね」

「あなたの本だけではありません。ほかのも読みました」

「ほう」カステラーニは侮蔑するように言った。「そういうのはみんな二流作ですよ。わたしの伝記ほどの深みも野心もない」

わたしは否定しなかった。次の質問にそなえて、彼には機嫌よくいてもらわなければならなかった。

「パガニーニがエリーザのために何か曲を書き、それがのちに失われたとしたら、どんなものだったと思いますか?」

「それはまた馬鹿馬鹿しい質問ですね、答えようがありませんよ。何だってありうるでしょう」

「エリーザが死ぬまで手元に持っていたとしたら?」

「彼女は一八二〇年に死にました。ずっと昔のことですよ」

「彼女の財産、所有地はどうなったかご存じですか?」

「知りません。わたしはパガニーニの本を書いたのであって、エリーザ・バチョッキのじゃありませんからね。パガニーニとの関係以外、彼女には何の興味もありませんでしたし。いまでもありませんよ」

カステラーニは腕時計に目をやった。

「さて、もうよろしければ、仕事がいろいろありますので」

「ああそうですね、教授。お忙しいところをありがとうございました。たいへん助かりました」

わたしは手を下へ伸ばしてレインコートをとった。コートはわたしの指からすべって本の箱に落ち、わたしは手探りでそれをつかみなおした。カステラーニはそのあいだ、電話機をとってマルコに話していた。「シニョール、シニョール……」――彼はわたしの名前を思い出せなかった――「お客様がお帰りだ。お送りしてくれ」

わたしはマルコとまた階下へ降りていった。青年は黙りこみ、考えごとで頭がいっぱいのようだった。

「カステラーニ教授が上司だとたいへんでしょう」わたしは言った。

「は？　ああ、ええ、たいへんですよ」マルコは答えた。「でも終身在職権のあるポストに就きたいなら、彼を味方につけておかなきゃなりませんし。学部ではとても力のある人なんです」

玄関ホールで、わたしはマルコと握手をして礼を言った。それから外の通りへ出た。雨粒は軽い霧雨に変わっていた。わたしはレインコートを広げ、中に隠してきた本を慎重に出して、それからコートを肩からはおり、本をわきのポケットに入れ、舗道を歩いていった。

大学の経済学部まではすぐの距離だったが、着いたときには、髪は濡れて光り、雨がコートの裾から靴にしたたり落ちていた。マルゲリータは自分のオフィスにいて、分厚い書類の束を読んでいた。

「少し早かったかな」わたしは言った。「三十分くらいどこかへ行って、出直してこようか？」

マルゲリータは信じられないという目を向けてきた。

「何を言ってるの。外は雨よ。濡れているじゃない」

「ただのにわか雨だよ。じきにやむだろう」

「コートを脱いで。ラジエーターにかけて」

「でもお邪魔だろう」

「あなたは救いの神よ、ジャンニ。一分だって早くなかったわ。もうこんなくだらないものはたくさん」

彼女は書類の束を横へ押しやって、ほっとため息をついた。

「最終学年の学生の課題なの」と言った。「これがイタリア経済学の未来なら、神よわれらを救いたまえ」

わたしはコートの水滴を振り落として、ラジエーターにかけた。

「ひどいんだ？」

「ひどいっていうのは控えめな言い方ね。わが国の若者の中ではトップクラスのはずなのに、そのうち半分は正しい綴りもできないのよ。電卓が使えないのもひとりか二人いるみたい。考えたくないけど、十年後には彼らがこの国を動かすのよね」

「いまいる連中より悪いってことにはなりえないだろう。あるいは、それ以前の連中より」

「ええ、力づけられる言葉ね。でも心配なのは、その人たちの中にはわたしが経済学を教えた人もいるってこと。みんなわたしが悪いのかしら？」

　わたしはほほえんだ。

「たぶんそうだね。そもそも、政治家は何に対しても責任をとらないじゃないか？　彼らが非難されないのなら、されるのはあなただ」

　マルゲリータは椅子を後ろに引き、デスクの下の床を見まわした。

「わたしの靴はどこかしら？」

「こっちにある」

「何でそんなところに行っちゃったの？　きっと好き勝手に部屋の中を移動してるんだわ」

　わたしは靴をとってデスクごしに渡した。マルゲリータはそれをはいて、生徒の課題をブリーフケースに入れはじめた。

「家に持って帰るの？」わたしはきいた。

「わかってるわ、マゾヒスティックよね、でも誰かが採点しなきゃならないし」

「一緒に夕食に行くんだと思ってたんだが」

「行くわよ」

「それで、そのあと仕事をするの？」

　彼女は考えこんだ。

「ほんと、ちょっと馬鹿みたいよね？　わたしったら本気で十一時に採点を始めようっていうのかしら？」

「ここに置いていけば。あしたでもかまわないだろう」

マルゲリータはうなずいた。ブリーフケースから紙束を出して、デスクにほうりだす。

「あなたがいてくれて本当に助かるわ、ジャンニ」

わたしも彼女がいて助かっている、と思いながらオフィスを出て、霧雨の中を近くのトラットリアへ歩いた。わたしたちは昔からの知り合いではない。出会ったのはほんの一年前、悲しい状況のさなかだった――彼女のおじの、変わり者のヴァイオリンコレクターがヴェネツィアで殺されたのだ。その死と、その後のことがわたしたちを結びつけ、それ以来、付き合いが続いている。最初は彼女がわたしの人生に入ってきたことになじめなかった。もう七年前になるが、妻が亡くなったとき、今後女性と親密なつながりを持つことはないだろうと思った。ほかの男たちが早々に死別から立ち直り、さして時間をおかずに再婚するのすら目にしてきたが、わたしには理解できなかった。どうしてそんなにも簡単に悲しみを振り捨てられるのか、最初の奥さんをそんなにさっさと別の人間に取り替えられるのか、理解できなかった。

われわれの性的生活には、ほとんど世界共通といっていいパターンがある。誰もが思春期に猛烈にのぼせあがり、涙で終わった経験を持つ。それからほとんどの人間が、〝恋に落ちる〟と呼ばれる一時的な脳の化学的不均衡の犠牲になる――ペアを組むという自然のしくみだ。われわれは結婚し、子どもを持ち――くたくたになるほど夢中になる、愛情の放出先だ――やがて落ち着き、調和を見出し、運がよければそれは死によって絆が断たれるまで続く。いずれにしても、わたしの経験はそういうものだった。カテリーナとわたしは三十五年間一緒だった。

わたしが二十二のときに結婚して、五十七のときに彼女は連れ去られた。こんなに早く彼女を失うとは思ってもいなかった。カテリーナは本当にわたしの人生の光だったので、彼女が亡くなったときには、世界のすべてが暗くなった。そしてそのまま長いこと闇の中だった。やがて少しずつ夜が通りすぎはじめて新しい光が地平線にあらわれた。最初はただの、荒野の中の蠟燭のように揺れる光だったが、だんだんと明るさを増し、やがてわたしの行く道が見えるくらいに、残りの年月を貫く道を照らすくらいになった。まぶしい夏の日は二度と訪れないだろうが、秋の午後の光にも、わたしを慰め、やがて必ず訪れるわたし自身の闇につかまるまで、ぬくもりを与えてくれるだけのものは見つけられた。

わたしには仕事がある。友人たちもいる。子どもたちも孫たちもいる。そしていまはマルゲリータもいる。こんなことが起きるとは思わなかった。求めたこともなかった。それはただやってきた。はじめの何か月かは後ろめたさを感じ、亡き妻を裏切っているのではないかと思った。しかしその後、自分はこの新しい関係に疑問を持つことによって、はからずもカテリーナを侮辱し、実際にはそうでないのに彼女が嫉妬深く、ひねくれた性格だと言っているのだと気がついた。彼女は心の広い、やさしい女性だった。わたしが彼女を愛したように、彼女もわたしを愛してくれた。彼女は逝ってしまったが、わたしが残された年月に少しばかり幸せになることをいやがったりはしない。

マルゲリータは彼女の代わりにはなっていない――誰にもそれはできないだろう。わたしは彼女と恋に落ちたわけではない。のぼせあがるには年をとりすぎ、世慣れしすぎている。これはホルモンによる関係ではなかった。心と心の出会いであり、まだ若く、まだそれほど形はできていないが、やがては何かもっと深いものになるかもしれない結びつきだった。

「何か飲むかい？」テーブルについてからきいた。

「お願い。ワインを一杯でいいわ」

わたしは赤のボトルを注文して、レストランをざっと見まわした。まだ晩の早い時間だった。人々が入ってきはじめていた――カップルや、スーツ姿のビジネスエグゼクティヴたち――だがまだいくつもあいているテーブルがあった。

「教授とのご対面はどうだった？」マルゲリータが最初の言葉をそれとなく強調して言った。先刻、彼女に電話でカステラーニに会いにいくことを話し、金の箱とその中にあった手紙のことも話してあったのだ。

「とてもていねいに応対してくれたよ」

「本当？」

「彼が自分のスタッフにしているよりずっとね。あの助手を――マルコ何がしを――まるで召使みたいに扱っているんだよ」

「准講師？」

「どうして知っているんだい？」

「よくあることだもの。うちの大学は准講師だらけよ。能力のある若い院生たちが、昇任させてもらおうとして、カステラーニみたいな人間のためにつまらない仕事をしているの」

「マルコもそう言っていたよ。終身在任権のあるポストを得たいなら、カステラーニの援助が必要なんだと」

「そうやってシステムが動いているわけ。建前では、講師の職は厳しい試験で決められ、この国のどこの誰にでも門戸が開かれている。でも実際には、学部の有力者――カステラーニみたいな人間によって事前に内々に決まってしまう。その若い人がカステラーニに逆らったら、彼の学問上のキャリアは始まりもしないうちに終わってしまうでしょうね」

「ひどいな」

「ええそう、とてもね。大学というのはローマ教皇の御前会議みたいなものよ――情け容赦ない陰謀家たちが徒党を組んで、おたがいを陥《おとしい》れようとしている。仕事がほしければ、ゲームに参加するしかない。何年かをその周囲で送り、上司のお尻にキスして、プライドは呑みこむ。そうするしかないわ」

「あなたもそうしなければならなかったのかい？」

マルゲリータはすまして笑った。

「わたしは男社会の中の女よ。もちろん、女ならではの手管を使いましたとも、そして寝ることで中心に食いこんだの。みんなやっていることでしょう？　いいえ、冗談よ。でもたしかなポストを手にする前には、それなりに下っ端仕事をこなしたわ。さいわい、その頃の学部長がまともな、進歩的な考えの人だったの。彼はそういう任命システムが大嫌いで、ポストは能力に応じて割り当てられるべきだという革新的な考えを持っていた。たしかに頭がおかしかったのよ。いまの世の中だったら二分ももたなかったでしょう」

ウェイターがワインを持ってきてグラスを満たしてくれるあいだ、わたしたちは話をやめた。それからメニューを見て料理を注文した。マルゲリータはワインを少し飲んだ。

「それで、カステラーニは役に立った？」彼女はきいた。

「あまり」

わたしは教授との会話のあらましを伝えた。

「ずいぶん偉そうだったよ、実を言うと。ずっとわたしを見下して話していた」

「それがあの人のスタイルなのよ」マルゲリータは言った。「『カルチャー・ショー』に出ているのを見たことはある？　金曜の夜にＲＡＩでやっているあのくだらないゴミ番組。ときどきゲストに対してする彼のしゃべり方ときたら。わたしがあの場にいたら、思いきりひっぱたいてやるところよ」

「視聴率が上がるだろうね」

「あの番組そのものに腹が立つわ」

「だったらどうして見るの？」

「血圧にいいの。カステラーニのブローした髪やあのぴっちりしたジーンズを見るたび、テレビに何か投げつけたくなるわ。大衆文化は全面的に支持するけれど、何もあんなに下品で、愚かである必要はないでしょう？　ゲストをスタジオに案内してくるあの馬鹿みたいなブロンドたちのことまで言わせせないでね。みんな本当に文化というものを、カステラーニみたいな品のないナルシシストが、彼についてる裸同然の馬鹿な女の子たちと一緒に提供してあげないと、受け取ることもできないの？」

「落ち着いて」わたしは言った。「今晩はゆっくり休むために外出したんだから」

「わたし、愚痴っていた？　ごめんなさいね。娘がわたしは愚痴ばかり言うって言うのよ。年のせいかしらね、それとも不満を持つべきことが本当にたくさんあるってことかしら？」

「年のせいじゃないよ」わたしは言った。

「あなたの話を邪魔してしまったわね。続けて。彼は何て言っていた？」

「彼がパガニーニの伝記で書いていた以上のことはあまり。エリーザ・バチョッキがパガニーニに与えたかもしれない贈り物のことは何も知らなかったし、『セレナータ・アパッショナータ』についても聞いたことがないそうだ。わたしもほかの本でも見つけられなかった」

「でもあると思っているんでしょう？」

「エリーザは自分の手紙の中ではっきり名前を挙げて言っていたからね。たしかに存在するよ――あるいはしていた。いまもあるかどうかはまた別の問題だ」

「それじゃどうなったのかしら？」

「それを突き止める必要があるんだよ」わたしは彼女を見た。「実は告白しなければならない。恥ずべきことをしてしまったんだ、とくにわたしくらいの年になったまともな男としては」

「あらまあ、やっと面白くなってきたわ」マルゲリータは言った。「早く話して、じらさないで」

　わたしは予備の椅子の背にかけておいたレインコートに手を伸ばし、ポケットからさっきの本を出した。

「カステラーニのオフィスからこれを持ってきてしまった」

「盗んだの？」マルゲリータが言った。

「借りたんだよ。いずれ返すつもりだから」

「何の本？」

　わたしはタイトルを見せた。

「『ナポレオンの妹たち：カロリーヌ、ポーリーヌ、エリーザ』。何か役に立つことが書いてありそうだろう」

「なくなったことにカステラーニが気づかない？」

「床に置いた段ボール箱の中でほこりをかぶっていたんだ。下を見てこれが目に入ったときには信じられなかった。彼がこれに用がないのはたしかだよ。二、三日借りて、そのあとマルコに返しておく。彼なら告げ口したりしないだろう」

　ぱらぱらと本をめくってみた。語句にアンダーラインが引かれていたり、余白にメモが走り書きされたりしていたが、じっくり見ることはしなかった。いまはその時間ではなかった。

「それで、その金の箱にかつて入っていたかもしれないヴァイオリンについてはどう思っているの？」マルゲリータがきいた。

「それについては行き止まりだな」

「フランソワ・ヴィルヌーヴがその箱をあけて、中身を出したんだと思う?」

「ひとつの可能性ではあるね」

「彼がそうしたのなら、それはどうなったのかしら?」

「彼のホテルの部屋にはなかった。殺される前に彼がどうにかしたのか、犯人が持ち去ったのか」

マルゲリータは身震いした。

「ヴァイオリンのために人殺しをする人がいるかしら?」彼女はふっと口をつぐんだ。「わたしって馬鹿ね。もちろん、いるにきまってるわ」おじのことを思い出しているのだと気がついた。「とても小さなヴァイオリンだろうと言っていたわよね?」

「想像しうるもっとも小さいものだね、うん。でももしストラディヴァリだとしたら、そうとうな値打ちがあるだろう」

「ほかの可能性は?」

「ヴィルヌーヴは箱をあけたが、中はからっぽだった。もしくは、彼は一度もあけなかった」

「からっぽ? ヴァイオリンはすでに持ち去られていたということ? いつ? 誰が?」

「わからないよ。答えの出ない疑問が山ほどあるんだから」

本をコートのポケットに戻してグラスにワインをつぎたした、ウェイターがコースの一品めを運んできたからだ——マルゲリータには野生のマッシュルームのリゾット、わたしにはほうれん草とリコッタチーズのカネロニ。そのあと食事中は、パガニーニやエリーザやフランソワ・ヴィルヌーヴから離れて、ほかのことを話した――マルゲリータの仕事のこと、わたしの仕事のこと、おたがいの家族のこと。わたしたちには共通するものがたくさんあり、二人とも興味を持っているものも多く、そうしたおしゃべりがとぎれることはなかった。

食事が終わると、わたしは徒歩でマルゲリータをアパートメントまで送っていった。彼女はコーヒーを飲んでいくよう言ってくれたが、わたしは遠慮した。もう時間が遅くなっていたし、クレモナ行きの列車に乗らなければならなかった。マルゲリータはわたしの唇に軽くキスをして、後ろへさがった。

「楽しい晩をありがとう、ジャンニ」

「こちらこそ。また連絡するよ」

「そうして。お休みなさい」

彼女がアパートメントのドアを入っていくのを見届けてから、タクシーを拾って駅へ行った。できるときには車でミラノには来ない、とくに夜は。耐えられないほど道が混んでいるし、駐車場はそれ以上なのだ。

一時間半後、家に帰った。留守番電話の赤いライトが点滅していた。メッセージが二つ入っていた。ひとつめはヴィンチェンツォ・セラフィンからだったが、名前は言わず、横柄な要求だけをテープに残していた。

「土曜に言ったヴァイオリンの件なんだが。きみに見てもらいたいんだ。あしたの朝、十一時にわたしのオフィスに来てくれ。いいね？」

セラフィンの人を見下すような傲慢さには慣れていたが、それでも、そのメッセージにはかちんときた。よくもこんなに無礼な言い方をしてくるものだ。わたしは彼の従業員ではないし、手招きしたり呼んだりすれば従う子分でもない。自分の分野では国際的な評価を得ている独立した職人なのだ。横柄な振るまいをさせておくわけにはいかない。朝になったらオフィスに電話して、行けないと言ってやろう。

二つめのメッセージはグァスタフェステからで、ただ連絡をしてほしいと頼んでいた。もう十一時半だった。いつもならこんな遅い時間に誰かに電話することなどないのだが、グァスタフェステがまだ起きているのはわかっていた。彼が真夜中前にベッドに入ることはめったになく、もっとずっと遅いことがしばしばあるし、大きな事件の捜査にかかわっているときにはとくにそうだった。

「電話してくれてありがとう、ジャンニ」電話でわたしの声を聞くと、彼はそう言った。

「すまないね、出かけていたものだから」わたしは言った。「ミラノにいたんだよ、ヴィットーリオ・カステラーニにパガニーニとエリーザ・バチョッキのことをききに」

「それで?」

「たいしたことは何もなかった。でも調べるのは続けるよ。きみのほうは?」

「鑑識の連中に、金の箱の内側とエリーザからの手紙を調べてもらいました。ヴィルヌーヴの指紋は見つかりませんでしたよ。彼は箱をあけられなかったようですね」

「手袋をはめていたのでなければね」わたしは言った。

「何でそんなことをするんです？　彼は美術品ディーラーですよ、金庫破りじゃない。箱の外側には彼の指紋がべたべたついてました。あれをあけたなら、中にも指紋があったはずですよ」

「彼はスコルダトゥーラがわからなかったんだね？」

「でしょうね。あなたみたいにヴァイオリンの専門家じゃなかったし。『モーゼ幻想曲』の実際の音符があのページに書かれているものじゃないなんて、考えつきもしなかったんじゃないですか」

「だったらヴァイオリンはすでに取り出されていたわけだ。ヴィルヌーヴはそれには関与してなかった」

「俺にはそう思えます」

「彼がどこであの箱を手に入れたのかはわかったかい？」

「まだです。あした、宝石商が検分しにくることになってます。でも、彼が突き止めることより、あなたの友達のヴィンチェンツォ・セラフィンのほうがいろいろ知っているんじゃありませんか」

「セラフィンが？　セラフィンの話なんかしないでくれ。今日の晩、彼から留守電にメッセージが入っていて、あしたの朝オフィスに来いと、命令同然に言ってきたんだ。本当に不愉快なやつだよ」

グァスタフェステはしばらく無言だった。それからこう言った、「行くんですか？」

「その気はなかったよ。こっちの独立性を主張しようと思ってね。どうしてだい？」

「彼は何の用であなたに会いたいんです？」

「ただのヴァイオリンのことだよ」

グァスタフェステはまた無言になった。

「アントニオ？　何なんだ？」

「彼に会いにいってくれませんか、ジャンニ」グァスタフェステは言った。「俺も一緒に行きます。彼と話をしたいんですよ、電話より直接顔を合わせたほうがいいと思うんです」

「ヴィルヌーヴのことで彼と話すのかい？」

「きのうの朝、話はしましたよ、おぼえてますか。彼はヴィルヌーヴがなぜクレモナにいたのか何も知らないと言い、一緒に仕事をしてはいなかったと言った」

「だが、していたわけか？」

「たしかじゃありませんけどね。でも〈オテル・サン・ミケーレ〉の電話の記録が手に入ったんです。フランソワ・ヴィルヌーヴは木曜の晩と、金曜の朝にもう一度、セラフィンに電話をしているんですよ。二人が何を話したのか知りたいんです。ああ、それと、ことのついでに、〈オテル・エマヌエーレ〉の電話記録も調べてみました。きのうの午後、三時四十六分、リュドミラが買い物に出かけているあいだに、エフゲニー・イヴァノフのスイートに電話が一本つながれていましたよ」

「誰からの電話かわかっているのか？」

「〈オテル・サン・ミケーレ〉からでした」グァスタフェステは答えた。「ウラジーミル・クズネツォフから」

9

わたしたちはロゴマークのない警察車でミラノへ行った。グァスタフェステは大都会の混雑についてわたしのような懸念をまったく持っておらず、それに駐車場に関しては、いかにも警察官らしく、ちょっと不便としか思っていないものに対するぞんざいな無関心しかなかった。彼はクレモナでもどこでも、停めたい場所に車を停める——警察車だけでなく、自分の車もだ。もちろん、駐車違反の切符は切られるが、支払いをしたことはない——払わなかったことで罰金を科されることもない。彼の同僚たちも同じだ。きっと警察署《クエストゥーラ》のどこかに部屋があって、そこは膝まで書類で埋まり、警官たちが長年にわたってためこみ、無視してきたありとあらゆる切符や召喚状があるのだろう。

　ポー川を渡って高速二十一号線へ出て、それからピアチェンツァの外で高速一号線に入り、ミラノへ向かって北西へ時速百四十キロを保ったまま走った——グァスタフェステはプロとしてのプライドを満たすために制限速度を超えていたが、横にいる小心者の年とった連れを気づかって、控えめに抑えてはいた。

「エフゲニー・イヴァノフについては何かわかったかい？」と、きいてみた。

グァスタフェステは前方のヴァンにクラクションを鳴らしてヘッドライトを向け、ヴァンが内側の車線に入ると、猛スピードで追い越した。

「何も。全国の警察署に警告を流して、彼がいないか注意するよう伝えました。空港、港、国境地点にも連絡してあります」

「クズネツォフのほうは？」

「そっちも何の気配もなしです」

「エフゲニーは彼と一緒だと思うかい？」

「月曜の電話からするとありそうですね。クズネツォフは〈オテル・エマヌエーレ〉に電話する。リュドミラは出かけている。彼はエフゲニーと話す。二人は会うことにしたのかもしれない。でもエフゲニーがいま彼と一緒にいるとしたら、自分の自由意志でそうしているわけでしょう。拉致だの何だのっていうのは、リュドミラが頭に血をのぼらせているだけですよ。エージェントは客になるかもしれない相手を誘拐したりしない。そんなのは馬鹿げています」

「それじゃ、彼がクズネツォフと一緒でなかったら？」

「そっちは厄介ですね。状況を公開して、メディアに知らせ、エフゲニーの写真を報道やテレビに出すかどうか判断しなけりゃなりません。さいわい、決めるのは俺じゃない。判断しなきゃならないのは署《クエストゥーラ》ですから」

グァスタフェステは小型のフィアット・パンダの後ろへつくとブレーキを踏んだ。またクラクションを鳴らしたが、パンダは動かず、内側車線のトラックを何台かのろのろと追い越してから、やっとわきへ寄ってこちらを通してくれた。

「ひと晩考えてみたんだ」と、わたしは言った。「あの金の箱のこと、かつて中に入っていたはずのヴァイオリンのこと、エリーザからパガニーニへの手紙のこと。ヴァイオリンはどうなったんだろう？　ヴィルヌーヴは箱をあけられなかったが、誰かがそのヴァイオリンを持っていったに違いない。誰だろう？」

「箱は長いことからっぽだったのかもしれませんよ」グァスタフェステは言った。「パガニーニ本人がヴァイオリンをどうかしたのかもしれない」

「もうひとつ別の謎がある」わたしは言った。「エリーザが手紙の中で言っていた曲、パガニーニがルッカで彼女のために書いた曲だ。彼の〝影〟、エリーザはそう呼んでいた」

「おぼえてますよ」

「『セレナータ・アパッショナータ』。パガニーニに関するどの本にもそれのことはいっさい載っていなかった。カステラーニも何も知らなかった。その曲も消えてしまったらしいな」

「重要なことですかね？」

「どうだろうな。でも興味が湧くじゃないか。誰かがその〝影〟を探していたとしたら？」

グァスタフェステは鋭い目でこちらを見た。

「ヴィルヌーヴを殺したやつが曲を探していたのかもしれないと？」

わたしは肩をすくめた。

「可能性はあるだろう」

「パガニーニによる失われた曲か。値打ちがあるんですか?」

「たぶん」

「どれくらいの値打ちです? 何千? 何万?」

「何千のほうだろうね」

「それ以上ではない?」

「パガニーニは作曲家としては大物じゃなかった。モーツァルトやベートーヴェンの長年うもれていた曲なら、いまオークションに出ればひと財産になるだろう。だがパガニーニは? わからないな。彼の名前だけでもいくらかの価値はあるんだ。人を惹きつけるものがあるらしくてね。パガニーニ関連のコレクターもいるだろうし――そしてその中には何人もいるだろう――パガニーニの作った曲を手に入れるためなら大枚はたく人間が」

「でもそのために人殺しをしますか?」

わたしは答えなかった。もうミラノ郊外まで来ていた。街へ入る道路はのろのろ運転、もしくは動けない車でいっぱいだったが、グァスタフェステは列に並んでおとなしく待つ気などさらさらなかった。ウィンドーをさげ、ダッシュボードの下の留め具から携帯用のフラッシュライトをとると、窓から出して、磁石つきの底でルーフに取りつけた。そしてスイッチを入れてライトをつけ、もうひとつスイッチを入れてサイレンを稼動させ、対向車線に車を入れてアクセルを踏んだ。わたしはドアハンドルにしがみつき、外を飛びすさる景色を見ていた。

グァスタフェステはこちらを向いてにやっと笑った。

「子どもっぽいのはわかってるんですけどね、これをやると気分がよくて」

「ちゃんと道路を見ていてくれよ、アントニオ」声が少しかすれてしまった。

「こういうのははじめてですか？」

「ああ、だが玉突き事故で死ぬのはいくらあとでもいいよ」

「緊張しないでください、自分のやってることはわかってますから」

「そうかもな。だが、ほかの人たちはきみのやっていることをわかってるのか？」

巨大な連結トラックが前方にぬっとあらわれ、グァスタフェステは強くブレーキを踏んで、道路の右側へ戻った。

「ミラノでもこういうことをしていいのかい？」わたしはきいた。「クレモナの警官なのに」

「厳密に言えば、だめでしょうね、ここは俺の管轄外だし」

「ミラノ警察につかまったらどうするんだ？」

グァスタフェステはウィンクをよこした。

「冗談でしょう。ミラノの警察が俺をつかまえる？」

彼はまた車道のむこう側へ出て、さらに二、三台、のろのろ運転の車を追い越してからまた戻り、すれすれのところで赤信号を無視してロマーナ門を抜けた。そのあとはスピードを落として、ルーフからフラッシュライトをはずした。そして内側の環状道路（ミラノ市内には環状道路が幾重にも走っている）をおとなしく時速二十キロで走り、マンゾーニ通りをヴィンチェンツォ・セラフィンのオフィスへ向かった。

オフィスのあるスカラ座《ラ・スカラ》近くの狭い横道は、厳密には駐車禁止ゾーンだが、グァスタフェステはその規制を禁止ではなく、ちょっとのあいだならいいのだと解釈した。車を道の横につけ、それから違反を軽いものにするため、縁石に乗り上げて、そちら側のタイヤを二つ歩道にのせ、歩行者の通路をブロックして車を停めた。

「これからやってもらうことを言いますよ、ジャンニ」彼は言った。「あなたはひとりで入っていってください。セラフィンとビジネスの話を終えるのに、どれくらいかかると思いますか？」

「十五分か、二十分だろう。彼がどれくらいおしゃべりするかによるな」

「オーケイ、二十分あげましょう、そうしたら入っていきます。彼はあなたがいたほうが安心するでしょうし。こっちは彼の不意をつけるかもしれない」

わたしは車のドアをあけて降りた。セラフィンのヴァイオリンディーリングビジネスは一階に店舗をかまえているが、店の中には何もなく、デスクと椅子に彼の気取ったブロンドの受付、アナリサがいるだけだ。わたしが入っていくと、彼女は興味なげにこちらに目を向け、またのんびりめくっていたぴかぴかのファッション雑誌に戻った。彼女はセラフィンの下で働いて――ここでは漠然と〝働く〟という言葉を使っておく――もう何年にもなるが、正確には何をしているのかわたしにはいまだにわからなかった。コンピューターはない。手紙を書いているようにも、インボイスをファイルしているようにもみえない。どうやら一種の〝トロフィー〟的な受付、つまり成功したビジネスマンとしてのセラフィンの地位を確認するためのステータスシンボルらしかった。彼の事業所に加えられた装飾品であるのはたしかだが、それを言うなら、花瓶もそうだろう――それに花瓶のほうがたぶん役に立つ。

「約束があるんだが」と、わたしは言った。

アナリサはまた顔を上げた、まるでわたしがまだそこにいることに驚いたように。

「お名前は？」

わたしは喉まで上がってきたぶっきらぼうな返し言葉を呑みこんだ。ここにはもう何十回と来ているのだ。彼女はわたしが誰かちゃんと知っていた、しかしこれが彼女の自尊心を支え、ほかの人間も彼女と同じようにつまらない存在だろうと安心させてくれる方法なのだった。

「ジャンニ・カスティリョーネ」わたしは冷たく慇懃《いんぎん》に言った。

「ああ、はい、上へどうぞ」

「ありがとう」

彼女はデスクの下へ手を伸ばし、マニキュアをしたとがった爪で隠されているボタンを押した。部屋の奥のドアがかちっと開き、わたしがそこを通って小さなホールへ出ると、スーツ姿の警備員が座って、セラフィンの奥まった聖所――彼がヴァイオリンの在庫品を保管している、防音の音楽室の外を守っていた。わたしは警備員にうなずき、上の階のセラフィンのオフィスへあがっていった。

セラフィンはひとりではなかった。愛人のマッダレーナが一緒にいて、彼のデスクの一角にちょこんと腰をかけ、あざやかなピンクの唇をぷんととがらせていた。

「でもいつもは好きにさせてくれるじゃない、ヴィンチェンツォ」彼女は甘い声を出した。

「どうして今日はだめなの？」

「理由はいろいろある。二千六百もの理由だな、正確には」セラフィンが答えた。

「そんなにしなかったでしょう」

「引き出しの中に請求書がある。見たいなら見せてあげよう」

セラフィンは手を振ってわたしを中へ招き入れ、それからマッダレーナと話を続けた。

「それにその前のだってあまり安くはなかったぞ。千五百ユーロだったかな、わたしの記憶が正しければ」

「もっと安かったわ」マッダレーナは抗議した。

「その請求書もある」

マッダレーナはデスクの上へ乗り出し、柳のように細い体を見せつけた。声がいっそう懐柔的になった。

「わかったわ、たしかにそれくらいしたかも。でもあなたなら出せるでしょう、ダーリン。何が問題なの？　わたしにすてきでいてほしくないの？」

「いまある服でもすてきだよ」セラフィンは言った。「どうしてまだほしいんだ？」

「これっきりだから。いい子にするって約束するわ。買い物は少しだけにする」

「だめだ」

「ねえ、ヴィンチェンツォったら、そんなに意地悪しなくてもいいじゃない」

マッダレーナはデスクからすべりおりて、セラフィンの椅子の後ろへまわった。そして両腕を彼にまわし、彼の首の横に顔をすりつけた。わたしは恥ずかしくて顔をそらし、窓のところへ行って外を見た。グァスタフェステの車が真下に停まっていたが、彼の姿は見えなかった。もうどれくらいたってしまっただろう、と考えた。五分？　あと十五分したら彼は上がってくる。わたしは後ろでする声を、マッダレーナの媚《こび》を含んだ甘く丸めこもうとする声、セラフィンのあいかわらず断固とした声を聞くまいとした。彼とはしばしば料金の交渉をしてきたので、いったんこうと決めたら、てこでも譲らないことはわかっていた。マッダレーナもそれは知っているはずだったが、彼女はセラフィンにしつこく食い下がり、やがて彼の頑固さに腹を立て、わたしが部屋にいることなど完全に忘れて、癇癪《かんしゃく》を起こしてののしった。

わたしは肩ごしに振り返った。マッダレーナはデスクから革のハンドバッグをとって、憤然と歩いていくところだった。ドアをあけ、立ち止まってセラフィンに最後の罵声をあびせ、それから思い切りドアを閉めて足音も荒く出ていき、その震動が床を伝わってきたほどだった。

セラフィンはしばらく無言でいたが、やがてさりげなく言った。「クレジットカードが使えなくなった女ほど恐ろしいものはないな」

「まずいときに来てしまったね、悪かった」わたしは言った。

「きみに前もってわかったはずがないだろう。あとあと手のかかる女はやめておいたほうがいいぞ、ジャンニ。値打ち以上に厄介になることがあるからな」

「ヴァイオリンを見てくれという話だったが」

「そっちのテーブルの上にある」

わたしはそのヴァイオリンをケースから出し、しばらく手に持ってみた。わたしくらい長く弦楽器の審査や鑑定をやっていると、偽物にはカンが働くようになる。うぬぼれのように聞こえるだろうが、ただ単に経験によるものだ。すべてのヴァイオリンには独特の〝感触〟がある。本物かどうかは手にとってすぐ感じられる。〝感じる〟と言ったのは、それが非常に直感的な過程だからだ。ある楽器が、たとえばストラディヴァリか、別の誰かによるものか、確実に知ることはできない。そもそも、作られたときにその場にいなかったのだから。しかしそれでも、その楽器の出どころには確信が持てる。曇りのない良心で、ヴァイオリンが本物だと意見を述べることができる、そしてわたしに求められているのはそれだけなのだ。知識と経験にもとづいて、自分の意見を述べること。偽物に対するわたしの鼻が失敗をしないとは言わないが、まずはそれを起点――第一印象として用いる、そしてさらにじっくり調べてみると、それが裏づけられることもあるし、反駁《はんばく》されることもある。

「ラベルはベルゴンツィだ」セラフィンは言った。「でもラベルがいかに信用できないかはわかっているだろう」

わたしはうなずき、低い音のほうのf字孔から中を見られるように、明かりのほうへ楽器を傾けた。ラベルは灰色で汚れていたが、〝一七三二年、クレモナにてカルロ・ベルゴンツィが《アンノ・ミッレ・セッテチェント・トレンタドゥエ、カルロ・ベルゴンツィ・フェーチェ・イン・》製作《クレモナ》〟と読めた。

ベルゴンツィのラベルは彼の生涯に何度も変わった。その文言はたしかに彼が多くの自作楽器に使っていたもののひとつだったが、もちろん、ラベルはヴァイオリンが本物である証明にはならない。楽器の出どころを示すものとしてはいちばんあてにならないのだ、理由はごく簡単に偽造できるから——それにわたしはベルゴンツィのラベルをつけた偽物を山ほど見てきていた。

楽器のほかの部分、板、渦巻き、ニスに目を向けてみた。出来のいいヴァイオリンのようだった。本物のベルゴンツィだったら当然だろう。カルロは三代続いた弦楽器職人の中でいちばん最初の、そして最高の職人だった。十七世紀末の約二十年間と十八世紀の前半、クレモナに住んで仕事をした。ストラディヴァリやグァルネリ・デル・ジェスと同時代人で、無理もないことだが、終生、この二人の偉大な名工の陰にいた。

一時期には、彼が四十歳以上年上のストラディヴァリの弟子だったと考えられていたが、いまではジュゼッペ・グァルネリの教えを受けたと言われている。ジュゼッペは彼よりも有名な同名の息子、ジュゼッペ・デル・ジェスと区別するため、〝アンドレアの息子《フィリウス・アンドレアエ》〟として知られている。ベルゴンツィがストラディヴァリやグァルネリ・デル・ジェスと親しかったのはたしかだ——クレモナのような小さな街で、しかもそこではヴァイオリン作りは重要かつ定着した事業なのだから、親しくなかったとは考えられない——それに彼の楽器には二人の影響があらわれている。f字孔はストラディヴァリのものによく似ているし、共鳴室は胴の細いくびれといい、角ばった上部のコーナーといい、デル・ジェスにそっくりなのだ。しかし彼の技術はグアルネリよりもずっと洗練されている。とくに渦巻きには対称性と優美さがあり、それをなしえたのはストラディヴァリを含めてわずかな職人だけである。

「どう思う？」セラフィンがきいた。

「どこで手に入れたんだ？」

セラフィンはすぐには答えなかった。わたしはヴァイオリンをおろして彼を見た。彼は椅子に座ったまま居心地悪そうにして、両腕を曲げ、肘をわきにつけて、手のひらを外へ広げたが、わたしは長い経験から、そのポーズが言い逃れをしようとする前触れだとわかっていた。

「まあその、こういうのがどういうものかはわかるだろう」彼は曖昧に言った。

「いや、わからないね」わたしは答えた。「どこで手に入れた？」

「それが本当に関係あるのか？」

「もちろんあるさ。何か文書や、由来は付いていたのか？　この三百年余りはどこにあったんだ？」

「本物なのか？　わたしはそれだけわかればいいんだ」セラフィンは言った。「きみは専門家だろう。早く意見を聞かせてくれ」

わたしは何も言わず、ただ彼をじっと見た。セラフィンはまたそわそわと体を動かし、それから目をそらした。わたしは待った。

「きみが細かいことを知る必要はないんだ、ジャンニ」と、彼は言った。

「それこそわたしが知らなければならないことだよ。ベルゴンツィは贋作作りがいちばん好むもののひとつなんだから」

「贋作なのか？」

「まず出どころを言ってくれ、ヴィンチェンツォ。わたしが意見を言うのはそのあとだ」

セラフィンはふんと鼻を鳴らした。指先でなめらかな黒いひげを撫でる。

「ある年とったご婦人のものだったんだ」と言った。

セラフィンの〝年とったご婦人〟話はそれまでにも聞いていたが、もう一度聞く気はあった。ひょっとしたらということもある。今度は本当かもしれない。

「それで？」わたしは言った。

「彼女は数週間前に亡くなり、財産をすべて甥に残した。その甥がわたしに連絡してきて、このヴァイオリンを見にきてくれと頼んだのさ」

「どこへ？」

「彼女の家だよ、ストレーザ（高級リゾート地）の」

「マッジョーレ湖畔の？」

「ああ。わたしがあそこに別荘を持っているのは知っているだろう。誰かがその甥に、わたしがヴァイオリンディーラーだと話したんだ。彼はわたしが力になってくれるかもしれないと考えた」

「それで？」

「それだけさ。わたしはその家へ行った。甥がこのヴァイオリンを見せた。わたしははっきりした評価をする前に、持って帰ってきちんとした査定をしてもらわなければならないと言ったんだ」

「それじゃ、まだ買ったわけじゃないんだな？」

「まだだよ。まず本物かどうかわからなければだめだからね」

「その年とったご婦人の名前は？」

「なあ、ジャンニ、時間の無駄だよ」

「名前は？」

セラフィンはため息をついた。

「ニコレッタ・フェラーラ」

「それでその甥はヴァイオリンについてどう言っていたんだ？　彼のおばさんはどこでこれを手に入れた？」

「彼は何代も前から一家に伝わってきたものだと言っていたよ。曾祖父が十九世紀に入手したんじゃないかと思っていたが、誰からかは知らないそうだ」

「書類は何もなかったのか？　売り渡し証書か送り状もなし？　ディーラーの鑑定書もないのか？」

「ああ、何もないんだ。彼にわかっているのはそれだけなんだよ、ジャンニ。さあ、話を進めようじゃないか？　わたしを宙ぶらりんにしておかないでくれ。本物のベルゴンツィなのか？」

「きみもベルゴンツィは見たことがあるだろう。どう思う？」

「わたしはきみみたいな専門家じゃない。わからないよ」

「そうだな、渦巻きはベルゴンツィのものにみえる」わたしはヴァイオリンをデスクへ持っていき、彼に見せた。「この彫りのみごとなのを見てくれ。このすっきりしたライン、完璧な螺《ら》旋《せん》。それからf字孔とアーチ、どれもベルゴンツィであることと一致する」

「ああ、それはたいへん結構だ。だがわたしが本当に知りたいのは——」

電話が鳴って、セラフィンは言葉を切った。彼は受話器をとり、しばらく耳を傾けていた。それから言った、「いますぐ？　わたしは忙しい……いいだろう、上へ通してくれ」

彼は受話器を置いてわたしを見た。眉を寄せ、気もそぞろな様子になっている。ヴァイオリンのことは頭の中から消えてしまったようだった。

「警察がわたしと話したいそうだ」

「それじゃわたしは……」わたしはヴァイオリンをケースに戻した。

「いや、いてくれ。長くはかからないだろうから」セラフィンは言った。

ドアがあいてグァスタフェステが入ってきた。彼がわたしを見て驚いた態度は表彰ものだった。わたしでさえ、ここで会ったのはまったくの偶然だと信じそうになった。

「ジャンニ……ここで何をしているんです？」

「仕事だよ」わたしは答えた。

グァスタフェステはセラフィンに顔を向けた。

「申し訳ない、シニョール・セラフィン。お邪魔してしまいましたか？」

「いや、ちょうど話が終わるところでしたから」

セラフィンはグァスタフェステをじっと見た。

「あなたは……クレモナでパーティーにいましたね？」

「ええ、あそこでお会いしました」

セラフィンの目がグァスタフェステからわたしへ動き、それからグァスタフェステに戻り、疑ってはいるものの、その疑いが的を射ているのかどうか決めかねていた。

「ジャンニのご友人なんですね？」彼はきいた。

「そうです」グァスタフェステは答えた。「長くはお邪魔しませんから。フランソワ・ヴィルヌーヴについておききしたかったんです」

「ヴィルヌーヴ？　彼の何をです？」

グァスタフェステは椅子を引き寄せてデスクの前に座った。そして手帳とペンを出した。

「二日前、電話で彼のことを話しましたね。おぼえていますか？」

「ええ、おぼえていますよ」

「ひとつ二つ、細かい点をたしかめたいんですが。フランソワ・ヴィルヌーヴとはいつからお知り合いでした？」

「数年前ですね」

「もう少し具体的には？」

「二年、もしかしたら三年」

「どのようにしてお知り合いになったんでしょう?」

「何か美術品関係の大会だったと思います」

「フランスでの?」

「いえ、ここミラノでした。わたしは講演者のひとりだったんです。フランソワはパリからの代表でした」

「でも彼とは連絡をとりつづけていたのでしょう?」

「馬が合いましてね。二人とも美術に関心がありましたから」

「親しい友人だったと?」

「わたしなら親しいとは言いませんね、ええ。仕事の取引相手といったほうがいい。グローバリゼーションのおかげで世界は縮まっているんです。純粋にどこかの土地でだけ、というものはもうないんですよ。われわれは皆、国際的な舞台で活動しているんです。フランソワはミラノに信頼できる人間がいるのは便利だと思い、わたしはパリに誰かがいれば便利だと思った。そういう単純なことだったんですよ」

「それじゃ、一緒にビジネスをしていらしたわけですね?」

「ええ」

「たびたび?」

「年に一、二回ですね」

「でも電話では、彼とは仕事をしなかったと言っていらしたでしょう」

セラフィンはグァスタフェステに険しい目を向けた。

「今回はしていなかったと言ったのですよ」

「それを信じろとおっしゃるんですか?」

「事実ですからな」

「ヴィルヌーヴははるばるパリからミラノへ来たのに、あなたと仕事をしていたわけではなかった?」

「そのとおりです」

「では彼は誰と仕事をしていたんです?」

「わたしにはわかりませんよ。彼は言いませんでしたから」

「あなたも尋ねなかった?」

「ええ、それは付き合い上うまくないでしょう。わたしのビジネスでは、穿鑿《せんさく》するのは礼儀に反するんですよ」

「彼とは年に一、二回仕事をするとおっしゃっていましたね。どんな種類の仕事ですか?」

「いろいろです。わたしが彼に仕事を頼んだり、彼がわたしに頼んだり」

「どんな仕事を?」

「わたしはヴァイオリンを売買しているんです、ここにいるジャンニが話してくれるでしょうが。フランソワが楽器を手に入れて、わたしが興味を持つかもしれないと思えば連絡してくる。わたしが絵や骨董品に出会って、彼が興味を持つかもしれないと思えば知らせる。おたがいに情報を交換していたんですよ、言うなれば」

「それで、その情報の収益も分け合っていた?」

「その情報でどちらかが儲ければ、そうですね、収益を配分しました。でなければフェアじゃないでしょう」

グァスタフェステは手帳に何か書きこんだ。セラフィンはわたしを見た。

「きみたちは前からの知り合いなのか?」

「昔からのね」わたしは答えた。

「そうか」セラフィンはうなずき、その事実を頭の中にファイルした。それからグァスタフェステに向き直った。

「誰がフランソワを殺したのか、捜査に進展はありましたか?」

グァスタフェステは手帳から顔を上げた。質問は聞こえていたはずだが、それには答えなかった。

「フランソワ・ヴィルヌーヴが持っていた金の箱についてはは何かご存じですか?」ときいた。

「金の箱?」セラフィンは言った。「どんな金の箱です?」

「大きさはこれくらいで」グァスタフェステは両手を上げてみせた。「蓋《ふた》にモーゼの彫刻がついています」

「モ、モーゼ?」

「十戒を持っていて。わたしの言う意味はわかりますよね——〝あなた方は隣人のものをほしがってはならない〟、〝嘘をついてはならない〟、とかのやつですよ」

ほのめかしなどというものではなかった。無神経なことで悪名高いセラフィンですら、言外の意味を理解したに違いなかった。彼は冷ややかにグァスタフェステを見つめた。

「何の話をしているのかわかりかねますな」彼は言った。

「ヴィルヌーヴは金の箱のことを話さなかったんですね？」

「ええ」

「それじゃ彼がどこにそれを持っていたかも知らない？」

「ええ。その箱が彼が殺されたことと関係しているのですか？」

「最後にヴィルヌーヴを見たのはいつでした？」

「土曜の晩、クレモナの市庁舎であったパーティーのときです」

「日曜の午前には会わなかった？」

「ええ」

「それを証明できますか？」

セラフィンはグァスタフェステをにらみつけ、長いことまばたきもしなかった。

「わたしにアリバイを尋ねているんですか？　日曜の午前中は自分のアパートメントにいました。それを裏づけてくれる友人もいますよ」

「そのご友人のお名前は？」

「そんなものが必要なんですか？　フランソワ・ヴィルヌーヴはわたしの友人でした。なぜわたしが彼を殺すんです?」

「単なるお定まりの手順ですよ」グァスタフェステは答えた。「名前をお願いします」

「マッダレーナ・フラスキーニ」

「その方の住所と電話番号は?」

セラフィンは彼にそれを伝えた。

「ヴィルヌーヴが滞在していたあいだ、彼には何度会いましたか?」グァスタフェステはきいた。

「土曜の晩だけです。リサイタルのとき、それからそのあとのパーティーと」

「その前には会わなかった?」

「ええ」

「電話では話しましたか?」

「ええ、話したと思います」

「何回でした?」

「忘れました」

「それじゃ記憶をあらたにしてあげましょう。ヴィルヌーヴは木曜の晩、〈オテル・サン・ミケーレ〉にチェックインしたすぐあとに、あなたに電話をしています。そして金曜の午前中にももう一度しました」

「ええ、そうでしたね。いま思い出しましたよ」

「なぜかけてきたんです?」

「ただの挨拶、おしゃべりですよ。おたがいの近況を話しました」

「どちらの電話も?」

「木曜のはそうですね。金曜の午前中のは、エフゲニー・イヴァノフのリサイタルのことを話し、彼にチケットをとってあげようと言いました。コンサートは完売でしたが、しかるべき人間と知り合いなら、チケットを手に入れる手段はいつだってあるものです」

「それで、彼はなぜクレモナに来たのかをいっさい言わなかったんですか?」

「さっき答えたとおりです、ええ」

グァスタフェステは険しい目でじっとセラフィンを見た。セラフィンは潔白だというように目を見開いて見返した。

「話がそれだけでしたら……」

「ええ、ありがとうございました、シニョール・セラフィン」

グァスタフェステは手帳とペンをしまって、わたしに顔を向けた。

「クレモナに戻るんですか、ジャンニ?」

「うん」わたしは答えた。

「乗せていきましょうか?」

「ありがとう」

「外にいますから」

グァスタフェステは部屋を出ていった。しばらく沈黙が降りた。それからセラフィンが言った、「きみは警察官と付き合いがあるんだな、ジャンニ？」口調に鋼鉄の棘があった。

「アントニオとはずっと昔からの縁なんだ」

「いまも続いているんだな？」

「それじゃ彼が待っているから」

「待たせておけよ。まだこっちの仕事が終わってないだろう。さっきのヴァイオリンは？　きみの判決は？」

心のどこかで、そのベルゴンツィが偽物だと言ってやれたら痛快だろうと思った。彼がニコレッタ・フェラーラの甥をだまし、楽器の本当の価値よりかなり低い額を提示して、自分のリストに載せてあるたくさんの金持ちコレクターの誰かに売り、莫大な儲けを得ようとしているのはわかっていた。セラフィンのヴァイオリンディーリングの世界はそうやって動いている――すべて売買とはそういうものなのだ。セラフィンにはコネがあった。顧客たちへの接触をコントロールしていた。もし商売を始めようとしている人間に、わたしからあげられるアドヴァイスがあるとしたら、〝仲介業者になりなさい〟ということだろう。彼らはいつだっていちばん仕事をせずに、いちばん報酬を得る人種なのだ。

「本物だよ」わたしは言った。

「たしかか？」

「ああ、たしかだ」

わたしは辞去してグァスタフェステの車へ向かった。彼は運転席にいて、手帳にまた何か書いていた。わたしは車に乗りながら、ちらりと上を見た。セラフィンがオフィスの窓からわたしを見ていた。

グァスタフェステはメモを書き終えた。彼はエンジンをかけ、わたしたちは内側の環状道路をめざして走りだした。

「あなたとセラフィンの関係が悪くならなければいいんですが」グァスタフェステは言った。

「なったとしてもかまわないさ」わたしは答えた。「彼がいなくてもわたしは大丈夫だ」

「それで、どう思います？　彼とは長年の知り合いなんでしょう。本当のことを言っていましたか？」

「言っているときもあったよ、うん」

「でもずっとではなかった？」

「セラフィンは手だれの嘘つきなんだ。半分だけ事実を言うのが上手で、あることについてはオープンにして、あることは隠す。どちらがどちらなのか見分けるのがコツだ」

「事実じゃなかったのはどの部分でした？」

「ヴィルヌーヴがここに来た理由を知らないと言っていたこと。付き合い上云々というところ。何て言っていたっけ？　〝わたしのビジネスでは、穿鑿するのは礼儀に反するんですよ〟彼がそう言ったときには噴き出しそうになったよ。礼儀に反する？　セラフィンが礼儀なんか気にしたことがあるものか、それに穿鑿は彼の第二の天性だからね。蚊帳《かや》の外に置かれるのは耐えられないんだ。もしヴィルヌーヴが彼に隠していたとして――わたしはそうは思わないが――セラフィンならヴィルヌーヴが口を割るまで容赦なく攻めたてただろうな」

「彼らが実際には一緒に仕事をしていたと思います?」

「それはわからない。ことがそんなに簡単なら、ヴィルヌーヴはミラノに行っただろうし、セラフィンのところに滞在だってしたかもしれない。だが彼はクレモナのホテルに来た。なぜか? クレモナで何をしていたのか?」

わたしたちは内側の環状道路へ入り、のろい車の列に加わって南へ向かった。

「きみがしていた質問――日曜の午前中、彼がどこにいたかというものだが」わたしは言った。「彼がヴィルヌーヴを殺したかもしれないと、本気で思っているのかい?」

「どう反応するか見たかったんですよ」

「アリバイがあったね」

「愛人のおかげで。たしかなものかどうか調べてみます」

「そうじゃないかもしれないと思っているのか?」

「こういう捜査では、何でもかんでも調べるんです」グァスタフェステは言った。「先入観は持たないようにしていますよ。容疑者候補はたくさんいますし、いまの時点ではセラフィンの名前もそのリストに載ってます」

10

グァスタフェステに家で降ろしてもらったときには、もう一時近くなっていた。中へ入って何か食べるよう説得してみたのだが、彼は誘いを断った——警察署《クエストゥーラ》で仕事をしなければならないからと。わたしは自分用にバターとパルメザンチーズをからめたスパゲティの簡単な昼食を作り、キッチンのテーブルで、ヴィットーリオ・カステラーニのオフィスから拝借してきたマリア・ペレグリーニ著『ナポレオンの妹たち：カロリーヌ、ポーリーヌ、エリーザ』を手にとった。

まずエリーザのルッカ時代について書かれた章を読んでみた。わが家にあったパガニーニの伝記で、その年月についてはかなりのことを知っていたが、今度はそれがエリーザの視点からみえてきた。意志の強い、野心的な女性であったエリーザは恐るべきエネルギーの持ち主で、トスカーナへ来る前はほとんどそのはけ口がなかった。以前はパリにサロンを持ち、そこではシャトーブリアンやルイ・ド・フォンターヌのような作家がそれぞれの著作を朗読し、そのあいだ女主人はソファにゆったり座り、蠱惑的《こわくてき》に扇で自分をあおいでいたが、それ以外はほとんど何もせず、フェリーチェ・バチョッキと結婚しただけだった——そしてそれは大きな成功とは言いがたかった。バチョッキは妻とはほとんど正反対の人物だった。虚弱で、野心もなく、エリーザと結婚した三十五歳の頃も、軍隊での階級は大尉どまりだった。しかし手近にいる求婚者は彼ひとりで、エリーザは何よりも実際的な女性だった。すでに二十歳で、当時の厳しい結婚レースではまぎれもなく年がいきすぎており、どんな夫でもいないよりはましだった。

二十八歳のとき、エリーザはナポレオンにピオンビーノおよびルッカの女公にしてもらった。彼女とフェリーチェは結婚して八年がたっていたが、倍も年の離れた夫婦として家庭は退屈で、情熱もなくなっていた。フェリーチェは愛すべき連れ合いだったが、そこでは軍隊を閲兵したり、ヴァイオリンを弾いたりするだけでぶらぶらしており、刺激的な人間ではなかった。しかし、パガニーニは文句なく刺激的だった。

〝かのヴァイオリニストと出会った最初の瞬間から、エリーザは激しい恋に落ちた〟、とマリア・ペレグリーニは著作の中で書き、つづいてパガニーニの〝野性的で整った容姿〟、彼の〝カリスマ性〟、〝彼もまた女公に情熱を抱いていたこと〟を、真面目な伝記よりもロマンス小説にふさわしく思える散文で書いていた。

ペリグリーニ女史の筆致は少々派手であったにせよ、パガニーニがエリーザに与えたであろう衝撃については正しかった。ルッカという狭い田舎の舞台で、俗物や間抜けたちばかりの中、彼の才能は超新星、燃えさかる炎の玉さながら、近づきすぎれば誰でも焼け焦げてしまうかのごとくみえたに違いなかった。

〝忘れがたい三年のあいだ、エリーザとニコロは熱烈な、身を焼きつくすような恋をした〟と本には書かれていた。〝どちらも二人の関係を隠さず、気の毒な寝取られ亭主のフェリーチェはただ、妻がその心身を、輝くばかりの愛人に捧げるのを黙って見ているしかできなかった。エリーザは彼との愛に溺れ、宝石や高価な贈り物を湯水のように与えたが、その多くはルッカ周辺やもっと離れた土地の修道院から没収されてきたものだった。ナポレオンは常に戦費にあてる金に不足しており、妹にそうした宗教施設を閉鎖させ、その資産や富を取り上げ、収入をパリに送らせていた。

パガニーニのほうは、女主人に捧げる曲を作ることで彼女への献身を示した——『驚異の二重奏』や、ヴァイオリンとギターのための『愛の二重奏』、その他いくつもの曲を。

わたしは読むのを中断した。最後のパラグラフにインクでアンダーラインが引かれていて、横の余白にはクエスチョンマークと手書きで〝セレナータ・アパッショナータ?〟の文字があった。

妙だった。ヴィットーリオ・カステラーニはきわめてはっきりと、『セレナータ・アパッショナータ』など聞いたこともないと言ったのに、ここでは、蔵書の余白にその名前を書きこんでいる。

つづけて数ページ読んでみたが、そのセクションが述べているのは、二人の恋人たちがじょじょに離れていき、ついには激しく決別したということで、わたしは先へ飛んで、パガニーニのいなくなったエリーザの生活のあらましをつかもうとした。

彼女のフィレンツェ時代、つまり一八〇九年にトスカーナの女大公としてその地へ移住したあとの日々は、ルッカでの年月とほとんど変わらなかった。そのときもまだピオンビーノ、マッサ、ヴィアレッジョ、バーニ・ディ・ルッカ、マーリア——ルッカ郊外の田舎の館で、彼女はそこの庭園や家具に莫大な金をつぎこんだ——に宮殿はあったが、それに加えて、フィレンツェには遊びのためのピッティ宮殿も持っていた。エリーザは自分自身と臣民のために精力的に働きつづけ——とはいえ、だいたいは後者より前者が優先された——そして芸術家や作家や——ごくたまに——夫との夜会《ソワレ》も続けていた。

それはエリーザにとって幸福な日々だった。ルッカでは娘エリーザ・ナポレオーネを生んだが、今度はフィレンツェで息子を生んだ。兄はそのときも皇帝だったから、彼女の権力と特権は安泰であったが、一八一二年、ナポレオンのロシアでの作戦が大失敗すると、形勢は変わりはじめた。さらにヴィトーリアとライプツィヒでフランス軍が敗退したため、兄の立場はいっそう弱まり、一八一四年のはじめにはイギリス軍がトスカーナ沿岸のリヴォルノに上陸し、エリーザに公国を放棄するよう要求した。何もできず辱《はずかし》められ、エリーザとフェリーチェは荷物をまとめて北のジェノヴァへ亡命した。

その年の四月、ナポレオンは退位し、対仏同盟国によりエルバ島へ追放された。いっぽうエリーザは、南フランスと北イタリアをさまよいながら、ヴェネツィア近くのパッシリアーノの別荘で息子のフェデリーコを生んだが、そこは一七九七年にナポレオンがカンポ・フォルミオ条約の交渉で滞在したところだった。エリーザはやがてボローニャのカプラーラ館という、かつて住んだことのある半ダースもの宮殿に比べればつつましく小さい住まいに落ち着いた。手放さなければならなかった、喜びに満ちたトスカーナの領地にちなんで、今度はコンピニャーノ伯爵夫人と名乗っていた。

ボローニャにいたのはわずかなあいだだった。翌年の三月、彼女の兄がエルバ島から逃げた四日後、エリーザと彼女の年長の子どもたちはオーストリア軍にとらえられ、ブルノ（チェコのモラヴィア地方にある都市）の要塞へ連れていかれた。同盟国がフェリーチェを無価値と侮っていたのは、彼が赤ん坊のフェデリーコとボローニャに残るのを許したことからみてあきらかだった。

エリーザがイタリアに戻ることはなかった。一八一六年、同盟国は彼女が脅威ではないと判断し、夫や子どもたちとトリエステ（当時はオーストリア領）に居住することを許した。持ち前のエネルギーと決意をもって、エリーザは自分がトスカーナに残していった資産に対する補償を得ることにとりかかり、結局、オーストリアから年間およそ三十万フランもの収入を受けとることになった。この金でトリエステのカンポ・マルツィオに家と、そばの海岸の屋敷、つまりヴィセンティーナ館を買うことができた。わたしたちが金の箱の中に見つけた手紙を彼女がパガニーニに書いたのは、一八一九年、ここからだった。

彼女は十年前、フィレンツェで怒りにまかせて決別して以来、パガニーニに会わなかったのだろうか？　マリア・ペレグリーニの本はその点については沈黙していた。一八〇九年以後のパガニーニに関しても、目次には参照先がなかったが、二人の元恋人たちが完全に連絡を絶っていたのでないことにはたしかな証拠がある。パガニーニは、何といっても、『モーゼ幻想曲』をエリーザに捧げたのだから。なぜ彼はそうしたのか？　彼女はもう雇い主ではなかった。女公でもなかった。彼女の影響力も、富の大半ももうなくなっていた。パガニーニはその生涯を通じて、喉から手が出るほど自分の名前に爵位を加えたがった。エリーザもかつてならその爵位を授けることができたかもしれないが、もはやその力はなかった。それでもパガニーニは彼女のために曲を書いた。それはあきらかに、彼女がまだ彼の頭の中に場所を占めていたことを示している。心の中ではないにせよ。

ヴィセンティーナ館からのエリーザの手紙には、以前の恋人への悪感情はまったくみられなかった。それどころか、その反対だ。あたたかく情愛があり、前に自分が送った手紙にふれて、二人が少なからず連絡をとりあっていたと信じるに足る根拠を示している。彼女が送ったプレゼント——高価な金の箱——もまた、彼女がそのときも彼に非常に好意を持っていたというしるしだ。エリーザは貧乏暮らしをしていたわけではないが、あのようなプレゼントは彼女の収入にはかなりの負担だったはずである。

二人はもう一度会ったのだろうか？　わたしの中にあるロマンティックな部分はそう思いたがったが、わたしはそれはなかっただろうと考えた。エリーザはオーストリア軍によってイタリアへ入ることを禁じられていたし、パガニーニがかの国の外へ出たのは一八二〇年代の後半で、エリーザはとうの昔に亡くなっていた。

トリエステでの最後の数年間はエリーザにとってはおだやかで——ナポレオンのワーテルローでの敗退につづく混乱を考えれば——ありがたいほど波風なくすぎた。ボナパルト家の三人姉妹のうち、もっとも逆境に対処する力をそなえていたのが彼女だった。ヴィセンティーナ館の家屋や庭を改修し、子どもたちの世話に没頭した。トリエステの社交生活は退屈で単調だった。毎日馬車で外出し、晩には劇場へ行ったものの、総じて暮らしは静かで、もと女大公というより裕福な田舎の紳士にふさわしいものだった。妻を寝取られ、おおいにあざけられた夫のフェリーチェも、皮肉なことに、いまではありがたい伴侶だった。彼はどの動乱のときも妻に忠実でありつづけ、夫婦は彼らの運命に甘んじ、それに満足さえしていた。

時間をつぶすため、エリーザは考古学に興味を持ちはじめ、アクイレイアのローマ遺跡のそばで発掘に着手した。結果的に、これは悲しい失敗だった。発掘は沼沢地でおこなわれ、一八二〇年七月にそこを訪れていたとき、エリーザは腐敗性の熱病にかかり、そのため翌月に死亡した。まだ四十三歳だった。

夫はほとんど間を置かずにトリエステを去ってボローニャに戻り、もう一度フェリーチェ公を名乗りはじめ、エリーザがオーストリアから粘り強く奪い取った財産で豪奢《ごうしゃ》な暮らしをした。エリーザの遺体はボローニャのサン・ペトローニオ大聖堂へ運ばれ、フェリーチェは彼女の思い出に、そこに記念碑を建てた。彼はさらに二十一年生き、一八四一年に七十八歳で死んだ。

本にある次のパラグラフにもインクでアンダーラインが引かれ、余白にまた走り書きのメモがあった。

〝エリーザの家系はじきにとだえた。彼女がトスカーナを去ったあとに生んだ息子のフェデリーコは、一八三三年にローマで馬から落ちて死んだ。もうひとりの息子も一八三〇年に二十歳で死んだ。娘のエリーザ・ナポレオーネはイタリア貴族のカメラータ伯爵と結婚したが、その結婚は長続きしなかった。エリーザ・ナポレオーネの一人息子は一八五三年に自殺した〟

その文章の横のメモにはこうあった、〝バチョッキ、アゴスティーノ――Fのいとこはジュゼッピーナ・フェラーイオと結婚。娘マヌエーラ、イグナツィオ・マルティネッリと結婚〟最後の単語――マルティネッリという名前――に二本のアンダーラインが引かれていた。

わたしは長いあいだそのメモをじっと見ていた。エリーザの子孫はいなくなったが、バチョッキの家系は絶えなかったわけだ。フェリーチェにはアゴスティーノといういとこがおり、その娘のマヌエーラはマルティネッリという人物と結婚した。

フェリーチェはエリーザが死んだときに、彼女の財産を相続したはずだ。彼女の所有物は、おそらくパガニーニが彼女のために書いた楽譜もすべて含めて、彼のものになっただろう。そしてフェリーチェが死ぬと、それらの所有物は誰のものになったのか？　彼のいとこの娘？このメモはそういう意味なのか？　『セレナータ・アパッショナータ』は――それが残っていたとして――マルティネッリ一族に相続されたと。

わたしはヴィットーリオ・カステラーニに話を聞いたときのことを思い返した。彼は自分で書いたこのメモを忘れていたのか？　『セレナータ・アパッショナータ』は本当に記憶から抜け落ちてしまっていたのか？　そもそも、彼がパガニーニの伝記を書いたのは十年前だった。それだけ長い時間がたてば、細かいことを忘れてしまっても無理はない。

マリア・ペリグリーニの本の最初に戻り、タイトルの裏ページ、つまり出版日が記載されているところを見てみて、わたしは自分の見つけたものにはっとした。本はたった二年前に出版されたばかりだった。余白にあったのは昔のメモではない。つい最近書きこまれたものに違いなかった。

本をテーブルに置き、壁に目を向けて静かに考えてみた。ヴィットーリオ・カステラーニは『セレナータ・アパッショナータ』についていっさい知らないと否定した。エリーザ・バチョッキにはまったく興味がないとも言った。しかしここには二年前に出たばかりのエリーザに関する本があり、彼がそれを読んでいたことはあきらかで、余白にはフェリーチェ・バチョッキの子孫に対して興味を持っていることを示すメモがあった。さて、これはどういうことなのだろう？

そのあとの午後と晩にかけて、わたしは自分のヴァイオリンにとりくみ、ある楽器に使う楓《かえで》の裏板の一部をくりぬいてから、別の作業に移って別のヴァイオリンの渦巻きの彫りを進めた。このときはパガニーニのことが頭から離れなかったので、工房の一角に置いてある古いレコードプレイヤーで彼のヴァイオリン協奏曲をいくつか――一九七〇年代のサルヴァトーレ・アッカルドが録音したLP盤のボックスセット――を聴いた。

疲れてきたのでもうやめて夕食にしようと考えていたとき、電話が鳴った。最初はぼんやりしたパチパチという音しか聞こえず、切ろうとしたとき、声が雑音を突き抜けてきた。

「もしもし？」

男の声で、英語でしゃべっていた。

「はい？」わたしも英語で答えた。

「ジャンニ？」

誰だかわかった。

「エフゲニー？　きみなのか、エフゲニー？」もう少しで電話に叫ぶところだった。

「ええ、僕です」

「エフゲニー、いまどこにいるんだ？　無事なのかい？」

「ええ、無事です」

ひどくかすかな響きだった。声は細くて震えていた。

「いったい何があったんだ？」わたしはきいた。「お母さんには電話したのか？」

「いえ。母とは話せないのです」

「エフゲニー、話さなければだめだよ。お母さんは心配でおかしくなりかけているんだから。いまどこにいるんだ？　どうしてこんなふうに姿を消したんだ？」

「お願いします、ジャンニ、僕のかわりに母に話してください。僕は無事だと伝えて。すまないと伝えて」

「どうして自分で言えないんだ？」

「どうしてもです」

彼の声が割れ、わたしはエフゲニーが泣きだしそうになっているのだと思った。

「どういうことなんだい？」と尋ねた。「何があったの？　誰かに無理やり連れていかれたのか？」

「無理やり？　いいえ、そんなことはありません」

「だったらどこにいるんだ？　みんな心配しているんだよ。お母さんだけじゃない。警察も出てきたんだ」

「警察？」

「きみが消えてしまったからだよ、エフゲニー。いまどこにいるのか誰も知らないんだから。何があったっておかしくないだろう。お母さんが警察に行ったのは当然だよ」

「警察？」彼はまた言った。「知りませんでした」

「何か困ったことになっているのかい？　どういうことなんだ？　わたしが迎えにいこうか？」

「ママに話してください。お願いします、ジャンニ。あなたなら信用できる。いろいろ迷惑をかけてすまないと伝えてください」

「助けが必要なのかい？　どこにいるのか言ってくれ、そうすれば迎えにいくから。クレモナにいるのか？」

「数日で戻ります。片づけなければならないことがあるのです」

「どんなことを？」

「また電話します。ごめんなさい」

電話は切れた。わたしはリダイヤルボタンを押したが、コンピューター音声のヴォイスメールメッセージにつながっただけだった。彼は携帯の電源を切ってしまっていた。

工房を出てテラスを通り、家の中へ入った。リュドミラとグァスタフェステに電話しなければならないのはわかっていたが、どちらを先にするべきか迷った。リュドミラに決めた。アントニオはこの件については純粋にプロとして関与しているだけで、突き放した客観的な関心しかないが、リュドミラはエフゲニーの母親だった。彼女の人生、感情の状態はすべて、息子のそれとどうしようもないほどからみあっていた。最初に知らせてもらう必要があるし、そうであるべきだった。

気楽な電話ではなかった。最初に彼女の声に出た安堵はあまりに大きく、まるでいまにも気絶しそうに聞こえた。しかしすぐに彼女は立ち直り、憤慨しているも同然になった。

「どうしてあなたにかけてきたんです？」彼女は詰問してきた。「あなたのことはほとんど知らないのに。どうしてわたしにかけてこなかったの？」

「わたしにもわかりません、シニョーラ。でも肝心なのは、彼が無事だということでしょう」

「だけど、どこにいるの？」

「わかりません」

「おききにならなかったの？」

「いえ、ききました。でも彼は言いませんでした」

「あの子はひとりでしたか？　クズネツォフが一緒だったんでは？」

「わかりません」

「きいてくれればよかったのに。たしかめてくれれば。あの子は契約があるし、責任もあるんです。あのお馬鹿さんは何を遊んでいるのかしら?」

「エフゲニーは悩んでいるようでしたよ」わたしは言った。「あなたに申し訳ない、数日で戻ると伝えてくれと」

「数日? いつのこと? もうヴェネツィアでのリサイタルをキャンセルしなければならなかったんですよ。あの子は自分のキャリアをつぶそうとしているんです。あの子を見つけなければ。警察には話してくれました?」

「これから電話するつもりです」

「あの子からの電話をたどれるはずでしょう。どこにいるのか見つけられるはずだわ。あの子ったら、自分がどんな馬鹿なことをしているかわかっているのかしら? すぐ警察に連絡してください。早く動いてもらわなければ。いますぐよ、わかっていただけた?」

「ええ、シニョーラ。すぐ電話しますよ」

グァスタフェステはまだ警察署《クエストゥーラ》の自分のデスクにいた。わたしはエフゲニーやリュドミラと話したことのあらましを伝えた。

「自分がどこにいるかはいっさい言わなかったんですね?」彼はきいた。

「うん」

「何か手がかりはありませんでした? 後ろでしていた音とか、ほかの人間の声とか、そういうものは?」

「いや。接続がひどく悪くてね、エフゲニーの声をききとるのもたいへんだったんだ」

「それで、彼は自分が失踪したことについて何も言ってなかったんですか?」

「きいてはみたんだ。でも彼は答えようとしなかった――あるいは答えられなかった」

「誰かが一緒だったと思います? 彼がしゃべることを監視していたと?」

「いや。無理やり連れていかれたのかときいたら、本当にびっくりした様子だった。どうなってるのかわたしにはわからないよ、アントニオ、でも誘拐されたんじゃない。それはたしかだ」

「まあ、それがわかってよかったですよ。それなら捜索の規模を縮小できる」

「リュドミラは彼からの電話をたどってほしいと言っていたよ。それはできるのかい?」

「携帯から? できますよ。まだ彼の電話に電源が入っていれば、最寄りの局に断続的に信号を発しているはずですから」

「電源は入ってないよ。わたしも折り返そうとしてみたんだ」

「それじゃ電話会社から通信記録をとりましょう。電話がかけられた場所から、その位置座標が出せますから。でもそうとう手間がかかるし、たぶん裁判所の令状をとらなきゃならないでしょう。判事がその令状を許可するのには、かなりしっかりした理由をほしがるでしょうし。エフゲニーは怖がっているとか、危険にさらされているという感じでしたか?」

「取り乱してはいたが、怖がってはいなかったよ」

「取り乱していた?」

「感情的になっていてね、泣きだしそうだった」

「何かの神経衰弱ですか？」

「可能性はあるね、彼みたいに神経過敏なアーティストなら」

「でも数日で帰ってくると言ったんでしょう？」

「そうだ」

「だったら俺はほうっておきたいですね、さしあたっては何もせずに。彼は電話してきた。無事で元気なようじゃないですか。戻ってくるのを待ちましょう」

「リュドミラにその気はないよ。彼を探し出して連れ戻したがっている」

「彼女が考えているほど簡単にはいきませんよ」

「ノーと言ってもきかないだろうな。彼女がどんなに粘り強いか知っているだろう。きみのオフィスに来て、何かしてもらうまでロビーでキャンプを張るぞ」

「さいわい、俺はここからいなくなるんです」グァスタフェステは言った。「二日ほど街を出るんですよ」

「おや、そうなのか？　どこへ行くんだ？」

「パリです」

「パリ？」

「今朝、宝石の専門家があの金の箱を調べたんですよ。刻印から、一八一九年にパリで、アンリ・ル・ブレ・ラヴェルによって作られたものだとわかりました。あしたの朝、むこうへ飛びます。ル・ブレ・ラヴェルの会社は十九世紀なかばに別の会社に引き継がれたんですが、彼の記録は一七八〇年代のものまで保管してあるそうなんです」

「その記録を調べようっていうのかい？」

「あの箱は特別なヴァイオリンのために作られたんですよ。中のくぼみの形――ル・ブレ・ラヴェルはきっと、作業をするための正確な寸法を知らされていたはずです。その記録を見て、あの箱が合わせて作られたヴァイオリンについて、何かわかるかどうかたしかめたいんです。自分たちが何を探しているのか知らなきゃなりませんからね。それに、パリにいるあいだに、フランソワ・ヴィルヌーヴの共同経営者、アラン・ロビエとも話がしたい」

「共同経営者がいたとは知らなかったな」

「俺も今日知ったんですよ。パリ警視庁《シュルテ》のお仲間にヴィルヌーヴに関する情報を頼んだんです。今日の午後に報告がファクスされてきました。彼には怪しげな評判がありましたよ。所蔵品の中から盗品が発見されたという訴えが三件――どれも小さいものじゃないんです。値打ちのある家具、名匠の古い作品、アンティークの銀器。彼はどのときも告発を逃れています――盗品を受け取った罪で彼を起訴する証拠が不十分で――でもフランス警察が彼を有罪と考えているのはたしかですよ。ヴィルヌーヴは美術商として成功していたかもしれませんが、故買屋としても成功していたようです」

「あの金の箱も盗品だったのかい？」

「それをこれからたしかめるんです」グァスタフェステは言葉を切った。「電話してくれてよかったですよ、ジャンニ。どのみち、今晩俺のほうからかけるつもりだったんです。パリは好きですよね？」

「まあ、そうだね」わたしは警戒しながら答えた。「どうして？」

「ル・ブレ・ラヴェルの記録を一緒に見てほしいんです」

「あした一緒にパリに飛べっていうことかい？」

「上司の許可はとってあります。あなたはヴァイオリンの専門家でしょう。力を貸してくださいよ、ジャンニ。あなたが一緒にいてくれたら楽しいし」

「チケットをとらないと」と、わたしは言った。

「手配は全部すんでます。八時半に迎えにいきますよ。飛行機は十一時にリナーテ発です」

11

パリには幸福な思い出がある。ハネムーンのときに妻が行きたがったのだが、その頃のわたしたちはまだ貧しくて、行く余裕がなかった。どちらも二十代のはじめで、わたしは無名の、生活に苦労している弦楽器職人にすぎなかった。コモ湖畔のベッラージョで最長一週間、というのがわたしたちの予算の限度だったが、新婚のときにはハネムーンの行き先などどうでもいいことだ。景色を見たり、美術館をぶらぶらするために行くのではないのだから。頭の中はほかのことでいっぱいなのだ。

あのときのわたしたちは、パリに行っても意味がなかっただろう。おたがいしか目に入らず、あの街が提供してくれる文化的な喜びなどわからなかったはずだ。しかし時間がたって、子どもたちも手を離れた頃、わたしたちはやっと何日かパリに行くことができた。もはやフランスの首都に行きたくてたまらない、目をきらきらさせた新婚夫婦ではなかったが、パリは若くて恋愛中の人々だけの場所ではない。中年でくたびれた人間もまた、その洗練された楽しみを味わうことを許されているのである。

わたしたちはいかにも観光客らしいことを全部やった――エッフェル塔にのぼり、セーヌ川で船に乗り、どんな料理が出てくるだろうとあれこれ考えていた想像力が、たちまちにして、どうしてこんな勘定書になるのだろうと思いをめぐらすことになる店で食事をし――おおいに楽しんだ。これまでに訪れたヨーロッパの首都、といってもそれほどたくさん行ったわけではないが、その中でパリは疑問の余地なくいちばん人の心をとらえるところだ。ベルリンは堂々としているが退屈だし、ローマは渋滞とほこりをかぶった廃墟の混沌とした地獄、ロンドンはじめじめしていて魅力がない。パリもライヴァルたちに劣る面はいろいろある。天気はローマより悪いし、公共サーヴィスはベルリン以下だ。公園もロンドンの緑あふれる開けたスペースとは比べものにならないが、パリにはスタイルが、ほかの街がかなわない魅力がある。たぶん住むのは最悪だろうが、短期間訪れるのはすばらしい体験だ。とくに愛する人が一緒ならば。

こんにち、われわれは何ごとにも疑り深くなってしまったが、それにも相応の理由はある。われわれの生活は広告宣伝・マーケティング産業の嘘やごまかしであふれかえっており、そうしたものの主たる存在意義はわれわれから金を引き出すことだ。パリのイメージ、パリのロマンスは多くの映画やもっともらしい広告キャンペーンを通してフィルターにかけられ、ゆがめられてしまったので、何が現実で何が売りこみ口上なのか、見分けるのがむずかしくなってしまった。しかし、わたしのパリの思い出は商業上の不当表示で汚されていない。わたしはそのことを知っている。それは映画のシナリオや観光パンフレットの一部ではない。本物で、生き生きして、喜びに満ちている。なぜなら、カテリーナが一緒だったからだ。彼女がまだ元気で人生を謳歌していた頃、のちに彼女をわたしから奪った忍びよる卑劣な病に負ける前に、一緒に行ったのだ。それがあるから、わたしはこれからもずっとパリにはあたたかい気持ちを持ちつづけるだろう。

しかし、グァスタフェステとわたしは休暇で行ったわけではない。やらなければならない仕事があった。ミラノから飛んで、十二時半にシャルル・ド・ゴールに着いた。もう昼食時間に近かったが、好きこのんで空港内で食べるなど正気の沙汰ではないので、タクシーでそのまま市の中心部へ入った。〈モリヌー・エ・シャルボン〉のオフィスはヴァンドーム広場、〈リッツ・ホテル〉の近くにあり、金持ちの客たちはホテルの正面玄関から出るとまっすぐこの宝石店のショールームへ入っては、首や指にずらずらつけた宝石の重さにさして疲れもせず、贅沢なスイートへ戻っていく。

ここはありきたりの大衆むけ宝石店ではなかった。ミラノでもこういう店はいくつも目にしたことがある。ただぶらっとやってきて、ダイヤモンドの指輪を見せてくれというわけにはいかない。〝相談〟のための予約をとっておかなければならず、商品はその〝相談〟のあいだに、ディスプレーケースや厳重に警備された金庫から、英語とアラビア語と流暢《りゅうちょう》なお世辞を含めて少なくとも六つの言語を話せる、客あしらいのゆきとどいた店員が運んでくる。

グァスタフェステはドアのそばのベルを押してインターコムにわたしたちの名前を告げ、そのあいだ壁の監視カメラがわたしたちの動きをすべてじっと見ていた。ロックがかちっとはずれてドアが開き、わたしたちが入ったのは奇妙に人工的な場所だった。外の世界の名残がいっさい消えうせたかに思えた。通りの騒音も厚い壁で完全に遮断された。深いバーガンディ色の絨毯《じゅうたん》が床に敷かれ、わたしたちの足はその上で何の音もたてなかった。日の光はシャッターと小さな窓でところどころさえぎられていたが、天井できらきら輝くスポットライトの星座がその代わりをしていた。不自然なほど静かで、照明は――どういうわけか、明るいと同時に控えめで――何だか設備の整った水槽の中へ入ったような気がした。

男がひとり近づいてきて挨拶をした。四十代くらいで、日に焼け、二重顎で、ゆたかな黒い髪とまぶしいほど白い歯の持ち主だった。黒っぽい三つ揃いのスーツを着ていて、ヴェストの時計用ポケットから金の時計鎖が垂れており、金のネクタイピンには小さなサファイアがはめこまれていた。金持ちの銀行家のようなすべすべした、よく肥えた顔つきだった。

「ボン・ジョルノ、シニョーリ」男は言い、流暢なイタリア語で続けた。「副支配人のオリヴィエ・ドラクールです」

わたしたちは握手をした。彼の手のひらはやわらかくてふっくらしていた。

「お会いできてうれしく思います」彼は言った。「道中は快適でしたか?」

「ええ、ありがとう」グァスタフェステは答えたが、声はいつもよりずっと静かだった。この店の洗練された雰囲気の中では、ささやき以上の声で話すのはほとんど無作法に思われた。

「ムッシュー・ジャイニーがお待ちです。どうぞこちらへ」

ドラクールは部屋の奥のドアを開いてわたしたちをエントランスホールへ通した、そこにはまた別のドアがいくつもあった。そのひとつが開き、男ひとりと女ひとりが相談用の個室から出てきた。男は肌が黒く、アラブ人の顔だちをしていたが、着ているものは西洋式の服だった。女は彼よりずっと若く、ブロンドで襟ぐりの深いオートクチュールのワンピースを着ており、〝宝石がこぼれおちる〟という文句はまさに彼女のために作られたかのようだった。体の表面という表面にダイヤモンドをつけている——耳からさげ、喉に巻き、指にはめ、足首にまでぐるりとまわしているのだ。二人の後ろから、ドラクールのように三つ揃いスーツの男があらわれた——別の店員に違いないが、その単語はその若い男の外見にはまったく似つかわしくなかった。背が高くて色が黒く、昔のフランス映画のスター、一九五〇年代のカンヌのニュース映画に出ているような俳優を思わせる渋いハンサムなのだ。彼は重ねた型押しの革ケースを持っており、おそらくブロンド女性のいまでさえ驚くようなコレクションに、新しく買われて加わったものが入っているのだろうと察せられた。

ドラクールはアラブ顔の男にフランス語で、まるで奴隷のようにうやうやしく話しかけ、すぐに横へどいて一行を通した。わたしたちはブロンドの甘ったるい香水が残る空気の中、しばらく待ち、それから別のドアを通って、二階にあるオフィスへ階段をあがった。

そのオフィスは大きくて広く、高価なアンティーク品が飾られていた――巨大な革張りのデスク、マホガニーの椅子、正面が象嵌《ぞうがん》細工になった手のこんだ胡桃《くるみ》材の引き出しチェスト。床は下のショールームと同じゆたかなバーガンディ色の絨毯が敷かれ、壁には金色の額に入った絵がかかっており、そのひとつはセザンヌで、本物と思われた。〈モリヌー・エ・シャルボン〉は何であれ、複製品とかかわりを持つような会社ではなかった。

総支配人のムッシュー・オーギュスト・ジャイニーは五十代の小柄な人物だった。髪は白く、銀の口ひげ、短くととのえた顎ひげ、やはり黒っぽい三つ揃いスーツに時計鎖をつけていて、どうやらそれはこの会社の制服らしかった。鼻の先には半月形の老眼鏡がのっていた。

わたしたちはいつもの紹介と挨拶をした。それからムッシュー・ジャイニーはわたしたちにコーヒーをすすめたが、そのあいだずっとイタリア語で話していた。

「お手数をかけて申し訳ありません」グァスタフェステは言った。

「お安い御用ですよ」ムッシュー・ジャイニーは答えた。

彼はデスクのインターコムに何か言い、数分後、中年の女性が陶器のカップと銀のコーヒーポットをのせた盆を持って入ってきた。やはり、おきまりのダークスーツを着ていた――彼女の場合は、ジャケットとスカートだ――しかし、ヴェストと時計鎖は免除されていた。彼女は盆をデスクに置くと、部屋を出ていった。ムッシュー・ジャイニーは懐中時計に目をやり、まるで無作法なことをしてしまったでしょうかというように、心配げにこちらを見た。

「コーヒーのタイミングをはかっているんです」彼は説明した。「上質のアラビカは、いれるのに少なくとも三分半かけないといけません、でないと風味がそこなわれてしまうんですよ」

「なるほど」グァスタフェステは礼儀正しく賛意を示してうなずいた。

「わたしはコーヒーにはうるさいんです。あなた方もそうでしょう、イタリアの方なんですから。さて、待っているあいだに、用件にかかりましょうか？　フランソワ・ヴィルヌーヴが亡くなったと聞いて非常に残念でしたよ。それもそんな恐ろしい状況で」

「彼とお知り合いだったんですか？」グァスタフェステはきいた。

「少し。ときどき仕事で取引をしましたが、それ以上のことはありません」

ジャイニーは鼻を鳴らし、わたしは彼の表情にかすかな嫌悪があったように思った。無理もない。ヴィルヌーヴの怪しげな噂を考えれば、ジャイニーのような顧客を持つ宝石商で、彼とかかわりあいたい者などいないだろう。

「〝仕事で取引〟？」グァスタフェステは言った。

「ときどき、手に入れたアンティークジュエリーについて相談してきたんです。彼は絵画と家具には詳しかったんですが、ジュエリーとなると専門外でしてね。実際、つい先週会ったばかりです」

ムッシュー・ジャイニーは半月眼鏡ごしにこちらを見た。

「面白いことに、彼もアンリ・ル・ブレ・ラヴェルの記録を見せてくれと言ってきたんですよ」

グァスタフェステはわたしの目を見、それからジャイニーに向き直った。

「本当ですか？　理由を言っていました？」

「ル・ブレ・ラヴェルが作ったらしいものを買わないかという申し出を受けたので、本物かどうか調べたいと言っていましたね」

「どんな品物かあなたに話しましたか？」グァスタフェステがきいた。

「いいえ。それに、当然ですが、こちらも尋ねませんでした。礼儀に反しますから」

ヴィンチェンツォ・セラフィンも自分のオフィスでそっくりなことを言っていたが、ムッシュー・ジャイニーのほうは信用する気になった。

「では、その品物は本物だったのですか？」グァスタフェステはきいた。

「それも知らないのです。フランソワは地下へ降りていって——あなた方もあとで行かれるでしょう——しばらく台帳を調べていましたが、わたしにお話できるのはそれだけです。その品物が何であれ、彼が殺されたことに関係なければいいのですが」

グァスタフェステはその質問には答えなかった。彼は上着のポケットからカラー写真を一枚出して、デスクごしにジャイニーのほうへすべらせた。

「フランソワ・ヴィルヌーヴはこの金の箱を、死ぬ二日前にクレモナでホテルの金庫に入れました。その刻印から、箱が一八一九年にル・ブレ・ラヴェルの作ったものであることはわかっています。ですから、ムッシュー・ヴィルヌーヴがあなたの会社の記録で探そうとしたのは、これだと思うんです。彼がここに来たのはいつでした？」

「先週です、先ほど申し上げましたように。たしか火曜日でした」

「火曜？　彼がクレモナに来る二日前ですね」グァスタフェステは言った。「この箱に見覚えはありますか？」

ジャイニーは写真に目を凝らした。

「写真からでははっきりとは言えませんね。これまでにもこうした箱はいろいろ見ていますから。ル・ブレ・ラヴェルは金の箱をかなりの数、作っているんです。これの大きさはどれくらいですか？」

グァスタフェステは両手であらわしてみせた。

「面白い錠がついているんです」彼は言った。「四つのダイヤルの組み合わせ錠で、数字ではなく文字を使ってあるんですよ」

「文字を？」

「そういうのは珍しいんでしょうか？」

「錠のあるものは珍しくありません。ル・ブレ・ラヴェルは多くの箱に組み合わせ錠をつけましたから。ジュエリーや高価な品物を入れておくためには、やむをえないんです。出来のいい錠は大事だったでしょう。いちばんよくみられるのは数字の組み合わせですが、文字の組み合わせも見たことはあります」

「でも、この箱はないんですね？」

「ええ。わたしが見たのはあなた方のおっしゃるより小さいものでした」

「そういった箱もジュエリーを入れるのに使われていたんでしょうか?」

「たいていは、ええ。ときには中身——指輪、ネックレス、ブローチなどを分けるために特別な仕切り付きの内装で作ったものもありました」

「ヴァイオリンはどうです?」

「ヴ、ヴァ、ヴァイオリン?」ジャイニーは目を丸くしてグァスタフェステを見た。

「ヴァイオリンを入れる箱を作ったことはないんでしょうか?」

「ヴァイオリンではこういった箱には大きすぎるでしょう」

「小型のヴァイオリンです」

「そういうものは聞いたことがありません」

「ご自身でル・ブレ・ラヴェルの記録をごらんになったことは?」

「詳しく見たことはないですね、ええ。ときどき調べてみることはありましたが、もう何年もしていません。ヴィルヌーヴが文書保管庫を調べにくるまでずいぶん長いこと、誰も来ていなかったんですよ」

　ジャイニーは懐中時計を見た。コーヒーの芳香が強くなり、わたしは待ち遠しくなってきた。朝食のあとは何も口にしておらず、飛行機の中でプラスチックカップに入った飲み物を飲んだだけ——あれは、航空会社が何と呼ぼうと、断じてコーヒーではなかった。わたしは本物のコーヒーが飲みたくてたまらなくなっていたが、ジャイニーはいそいで出してくれる気はないようだった。少なくとも三分半、と言っていたし、一秒でも早すぎる危険を冒す人物にはみえなかった。

「アンリ・ル・ブレ・ラヴェルについて少し教えていただけませんか？」グァスタフェステが言った。

「ええ、いいですよ」ジャイニーは答えた。「彼は十八世紀の終わりから十九世紀はじめにかけて、もっとも腕のいいフランス人金細工師のひとりでした――それはつまり、世界でもっとも腕のいいひとりだったということです。当時のパリは国際的な宝石ビジネスの中心で、最高かつもっとも有名な宝石商たちの拠点でした」彼は言葉を切り、控えめにほほえんだ。「世は《プリュ・》変われども《サ・シャンジュ》……彼はここからそう遠くないサントノーレ通りに工房を持ち、ヨーロッパのほとんどの貴族から注文を受けて仕事をし、その中には王冠を頭にいただいている方々も多くいました」

「この箱はナポレオンの妹、エリーザ・バチョッキのために作られたようなんです」グァスタフェステは言った。

「意外ではありませんね。彼はボナパルト一族全員のために宝飾品を作りましたから――カロリーヌ王妃、ボルゲーゼ侯爵夫人ポーリーヌ、ジョゼフィーヌ皇后。彼は名工で、その作品は高く評価されていました――それに高い値もつきました。この箱には一八一九年の刻印があると言われましたね？　その頃は絶頂期だったはずです。その頃の二十年間、一八一〇年から一八三〇年には最高の作品を作っています。一八三〇年をすぎると、しだいに低調になりました。一八三八年に死んだとき、彼の事業は二人の金細工師、モリヌーとシャルボンに引き継がれ、それで彼らの名前がこんにちまで当社に輝きを加えているというわけです」

ジャイニーは時計用ポケットの金時計をいま一度見てから、銀のコーヒーポットのほうへ乗り出した。

「ではコーヒーをいただきましょうか」彼は言った。「そのあとで、ムッシュー・ドラクールに保管庫へご案内するよう言いましょう」


〈モリヌー・エ・シャルボン〉の店舗の地下は、建物のほかの部分と完璧な対照をなしていた。床に絨毯はなく、ただむきだしの石の舗装で、照明もシェードのない六十ワットの裸電球が二つ、蜘蛛《くも》の巣に飾られたケーブルからぶらさがっているだけだった。シャネルと金《かね》のうっとりする香りのかわりに、じめじめした不快なにおいにまじって、下水管からしみだしてくるような、もっとつんとする、毒のあるにおいがした。

「健康によいところではないと思いますが」オリヴィエ・ドラクールは申し訳なさそうに言った。「わたしどももここへはめったに来ないのです、おわかりでしょうが」

「一八一九年の記録はどうやって見つければいいんでしょうか?」グァスタフェステがきいた。

「いまお教えしますよ」

ドラクールは地下室の高さいっぱいに伸びた棚の列の中へ入っていった。棚にはどれも革張りの台帳とほこりをかぶった段ボール箱が詰まっていた。

「ちゃんとしたファイリングシステムがないんです」ドラクールは言った。「ここにあるものをすべて目録にしようとした人間がいなかったもので。ただもうたいへんな作業になりますからね。記録はだいたい年代順になっていますが、お探しのものがここにあるかどうかは保証しかねます」

「ムッシュー・ジャイニーはフランソワ・ヴィルヌーヴが先週来たと言っていましたが。彼が何を見ていたかご存じですか？」

「申し訳ないのですが、わかりません。わたしは彼を連れてきて、ここに残していってしまいましたから。お二人にもついていられないのですが、それでよろしいでしょうか。お客様がおみえになりますので」

「ええ、いろいろありがとうございました」

わたしたちはドラクールが出ていくのを待ち、それから棚に目を向けた。調べなければならない台帳が数百はありそうだった。

「参った《ディオ》な」グァスタフェステが言った。「何だかまずい思いつきだったような気がしてきましたよ。どこから始めましょうか？」

「この台帳には日付けがあるかい？」

「いや、俺にはどれも同じに見えますね」

わたしは一冊をとりだしてみた。それは重く、重すぎて長くは持っていられなかったので、棚の縁に片端をかけて表紙を開いた。最初のページに、大きく上品な手書きで書かれていたのは〝一八二三年一月―一八二三年三月〟という言葉だった。

「四半期ごとの記録になっているようだな」わたしは言った。「年に四冊だ」

「ひとりの人間がどうやったらこんなにたくさんのものを作れたんですかね？」

「ひとりでやったわけじゃないだろう。きっと偉大なヴァイオリン職人や画家と同じだったんだよ。弟子や助手がいて、彼らが作業の大半をやったんだろうが、全部ル・ブレ・ラヴェルの名前がついたのさ」

　グァスタフェステは台帳を数えながら、棚の列にそって歩いていった。

「これが一八一九年のはずですが」

　その巻を出して開いた。

「一八二七年四月。方向が逆か」と、彼は言った。「そっち側を見てみてください」

　わたしは適当に台帳を一冊出して中を見た。

「一八二〇年十月」

「棚が違うんじゃないですか」

　隣の列に行き、あちこちの巻を出してみると、一八一九年のものが三冊あった。

「第三四半期のものがないですね」グァスタフェステは言った。「一月から三月、四月から六月、十月から十二月のものはあるのに、七月から九月がない。エリーザがパガニーニに書いた手紙の日付けはどうなってましたっけ？　おぼえてますか？」

「一八一九年九月だよ」わたしは答えた。

「それは彼女がパガニーニに金の箱を送った日でしょう、でもル・ブレ・ラヴェルが箱を作ったのは同じ四半期だったんでしょうか、それともその年のもっと早い時期？」

「そんなに早いはずはないだろう。パガニーニは春の終わりまで『モーゼ幻想曲』を書いていないから。でもたしかめておこう」

台帳を棚の列の端に運んだ、そこに小さなテーブルと椅子が一脚だけあったのだ。グァスタフェステはわたしが座るよう言って譲らず、自分は横に立った。わたしは一八一九年の第二四半期の巻を開いてめくっていった。ページは黄ばんで縁が丸くなり、地下の湿気のせいでたくさんのページがくっついてしまっていた。中には青いカビのしみで汚くなっているページもあり、どれもほこりで分厚くおおわれていた。

〈モリヌー・エ・シャルボン〉にこれまでファイリングシステムが存在しなかったにせよ、アンリ・ル・ブレ・ラヴェルがほぼ二百年前につけていた記録にずさんなところは少しもなかった。彼もしくは彼の助手チームが製作した品物は、小さな金の鎖から銀食器ひと揃いにいたるまで、すべてに関して綿密な記述があった。金属パーツと宝石はすべて記録され、原価がしるされていた。どの品物についても詳細な図面があり、製作の全工程をル・ブレ・ラヴェル本人が承認し、サインしていた。飾りのない金の指輪ひとつだけなら、それについてはわずか二ページの情報があるだけだったが、もっと大きな品物――ネックレスや宝石をはめこんだブレスレット――はその製作に九、十ページもついやされていた。

わたしは破かないように気をつけながら、ページをはがし、台帳を全部見ていった。金の箱についてはいくつか記録があったが、どれもフランソワ・ヴィルヌーヴがホテルの金庫に預けた箱ではなかった。

「ここにはないな」わたしは言った。

「くそっ《メルダ》！」グァスタフェステは言った。「きっとなくなった巻にあるんですよ。ヴィルヌーヴが持っていったんだと思いますか？」

「それはむずかしいだろう。シャツの下に入れてそのまま出ていけるようなものじゃないし」

「誰も気がつかなかったかもしれませんよ」

「こんな店で？　上の防犯設備を見ただろう——錠、警報装置、監視カメラ。いや、きっとまだここのどこかにあるはずだ」

　グァスタフェステは地下を見まわし、この棚すべてを調べなければならないのかという見通しにがくぜんとしていた。

「何週間もここにいるはめになるかもしれないですよ」

「よく考えてみようじゃないか」わたしは言った。「ヴィルヌーヴならどうしたか推理するんだ。彼は探していた巻を見つけた、それならどうするか？　台帳は重い。中を見るのに、棚のそばに立ってはいなかっただろう。われわれと同じことをしたはずだ。台帳をこのテーブルに持ってきて、ここで調べた」

「オーケイ、それはわかります。でもそのあとは？　そのあと台帳はどこへ行ったんです？」

「彼が戻したに違いない」

「だったら、どうしてあの棚にないんです？」

「だが、見つけたときと同じ場所である必要はないだろう。ヴィルヌーヴはここに来た目的のものを手に入れ、また来る気はなかったと考えてみるんだ。その巻をもう一度探しにくる必要はなかった。きみも図書館に行ったことがあるだろう。正確にもとの場所に戻すのが面倒で、テーブルや別の棚に置いたことはないかい？」

「それじゃヴィルヌーヴは……」

グァスタフェステは振り返って、手近の棚の列を見ていった。スペースのほとんどは段ボール箱に占領されていたが、真ん中の棚に四、五冊の台帳がかたまっていて、斜めに傾いていた。

「このどれかですかね？」グァスタフェステは言った。

彼は棚のほうへ歩きだした。

「いちばん右側のだろう」わたしは言った。

「どうしてわかるんです？」

「背表紙を見てごらん。そこにあるものはほとんどがほこりにおおわれている。何年も誰もさわっていないんだろう。でもそれはほこりに指のあとがついている。見えるかい？　光を反射している」

「あなたは刑事になるべきですよ、ジャンニ」

グァスタフェステは棚からその台帳をとって表紙をめくった。そしてこちらににやっとしてみせた。

「一八一九年七月から九月」

彼がその巻をテーブルに持ってきてくれ、わたしは一ページずつ見ていった。なかほどで、探していたものが見つかった――八月六日付けの記載で、〝極上の金の箱、彫刻の蓋《ふた》その他の装飾付き。依頼元：コンピニャーノ伯爵夫人〟

「それはエリーザ・バチョッキじゃないでしょう」グァスタフェステが言った。

「一八一九年にはこう名乗っていたんだよ。もう女公ではなく、ただの伯爵夫人だったんだ」

続くページにわたしが正しいことを裏づけるものが載っていた――細工師が複写するための、シナイ山上にいるモーゼの細かい一連の図、それからヴァイオリンの形をした木のはめこみ台の図。台の正確な寸法もついており、それをおおうベルベットの色と厚さの仕様もあった。

グァスタフェステはテーブルに乗り出し、図面をじっと見た。

「俺には、これの目的であるヴァイオリンのことは何も書いてないようにみえるんですが」

「わたしにもだよ」

ページをめくった。箱の構造の全工程に関する費用のリストがあった――金《きん》ではないが、基礎になる金属の箱、それから金の薄板、組み合わせ錠、彫刻、はめこみ台を作る松材、ベルベット、ベルベットを留めるのに使う膠《にかわ》まであり、合計金額は三千二百フランになっていた。ごく細部まですべてが記録されており、記載事項はきちんとしたカッパープレート書体（細くしなやかな手書きの書体）で、おそらく羽ペンで書かれていた。アンリ・ル・ブレ・ラヴェルが記録を残しておくことに非常に厳しかったのはたしかだった。

「残念だな」グァスタフェステはがっかりして言った。「作り手の名前がわかるかと思ってたんですがね、もしかしたらヴァイオリンの形状も」

わたしは台帳に目を近づけた。

「これは何だろう？　読めないな」

わたしはそのページを指でさした。記載事項がひとつ、そこだけぞんざいで、ほかの箇所とは違う人間の手で書かれていた。二つの事項のあいだの、ベルベットのおおいの費用のすぐ下に書きこまれている。グァスタフェステは低くかがみこみ、その読みにくい、蜘蛛のような手書き文字に目を凝らした。「どうも〝ピオンビーノおよびルッカの女公を参照せよ《ヴォワイエ・ラ・プランセス・ド・ピオンビーノ・エ・ルッカ》〟とあるようですね」

わたしはがぜん、興奮のうずきを感じた。

「エリーザだ！　彼女の名前のあとには何て書いてある？　日付けは？」

「一八〇七年十月」

「それから？」

「読みにくいんですよ。〝ジェレマイア〟らしいのともう一語。〝ポージエ〟かな？　合ってます？　ジェレマイア・ポージエ。何か思い当たりますか？」

「いや」

「ヴァイオリン職人ではない？」

「聞いたことがないのはたしかだよ」

「〝ピオンビーノおよびルッカの女公、一八〇七年十月を参照せよ〟」グァスタフェステは言った。「これはパガニーニがルッカにいた時期ですよね？」

「うん。それにエリーザが手紙の中で言っていた、もうひとつのプレゼントを贈った時期だ」

「一八〇七年十月の台帳を探しましょう」

書架の列に戻って棚を探し、次々に巻を取り出していって、わたしたちの両手はほこりで黒くなり、鼻の穴がちりで詰まってしまった。しかし一八〇七年十月の台帳はなかった。

「ここの段ボール箱のどれかに入ってるんじゃないですかね」グァスタフェステは言った。「でなければ、単になくなったか。全部の記録がここにあるとは思えませんよ、二世紀もたってるんですから」

わたしはじっと彼を見た。

「なあ、わたしたちはそろって間抜けだぞ」と言った。

「はあ？」

「ヴィルヌーヴは一八一九年の台帳を見た。われわれと同じように、エリーザについてのあの書きこみを見たはずだ」

わたしはテーブルにいちばん近い書架へ戻り、真ん中の棚に数冊あった台帳をざっと調べた。もっと早く気がつくべきだった。そのうちの一冊の背表紙に指のあとがついていた。それを出してテーブルに広げた。探していた一八〇七年の台帳だった。

わたしはページをめくった。ほとんどすぐに必要としていたものが見つかった。いや、正確に言えば、見つからなかった。ページの一枚が台帳から乱暴に破りとられ、ぎざぎざになった紙きれが残されていた。破られた縁の淡い色からみて、ページが最近奪われたことがわかった。

「ヴィルヌーヴですかね？」グァスタフェステが言った。

「ほかに誰がいる？」

彼は悪態をついた。

「じゃあ、この線は打ち切られてしまいましたね」

「そうかもしれないし、そうじゃないかもしれない」わたしは言った。「これは何だろう？」

わたしは台帳の次のページを見ていた。それはなくなったページから始まった記録の続きだった。手書きでほんの二、三行だけ書かれている。そのうち一行は〝品物の下面の修理完了、十月六日。ポージエの刻印は損傷なし〟とあった。

それから短い数字の表があり、下にある合計額は百五十フランだった。その下には〝品物は殿下に発送、十月八日〟という言葉が書かれ、そのあとにHLBLというイニシャルがあった。ル・ブレ・ラヴェルが文書を認可したというしるしだった。

「〝殿下〟――これはエリーザに違いない」わたしは言った。「新しい契約ではなさそうだね。エリーザが何かを修理のためル・ブレ・ラヴェルに送ったことはあきらかだ。たぶん、ちょっとした修理だったんだろう――百五十フランなら、大金ではないし。それから、その品物は何であれ、もともとはジェレマイア・ポージエにより作られたものだった」

「どうもわかりませんね」グァスタフェステが言った。「これは宝石細工物なんでしょう、ヴァイオリンじゃなくて。俺たちが探しているものとは違いますよ」

「でもパガニーニの金の箱に何らかの関係はあるはずだよ。でなければ、なぜ台帳に参照先が記載されている？　なぜフランソワ・ヴィルヌーヴはこのページを破りとったりしたんだ？」

わたしたちは地下にぐずぐずと残りはしなかった。ほこりと湿気で喉がいやな感じになって、咳が出てきた。だいいち、そこでやれることは全部やってしまった。金の箱についてもっと情報が見つかる可能性はあった――たぶん、大量にある段ボール箱のどれかから――しかしわたしたちのどちらも探したくなかった。いずれにしても、グァスタフェステは別の行動計画を立てていた。

「ヴィルヌーヴの共同経営者、アラン・ロビエなんですがね」彼は言った。「その男ならきっとヴィルヌーヴが何をしていたか知ってるはずですよ。行ってみてそいつと話してみましょう」

上の階へ戻ると、相談室の外にいたオリヴィエ・ドラクールと会った。

「終わりましたか？」彼がきいた。

「ええ、ありがとうございました」グァスタフェステは答えた。

「お探しのものは見つかったんですね？」

「全部じゃありませんが。台帳の一冊からページが一枚、破りとられていましたよ――一八〇七年十月の」

ドラクールはショックを受けたようだった。

「破りとられた？　フランソワ・ヴィルヌーヴにですか？」

「たぶんそうでしょう」

「何と恥知らずな。知らせてくださってありがとうございます。わたしも見てみます」

「それからもうひとつ」グァスタフェステは言った。「金細工師か宝石商で、ジェレマイア・ポージエという人間のことを聞いたことはありますか？」

「ポージエ？　いいえ、ないと思います」

「十九世紀のはじめ、もしくはそれより前に仕事をしていたんですが」

「申し訳ありませんが、そういう名前は聞いたおぼえがありませんね」

「ムッシュー・ジャイニーでしたらご存じでしょうか？」

「ムッシュー・ジャイニーはお客様のところへ出向かなければなりませんので。わたしもいま接客中なのですが、外までお送りしましょう」

ドラクールはドア横のキーパッドにコードを入力し、わたしたちをショールームへ通した。壁の赤いボタンで正面玄関の錠をあける。彼はわたしたちと握手をし、よい一日をと言ってドアを閉め、小走りに客のところへ戻っていった。

グァスタフェステとわたしは〈リッツ・ホテル〉までの短い距離を歩き、客待ちしていたタクシーを拾ってマレ地区の住所へ向かった。そこはポンピドゥー芸術文化センターとバスティーユ広場のあいだの区域で、半世紀前には荒れた屋敷や汚れた貸し部屋の建物ばかりの界隈だったが、その後再開発され、中産階級によって高級化した。彼らがアートギャラリーや、しゃれたアパートメントや、インテリアデザインショップなどへの嗜好を持ちこんできたのだ。

フランソワ・ヴィルヌーヴとアラン・ロビエが商売をしている店舗はマレ地区のあまり洗練されていないはずれにあり、そこにはこの地域のもともとの性質がまだ残っていた。バーや店は流行遅れで、建物も少し荒れていた。ライフスタイル雑誌の広告というより、本物の労働商業地区という感じだった。ヴィルヌーヴとロビエの店は通りに面していて——二つの大きな板ガラスのウィンドーの上には〝美術品とアンティーク〟と看板があった——しかし飾られている商品は多くなかった。片方のウィンドーには引き出しチェストとサイドボードがひとつずつしかなく、もうひとつのウィンドーにも聖書の一場面の油絵がのったイーゼルがひとつあるきりだった。まだ午後の四時だったが、店はもう閉めてしまったようだった。明かりは消えていてスチールの防犯柵もウィンドーの外におろされていた。

グァスタフェステは正面のドアをあけようとした。鍵がかかっていた。わたしは窓枠に顔をつけてガラスごしにのぞいてみた。中の店内は広く、陳列されている家具やアンティーク品が暗闇の中に長く並んでいた。

「ここには誰もいないようだね」わたしは言った。

「裏をあたってみましょう」グァスタフェステが言った。

わたしたちは建物の横の通路を進んで、荒れた裏庭へ出た。大きな家具運搬用のヴァンが壁につけて停めてあった。隣には洗車の必要があるグレーのプジョーのセダン。建物を見上げると、庭に面した窓があった。その窓にも明かりはない。店舗の裏のドアはあいていた。グァスタフェステがそれを押して開き、二人で中へ入ると、そこは倉庫部分で、古い家具が高く積み上げられていた。蹴こみのない金属板の階段が上の階へ続いている。わたしたちはそこを上がっていった。

てっぺんの踊り場は薄暗くて狭く、床は汚れたリノリウム敷きだった。弱々しい日ざしの細い線が、あるドアからわたしたちの左手にさしこんでいた。グァスタフェステはそのドアを押し開けた。

「こんにちは、ムッシュー・ロビエ?」彼は呼びかけた。

中はオフィスになっていた——デスクがひとつ、椅子が一脚、金属のファイルキャビネットがいくつか——しかしアラン・ロビエがいる気配はなかった。グァスタフェステはオフィスを歩いて窓のほうへ行った。突然彼が立ち止まり、鋭く息を呑む音が聞こえた。

「どうしたんだ?」

「そこを動かないで、ジャンニ」グァスタフェステはおだやかに言った。「それと、何にもさわらないで」

「何だって?」

「言うとおりにしてください」

グァスタフェステはデスクをまわって下を見た。わたしはじりじりと横へ動いたが、すぐにやめておけばよかったと思った。窓のそばの床に男の体があった。頭と肩の一部しか見えなかったが、それだけでじゅうぶんすぎた。男の頭の横、耳の上に黒い傷が開いている。顔には固まった血のすじがついていた。

12

　そのあとどうなったのかははっきりおぼえていない。グァスタフェステがわたしの腕をつかんで下へ降り、庭へ連れていったことはぼんやり記憶にある。吐き気がして気が遠くなってきたが、新鮮な風がむかつきを鎮めてくれた。グァスタフェステが倉庫から持ってきてくれた木の椅子に座り、言われたとおりにゆっくり深く息を吸っては吐いた。そのときにはもう彼は携帯電話を手に持って、警察に連絡していた。その声は聞こえたが、言葉は意識に留まらなかった。単なるぼんやりしたかすかな音にすぎなかった。

　時間の感覚がおかしくなっていたのだろう、わずか数秒で最初の警察車が到着したように思えた。突然、庭が人であふれた。制服の警官、私服の刑事、鑑識の器具のケースを持った白いオーバーオール姿の人々。わたしは邪魔にならないところへ移され、庭の一角にひとりぽつんと残されて、グァスタフェステのほうは警官たちとまた建物の中へ入っていった。十五分後、彼はひとりで出てきてわたしのところへ来た。

「気分はどうですか、ジャンニ？」

「大丈夫だ。ちょっとショックを受けただけだから」

「手当てしてもらうこともできますよ、必要なら」

「いや、いらないだろう。もうよくなった。何が始まったんだ?」

「おきまりの犯罪現場捜査ですよ。担当の刑事は俺たちにしばらく近くにいてもらいたいそうです、何かききたいことが出てきた場合にそなえてね、それから本署へ行って供述をしてほしいと。たぶん指紋も提出しなきゃならないでしょう、取り調べから除外してもらうために」

「わたしたちは容疑者じゃないのか?」

「ええ、違います」

「死体を見つけただろう」

「死んでからだいぶたっていました」

「どうしてわかるんだ?」

「経験ですよ。遺体の外観、床の血。監察医の判断を待ちますけど、何時間か先になるでしょうね」

「アラン・ロビエなのか?」

「わかりません。でもおそらくは」

わたしは身震いした。

「最初はヴィルヌーヴ、今度は彼の共同経営者か。恐ろしいな」

「あなたが心配することはありませんよ」グァスタフェステは励ますように言った。

「そいつは必死になってるに違いない、犯人は。ほんの数日のあいだに二度も人を殺して」

「同じ犯人だと決まったわけじゃありません」

「人殺しが二人いるというのかい？」

「いまそのことは考えないでおきましょう」

庭にまた車が入ってきた──ロゴマークのない警察車が二台、白い運送ヴァンがまた一台。建物の裏のドア付近はテープで囲まれた。わたしたちは警官が行ったり来たりするのをながめ、グァスタフェステはわたしの椅子の横でじれったそうにそわそわしていた。こういう事件で傍観者でいることに慣れていないのだ。中へ入り、いまどうなっているのか見たがっているのがわかった。

日の光が消えかけてきた。庭は、いちばんいいときでも暗くて狭い囲まれた場所なのだが、陰鬱な影で満ちてきた。空気も冷えてきた。わたしは上着を胸の前でぎゅっと引き寄せ、ポケットに手を入れた。グァスタフェステはその動作に気づいてわたしに顔を向けた。

「すみません、ジャンニ。気がつかなくて。こんなところじゃ凍えてしまいますね。ちょっと誰かに話してきます」

彼はテープのところへ歩いていき、建物の入口を警備していた制服警官に短く何か言った。別の警官が呼ばれて指示を伝えられた。三十秒後、わたしはロゴマークのない車のひとつへ案内され、その後部座席にゆったりとおさまった。ドアは閉められてヒーターがつき、凍えた体にあたたかい空気を送ってくれた。グァスタフェステもすぐにわたしに加わった。

「もうあと少しですよ」彼は言った。「誰かがオルフェーヴル河岸まで送ってくれるそうです」

実際には、四十分近くしてから私服の刑事が運転席のドアをあけ、ハンドルの手前に座った。彼は肩ごしにちらりとわたしたちを見たが何も言わず、ただエンジンをかけて車を庭から出し、駐車していたすべての車を通りすぎた。シテ島への道中はほんの数分だった。わたしたちは本署の中へ案内され、コンピューター端末の前に座った女性警官に供述をした。グァスタフェステもわたしもフランス語がぺらぺらではなかったが、二人合わせれば、先刻見たことについてまずまずすじの通った話をするくらいはできた。指紋もとられた。それからさらに一時間、待合室で待たされたあと、やっと年配の、くたびれた感じの私服の刑事がやってきた。現場にいたひとりだとわかった。

「フォルバン警部補です」と、彼は言った。「お待たせして申し訳ない。こういうことには時間がかかるものでして」

「わかりますよ」グァスタフェステは答えた。「アラン・ロビエだったんですか？」

フォルバンは肩をすくめた。

「たぶんそうでしょう。財布にあったクレジットカードでは彼のようですが、遺体の身元が公式に確認されるまではたしかとは言えませんね。確認してくれる人間もまだ見つかっていないんです」

「結婚はしていたんですか？」

「わかりません。いま最近親者を探しているところです」

「死亡時刻は？」

「今朝、午前九時から正午のあいだだと、医者は言っています」

「われわれが行ったとき、あの店は閉まっているようでしたが」グァスタフェステはきいた。

「従業員はいないんですか?」

「通りむこうの女性と話したんですがね。店は週末からずっとしまっていたそうです」

「フランソワ・ヴィルヌーヴが殺されてから?」

「そういうことです」フォルバンは腕時計を見た。「お二人はどちらにお泊まりですか?」

わたしたちは彼にホテルの名前と住所を言った。

「それと、イタリアにはいつ戻られる予定でしょう?」

「あしたの午前中です。かまいませんか?」

「ほかに何かおききしたいことがありましたら、真っ先に連絡しますよ。それじゃ誰かにホテルまで送らせます」

その晩、わたしたちはどちらも暗い気分だった。ホテル近くの小さなレストランで夕食をとったが、二人とも話をする気になれなかった。わたしはまだ午後の出来事に動揺していたし、殺人事件捜査に慣れているグァスタフェステですら、自分の見た光景に心が乱れているようだった。死はどんなものでも人の心をかき乱すが、暴力による死はとりわけそうだ。グァスタフェステはこれまでにも死体を見てきた。それが感情に及ぼす影響に対処してきた。しかし今回は事情が違った。今回は、その陰鬱な出来事により深くかかわったのだ。事後に呼ばれる警官ではなく——実際に死体を発見したのだから。そしてそれ以上に悪いのは、おそらく、パリでは彼は部外者——要するに、一民間人だという事実だった。実際に捜査で必要なさまざまなことで気を紛《まぎ》らわせられない。ほかの人々が主導権を握っている一方で、彼は何もできないままわきに控えていなければならなかった。

わたしはよく眠れず、オフィスの床に倒れたアラン・ロビエの恐ろしい幻影に悩まされ、翌朝は早く目がさめてしまった。ホテルのダイニングルームへ降りていくと、グァスタフェステはもうそこにいて、ブラックコーヒーを飲んでクロワッサンをぼんやりと食べていた。

「眠れましたか?」と、きいてきた。

「あまり。きみは?」

「同じですよ」

「遺体が目に浮かんできてしまってね」

グァスタフェステはわかりますというようにうなずいた。

「だからさがっていてくれと言ったでしょう」

「わかっているよ、でも好奇心が湧いてきてね。まさか思わないじゃないか……その、あんなひどいものを見ることになるなんて」

グァスタフェステはクロワッサンを食べおえてコーヒーを飲んだ。ウェイターがテーブルに来て、わたしはミルク入りコーヒー《カフェ・クレーム》を注文した。

「ひとりで帰ってもらってもいいですか?」グァスタフェステが言いだした。「もう何時間かこっちにいたいんですよ。フォルバンに会って、事件のことを話して、クレモナでの捜査に役立つことがあるかどうかたしかめたいんです」

「ああ、かまわないよ」わたしは答えた。「チケットはオープンだっただろう？　どの便でもかまわないんだったね？」

「ええ。たぶん今晩には帰ります」

「わたしももう少ししてから戻るよ」

「ジャンニ、待っていてくれなくていいんですよ」

「いや、そうじゃないんだ。ジェレマイア・ポージエについてもっと調べてみたい」

「どうするんです？　図書館にでも行くんですか？」

「ロンドンへ行こうと思ってね」

「ロ、ロ、ロンドン？」

「わたしの旧友のルーディ・ワイガートをおぼえているかい？」

「競売人の？　でも彼はヴァイオリンの専門家でしょう。宝石の細工物について何を知っているんですか？」

「ほとんど何も知らないだろうね、たぶん。だが彼は世界でも最大級のオークションハウスで働いている。同僚に宝石細工の専門家がいるだろう」

「まあ、あなたがそうしたいなら……どうやって行くんですか？　飛行機で？」

「列車にするよ。いまは高速列車の接続があるからね。むこうの昼食には間に合うだろう」

あとから考えると、これは失敗だったようだ。〝昼食〟という言葉がルーディ・ワイガートにとってどんな意味を持っているか忘れていたのである。わたしにとって、それは手早く食べられて手間のかからない軽い食事のことだ――自宅のキッチンか、しばしば工房の作業台で食べることもある。しかしルーディにとって、それはローマ帝国の終焉以来、ほとんど見られなくなったスケールでの大食をする口実だった。

むろん誇張だが、ほんの少しだけだ。ルーディは美食家で、それを証明する体をしている。背の高い男だったら、その腹は印象深い見ものだっただろう。だが百六十五センチしかないルーディの場合、それは人体構造工学上の奇跡だ。彼がどうやってあんなに重い荷物を体につけて運んでいるのかは謎だが、たぶんたいていは運んでいない、少なくともあまり遠くへは、という事実によって説明がつくだろう。ピカデリー近くのモダンな建物の四階にある彼のオフィスから、一緒にエレベーターでロビーへ降り、それからタクシーで彼の予約したレストランへ行ったのだが、着いてみると百メートルも離れていなかった――とはいえ、渋滞があって、着くまでには五分近くかかったが。テーブルに座るまで、合計でせいぜい二十メートルしか歩いていなかったし、おそらく、〇・五カロリーも燃焼していなかっただろう――多めに見積もっても。

「歩いたほうがよかったんじゃないか」わたしは言ってみた。

「歩く？」ルーディは恐怖に満ちた声で言い、毛虫のような眉毛を片方つりあげた。「本気で言ってるのかい？」

「そのほうが体によかっただろう」

「ああいう排気ガスを吸いこむのがか？　いやだよ、ロンドンで健康を保つ唯一の方法は、いっさい運動をしないことなんだ、気持ちを集中してナイフとフォークを持ち上げる以外はね。カクテルを飲もうじゃないか、きみが来たことを祝って」

ルーディはウェイターを呼んでマティーニを二つ注文した。

「ステアしたのを頼む、振ったのじゃなくてね、わかるだろう？」彼は念を押し、ウェイターが行ってしまうとわたしに向き直って言った。「近頃のだめなバーテンダーには用心しないといけないんだ、マラカスみたいにシェイカーを振るんだから。ジェームズ・ボンドにはおおいなる責任があるよ、言わせてもらえば。アルコールはとてもデリケートな液体なんだ。乱暴に振ったりしたら、微妙な風味が壊れてしまうことくらいどんな馬鹿だって知っている。必要なのはやさしくステアすることだけだ」

ルーディは椅子にもたれてわたしを見た。

「調子はどうだい、ジャンニ？　元気そうだな」

「元気だよ。きみは？」

「申し分ない」

「仕事のほうは？」

「繁盛している」

「売り上げは上向いているのかい？」

「競争相手はたくさんいるが、うちはうまくやってるよ、とくに市場の最上部で。ロシアからバケツでくむみたいに金《かね》が流れこんできているんだ――おもにマフィアの盗品だが、悪党だという理由で客を断ったら、こっちはとっくに破産しているだろうな。新しく出てきた中国の金持ちたちも興味を持ちはじめているんだ。いまは不動産がちょっとした人気だが、投資として美術品を除くわけにはいかない。昔の名工のものやストラディヴァリは、この先もずっと価値を保ちつづけるよ。あとで工房に連れていくから。ちょうどゴフリラーのみごとなヴァイオリンが入ってきたところなんだ――裏板が二枚板で、こっくりしたレッドブラウンのニスなんだよ。日付けは一七〇八年なんだが、並はずれて状態がいい。次の売却では高値がつくだろう」

競売人は強欲だと言われるが、ルーディにとって金自体はまったくどうでもいいものだった。彼は高い値段がつけられればヴァイオリンに対するみずからの愛情が証明され、楽器の本当の価値が確認されるとみなしているだけだった。宝石細工、アンティーク、古い絵画が競売場で大金を引き出すのなら、ヴァイオリンが――何と言っても、そうしたタイプの物よりも、考えられるかぎりあらゆる意味ではるかにすぐれているのだから――同じことをして当然というわけだ。

飲み物と一緒に、オリーヴ、ナッツ、じゃがいものチップスののった小さな皿が運ばれてきた。ウェイターがわたしたち両方にメニューを渡したが、ルーディは開きもしなかった。

「食べたいものはわかってるんだ。スティルトンチーズと胡桃《くるみ》のタルト、それにステーキ。このステーキは絶品なんだよ。たっぷり十六オンスかそれ以上ある。メートル法だとどれくらいだ？　五百グラムかな？」

「五百グラム？」わたしは言った。「肉を半キロも？」

「わくわくするだろう？」

「ダイエットはどうなったんだい？」

この前ルーディと会ったとき、彼はダイエット中だと言っていた。栄養士に認めてもらえるものではなかったが。

「ああ、まだやっているとも」ルーディはあっけらかんと答えた。「まったく参るよ。だからきみが来てくれて助かった。今日ばかりは、後ろめたさを感じないでまともな昼食をとれる」

「最後にまともな昼食をとったのはいつなんだ？」

「おとといだな、たしか。腹をすかせていると二日間は長いよ。ピュリニー＝モンラッシェのボトルを二本飲もう」

「二本？　ルーディ、そんなにワインを飲めないよ、それも昼食に」

「心配するな、僕が手伝ってやる」

「オフィスにはいつ戻るんだ？」

「ああ、午後のいつかだ。ほら、イギリス人はヨーロッパでもいちばん労働時間が長いんだよ、なのに昼食の休憩はいちばん短いんだ」

「まあ、きみに関してその恐れはないだろう」

ルーディは笑った。

「われわれはファストフードと消化不良の時代に生きているんだ。僕なりのやり方で、ひとり抵抗運動をしているんだよ――だが〝運動〟という言葉を使うときは用心しないとな」

彼はソムリエに合図をして、ワインを注文した。それからカクテルスティックでブラックオリーヴを刺して食べた。そしてにっこりとわたしに笑った。

「会えてうれしいよ、ジャンニ。本当にうれしい。今日の午後、ルパート・リース＝ジョーンズに引き合わせることになってる。うちの宝石細工物の専門家だよ。とてもいいやつでね。自分の専門分野に精通している。ウェールズ人なんだが、だからって彼に含むところはない。それで、今度はどういうことなんだ？　どうしてきゅうに宝石細工に興味を持ったんだい？」

パリからルーディに電話したときにはあまり話さなかったのだが、今度はフランソワ・ヴィルヌーヴがホテルの部屋で死体で発見されてから起きたことをすべて話した。

「驚いたなぁ！」ルーディが声をあげた。「エキサイティングな日が続いたものだね。それにその第二の男、共同経営者だが、実際にきみが死体を発見したんだろう？」

「そのことは考えたくないんだ」わたしは言った。「死体、またしても殺人事件の捜査、そんなことになるとは思ってなかったのに。アントニオがわたしを連れてきたのは、事件の根底のどこかにヴァイオリンがあると思ったから、というだけなんだよ」

「納得してない口ぶりだね。彼とは意見が違うのか？」

「どう考えたらいいのかわからないんだ。きみはこの業界については誰より詳しいだろう、ルーディ。このサイズの金の箱におさまるくらい小さなヴァイオリンのことを見聞きしていないか?」わたしは両手を持ち上げてみせ、大きさを彼に伝えた。

「一度だけある」ルーディは答えた。「何年も前に寄席芸人を見たんだ。そりゃあ達者なヴァイオリン弾きでね。芸のひとつとしてそういう小さいヴァイオリンを持っていた——世界最小のヴァイオリン、とね。それも弾いてみせたよ、たいした音は出なかったが」

「パガニーニはショーマンだった。彼ならそういう小さいヴァイオリンを持っていなかったかな? 聴衆を楽しませるために」

パガニーニがしばしばコンサートを中断し、幕間の余興に動物の鳴き声をヴァイオリンで奏でたことは知っていた——雄鶏のときの声、犬の遠吠え、猫の金切り声、そういうものを。あるときなど、フェラーラで、一緒に舞台にあがっていたソプラノにお客が口笛を吹いたあと、パガニーニは仕返しにおならの音をまねしてみせた——昔から頑固者として有名な地元民に対する、あからさまな侮辱だった——おかげで彼は群衆から身を守るため、町に警察の護衛を出してもらわなければならなかった。小さなヴァイオリンなら新しい宣伝方法として、かの名演奏家には魅力的に映ったかもしれない。

「彼がそんなものを持っていたら、僕たちはもう知っているはずだよ」ルーディは言った。「彼のコンサートを見た人間はたくさんいる。フルサイズのヴァイオリンを弾くだけでもじゅうぶん見ものだったんだ。世間の心をつかむには、それ以上何もいらなかっただろう」

「わたしもそう思っているんだ。何だか間違った方向に向かっている気がする。きみの同僚が正しい道に戻るのを手伝ってくれるといいんだが」

わたしたちは前菜にとりかかった。それからルーディが牝牛のステーキを、わたしは舌平目のグリルを食べ、そのあとでデザートとチーズとコーヒーに移った。レストランを出てルーディのオフィスへ戻ったときには三時半になっていた。わたしはお腹がいっぱいで、今度はタクシーがありがたかった。ルーディがたっぷり中身の入った酒のキャビネットからコニャックを勧めてくれたが、遠慮しておいた。

「きみは飲んでくれ」と言った。「でもわたしは、ルパート・リース゠ジョーンズに会うときはしらふでいたいから」

「ああ、ルパートは土地持ちの名士たちと付き合いが多いんだ。酔っ払いには慣れてるさ」ルーディはそう答えた。

そしてタンブラーにレミー・マルタンをつぎ、それを持ってわたしと一緒にルパート・リース゠ジョーンズのオフィスへ廊下を歩いていった。

リース゠ジョーンズは思っていたより若く――三十代のなかばから後半で、かなり繊細そうな顔つきの、長く細い指と銀縁眼鏡のむこうに淡い青のうるんだ目を持つ男だった。彼は弱々しい握手をしたあと、デスクのむこう側に撤退したが、オフィスのほかの部分と同様、そこは一点の汚れもなく整頓されていた。

「どういったご用でしょうか？」彼は言った。

わたしは金の箱のこと、パリの〈モリヌー・エ・シャルボン〉へ行ったことを話した。ジョーンズはうなずきながら、指で塔をつくってそこに顎をのせていた。

「ええ、アンリ・ル・ブレ・ラヴェルのことはよく知っています」と、彼は言った。「すばらしい細工師です。彼の作品は頻繁にオークションに出るんですよ。価格はかなりのものですが、突出しているわけではありません。いまはちょっと流行からはずれているんです。現代のバイヤーの彼に対する評価は少々――そうですね、品がないという言葉でも言いすぎではないでしょう。意匠が非常に派手で、俗っぽいといってもいいくらいですから。近頃の人はもっとシンプルなものをほしがるんです」

「この金の箱はとてもすっきりしたものです」わたしは言った。「蓋《ふた》にはとても手のこんだ彫刻がありますが。わからないのはその中なんです。中央にヴァイオリンの形のくぼみがあって、ベルベットでおおわれた木の台が入っています」

「でも、ヴァイオリンはない？」リース＝ジョーンズがきいた。

「ええ、でも箱がヴァイオリンのために作られたのは一目瞭然です。それはエリーザ・バチョッキ、ナポレオンの妹からパガニーニへの贈り物でした、ですからヴァイオリンに関係があるのはすじが通っているんです。わからないのは、その箱の大きさなんですよ。わたしがこれまで見てきたどんなヴァイオリンを考えても、小さすぎるんです」

「ルーディの意見は？」

リース＝ジョーンズは頭をまわしてルーディに目を向けた。彼は肘掛け椅子に座りこんで、持参したコニャックを飲んでいた。

「僕にも謎だよ」

「エリーザはパガニーニに別の贈り物をしているんです、そのずっと前に」わたしは言った。「それが何なのかはわかりませんが、ル・ブレ・ラヴェルの記録には、ジェレマイア・ポージエという人物の名前が出てきていました、その人も宝石職人のようです」

ルパート・リース＝ジョーンズははたと動きを止めた。彼はわたしを見つめ、その目は眼鏡の厚いレンズの奥でまたたきもしなかった。

「ジェレマイア・ポージエ？」彼はゆっくりと言った。

「そうです」

「たしかですか？」

「ええ。どうしてです？　何者なんですか？」

リース＝ジョーンズは唇をなめた。

「ジェレマイア・ポージエ？　ヴァイオリン？」彼は言った。「まさか、ありえない。そんなはずが」声が突然かすれた。

「何のはずがないんです？」わたしはきいた。

リース＝ジョーンズは聞こえなかったようだった。彼はトランス状態にあるかのようにしばらくわたしを見つめ、やがて立ち上がると壁の書棚のところへ行った。そして高さ六十センチ、厚さはゆうに十センチある大著を取り出した。ルーディのオフィスでそういった本を見たことはあった——自分でも一、二冊持っている。そういう本は一般大衆に売るのが目的ではない。美術の専門家にむけた限定版の資料書籍で、値段は一冊数百、ときには数千ユーロもする。

リース＝ジョーンズはデスクにその大型本を置き、わたしにもそのタイトルが見えた。『十八世紀の金細工師と宝石職人』。彼は目次を指でたどっていき、いちばん下近くにある名前で止まり、本の終わりのほうのある章を開いた。

「ジェレマイア・ポージエ」と彼は言った。「ロシア大帝エカテリーナの宮廷宝石職人で、また同時代ではもっともすぐれた金細工師でしょう。彼は一七六二年のエカテリーナの即位のためにすばらしい帝冠を作っています。これですよ」

彼は宝冠の写真を見せてくれた。

「これはビザンティンふうのデザインで——二つにカットしたサファイアが、エカテリーナの帝国が広がる二つの大陸をあらわし、四千九百三十六個のダイヤモンドがちりばめられています、われわれは概算で五千に切り上げていますが。縁にそって真珠がはめこまれ、てっぺんには美しい赤い宝石があって、通常はルビーと言われていますが、実際は赤い尖晶石です。準貴石で、西欧の宝石細工ではめったに見かけませんが、東欧では非常に珍重されるものです。ここに使われているものの重量は四百カラット近くあって、十七世紀の後半に中国に行ったロシアの外交官、ニコライ・スパファリーによって、サンクトペテルブルグに持ってこられました」

リース＝ジョーンズは頭を上げて、もう一度わたしを見た。彼が興奮しているのがわかった。

「帝冠は間違いなく、ポージエがエカテリーナのために作ったもっとも豪華な宝石細工ですが、彼が女帝のために作ったのはそれだけではないんです。ジョヴァンニ・バティスタ・ヴィオッティのことはもちろんお聞きになったことがありますよね？　イタリアの偉大な名ヴァイオリニストです。一七八〇年、彼は演奏旅行でサンクトペテルブルグへ行き、そこでエカテリーナ女帝のために演奏しました。エカテリーナは音楽はあまり好きではなかったのですが、若い男は大好きでした。そしてヴィオッティは若かった。二十代で、ハンサムで、並はずれた才能を持っていた。彼は女帝の愛人になり、一年間ロシアに滞在しました。ようやくロシアを離れるとき、エカテリーナは――愛人たちに気前のいいことで有名ですが――ポージエによって特別に作られた、宝石をはめこんだ黄金のヴァイオリンを贈ったんです」

「黄金のヴァイオリン？」わたしは言った。

ルパート・リース＝ジョーンズはうなずいた。

「純金製でダイヤモンド、ルビー、エメラルドがちりばめられていたそうです」

彼は本の厚く光沢のあるページを二、三枚めくり、ヴァイオリンのフルカラーの図面を出してみせた。ルーディも肘掛け椅子から立ち上がって見にきた。

「うわ、こいつはすごいな！」彼は叫んだ。

「でしょう？」リース＝ジョーンズが言った。

わたしは図面を見た。そこに描かれたヴァイオリンは長さ約二十センチ、厚みはせいぜい指くらいだった。縦にしたときの横面――通常のヴァイオリンでいうと横板――にはダイヤモンドがはめこまれ、上側の縁には、普通なら縁線があるが、血のように赤いルビーがずらりと並んでいた。さらにルビーが四つ、ヴァイオリンの頭にちりばめられて糸巻きをあらわし、楽器の中央には、弦のかわりに、エメラルドの線が四本あった。平面の図でさえ、宝石が光に輝いているようにみえた。

「エカテリーナ大帝はこれをヴィオッティに与えたんですか?」わたしはきいた。

「そうです」リース＝ジョーンズは言った。

「で、それからどうなったんです?」

「誰も知らないんです。ヴィオッティはこれをロシアから持ち帰った。しかしそのあとに消えてしまったんです。この二百年間、見た人間はいません」

「驚いたなあ」ルーディが言った。「この図面はどこから出たんだい?」

「ポージエの工房です。彼は記録をとっておいていたんですよ。縁には四百のダイヤモンドと四十のルビー、どれも一カラット以上あるものばかりで、真ん中には八十もの小さいシベリアエメラルドがあります。てっぺんの四つの赤い石はルビーじゃありませんよ。レッドダイヤモンドです、信じられないくらい希少な宝石です」

「いまだったらいくらの値打ちがあるかな?」ルーディがきいた。

「この技術、その由来も含めれば」リース＝ジョーンズは答えた。「値段はつけられないですね。最後にレッドダイヤモンドがオークションにかけられたのは、アメリカで——一カラットもないものでしたが——百万ドル近くになりました。この四つのレッドダイヤモンドだけでも、おそらく五百万ドルの価値はある。それに、ほかのダイヤモンドやルビーやエメラルドもあるし、ポージエの名声は言うまでもありません。これがオークションにかけられたら、二千万ドル以下ではないでしょうね、通貨レートしだいでは千五百万ポンドになるかもしれませんよ」

わたしは図面を見つめ、その繊細な金の渦巻きを、まばゆい宝石の曲線を頭に刻みこんだ。自分たちが何を探しているのか、やっとわかった。そしてフランソワ・ヴィルヌーヴとアラン・ロビエが殺されたわけも。

13

その夜はバッキンガムシャーの田園地帯、ロンドンから三十マイル北西にあるルーディの家に泊まった。ルーディの奥さんのルースは、夫の昼食の悪癖に気づいているに違いなく、ポーチドサーモンとサラダの軽い夕食を出してくれた。それからルーディとわたしはヴァイオリンの二重奏をし、ルースがピアノで伴奏をして、楽しい二時間を過ごした。

ワイガート夫妻は二人とも楽器の名手だった。二人は王立アカデミーで学生のときに出会った。ルーディは卒業してまもなく、自分がオーケストラの平のヴァイオリン団員という苦労ばかり多い生活にはむいていないと気づき、ロンドンのヴァイオリンディーリング会社に就職した。ルースは二人のうち才能のあるほうで、音楽を続け、伴奏者および室内楽演奏家として堅実なキャリアを積んだが、子どもたち——男の子と女の子の双子——が生まれ、定まっていた生活パターンは崩壊した。

ルースのキャリアは、本人の意志によって、家庭で必要なものの犠牲になった。彼女はしばらく演奏契約を縮小したのち、子どもたちと仕事の両方をやりくりするのはたいへんすぎると気づいて、いっさいをあきらめた——とはいえ、安堵もなくはなかった。ルースはひどい舞台恐怖症で、公演は常にストレスに満ちていたからだ。ルーディがなかなかの給料を稼いでいたので、彼女は安心して双子と家にとどまり、副業に鍵盤楽器を教えることで腕をなまらせないようにした。

ルースはいまでも非常にすばらしいピアニストで、その腕前や、どんなにむずかしくても、楽譜を前に置かれればすぐに弾けてしまう驚くべき才能には、ルーディもわたしも恥じ入るばかりだった。わたしたちはバッハの二つのヴァイオリンのための協奏曲を、それからヴィヴァルディの二重奏曲、ショスタコーヴィッチ、モシュコフスキを弾いたのだが、ルーディは自分のガリアーノを貸してくれ、彼自身は自分のコレクションにあるもっと質の劣る楽器でよしとしてくれた。

ルースがもう寝るわと言ったときには、十一時になっていた。

「またあしたの朝ね、ジャンニ」彼女はルーディにキスをした。「あまり夜更かししないで」

「ちょっとおしゃべりするだけだよ。仕事なんだ、わかるだろう」

「ええ、わかってますとも」ルースはすまして言った。「あまり飲みすぎないように、ってだけよ」

彼女は音楽室を出て、上の階へ行った。ルーディとわたしはホールを通って彼の書斎へ行き、ルーディはモルトウィスキーのボトルを出して、二人それぞれにたっぷりついだ。カーテンはあいていて、部屋の明かりがパティオとそのむこうの芝生に広がっていた。地平線にチルタン丘陵（イングランド南東部に広がる白亜質の丘陵）のうねるシルエットが見えた。

彼とさまざまなヴァイオリンのことをしゃべり、〝大砲〟やエフゲニー・イヴァノフとのことも詳しく話した。

「きみはあれを弾いたのか？」ルーディは言った。「パガニーニのヴァイオリンを弾いたのか？　何て悪賢いやつだ、ジャンニ。どんな感じだった？」

「信じられないほどすばらしかったよ。でもちょっと変な感じだった」

「変？　どんなふうに？」

「自分がペテン師になったような、不法侵入者になったみたいな気がした。ほら、招待されていないのにパーティーに来たみたいな。英語にそういう言葉があっただろう？」

「押しかけ客《ゲート・クラッシャー》」

「それだよ。そんなふうに感じたんだ。押しかけ客みたいに。そうしてはいけないとわかっているのに、自分を抑えられなかった」

「馬鹿馬鹿しい。ヴァイオリンを修理するときには、いつもあとで弾いてみるんだろう？　修理がうまくいったかどうかたしかめるために。だったら何の違いがある？」

「わかっているよ、理屈が通ってないことは。でもパガニーニは別なんだ。彼の楽器にさわっただけで、弾いてもいないのに、背中に震えが走った。自分はこんなすぐれたヴァイオリンに値しない、って。弾いているあいだ、ずっとパガニーニが肩の後ろからのぞきこんでいて、〝やめろ！　やめろ。こんなひどい騒音にはもう耐えられん！〟って叫んでいる気がしたよ」

ルーディは大笑いした。

「彼は神様じゃないぞ、ジャンニ。ただの人間――それもすこぶる悪評高き人間だろう」

「だがヴァイオリンを弾かせたら神のごとくだった」

「彼の時代にはな、うん。だがいまの時代ではたいしたことはなかっただろうよ」

「そう思うかい？　わたしにはわからないな」

「世の中は変わるんだ。演奏の水準だって昔より上がっている。パガニーニの時代、パガニーニを弾けるのはパガニーニだけだった。いまじゃ、ジュリアードや王立アカデミーやモスクワ音楽院の生徒なら誰だって弾ける。僕はエフゲニー・イヴァノフがパガニーニよりうまくパガニーニを弾けるほうに賭けるね」

「たしかに彼は本当にみごとだったよ。だが姿を消してしまったんだ、ほら」

ルーディはわたしを見て眉を寄せた。

「イヴァノフが？　どういう意味だ？」

わたしはこれまでのことを打ち明け、イヴァノフ親子との出会いや、彼がホテルから消えたこと、彼から奇妙な電話があったことを話した。

「精神的に参っちまったようだな」ルーディは言った。「神経衰弱のたぐいじゃないのか。それか、どこかに女がいるかだ」

「女？」

「人間性に関するわが基本理念さ——セックスだよ。男が何かこれまでと違うことや、らしくないことを始めたら、必ず女がかかわっている。逆もまた真なりだ、もちろん。あるいは男かもな。彼はゲイじゃないんだっけ？」

「彼のセクシュアリティについては何も知らないよ」

「ゲイでも意外じゃないな。おおざっぱな素人の心理分析だが、そういう高圧的な母親がいると、男は往々にしてゲイになるものだろう？　かわいそうな息子だ。本当に、児童虐待だよ、彼が通ってきた道は」

「それはまたずいぶん極端じゃないか？」

「じゃあ、考えてみてくれ。彼がヴァイオリンを始めたのは——いくつだ？——四歳か五歳だろう。たいていはその頃に始める。彼が言いだしたことだと思うかい、親からの圧力じゃなく？　それからはママが一日に三、四時間も彼を監視して、練習させる。彼は外に出てサッカーをしたり、テレビを見たりしたがらなかったかな？　僕はそういう子どもたちを見てきた。ワークショップに楽器を弾きにくるんだ、すると必ずママかパパが後ろについている。テニスのちびっこ天才たち、十代の子たちにそっくりだよ、一日じゅう大声でしゃべる大男のパパがまとわりついてるんだ。彼らはそういう親連中に子ども時代を奪われている。僕ならそれは虐待だと言うね、どうだい？」

「楽器を弾くのが好きな子もいるよ」わたしは言った。「ひとくくりにはできないだろう」

「やがて子どもたちは二十代になると、もううんざりしてしまう。これまでさんざんつらい思いをさせてきた親に反抗し、言うことを聞かなくなる。イヴァノフの失踪は、ママの知らないガールフレンドがらみだと思うね」

「女の子の知り合いがいるようにはみえなかったが」

「おやおや、いるにきまってるだろう、あの年頃の若者なんだから。そうとうモテまくってるよ。あるいは娼婦と一緒かもな」

「アントニオもそう考えていたよ、でもわたしにはそう思えないんだ。だいいち、彼は金を持っていないんだ。リュドミラが財布の紐をきつく締めているからね」

「いくらか貯めておいたんじゃないか、自由になったときにそなえて」

「それじゃきみの神経衰弱説には合わないよ」

「ああ、そうかもな。考えているうちに浮かんできたんだ。きっと全部から騒ぎだよ。おかわりをどうだい？」

わたしたちは深夜まで起きていて、ルーディは同僚や顧客たちのことを茶化して話した。それから二人とも寝にいった。わたしはウィスキーでほろ酔いになり、ぐっすり眠った。

翌朝、遅くゆったりとした朝食をとってから、ルーディの車でロンドンへ行き、セントパンクラス駅で降ろしてもらった。それからユーロスターでパリへ行き、そこからシャトルバスでまっすぐシャルル・ド・ゴール空港へ行き、宵の口にはクレモナに戻った。警察署《クエストゥーラ》に電話してみたが、グァスタフェステはいなかった。まだパリにいる、と彼の同僚が教えてくれた。わたしは食事を作り――豚肉のエスカロップのフライドポテト添え――そして棚から本を一冊とってリビングに行った――ジョヴァンニ・バティスタ・ヴィオッティの伝記を。

ヴィオッティは音楽家でないほとんどの人々にとってなじみのない名前だ。音楽家でも、彼がどういう人生を送ったかについてはあまり多くを語れないだろう。彼の作品がラジオでかかることはめったにないし、コンサートホールではほとんどない。それでも彼は二十九のヴァイオリン協奏曲を書き、現代ヴァイオリン演奏の父として知られている。

彼は一七五五年に北イタリアで生まれた、パガニーニに先んじること二十七年だ、そしてパガニーニと同じく、早くからヴァイオリンの才能をあらわした。十一歳でトリノへ行き、いまひとりの伝説的ヴァイオリニスト、ガエターノ・プニャーニの弟子になった。プニャーニの名声はフリッツ・クライスラーがやった音楽上のいたずらのせいで、こんにちでもほぼそのまま残っている。クライスラーは二十世紀はじめにいくつかのヴァイオリン曲を書き、それがヴィヴァルディやタルティーニといった十七から十八世紀の作曲家たちの作品だと言ったのだ。そしてそのひとつが『前奏曲とアレグロ』で――ヴァイオリンを学ぶ者なら誰でもよく知っている――プニャーニのものだと言った。しかし後年、クライスラーは真実を告白し、そうした〝失われて久しい〟曲たちは、実際には自分が作ったものだと認めた。

プニャーニはいまでこそ歴史の中の目立たない脚注にすぎないが、彼の時代には音楽界の巨人であり、八つのオペラ、七つの交響曲、そのほか数えきれないほどの曲で賞賛を集めていた。ソリストとしてもひっぱりだこで、一七八〇年にはスイス、ドイツ、ポーランド、ロシアへ演奏旅行をした。それに連れていったのが一番弟子のヴィオッティで、当時はまだコンサートの経験も少ない無名の二十四歳だった。

サンクトペテルブルグで、二人はエカテリーナ大帝の前で演奏し、そして――ルパート・リース＝ジョーンズが言ったように――女帝はヴィオッティが非常に気に入って首都に留めおき、彼を愛人にした。二人の関係は一年間続いたのち、しだいに熱が冷め、ヴィオッティはイタリアに帰ることを許された。二人の関係は円満に終わったに違いない。なぜなら、エカテリーナが別れの贈り物にした宝石をちりばめた黄金のヴァイオリンは、彼女の基準に照らしてさえ、とほうもなく気前のいいものだったからだ。

その後ヴァイオリンが正確にどうなったかは謎だった。わたしが読んでいた伝記は、その贈り物について話のついでに触れただけで、それ以上のことは書いていなかった。本は音楽家としてのヴィオッティに関する著書であって、彼のヴァイオリニストおよび作曲家としての業績に焦点が絞られていた。たかが宝石細工など、どんなにその由来が格別のものであろうと、著者にとってはほとんど興味のないことだったのだろう。

しかしヴィオッティのロシアからの帰還と、彼がパリへ行って圧倒的なデビューを飾り、一夜にして有名人へと変わる前の、イタリアでの短い滞在を扱った部分を読んでいくうちに、わたしは黄金のヴァイオリンについて推理を組み立てはじめた――はなはだ脆弱《ぜいじゃく》な証拠をもとにした推理だったが、磨いていくうちに、いかにも本当らしい説得力を持つものになってきたように思えた。

まだそれを考えていたときに電話が鳴った。グァスタフェステだった。パリから戻ってきて、留守のあいだのことを警察署《クエストゥーラ》の同僚から聞いたのだろう。

「きみに話したいことがあるんだ」わたしは言った。「電話じゃないほうがいいんだが」

「一時間待ってくれれば、そっちに行きますよ」グァスタフェステは答えた。

「食事はもうしたのかい？」

「いえ、でも……」

「最後に食べたのはいつだった？」

「ジャンニ……」

「いつだった？」

「朝食です」

「何か作っておくよ」

「そんなことはしなくても――」

「議論はなしだよ、アントニオ。一時間後に会おう」

　キッチンへ行ってオリーヴオイル、玉ねぎ、ニンニク、トマトで簡単なパスタソースを作った。グァスタフェステが来たときには、ハムとブラックオリーヴ、赤ワインのボトルがキッチンテーブルに並び、ガス台には鍋いっぱいに湯が沸騰していた。グァスタフェステが入ってくると、わたしは貝殻形パスタ《コンキリエ》を片手に何杯か湯にいれ、それから大きなグラスに二人ぶん、ワインをついだ。

「ハムとオリーヴは好きに食べてくれ」

「こんなにしてくれなくてもよかったのに、ジャンニ」グァスタフェステは言った。「必要ないですよ」

「疲れてお腹をすかせているようにみえるよ」わたしは言った。「疲れのほうはわたしじゃどうにもできないが、食事をしてもらうことはできるだろう。きみは働きすぎだよ。わたしにはわかる。ときには休みをとらなきゃだめだ、自分でもわかってるだろう。もっと体を大事にしなければ」

「俺は元気ですよ」グァスタフェステはそう言いはったが、ハムをひと切れとオリーヴをいくつか、たてつづけにぱくつき、ごくごくとワインを飲んだ。

わたしはパスタをかきまわし、彼とテーブルについた。

「パリから何か新しい知らせは?」と、きいてみた。「思っていたより長くいたんだね」

「アラン・ロビエに関する病理学者の報告を待ってたんです。そうそう、あれはロビエでした。奥さんが正式に確認したんです。頭を強打されて殺されていました」

「ヴィルヌーヴみたいに」

「いろいろ違う点はあるんです。ヴィルヌーヴはホテルの部屋でランプで殴られた。ロビエは何かもっとずっと危険なやつで殴られていました——ハンマーかレンチだと、病理学者は言ってましたよ。それと、力いっぱいやられて頭蓋骨に穴があいていると」

わたしは顔をしかめた。

「凶器は見つからなかったのかい？」

「現場にはありませんでした」グァスタフェステは答えた。「犯人がどこかに捨てたかどうか、付近を調べてるんですが、いまのところ何も見つかっていません」

「動機は？」

「はっきりしたものは何も。強盗かもしれませんね。下の階はアンティーク品がいっぱいの店舗ですし。防犯装置は厳重でしたが、ロビエは錠の鍵を持っていました。上着のポケットにあったんです。犯人が鍵を奪って、店に入り、何かを盗み、また鍵を返した可能性もありますが」

「何かなくなっているものはあったのか？」

グァスタフェステは肩をすくめた。

「あそこを見たでしょう。きっと何千って品物がありますよ。とられたものがあるかどうかなんてわかりっこない、在庫表と逐一照合してみないかぎり。それにロビエとヴィルヌーヴは、フォルバン警部補によれば、在庫をきちんと記録しておく類《たぐい》の人間じゃなかったそうです。彼らの商売は、言ってみれば、透明には程遠かった。そもそも、店にあったものの半分はたぶん盗品でしょう」

グァスタフェステはまたオリーヴを二つとった。

「フォルバンが言うには、二人はかなり評判の悪い連中と付き合いがあったそうです。荒っぽくて、情け容赦ないやつらで、誰かの頭をハンマーでかち割ることも躊躇《ちゅうちょ》しないような」

「フォルバンはそういう連中の身元をつかんでいるのかい？」

「長いリストがあるそうですよ」

わたしはガス台のところへ行って、パスタのゆで加減をみてみた。コンキリエはちょうどアルデンテになったところだった。湯を切って、パスタを深皿に入れてトマトソースをかけた。その皿をテーブルの、グァスタフェステの前に置いて、冷蔵庫からパルメザンチーズを持ってきた。

「話があると言っていましたよね」グァスタフェステが言った。

「ああ。あの金の箱に何が入っていたのかわかったようなんだ」

グァスタフェステはスプーンいっぱいのパルメザンチーズを半分パスタに振りかけたところで手を止めた。

「聞かせてください」

わたしはルパート・リース＝ジョーンズと会ったときのことを話した。それからリース＝ジョーンズのオフィスを辞去する前に彼がカラーコピーしてくれた、宝石細工のヴァイオリンの図面を見せた。グァスタフェステは長いこと黙りこんでコピーを見つめていた。

やがてこう言った、「これにはどれくらいの価値があるんです？」

「そうとうあるな。二千万ドル、とリース＝ジョーンズは言っていた」

「それで、エリーザ・バチョッキがパガニーニに贈ったものがこれなんですね？」

「そのはずだ」

「彼女はどこでこれを手に入れたんでしょう?」

「はっきりとはわからないんだ。でもひとつ思いついたことがある。いま話したように、ヴィオッティはエカテリーナ大帝に、二人の恋愛の記念としてこれをもらった」

「さぞかしすばらしい愛人だったんでしょうね」

「たぶんね。だが彼が愛した女性はエカテリーナが最初じゃなかった。別の女性がいたんだ——彼がロシアに行く前に住んでいたトリノに。名前はテレーザ・ヴァルデーナ、裕福な織物商人の娘だった。テレーザは十七歳のときヴィオッティと出会った、ヴィオッティは二十一歳だった。二人は恋に落ち、結婚を望んだが、テレーザの父親が許さなかった。ヴィオッティは先行きのわからない貧しい音楽学生で、ヴァルデーナが望む娘婿ではなかったんだ。ヴァルデーナは無理やり娘に婚約を破棄させ、ヴィオッティとの接触をいっさい禁じた。


ヴィオッティはプニャーニとヨーロッパ演奏旅行に出てしまい、十八か月間留守だった。彼がトリノに戻ってくると、テレーザは父親が夫に選んだ若い貴族との結婚を拒否したため、父親によって修道院へ送られてしまっていた。彼女が入った修道院はトスカーナのモンテカティーニにあった」

「それじゃ、ヴィオッティは二度と彼女に会えなかったんですか?」グァスタフェステがきいた。

「一度だけ会ったよ。彼は修道院へ彼女を訪ねていった。二人のあいだにどんなことがあったのかは誰も知らない。たぶん、ヴィオッティは彼女にそこを出てくれ、一緒に来て妻になってくれと懇願しただろう。彼女もそう望んでいただろうが、おそらくできなかったんだろうね。もうすでに修道の瞑想に一生を捧げると誓っていたのかもしれない。真実がどうであれ、ヴィオッティが彼女なしで帰ったのは事実だ。彼はトリノへ戻り、それからイタリアを去ってパリへ行った」

「それで、黄金のヴァイオリンは？」

「彼がテレーザに贈ったんだろう」

「それは推測ですか？」

「ああ。だがそう考えれば後年起きたことと符合するんじゃないか——一八〇六年、一八〇七年頃、エリーザはピオンビーノとルッカの女公だった。わたしが読んだエリーザについての本にはこう記録されているんだ。ナポレオンは戦争を続ける金に困っていたと。彼はエリーザに命じて、彼女の公国内にあるすべての宗教施設を閉鎖させ、その土地と財産を没収させた——きっと莫大なものになっただろう。モンテカティーニはルッカの近くだ。テレーザの修道院は閉鎖された施設のひとつだったんじゃないだろうか」

「それじゃ黄金のヴァイオリンは——それがそこにあったとして——エリーザの兵隊によって没収された」グァスタフェステは言った。「でも、彼女の兄の戦費箱には送られなかった」

「エリーザの性格とぴったり合うじゃないか。彼女は修道院から奪った資産をすべて検分し、略奪品のいくつかは自分のためにとっておいたんだ。黄金のヴァイオリンは抵抗しがたいものだっただろうね。あんなすばらしい宝石細工は。それに彼女はパガニーニと熱烈な恋愛のまっさいちゅうだった。彼以上に、このヴァイオリンを贈るにふさわしい相手がいただろうか？」

グァスタフェステは考えながらフォークでパスタを刺して食べた。

「単なる推理だよ」わたしは言った。「だが事実に符合するだろう。ほかにどうやればエリーザはヴァイオリンを手に入れられた？」

グァスタフェステはうなずいた。

「それが真相だって気がしますよ」彼は言った。「エカテリーナ大帝は愛の記念として黄金のヴァイオリンをヴィオッティに贈り、ヴィオッティも愛の記念としてテレーザに送り、のちにエリーザもパガニーニに愛の記念として贈った。でもどの愛も成就しませんでしたね。このことが人間性ってものについて何かを語っていませんか？」

彼の言うとおりだろうか？　わたしは思った。エカテリーナとエリーザとパガニーニについてはたしかにそうだ。彼らは皆、さしたる苦もなく別の恋人へ移っていった。しかしヴィオッティとテレーザは？　それはまた別の話だ。テレーザのその後については誰も知らない。彼女の生涯は世間の目から離れたところで送られた。だがヴィオッティは彼の時代ではもっとも偉大な音楽家のひとりになり、その業績は記録されて後世に伝わった。

ヴィオッティは複雑な人間だった。はじめて世に出たのはパリで、自作の協奏曲を演奏し――テレーザと最後に会ってからわずか幾月かのことだ――センセーションを巻きおこした。聴衆はもっと演奏してほしいと騒ぎ、それ以降、彼が開くコンサートはすべて完売になった。しかしその輝かしいデビューの十八か月後、ヴィオッティはコンサートの舞台を去り、教育

――報酬もなしの――と作曲に時間をついやすようになり、彼のヴァイオリン協奏曲は演奏はされたが、彼の手によってではなかった。

短い期間、マリー・アントワネットの理髪師の助力で、パリにあるオペラハウスのひとつを運営したことがあったため、ヴィオッティはフランス革命後に窮地に陥《おちい》り、ロンドンへ逃げ、そこでソリストとしての活動を再開した。だがその復帰も、イギリス人に革命派のシンパだと非難され追い出されたために、すぐに立ち消えになってしまった。次にドイツで三年間亡命生活を送り、そのあいだ作曲はしたが演奏はせず、やがて追放命令が撤回されてロンドンに戻ることが許されても、もう一度聴衆の前で演奏してほしいという申し出はすべて断り、ワイン商人になった。しかし、商売が得意でなかったのはあきらかで、一八一八年に破産した。彼はパリへ戻って王立歌劇場を運営したが、それも成功しなかった。一八二四年に亡くなったときには莫大な借金が残っており、所有していたストラディヴァリを売っても穴埋めにならないほどだった。

ヴィオッティは謎めいた人物だった――親切で、気前がよく、つつましかったが、その内心ははかりがたかった。若い頃には作曲家としても演奏家としても名声を博したが、不運にも、大きな変化の時代に生きてしまった。ロマン主義の台頭にともない、一八〇〇年代以前には絶大な人気があった彼の協奏曲も、じきに古臭いとみなされるようになり、彼の古典的な演奏スタイルはパガニーニを代表とする派手な名人たちにとってかわられてしまった。ヴィオッティの本当の遺産は彼の曲ではなく、彼が教えた生徒たちだった――ロード、バイヨー、クロイツエル、彼らはヴァイオリン演奏における十九世紀のフランス派に優位を占め、その影響はマサール、ヴィエニャフスキ、クライスラーを通じて二十世紀まで続いた。

さて、こうしてヴィオッティの生涯を考えてみると、ひとつの事実が浮かびあがってくる――彼が結婚しなかったことだ。まだテレーザ・ヴァルデーナを思いつづけていたのだろうか？　わたしは一般的に、心が壊れるという考えを支持しない。傷ついた心、というのはたしかにあり、われわれは皆、そのことで苦しんだ経験がある。しかし、失恋で心が粉々に砕け、その衝撃から完全に回復することがない？　そういうことはかなり稀《まれ》だ。人間は回復力旺盛な種族なのである。でなければ、世の中がわれわれの行く手に投げこんでくる変化困難をどうやって生き延びられる？　苦しみ、悲しみ、不幸――そうしたものがみな、人間を打ち負かし、われわれはただ体を丸めて死んでしまうだろう。しかし人は何とか切り抜ける。耐える。愛を失い、ひとときは悲しみに沈んでも、やがて歩きだす。われわれよりはるかに長く生きる星のまたたきの中では、そんなものは一瞬であり、じきにわれわれもまた消えるのだ。

ヴィオッティはテレーザを失ったことから立ち直れなかったのか？　生涯、彼女の思い出を胸に抱き、その思い出があまりに強烈で、ほかの女性ではそれを消せなかったのか？　わたしは二人がモンテカティーニで最後に会ったときのこと、修道女の衣服を着たテレーザ、彼女の横に座るヴィオッティを思いえがいた。二人はどんなことを口にしたのだろう？　手を触れ合っただろうか？　別れる前には最後のキスをしただろうか？　ヴィオッティが彼女を説き伏せようとし、おそらくは一緒に来てくれと懇願し、テレーザが首を振る場面が目に浮かんだ。それから彼がロシアから持ち帰ってきた宝石細工のヴァイオリンを渡すところも。かつて彼を愛した女性からの贈り物を、やはり彼を愛していたが一緒にはなれなかった別の女性へ渡している。それには心痛むものがあった。

「それじゃいまの問題は」と、グァスタフェステが皿から最後のコンキリエをかき集めながら言った、「パガニーニがそのヴァイオリンをどうしたかってことですね？　生涯手元に置いていたのか？　誰かに、おそらくは別の女性にあげてしまったのか？」

「コーヒーは？」わたしはきいた。

「いただきます」

スチールのエスプレッソポットにスプーンでコーヒーをいれ、ガス台にかけた。

「フランソワ・ヴィルヌーヴがどこからあの金の箱を手に入れたかがわかれば、手がかりになると思うんだが」わたしは言った。「エリーザはそもそもあれを、黄金のヴァイオリンのために特別に作らせた、だからパガニーニはあれを使ったに違いない。箱の出どころがわかれば、ヴァイオリンがどうなったのかの手がかりになるんじゃないか」

「その点は進歩がありましたよ」グァスタフェステは言った。「俺がパリにいるあいだに、刑事たちが盗品の記録、とくにミラノの美術品担当班の記録を調べたんです。ヴィルヌーヴが持っていたやつとぴったり一致する金の箱がありました——組み合わせ錠、蓋《ふた》にモーゼの彫刻——十日前、ストレーザのとある屋敷から盗まれてました。その屋敷は年とったご婦人のものだったんですが、少し前に亡くなったばかりで、盗難のあったときは空き家だったんです」

わたしは食器棚をあけてコーヒーカップを二つ出しているところだったが、はたと手を止めて振り返り、グァスタフェステを見つめた。

「年とったご婦人？　ストレーザ？」わたしは言った。「その人の名前はニコレッタ・フェラーラというんじゃないのか？」

今度はグァスタフェステがわたしを見つめる番だった。

「どうして知っているんです？」

わたしはヴィンチェンツォ・セラフィンが鑑定してくれと頼んできたベルゴンツィのヴァイオリンのことを話した。グァスタフェステは細かいことを呑みこむのに少し手間取った。しかし、やがて言った、「セラフィンはその屋敷に行ったんですか？」

「彼もむこうに自分の別荘を持っているんだよ。ニコレッタ・フェラーラの甥がヴァイオリンを見にきてくれと彼を呼んだそうだ」

「それはいつです？」

「最近だよ。二週間前くらいだろう」

「それじゃこういうことですか。セラフィンはその屋敷に行った。その後まもなくそこに泥棒が入って、値打ちものの金の箱が盗まれ、しばらくするとセラフィンの友達のフランソワ・ヴィルヌーヴがその金の箱を持っていた、と」グァスタフェステは言葉を切った。「どうやら俺はまたミラノへ行かなきゃならないようですね」

14

パリへの旅、それから予定外だったロンドンへの寄り道に思っていたより時間をとられてしまったので、次の朝は仕事が遅れていることに気がついてあわてた。スカラ座《ラ・スカラ》のピットオーケストラの第一ヴァイオリン奏者の楽器は、その日に引き取りにくることになっていたのだが、まだろくに見てもいなかったし、持ち主が希望していた新しい魂柱と駒の調整にも手をつけていなかった。

朝食を手早くすませ、いつもの午前なかばのコーヒー休憩も飛ばして、いっしんに仕事をした。昼食どきには、そのヴァイオリン——十九世紀なかばのかなり出来のいいジュゼッペ・ロッカ——は仕上がった。少しだけ、実際に弾いてみた。それから音に満足して、楽器をケースに戻そうとした。

ヴァイオリンケースは——寝室のように——持ち主の人となりについて多くのことを語ってくれる。汚れていなくて、内張り布が作られた日のようにきれいなままのものもある。いたんで汚れ、その音楽家の生活の残骸が散らかっているものもある——はずされた弦、松脂《まつやに》のかけら、チョコレートバーの包み紙。レナート・ランピのケースは後者だった。

レナートは大柄な、身ごなしのぎこちない男で、髪は長くて脂っぽく、手入れをしないひげにはいつも最後に食べたもの、ときには先週食べたものの痕跡がついているかのようだった。服はたいていしわくちゃで、シャツには歯磨き粉やパスタソースのしみがついていることがまあある。彼のヴァイオリンケースも同様にひどいものだった。フェルトの内張り布は、もとはこっくりした深い緑色だったのに、いまでは色あせてしみだらけだ。ところどころ生地がはがれて、下の合板がむきだしになっている。ヴァイオリンを入れるよう形どったくぼみの底はほこりが厚くつもり、片側はそっくりはずれていた。

わたしは楽器——せっかく手を入れて若返ったもの——をまたこんなひどい環境に戻すのかと、中へ入れるのをためらった。もっと大切に扱ってくれればいいのに。わたしはケースをからにして、それから掃除機を出してきてごみを全部吸いとった。はずれている箇所はもっと問題だった。修理が必要なのは明白だった、その時点でヴァイオリンがくぼみの両側のクッションできちんと支えられていなかったからだ。ケースを持ち運んでいるときに、楽器がごろごろ動いてしまっては、ダメージを受けかねない。

はずれた箇所を取り出すと、その下の小さな空洞があらわれた。はずれたのが最近のことでないのはすぐわかった、空洞に毛ぼこりやちりやそのほかのごみがいっぱい入っていたからだ。どういうわけでか迷いこんだちびた鉛筆が二本、脚の欠けた黒檀の弱音器、五年前の新しい弦ひと組のレシートを含む紙きれが何枚か。わたしはそのごみを全部かき出し、空洞にも掃除機をかけた。それからはずれていた箇所を元どおりに固定し、フェルトの張り布を接着しなおした。

弱音器と紙きれを捨てているとき、ふいにある考えがひらめいた。わたしはパリの〈モリヌー・エ・シャルボン〉の文書保管庫へ行ったときのことを、あの黒い革張りの台帳の中で見た図面のひとつを思い返した。電話のところへ行き、警察署《クエストゥーラ》にかけた。グァスタフェステはいなかった――ミラノへ行っていた――ので、戻ったら折り返してくれるように伝言を残しておいた。

それが午後の早い時間だったので、わたしはほったらかしにしていたほかの仕事に没頭し、やがてレナートがヴァイオリンをとりにきた。おしゃべりをする時間はなかったのだが、あえてそうした。田舎にひとりで生活し、仕事をしていると、気力がなくなりがちだ。ときには何日も誰にも会わないこともあるので、顧客たちはいつも歓待することにしている。レナートは親しい友人ではないが、知り合ってもう長く、ときおり会う場合にはいつもこちらから彼の近況を聞くようにしていた。

わたしたちはキッチンへ行き、半時間ばかり楽しくワインを飲んだりスカラ座《ラ・スカラ》の噂話をしたりした。スカラ座《ラ・スカラ》のオーケストラは、たいていのプロのオーケストラがそうであるように、不和と不倫の温床なのだ。わたしはピットオーケストラのほとんど全員と顔見知りだ――たくさんの弦楽器奏者の楽器の手入れをしているから――そしてレナートは誰が誰と寝ていて、誰と誰が別れたかよく知っていた。彼が帰る頃には、わたしは自分ひとりで仕事をしていてよかったと心からほっとしていた。スカラ座《ラ・スカラ》の常軌を逸した状況を聞いただけでもくたびれてしまった。

工房に戻ったが、作業台の前に腰を据えて三十分もしないうちに誰かの足音がして顔を上げると、外のテラスにリュドミラ・イヴァノヴァがいた。彼女はドアをあけて中へ入ってきて、その目の決然とした光にわたしは心の中でため息をついた。彼女が気楽なおしゃべりをしにきたのでないことはわかった。

「どこに行っていたの？」彼女が詰問してきた。

そのつっけんどんな態度にわたしは少々面食らった。そして彼女を見つめた。

「何ですって？」

「何日もあなたに電話していたのよ」

「わたしに電話を？」

「エフゲニーのことよ。警察は何もしてくれないの。言い訳をしてわたしをごまかすだけ。あなたの友達なら力になってくれると思ったのに、警察署《クエストウーラ》に電話しても、いつも彼はいないと言われるのよ。いったいどうなっているの？　エフゲニーはどこにいるの？　どうして見つからないの？」

「彼は無事ですよ、シニョーラ、それはわかっているでしょう」

「そんなこと何もわかっていないわ。あなたにかかってきた電話には何の意味もないわよ。あの子が無事なら、どうして帰ってこないの？　クズネツォフのせいよ、そう言っているでしょう。今度のことは彼が裏にいるんだから」

「心配することは何もないと思いますよ。数日で戻ると言っていたじゃありませんか」

「数日なんてもうすぎたわ。あの子はどこなの？　どうして誰も何もしてくれないの？　どうして？　こんないまわしい街はもうたくさん。エフゲニーを取り戻したいの。そうしたらここから出ていける。もう二度と来たくない」

リュドミラはこの調子でさらに何分も続け、あらゆるものに対してどんどん気を高ぶらせていった。落ち着かせ、励まそうとしても即座にはねつけられ、わたしは何らかの行動に出るまで彼女がこちらを解放するつもりがないことをみてとった。

「タクシーで来たんですね？」彼女がとうとう同じことを繰り返し言うのに疲れた頃、わたしはきいた。

「そんなことに何の関係があるの？」

わたしは作業エプロンをはずして壁のフックにかけた。

「ホテルまで送りますよ」と言った。「それからエフゲニーとクズネツォフについて調査をしてみましょう」

「〝調査〟？　どういう意味なの？」

わたしは彼女の腕を強くつかんで、工房から連れ出した。

「いいからわたしにまかせてください、シニョーラ」

どうするつもりかはっきりしたことは考えていなかったが、何かしなければならないことはわかっていた。グァスタフェステと彼の同僚は殺人事件の捜査に忙しくて、リュドミラに時間を割けない。しかし彼女は苦しんでいた――無理もない――だから黙って何も手を貸さずにいるわけにはいかなかったのだ。クレモナに対する彼女の言葉も胸にささった。自分の住む街がけなされるのは聞きたくないし、エフゲニーの失踪の責めを負わされるのはたまらない。それは不当というものだ。わたしは彼女の行方知れずの息子を微力ながら追うことで、クレモナとその住民に対するリュドミラの信頼を取り戻すのが、市民としての自分の義務だという気がしたのだ。

車でクレモナに入り、リュドミラを〈オテル・エマヌエーレ〉の部屋まで送っていった。それからロビーへ引き返してフロント係と副支配人と話をした。二人ともエフゲニーが消えた月曜の午後に勤務についていた人々だった。わたしはリュドミラの代理で行動していることを説明し、あの午後のことをいくつか尋ねた。しかし二人はすでに警察に供述をしており、それ以上付け加えることは何もなかった。

エフゲニーはウラジーミル・クズネツォフから四時十五分前に電話を受けた。それから四十五分後、四時半に、部屋から降りてきて、キーをフロントにあずけ、ホテルを出ていった。ホテルのロビーでも、外の通りでも、彼を待っていた人間はいなかった——少なくともフロント係には見えなかった。彼らが知っているのはそれだけだった。エフゲニーはその日、ほかにも電話を受けましたか、ときいてみた。いいえ。誰かがホテルへ彼に会いにきましたか？　いいえ。ずんぐりした、はげのロシア人はどうです？　ホテルの周辺で、その外見特徴に一致する誰かを見かけたことは？　またしてもいいえ。

わたしは彼らに時間を割いてくれた礼を言い、短い距離を歩いて〈オテル・サン・ミケーレ〉へ行って、そこでも勤務についていたフロント係の陽気でおしゃべりな、こちらの力になろうという気持ちだけはある若い女性と話してみた。はい、シニョール・クズネツォフのことはおぼえています。四泊されました——木曜日にいらして、月曜の夕方にチェックアウトされました。警察にも同じことをきかれましたから、宿泊者名簿を見なくても言えるんです。彼女はクズネツォフとはあまり言葉を交わしていなかった。ホテルの誰もがそうだった。彼は出かけていたあいだに届いた伝言はないかときいたことがあったが、話したのはそれだけだった。実を言うと、フロント係は彼が好きではなかった。態度がぶっきらぼうで、粗野といってもいいくらいだったのだ。彼がほかの誰かと、ましてエフゲニー・イヴァノフといたところは見ていなかった。警察も同じことをきいていた。彼女は申し訳ながったが、知っているのはそれだけだった。

わたしは時間を無駄にしていた。自分でももうわかっていた。調べるべきところはすべて警察が調べているのだ。これまでされていないもので、わたしにできることはない。わたしはフロント係と別れ、また通りへ出て、反対側へ渡ってそこにある自分の車へ戻ろうとした。ホテルの玄関のほぼむかい側に新聞スタンドがあった。歩道を半分ふさいでいるそこの新聞や雑誌のラックをよけてまわっていき、そうしているときに、棚のひとつに外国語の新聞が入っていることに気づいた——ル・モンド、エル・パイス、タイムズ、ガーディアン、インターナショナル・ヘラルド・トリビューン。わたしは足を止めた、あることがふいにひらめいたのだ。スタンドの店主はカウンターのむこうのスツールにちょこんと座っており、そこからは〈オテル・サン・ミケーレ〉の玄関がはっきり見わたせた――そして新聞売りは長い時間じっと座っているので、ほかの人々に興味を持つのにやぶさかでないことでは有名だ。

「ロシアの新聞は売ってないんだろうね？」と、きいてみた。

店主は鼻をクスンとやって、インクの汚れのついた指で鼻をこすった。

「ああ。このへんじゃロシアの新聞はあんまり売れないんだ。なんでだい？」

「ちょっと思っただけだよ」わたしは言った。「先週の週末、そこの〈サン・ミケーレ〉にロシア人の男が泊まっていたんだ。五十代の小柄な人で、はげていて。その人を見なかったかい？　でなければ、二十代はじめのやせたロシア人の青年を。二人は一緒にいたかもしれない」

「いや、見てないね」

「ここへ来て新聞を買わなかったか？」

「おぼえてないな。フランス人は来たが、ロシア人はいないよ」

「フランス人？」

「ほら、あの死んだ男さ。頭を叩き割られてたのが部屋で見つかったんだろ。ニュースやテレビやあちこちで取り上げられてた」

「フランソワ・ヴィルヌーヴか。彼のことかい？」

「ああ、話はあまりしなかったけどな。ただ新聞を買っていっただけだ。金曜と土曜だったかな。どっちもル・モンドだったよ。おかしな顔をしたやつだった。出っ歯で、寄せ集めたみたいな薄いひげがあって」

「それだけ？　新聞を買っていっただけだったのかい？」

「俺の仕事はそれだからねぇ、新聞を売るってことがさ。ああ、それと地図だ。あの人は地図を買ってったよ」

「どこの地図？」

「クレモナのだよ。ほら、市街図で通りが載ってるやつ。まあ、たいていの通りはな。あの人は目次を見て、探しているものが見つからなかったもんだから、俺が行き方を教えてやらなきゃならなかった」

「どこへの？」

「ブッコ通り」

「ブッコ通り？」

　わたしは眉を寄せた。

「俺も思い出さなきゃならなかったよ、実を言うとな、生まれてこのかたクレモナに住んでるのに。小さすぎて地図に載ってなかったんだ」

「警察にはそのことを言ったのかい？」

「ああ、何日か前にな。連中、ホテルのまわりの人間全員にきいてたよ。俺や、いろんな店や会社に。ブッコ通りは知ってるだろう？」

「ああ、知っている」わたしは答えた。

それは鉄道駅の近くにあるいかがわしげな袋小路で、後ろ側は線路だった。わたしの記憶では、そこで興味を惹くものはひとつしかない。記憶を新たにしておこうとそこへ車で走っていき、それから街の中心へ引き返して車を停め、警察署《クエストゥーラ》へ歩いていった。

グァスタフェステはミラノから戻ってきていた。彼は受付デスクに出てくると、角を曲がったところのカフェでコーヒーを飲もうと言った。彼の態度の感じから、ヴィンチェンツォ・セラフィンに会いにいったのは不首尾に終わったとわかった。

二人でテーブルに座り、それぞれダブルのエスプレッソと、グァスタフェステにはペストリーをひとつ、あいだのテーブルに置かれるのを待ってから、わたしは言った。「ミラノはどうだった？」

グァスタフェステは渋い顔をした。

「期待はずれでした」

「セラフィンを引っぱったのかい？」

グァスタフェステは皮肉な笑い声をたてた。

「それができればね」

「彼は何と言っていた？」

「憤慨してましたよ、すっかり興奮しておおげさなくらい怒ってました。よくある手です――法を遵守する市民が、無能な警察官によって、極悪な犯罪をおかしたと非難されている、って」

「あの金の箱のことは？」

「彼はストレーザの屋敷では金の箱など見なかったと言っていました。例の年とったご婦人の甥のルッジェーロ・モンテヴェリオが、査定してもらいたがっていたヴァイオリンを見せたが、それだけだと。二人はずっとひとつの部屋にいて、屋敷のほかのところには行かなかったそうです」

「セラフィンらしくないな」わたしは言った。「彼なら屋敷を隅から隅まで嗅ぎまわって、その年とったご婦人が何を持っていたか探ったはずだよ。その屋敷はどれくらいの広さなんだ？知っているのかい？」

「ストレーザの警察から押しこみの報告書をもらいました。屋敷は大きいですね。寝室が七つ、バスルームが三つ、湖に面しています。ニコレッタ・フェラーラは金持ちだったんでしょう」

「ほかに盗まれたものは？」

「宝石類、銀器、絵が何枚かで、その中にはドガの競馬場の風景のもあるそうです――ほとんどが運びやすい小さいものですが。フェラーラは値打ちのあるアンティークの家具もいくつか持っていたそうですよ、俺が話した担当刑事によればね、でもそれを運ぶにはヴァンが必要になったでしょう。誰が盗んだにしろ、そいつらは何を探せばいいかちゃんとわかっていたし、どうやってさばくかもわかっていたんです。盗むものは選んでましたし。テレビとかＤＶＤプレイヤーとか、素人が狙いそうなものには手をつけてない。いくつか値打ちのあるものだけをとって、すぐさま引き上げてます」

「警報装置はなかったのかい？」

「止められてたんです――自分たちのすることをよく心得ているやつに、手際よく止められてたんですよ。徹頭徹尾、まさにプロの仕事でした」

「ストレーザの警察は何て言っているんだ？」

「捜査は継続中だと。つまり、手がかりがないってことですね。手際のいい仕事だった。家は下見されていたんでしょう。泥棒どもは夜に侵入し、必要な少数の値打ちものだけを盗み、わずか数分で引き上げた。少しでも使いものになる物証は皆無。指紋もなし、タイヤの痕跡もなし。屋敷の両隣はどちらも人がいなかったんです――一軒はミラノにいる不動産開発業者の休暇用の別荘です。もう一軒は銀行家のものですが、本人は一週間スイスに行っていました。事件がいつ起きたのか、はっきり知っている人間すらいないんです。甥も屋敷に気をつけてはいたんですが、毎日来ていたわけではないそうです」

「ストレーザの警察はセラフィンのことを知っているのかい？」

「彼に聴取していました。家に来たことを甥が話したんですよ。セラフィンは俺にしたのと同じ話を連中にしています。ヴァイオリンを見に呼ばれて行ったんだと。自分は高く評価されている国際的なヴァイオリンディーラーだ、権力者にもたくさん友人がいる、等々。証拠はすべて状況証拠ですからね。セラフィンが押しこみに関係あると証明するものは何もないんです」

グァスタフェステはペストリーをとって勢いよくかぶりつき、歯ががちんと音をたてた。

「常識以外には、ってことですよ、つまり」彼は苦々しげに言った。「でも常識じゃ証拠にはならない。ねえ、あいつときたら図々しくも、俺が彼をしつこく追いかけて、おどそうとしているとまで言ったんですよ。そのことを弁護士に相談するとも言った。まったく、あいつに何かをちくんと刺してやったらさぞいい気分になれるでしょうね」

グァスタフェステは長いため息をついて、わたしに沈んだ笑みをみせた。

「すみません、彼相手だといらいらしてしまって」

「セラフィンはそういうやつなんだよ」

「俺が出かけているあいだに伝言を残してましたね」

「ああ。あの金の箱をもう一度見せてもらえないかな？　考えついたことがあるんだ」

「どんな考えです？」

「何にもならないかもしれないよ。ただもう一度見てみたいんだ、もしかまわなければ。だがほかにも話があるんだ。きみに電話したあとにわかったことなんだが」

わたしは新聞売りとの話を伝えた。グァスタフェステは懸念をつのらせながら、わたしの顔から目を離さずに聞いていた。

「へえ、それははじめて聞きました」彼はわたしが話し終えるとそう言った。

「店主は警察に話したと言っているんだが」

「たぶんそうでしょう。でも署には供述書の山がこんなに高く積んであるんです。いまはそれを調べていっているところなんですが、まだまだ先が長くて。ブッコ通りですか？」

「あそこに何があるかは知っているだろう、もちろん？」

「ピエトロ・ロドリーノの持ち家ってことですか?」

わたしはうなずいた。

「調べてきたよ。ごく短い通りだ。ロドリーノの倉庫があるだけだ」

グァスタフェステは考えこみながら、唇にペストリーのかけらをつけたままこちらをじっと見た。

「あなたは四日前に言っていましたよね。なぜヴィルヌーヴはクレモナにいたのか? なぜセラフィンの住んでいるミラノではなかったのか? 彼はここで何をしていたのか? 俺が間抜けでしたよ。あのとき調べてみるべきだった」

グァスタフェステはペストリーの残りを噛みもせずに口に入れ、コーヒーで飲みこみ、立ち上がった。

「ありがとう、ジャンニ。あなたが警察署《クエストゥーラ》の俺のチームに入ってくれるよう、神様に祈りますよ」

「もう入っているじゃないか」わたしは言った。

家へ帰るとリュドミラ・イヴァノヴァがかけてこないよう、こちらから電話をした。そしてまだエフゲニーの調査を続けていること、何か新しいことを報告できるまで続けることを伝えた。それから夕食にソーセージを焼き、じゃがいもをいくつかと、一杯の赤ワインと一緒に食べた。夕食のあと、娘のフランチェスカがいつも週に一度はそうしてくるように、マントヴァから電話をかけてきた。三十分かもう少し話をするあいだ、フランチェスカは孫たちのことや、彼らが学校でどうしているか、晩や週末にやったあらゆることを何から何まで話し、それからこちらにあれこれ質問をして探りを入れ、わたしがちゃんと暮らしているか——月に一度しか風呂に入らず、缶詰を缶から直接食べるような、ひげもそらない爺さんになっていないかを調べた。

彼女が電話を切ると、わたしはマントルピースに置いてある写真を見上げた。三人の孫たちがこちらににっこり笑いかけていたが、どの写真でも本人とはどこか違って、なじみがないようにみえた。彼らには年に数回会い、毎週様子を聞くが、だんだんと——彼らが年を重ねるにつれ——自分があの子たちの暮らしにますます関係なくなっていく気がしていた。フランチェスカの暮らしの中にも自分はいない気がした。あるいは二人の息子の生活にも。ドメニコはいまはローマに住み、アレッサンドロはブリュッセルにいて、石油化学会社で働いており、年に一度だけ帰ってくる。できるときには。帰ってくるだって？　わたしはまだ自分の家が彼らの家だと思っていたが、もちろん実際は違う。とうの昔にそうではなくなっていた。

わたしの目はマントルピースをつたって妻の写真へ移った。ほほえんで、輝くばかりのカテリーナが、一緒にハイキングに行ったドロミテの滝のそばに座っている。それがわたしのおぼえておきたい彼女だった——最後の姿になったしぼんだ殻ではなく、かつてそうであったような、美しくて幸せな女性。あの最後の数か月は記憶からかき消してしまいたかった、あの日々を生きていたのはカテリーナではなかったのだから。わたしのカテリーナ、わたしが三十五年前に恋した女性ではなかった。あれは彼女の青ざめた、おぼろな影だった――痛みと、自分が死ぬという恐ろしい予見に苦しんでいた影。

目の前に靄《もや》がかかりはじめた。ときおり、自分の人生の目的はもう果たされたと思うことがある。なぜきみは逝ってしまったんだ、カテリーナ、わたしはまだここにいるのに。

気分が落ちこんできていた。これはよくないことだった。そこから抜け出さなければならず、そうする確実な方法はひとつしかなかった。奥の部屋へ行ってヴァイオリンをとりだし、バッハの無伴奏パルティータ、エフゲニー・イヴァノフが大聖堂のリサイタルで弾いたロ短調を弾いた。うまくは弾けなかった。昔は自分自身に腹が立ち、自分の未熟なテクニックに怒りをおぼえたこともあった。だが年とともに期待値も低くなった。いまのわたしはパルティータを通して弾けるだけでもうれしい。バッハは下手くそに弾いても、まったく弾かないよりはましなのだ。

「電話はいりませんよ、こっちからかけますから（雇用者が就職希望者の面談などの際、やんわり断るときの決まり文句）」戸口からさりげない声が言った。

振り向いてみると、グァスタフェステがドア枠によりかかり、半分笑いながらこちらを見ていた。

「すみません、驚かせてしまいましたか？」彼は言った。

「いつからそこにいたんだい？」

「それほど前では。ノックしたんですが、聞こえなかったみたいで。やめないでください。その曲は何でしたっけ、バッハの主題によるシェーンベルクの変奏曲?」

わたしは彼をにらんだ。

「わたしを怒らせるなよ」わたしはうなった。「きみの弱点はわかっているんだからな」

わたしはヴァイオリンをケースに戻して、彼とキッチンへ行った。

「食事はもうしたのか?」と、きいた。

「もう俺に食事を作ってくれなくていいんですよ、ジャンニ」グァスタフェステは言った。

「いやかい?」

「そういう問題じゃないでしょう」

「食べてないんだね?」

「食べましたよ」

「ペストリーひとつとコーヒー一杯か? それは食事とは言わないよ、アントニオ」

「こいつを見たいんですか、見たくないんですか?」

彼はテーブルに、まだ透明ビニールの証拠品袋に入ったままのあの金の箱を置き、椅子にどすんと座った。顔は血色が悪く皺《しわ》が刻まれ、殺人事件捜査のストレスが大きくのしかかってい た。グァスタフェステは妻と別れて以来、不健康なほど仕事にのめりこんでいた。ハンサムで、魅力のある男なのに、別の女性と親しくなる様子はない。彼に本当に必要なのは――わたしではなく――彼の世話をしてくれる人間なのだが。

わたしはそれぞれにワインを一杯つぎ、チーズとクラッカーと葡萄をテーブルに出して、自分も葡萄をいくつか食べてから、グァスタフェステのほうへ皿を押しやった。彼は何も言わず、ただチーズを厚く切ってかぶりついた。

「ロドリーノの倉庫に行ったんだろう?」わたしはきいた。

「連れていける警官は全部連れて、あいつの倉庫をそっくり調べてきましたよ。むこうは油断してました。ストレーザの屋敷から盗まれたものがひとつ、まだあったんです——ドガが描いた競馬場の絵ですよ。やつを署《クエストゥーラ》へ引っぱったら、その絵と、あの金の箱も含めてほかのいくつかのものを、ある人物——シニョール・ロッシとかいう——先々週店に来た人間から買い取ったことを認めました。ただふらりと通りから入ってきたそうですよ。ロドリーノはもちろん、自分に見る目がなかった、品物が盗品だったのは知らなかったと言ってますがね。やつが言うには、シニョール・ロッシは持ち主であるというはっきりした証拠を持っていたんですが、ロドリーノは都合よくそれをなくしてしまったそうです」

グァスタフェステはもうひと切れチーズを切って、クラッカーにのせた。

「ロドリーノのことはもっと早く思いつくべきでした。あいつの評判は知ってるでしょう?」

わたしはうなずき、その競売人兼アンティークディーラーとたった一度会ったときのことを思い出した。彼はよくできたマッジーニの複製を持ってやってきて、それをある家の所有品一斉処分で買ったと言い、本物のマッジーニだと鑑定してくれたら、儲けを折半しようと申し出てきたが、わたしは丁重に断った。それ以来、彼が近づいてくることはなかった。

「ストレーザであったような仕事は」グァスタフェステは言った。「あれはよく組織化されていて、プロのものでした。それに盗まれた品物は高価で、たぶん簡単に見分けられてしまうものだった。そういったものを安全にさばける人間はかぎられています。ロンバルディ州のここらへんだと、それはロドリーノにきまってたんですから」

「彼にセラフィンのことを尋ねてみたかい？」

「聞いたこともないと言ってましたよ。でも面白い話があるんです。ロドリーノはあの金の箱を五千ユーロの現金で、男の二人連れに売ったそうです」

「男の二人連れ？」

「ひとりはフランソワ・ヴィルヌーヴでした。ロドリーノは前にもやつとパリで仕事をしたことがあったんです――よからぬ仕事ですよ、間違いなく」

「それでもうひとりは？」

「ロドリーノはそいつのことも、そいつの名前も知らなかったそうです。でも人相特徴は話してくれましたよ。中背、ずんぐり、はげ。イタリア語を話すときに外国語の強いアクセントがあった――東ヨーロッパもしくはロシアの」

「ウラジーミル・クズネツォフか？」

「間違いないですね」

「クズネツォフとヴィルヌーヴは仲間だったのか？」

「ヴィルヌーヴ殺しに新たな見方が出てくるでしょう？」

「クズネツォフの行方はまだわかっていないんだろう？」

「ベストはつくしてます。遅かれ早かれ、姿をあらわすでしょう」

グァスタフェステは葡萄をひと粒つまみ、宙にほうりなげて、口で受け止めた。

「それじゃ、どうしてもう一度金の箱を見たかったのか教えてください」彼は言った。

「さっきヴァイオリンケースを修理していたときに、考えついたことがあったんだよ。パリに行って、〈モリヌー・エ・シャルボン〉の地下の文書保管庫に入ったとき、この箱のオリジナルの図面を見ただろう、布張りした台、つまり宝石細工のヴァイオリンを支えておくための木の枠も含めて？」

「ええ」

「あの台は中が空洞になっていた」

「あの下に何か入っているかもしれないと思ってるんですか？」

「わからない。きみのところの細工物の専門家は台をはずしてみたか？」

グァスタフェステは首を振った。

「ただ箱の外側を調べただけです、とくに刻印を。知りたかったのはそれだけでしたから――誰が、いつ箱を作ったのか」

わたしはビニールの証拠品袋から金の箱を出した。組み合わせ錠のダイヤルは回されており、ロックがかかっていた。それを回して戻すと――B、E、F、G――かちっと音がした。蓋《ふた》をあけた。箱の中はおぼえていたとおりだった。輝く金の側面と、青いベルベットでおおわれたくぼみのある台。その台を引っぱり出そうとしたが、つかむところがなかった――指がベルベットをすべってしまった――それで、引き出しからテーブルナイフを出して、その薄い刃を台と箱の側面のあいだにすべりこませた。少し力を加えてみたが、だめだった。

「接着されているんじゃないですか?」グァスタフェステが言った。

「そうじゃないだろう。ただぴったりはまっているだけだよ」

もう一本テーブルナイフを持ってきて反対側の端にさしこんだ。グァスタフェステに箱をしっかり押さえていてもらい、二つのナイフをてこのように外側へ傾けて持ち上げた。ゆっくりと台が箱から持ち上がって抜けた。

しかしその下には何もなく、磨いていないために曇った金の土台とほこりが散らばっているだけだった。

「何があると思ったんですか?」グァスタフェステが言った。

わたしは答えなかった。がっくりしていたのだ。いったい何があると思っていたのだろう? 自分でもわからなかった。まさにいま自分が見つけたものがあると予期していたような気がする。つまり何もないと。だが何かあるのではないかと希望を抱いてもいた。そして希望とはもっとも理屈に合わない感情なのだ。

まだ敗北を認めたくなくて、台の裏側をじっくり見た。むきだしの松材とベルベットのおおいの接着された端が見えるだけだった。

「わたしは……」そう言いかけてやめた。「自分でも何を考えていたのかわからないよ」

台を箱に戻して、底まで押しこんだ。

「ヴァイオリンはなくなってしまったんですよ、ジャンニ」グァスタフェステがそっと言った。「二世紀前に消えたんです。どうしてか、どこへかは誰も知らないんだ」

「誰も知らない、そうかもしれないな」わたしは言った。「だが誰かがことのしだいの見当をつけたんだ。誰かが、それがどうなったか漠然と気がついた。でなければなぜ、ヴィルヌーヴとロビエが殺されたりする？　誰かがわれわれよりも多くのことをつかんでいるんだよ。それはたしかだ。だがそれは誰なんだ、彼らは何を知っているんだ？」

　わたしは金の箱の蓋に手を置いて閉めようとした。そしてその瞬間、これまでまったく目に留まっていなかったものに気がついた。蓋の内側も青いベルベットでおおわれていたのだ。指先でそこをなぞってみた。布はいまもやわらかく、これまでの歳月を経ても色はほとんどあせていなかった。光や大気にさらされなかったせいだろう――そのおかげでこんなにいい状態で保たれていたのだ。箱はパガニーニが死んでからずっと錠がかかっていたのだろうか？　グァスタフェステとわたしが突き止めるまで、文字の組み合わせは忘れられていたのだろうか？

　布の下には何かがあった――張りをもたせるための板だった。指が正面側の端で小さい出っぱりにぶつかった――ベルベットの一片がはがれているような。もっと近くで見てみると、やはりベルベットの一片だったが、はがれたのではなかった。布に付けられたもの――とても小さな、手縫いのタグだった。

　そのタグを引っぱってみた。布が蓋の三辺からはずれた。四つめの辺――奥側――は留められたままで、小さなベルベットの布が蝶番のような役目をしていた。おおいと蓋の内側のあいだにあったのは、名刺くらいの大きさの長方形のカードだった。実際、それは名刺だった。アンリ・ル・ブレ・ラヴェルのイニシャルを組み入れた紋章の下に、彼の名前と住所が印刷されていた。

布の中にあったのはその名刺だけではなかった。紙が一枚入っていた。二つに折られていて、十センチ四方くらい。わたしはそれを出し——指に古びてもろくなった感触がした——慎重に開いた。

紙には何かが書かれていて——色あせてはいるが判読できる——二つの異なる筆跡で書かれていた。ひとつめの筆跡は——紙の上側にあり——はっきりしていて明確で、文字は大きく、渦巻きで飾られていた。書かれていることをグァスタフェステに読んで聞かせた。

「〝サン・カルロ、一八一九年三月二十日。わたしはこの日付けから十二か月以内に、シニョール・ドメニコ・バルバイアに六千八百フランを支払うことを約束します〟ニコロ・パガニーニとサインがしてある」

「パガニーニ?」グァスタフェステが声をあげた。「それは何なんです?」

「借用証だよ」わたしは答えた。「ギャンブルの借金のだろうな」

「ドメニコ・バルバイアというのは何者ですか?」

「興行師で、ナポリのサン・カルロ歌劇場を経営していた。歌劇場の賭場台も仕切っていた。パガニーニも彼に金を借りたんだろう——大金を。六千八百フランは当時としてはひと財産だよ」

グァスタフェステは眉を寄せた。

「それがバルバイアへの借用証なら、彼が持っていてしかるべきじゃないですか？　何でパガニーニのものだった金の箱に入ってるんでしょうね？」

「借金が返済されたからだろう」わたしは答えた。「ここを見てごらん、ページの下のほうを」

二つめの筆跡はひとつめより読みづらかった。ぞんざいな走り書きで、文字がくっつきあっていたが、かろうじて判読できた。

「〝借金は清算されたものとする。イザベッラはこれを気に入るだろう。ドメニコ・バルバイア、一八一九年五月十六日〟」

紙をさかさまにして、グァスタフェステが読めるようにした。

「パガニーニは借りていた金を払い、借用証は返された」わたしは言った。「だから彼はそれをこの金の箱に入れておいたんだ。どうやって借金を返済したかを考えれば、入れておくのにこれ以上いい場所はない」

グァスタフェステはきょとんとした。

「どういう意味です？」

「はっきりしてるじゃないか？」わたしは言った。「パガニーニはバルバイアに六千八百フランを払ったんじゃない。宝石細工のヴァイオリンをやったんだ」

グァスタフェステはもう一度紙に目を凝らした。

「たしかですか？」

「六千八百フランは大金だった。そしてパガニーニは、一八一九年にはまだ、後年のようなとんでもない金持ちにはなっていなかった。ほかにどんな手段があった？　彼のヴァイオリン――〝大砲《イル・カノーネ》〟――だけが、おそらく持ち物の中では値打ちのある品だっただろう。しかしそれを手放すわけにはいかない。生活がかかっていたんだから。ほかに彼の持ち物で、六千八百フランかそれ以上の価値があったのは何か？　ヴィオッティの黄金のヴァイオリンだ、そういうことだよ。書いてある文句に別の手がかりもある。〝イザベッラはこれを気に入るだろう〟」

「イザベッラ？」グァスタフェステは言った。

「コーヒーを飲もうか」わたしは答えた。

エスプレッソポットをガス台にかけた。それからドメニコ・バルバイアとイザベッラ・コルブランのことを彼に話した。

バルバイアは、歴史からは忘れられたが、彼がいなければおぼえておくべき歴史もなかったという人物のひとりである。ミラノのカフェ給仕として働きはじめ、彼の時代ではもっとも影響力のある音楽興行師にまでのぼりつめた。教育はほとんどなかったが、抜け目のなさと勤勉さと、大きなチャンスを見抜く力で、スカラ《ラ・スカラ》座のホワイエの賭場台を経営する権利を手に入れ、そのかたわら、ミラノに駐屯していたフランス部隊に物資を供給する実入りのいい契約を結んだ。

その頃、純粋に音楽を聴くためにオペラに来る人間はいなかった。それどころか、多くの金主にとって、音楽は劇場へ行く理由の中でも最下位だった。スカラ座《ラ・スカラ》はミラノの社交の中心だったのだ。仕事をしない金持ちに、日々の退屈からの解放を提供してくれていた。彼らはシーズン中には毎晩そこへ出かけ、何度も同じオペラを聴いていたが、聴いていたというのはすぎた言葉かもしれない、実際には誰も音楽など聴いていなかったからだ。彼らは歌劇場へ行ってボックス席で——彼らの小型サロンで——おしゃべりをして、シャンパンを飲んで、カードで遊び——そして、ボックス席はカーテンを引くことができたから、愛人や恋人や、あるいは捨て鉢になっていれば、配偶者とセックスをした。

舞台の上で起きていることはおざなりに見物されるか、もしくはまったく無視された。社交が本当に止まるのは大物歌手が出るときか、オペラには欠かせないバレエの場面だけで、聴衆の中の男たちにとってバレエは性的な刺激物にすぎなかった——カード、もしくは、愛人から手を離し、ダンサーたちの脚に見とれる合図だったのだ。アリア・デル・ソルベット——シャーベット・アリアという慣習すらあった。脇役の誰かのために書かれたアリアで、聴衆に席を離れてシャーベットを買いにいくきっかけを与えるものだ。ロッシーニがオペラ『バビロニアのキュロス』の中で、そうしたシャーベット・アリアのひとつを書いたのは有名だ。そのアリアはひとつの音符が繰り返されるだけだった——真ん中のB《シ》フラットを——というのは、リハーサルのときに、準主役《セコンダ・ドンナ》の女性歌手が正しい音程で歌えるのはその音しかないとわかったからだった。

しかしスカラ座《ラ・スカラ》の最大の呼び物は間違いなく、ホワイエに設置されていたフェローや赤《ルージュ・》と黒《エ・ノワール》（ともにカードを使った賭博）のテーブルだった――ミラノでギャンブルが許可されていたのはそこだけだったのだ。オペラに出かけても、実際には一度も席に座らなかった人間は多かった。ホワイエより先には行かず、そこである者は勝ち、ある者は負けたが、たったひとり勝ちつづけたのがドメニコ・バルバイアだった。

一八一八年、パガニーニとバルバイアが知り合った頃には、かの興行師はミラノからナポリへ移住しており、そこのサン・カルロ劇場でオペラと賭博を運営していた。彼はのちにベッリーニやドニゼッティ（ともにイタリアを代表するオペラ作曲家）の成功を助けることになるが、まだこの段階では、何はさておき、彼が若きロッシーニをナポリに連れてきて落ち着ける環境に置き、作曲家として天賦《てんぷ》の才能を開花させたことを後世の人間はありがたく思うべきである。

バルバイアは粗野で少々品がなかったが、才能を見つけ出す眼力があり、サン・カルロで雇った音楽家たちを、リスクを冒してでも援助する気持ちがあった。ロッシーニが最初に彼のために書いたオペラは『エリザベッタ、レジーナ・ディンギルテッラ』――つまり、イングランド女王エリザベス――エリザベス一世が抱いていたとされるレスター伯爵への愛を扱ったもので、こんにちではほとんど歌劇場で聴くことはない。たぶんこのオペラでいちばん面白いのは序曲だろう、それはロッシーニ――自身の作品を転用することにかけては常習犯――が、以前のオペラ『パルミーラのアウレリアーノ』ですでに使っていたものだったが、彼はこれがとても気に入っていたので、のちに『セビリアの理髪師』の序曲として三たび使うことになるのである。
『エリザベッタ』のタイトルロールはサン・カルロの花形女性歌手《プリマ・ドンナ》、威風すら感じさせるイザベッラ・コルブランのために書かれた。コルブランはその時代のマリア・カラスであり、イタリアでもっとも有名、かつ、もっとも高給取りのソプラノであり、度肝を抜くような声域とドラマティックな表現力で聴衆を魅了した。のちにロッシーニの妻になるのだが、この時点では——興行主が主役女優に行使していた初夜権《ドロワ・デュ・セーニュ》にそって——バルバイアの愛人だった。

バルバイアの興行師としての鋭い勘を考えれば、彼がパガニーニをサン・カルロへ呼びよせようとしたのは当然であり、一八一九年の春、かのヴァイオリニストはちょうどよいときにナポリに着いた。ロッシーニは自作のオペラ『モーセ・イン・エジット』——〝エジプトのモーゼ〟——の再演の監督で忙しかった。それは前年に初演されたのだが、演出に問題があったせいで、文句なしの成功とはいかなかったのだった。モーゼが紅海を分かつ場面で、聴衆には——彼らはおおいに面白がったが——セットの下にウニの恰好をした小柄な少年がいて、波を分かつ仕掛けを動かしているのが丸見えだったのだ。その仕掛け——と、ウニ少年——は変更するのがむずかしいとわかったので、ロッシーニは聴衆の目をそらすため、そのシーン用に新しいアリアを書いて解決することにした。これによって、彼は驚異的な成功をおさめた。再演の最初の夜、そのアリア、感動的な祈りの『汝の星をちりばめた玉座に』の衝撃があまりに強かったため、聴衆のご婦人方は感情の制御を失ってしまい、手当てのために医者が呼ばれた。後年、ロッシーニの遺体がパリからフィレンツェの新しい墓へ移送されたとき、サンタ・クローチェ教会の階段で歌われたのはこの祈りの曲だった。そしてパガニーニがエリーザ・バチョッキに捧げた自作の『モーゼ幻想曲』の主題に使ったのも、この曲だった。

ナポリでのパガニーニの日々が、遊び抜きの仕事づけでなかったのはたしかだ。わたしたちが金の箱の中に見つけた借用証は、ギャンブル癖に負けた明白な証拠だった。彼は若い頃からそれに悩んでいて、借金返済のためにヴァイオリンを質《しち》に入れなければならなかったこともあったのだ。今度もパガニーニがヴァイオリンを借金の担保にしたことは間違いなかった。しかし〝イル・カノーネ〟は、彼が活動を続けるには欠くことのできないものだった。手放すくらいなら、自分の指を切り落としていただろう。とはいえ、エリーザが贈った宝石細工のヴァイオリンなら話は別だった。高価ではあるが、犠牲にしてもかまわなかった。

生涯を通じて、パガニーニは女性との関係に慎みがなかった。一夫一婦制というものに適した気性ではなく、その気もなかったし、どのみち彼の生活はそれにむいていなかった。常に移動していて、街から街へ旅をし、コンサートを開き、そのあとはまた移動。現代でもそれはたいへんなことだ――多くの国際的なコンサートソリストたちはきっとそう言うだろう。しかもパガニーニの時代には、旅は馬の引く車で舗装されていない道路を行くことであり、非常に体力を消耗するものだった。そんな苦労に耐えようとする女性はほとんどいなかった。彼女たちは定住と落ち着いた暮らしを求めたであろうし、パガニーニはそれを与えることができなかった。四十代になって息子アキッレをもうけたときも、生活は変えなかった。愛に理性を失った親として、彼はアキッレの母親をあっさり捨て――彼女は喜んで手切れ金を受け取った――息子を旅に連れていった。

　パガニーニが彼の人生に登場した女性たちの気持ちにそれほどまでに無関心だったのなら、彼女たちから贈られたものにそれ以上の愛着を持つはずがあるまい？　エリーザからの宝石細工のヴァイオリンという贈り物は、彼女の兵士によって修道院から略奪されてきたものだったから、見かけほど気前のいいものではなかった。しかし彼女がそれを贈ったのは愛情ゆえだった。パガニーニが同じ気持ちでそれを受け取ったのかどうかは答えの出ない疑問だが、彼はエリーザと別れたあともずっとそれを持っていた。もしサン・カルロの賭博台が目の前にあらわれなかったら、もっとあとまで黄金のヴァイオリンを持っていたかもしれない。だからこそ、彼は『モーゼ幻想曲』をエリーザに捧げたのではないのだろうか？　わたしはそう思った。彼女からの贈り物を賭博の借金の返済に使ってしまった償《つぐな》いとして、彼が感じたであろう罪悪感をやわらげる方法として。六千八百フランは大金だった。ドメニコ・バルバイアは喜んで、宝石のついたヴァイオリンを金《かね》のかわりに受け取っただろう、そして……。

「それからどうなったんです？」グァスタフェステが言った。

「借用証にあるだろう」わたしは答えた。「〝イザベッラはきっと気に入るだろう〟。バルバイアはヴァイオリンをイザベッラ・コルブランに贈ったんだ」

15

そのあとはどうなったのか？　わたしは考えてみた。イザベッラは宝石をちりばめたヴァイオリンをどうしたのだろう？　たいていの宝石細工は身につけるよう作られるが、二十センチもある金のヴァイオリンをドレスにつけるわけにはいかなかっただろう。ばらばらにして、宝石をもっと実用的な台にはめなおしただろうか？　そうとは思えなかった。そんなすばらしい芸術作品をばらばらにできるのは、本物志向のない野蛮人だけだし、イザベッラ・コルブランは野蛮人ではなかった。教育を受けた、見識ある舞台芸術家だった。彼女なら黄金のヴァイオリンを手を加えずに持っていただろうし、もしかしたら化粧台に飾り、髪を結って化粧をしているあいだにほれぼれとながめていられるようにしたかもしれない。

イザベッラは当代最高の歌手のひとりで、美しく、このうえない才能を持った女性だったが、晩年は不幸だった。バルバイアが一八一九年に宝石細工のヴァイオリンを贈ったとき、彼女と興行師の関係はすでに終わりに近づいていた。ロッシーニとの恋愛を始めていたのはほぼたしかだったが、誰に責めることができよう。ロッシーニは若くてハンサムで——後年、彼を悩ませたはげと肥満はまだ地平線にかかる影にすぎなかった。彼は驚異的な才能に恵まれた作曲家で、人生の楽しみを愛し、女性なら誰でも惹かれるウィットの持ち主だった。

ときおり、わたしが街でひと晩一緒に過ごすなら、偉大な作曲家の中では誰がいちばん楽しいだろうと考えていることは友人たちのあいだで有名だ。モーツァルトだろうか？　彼は誰からも、親切で社交的だったと言われているが、あの子どもじみた、糞便趣味《スカトロジカル》のユーモアには、早々にうんざりしてしまうだろう。ベートーヴェン？　だが、彼は耳が聞こえなかったから──短気なことは言うまでもなく──むずかしい相手になりそうだ。彼の〝会話帳〟に挑発的な言葉を書きなぐり、安全な距離まで逃げてから彼が爆発するのを見物したら、残酷な面白味は味わえるだろう。しかしわたしは他人にそんなことはできない、ましてベートーヴェンのように偉大な人物に。ブラームスは？　真面目で堅物すぎる。彼は若かった頃にハンブルクの売春宿でピアノを弾いていた、しかし──当然のなりゆきとして──そのせいで生涯、セックスと酒には近寄らなくなったらしい。

いや、わたしが最初に選ぶのはロッシーニだろう。食べ物、ワイン、音楽の好きな遊び仲間《ボン・ヴィヴール》──これ以上の連れを望めるだろうか？　噂では、ロッシーニは一生で三度しか泣いたことがないそうだ。一度はある歌手が彼のアリアをめちゃくちゃに歌ったのを聴いたとき、一度は『セビリアの理髪師』の初演のあと──大失敗として名高い──そして三度めは、ピクニックでトリュフ入りの鶏肉を川に落としたとき。そういう男だったのだ。『理髪師』──彼の作曲した中でももっとも楽しい喜歌劇──を抜きにしても、謝肉祭のシーズン中にパガニーニと一緒に女装して出かけ、二人して歌ったりギターで伴奏したりした人物をどうして好きにならずにいられるだろう？　もしくは、ワーグナーについてあの不朽の言葉──〝ワーグナーは一時間のうちすばらしいひとときもあるが、ほとんどは退屈だ〟――をつむぎだした人物を。あるいは、友人の作曲家マイアベーアが死んで、その甥がおじのために作った葬送行進曲を見せたとき、〝すばらしいね。だがきみが死んで、おじさんが行進曲を書いたらもっとすばらしいものができたんじゃないか?〟などと言った人物を?

ひと晩陽気にはめをはずすのは楽しいことだ。とはいえ、結婚はまったく別の話である――悲しくもイザベッラがあとで気がついたように。一八二二年にナポリからウィーンへ行く途中、彼女とロッシーニはボローニャ郊外のカステナーソに寄って結婚し、イザベッラはそこで父親から広大な土地を相続した。しかしこの結婚は、たがいへの愛情を固めるどころか、二人の関係の終わりの始まりになったようだった。イザベッラは三十七歳、ロッシーニは三十歳。彼女の花形歌手としてのキャリアは下降しはじめていた。声はすべり、確実に音程どおり歌うことはもうできなかった。だがロッシーニのほうはその才能の頂点にあり、イタリアでもっとも有名な作曲家となって、すでに三十ものオペラを書いていた。

二年後、ロンドンでロッシーニの『ゼルミーラ』のタイトルロールでの歌唱が不評だったあと、イザベッラは舞台から引退してカステナーソの自分の屋敷に引きこもった。いっぽうで、夫はまたパリに移った、そこですでに輝くばかりになっていた国際的なキャリアをさらに広げるつもりだったのだ。物理的にたがいから離れ、おそらくは気性も合わなかったため、二人はしだいに疎遠になっていった。

当時は誰も、なぜロッシーニがイザベッラと結婚したのかわからなかった。噂では、彼の純粋なマゾヒズムとしか考えられないと言われた——イザベッラのますます調子はずれになる声を一生聞きつづける運命を自分に課したのだと。金目当てだとほのめかす者もいた。イザベッラは裕福な女性であり、舞台での収入に加えてカステナーソの地所からの所得があり、ロッシーニと結婚したときには気前のいい持参金を渡していた。

面白いことに、ロッシーニが愛情から結婚した可能性は誰も考えなかったらしい——そして実際にそうではなかったのかもしれない。彼は作曲家として成功していたが、遅かれ早かれ井戸は干上がり、引退するには蓄えが必要になることを自覚していたのだろう。彼のように強く輝けば、最後には燃えつきなければならないのだ。個人の創造力は有限のものなのだろうか？モーツァルトとシューベルトはそれぞれ三十五歳と三十一歳で死んだが——もしくはメンデルスゾーンとショパンは三十八歳と三十九歳で逝ったが——もし九十歳まで生きたとしたら、あれほど熱心に作曲を続けていただろうか？　あるいは、彼らはみずからの死を予感し、それで自分の天賦《てんぷ》の才を、短い年月にあれほど多くほとばしらせたのだろうか？

ロッシーニはおそらく、自分が作曲できる年月は限られていることを知っていた——実際にそうだったのだが、彼のキャリアを終わらせたのは死ではなく、みずからの選択だった。結婚して七年、最後のオペラ『ウィリアム・テル』のあと、彼はオペラの作曲をいっさいやめてしまった。きっぱり手を引いたのだ。新たなオペラを書くことはもうなかったが、その後三十九年生きた。なぜやめてしまったのか？　誰にもわからない。彼が怠け者だったという説もあるが、十九年間に三十六本ものオペラを書いた記録は、あきらかにその反証になるだろう。単純に、もうやりつくしたというほうがありそうだ。ロッシーニは言いたいことがなくなり、それを認めるだけの正直さがあったのだ。そのことでわたしはいっそう彼が好きになる。われわれは過去の偉大な作曲家たちを理想化してしまいがちだ、それはおそらく、現代ではもう新たなる偉大な作曲家を生みだすのをやめてしまったからだが、ロッシーニは自分の地位にはまったくうぬぼれていなかった。彼は作曲を芸術ではなく仕事と考えていたし、それについては常にきわめて実際的だった——感動的な序曲やアリアをひとつのオペラから別のオペラへ使いまわす習慣もそれゆえのこと。仕事を早く仕上げなければならないなら——たとえば、『セビリアの理髪師』はわずか二十四日間で作曲され、リハーサルがおこなわれ、舞台にかけられた——そしてどのみち、誰もが飲んだりおしゃべりしたりに忙しく、半分も聴いてくれないのなら、なぜわざわざ新しいものを作る必要がある?

うつろう流行も一因だった。ロマン主義がヨーロッパ全土に広がっていたのだ。メンデルスゾーン、ショパン、シューマンがコンサートホールの新星となり、歌劇場ではマイアベーアとドニゼッティが守旧派を押しのけつつあって、ロッシーニは——まだ三十七歳だったが——その守旧派の領袖《りょうしゅう》だった。健康を損なっていたことも要因になった。パガニーニと同様に、ロッシーニも性病をわずらっていた。ロッシーニの場合は梅毒ではなく、もっと軽いが、それでも治ることはない淋病《りんびょう》に悩まされていた。

この病からくる疾患の発作を起こしたあと、エクス゠レ゠バン(フランス南東部の温泉保養地)でじょじょに快方に向かっていたとき、彼はバルザックや画家のオラース・ヴェルネの愛人だった有名な高級娼婦、オランプ・ペリシエと出会った。二人は恋に落ち、ロッシーニがパリに戻ったときには彼女もついてきて一緒に住んだ。イザベッラ・コルブランは無視された。

ロッシーニに捨てられてイザベッラは絶望した。カステナーソで田舎の隠遁生活に閉じこもり、退屈してふさぎこみ、ギャンブルにのめりこみはじめて大金をすった――払えないほどではなかったが。彼女にとってはつらい時期だったに違いない。二十年間もオペラのスターで、ヨーロッパじゅうの観客に敬意をはらわれていたのだ。なのにいまや中年の世捨て人となり、美貌も、声も、夫も失ってしまった。屋敷にひとりきりで、慰めてくれる恋人も子どももなく、ただ過去の輝かしい業績と、彼女を捨てた夫の思い出を抱えているだけでは、言葉にならないほど打ちひしがれていただろう。まだ宝石細工のヴァイオリンを持っていただろうか？　化粧台の上かベッドの横に置いてあっただろうか？　あるいは引き出しにしまいこんだり、処分すらしてしまっていたかもしれない、もう手元に置いておくことに耐えられなくて――昔の恋人からの贈り物など、幸せだった時代を思い出させるだけではないか？

ロッシーニが彼女のもとへ戻ることはなかった。一八三七年、彼は法的な別居を勝ちとり、八年後の一八四五年、イザベッラはさびしく孤独に、かえりみられないままカステナーソで死んだ。十か月後、ロッシーニはオランプと結婚した。

グァスタフェステはわたしが話しおえたあとも長いあいだ黙っていた。

しかしやがて言った、「俺は誰のこともはじめて聞きましたよ。イザベッラ・コルブラン、ドメニコ・バルバイア、オランプ・ペリシエ」

「だろうね」わたしは言った。「偉人の生涯の脇役たちはいつだって忘れられるものさ」

「イザベッラの死後、彼女の地所は誰が相続したんですか?」

「意外なことだが、ロッシーニじゃなかったかな」

「でも二人は法的に別居していたんでしょう」

「イザベッラは遺言状を書きかえなかったんだ。まだ彼を愛していたんだね、そんな仕打ちをされても。彼女は死んだとき、ロッシーニの名前を口にしていたそうだ」

「それでヴァイオリンは?」

わたしは肩をすくめた。

「誰も知らないんじゃないか?」

「ロッシーニがそれも相続したんじゃないですかね?」

「きみもわたしと同じ考えだな」

「もしそうなら、ロッシーニはそれをどうしたでしょうね?」

「パリに持って帰ったんじゃないかな。彼は死ぬまでパリに住んでいたから」

「そしてヴィルヌーヴとロビエもパリに住んでいた。彼らはパリで何かを見つけたんじゃないですかね、ヴァイオリンの行方につながるものを?」

「そうかもしれないね」

グァスタフェステはもうひと切れチーズを切り、クラッカーと一緒に口に入れた。

「ひとつ知りたいことがあるんだ」わたしは言った。「パガニーニの金の箱。ニコレッタ・フエラーラはどういういきさつでそれを手に入れたんだろう?」
グァスタフェステはうなずきながら、クラッカーとチーズを噛んだ。
「俺も知りたいですよ」と言った。「あした現地に行って、突き止められるかやってみませんか?」

道中は二時間足らずだった。最初に高速一号線でミラノへ出て、それから八号線――ミラノから出ている多くの高速道路のひとつで、その唯一の目的は市民を可能なかぎりすみやかに街から出ていかせることにある。ミラノはすばらしいところだ――というか、ミラノ人はいつもそう言っている――ただし、誰も本気でそこに住みたいとは思っていない、とりわけ週末には。金曜の晩、八号線は湖や山々へと北へ逃げ出す家族でいっぱいで、さながら戦争地帯からの避難民なのだ。

しかしこの日の午前中、道路は比較的すいていた。もちろん、例によって大型トラックの車両部隊はいたが、グァスタフェステはすぐに時速百五十キロの後方乱気流のはるか後方へ置き去りにしていった。セストの交差点で高速を降り、ティチーノ川を渡って、マッジョーレ湖の西岸の道路を進む。道はきらめく水際にそい、ヨットや手漕ぎボートが浅瀬に繋留されている入り江をうねったり曲がったりして通りすぎた。遠く湖の北端のむこうに、山々がスイスまで広がり、その中でも高い山頂が雪で光っているのが見えた。

ストレーザはかつては金持ちや流行の先端をいく人々、王族や芸術家や仕事を持たない遊び人たちのお気に入りの夏の避暑地だった。ディケンズやフローベールもこの街を通り、ヘミングウェイは『武器よさらば』の舞台を一部ここに置いた。全盛期ははるか昔になってしまったが、いまでもおしゃれで魅力的なリゾートであり、湖岸にある公共の庭園は豪華でよく手入れがされ、ホテルはエレガントでスマート、そして彼らの商売を支えているのはもはや公爵や伯爵ではなく、スイスやオーストリアの観光客のバス集団だった。

わたしがここへ来たのはかなり前だった。最初は子どもの頃、第二次世界大戦のすぐあとに両親と来て、のちにはわたしの子どもたちとまた来て、ヴィッラ・パラヴィチーノの敷地内にある動物園へ行ったり、ボッロメオ諸島へ日帰り旅行をして、ベッラ島《イーゾラ・ベッラ》の洞窟や白孔雀、マードレ島《イーゾラ・マードレ》の南国庭園を見たりした。湖へ泳ぎにいくと、子どもたちは冷たい水に悲鳴をあげ、ストレーザのむこうにあるモンテローネ山を歩いてのぼったときには、いつもはその頂上からスイスとミラノの大聖堂《ドゥオーモ》が両方くっきり見えるのに、あいにくわたしたち家族が行った日は靄《もや》が低くかかっていて、自分の鼻先のむこうが見えれば幸運だった。

記憶に残るストレーザはせわしなく、活気にあふれた土地だった。観光客や、乗っていけとうるさく勧めるボート主で混みあう水辺、どこも赤いゼラニウムを飾ったホテルのバルコニー。いまも夏には間違いなくそうだろうが、この日のように冬が近づいている時期は静かで、シーズンオフのリゾートのさびしい閉ざされた感じがした。

ネプチューン荘《ヴィッラ・ネトゥーノ》はストレーザの郊外、湖を見わたす丘にあった。幹線道路を降りて開いた鋼鉄の両開きの門を抜け、急な車まわしを上がって家の横の小さな駐車場所に入った。屋敷は堂堂とした十九世紀の郷士の邸宅で、白い漆喰《しっくい》で下塗りされていたが、色あせて汚い灰色になっていた。二階建てで、一階の窓はアーチ形になっており、二階の窓は長方形で、錬鉄のバルコニーが外側にあり、緑色の木のよろい戸がついていた。よろい戸は下塗りと同じく、色あせてかなりみすぼらしかった。木の横板がいくつかなくなっていたし、壊れていたりだらんとぶらさがったりしているものもあった。

ルッジェーロ・モンテヴェリオは横の入口のところでわたしたちを待っていた。三十代後半の引きしまった体の男だった。団子鼻で鼻の穴が丸見えで、そのせいで豚に似ており、髪を頭皮ぎりぎりまで刈って若はげを隠している。身につけているのは綿のはき古したズボン、すりきれたジャケット、かかとの減ったスエードの靴。国によっては――たとえばイギリスでは――大金持ちがわざとくたびれた服装をし、庶民の衣服で富を隠すのが恰好いいことになっている。しかしイタリアではそうではない。イタリアでは、そうした偽装はこっけいなものとみなされ、頭のおかしい証拠とすら思われる。持っているなら、なぜ見せびらかさないのか、というわけだ。ルッジェーロ・モンテヴェリオは、控えめに見積もっても二、三百万ユーロはする屋敷を持っていたおばのいる男にはみえなかった。

わたしたちはたがいに自己紹介をして手を握りあった。それからモンテヴェリオはドアの錠をはずし、ホールの壁にあったキーパッドで警報を解除した。

「もう警報を直したんですね?」グァスタフェステがきいた。

「ええ、もちろんです。保険会社がそうしろとうるさくて」

「盗まれたものは申告したんでしょう?」

「盗まれたとわたしにわかるものはね」と、モンテヴェリオは言った。「ほかにもとられていて、わたしにはわからないものがあるのかもしれません。おばはいろんなものを持っていましたからね、値打ちのあるものもあったし、がらくたもありました、それに記録をつけるのが苦手だったんです。何が持っていかれたのかわたしにはわからないんですよ」

彼は内側のドアをあけ、わたしたちは家の正面側の広い居間に入った。よろい戸は閉まっていたが、横木からそこそこ光がさしこんでいて、部屋が壁から壁まで家具でいっぱいであることはわかった。

「おっしゃる意味がわかりましたよ」グァスタフェステは言った。

部屋の周囲には黒みがかった木のアンティークのサイドボードやキャビネットがぐるりと並び、中央は複数の肘掛け椅子、ソファ、低いテーブルで占領されていた。平らなところにはすべて物があった——額に入った写真、花瓶、飾り物、ありとあらゆるこまごまとした置物。

ルッジェーロ・モンテヴェリオは家具をまわっていき、窓をあけて木のよろい戸もあけた。光が部屋の中へどっと流れこんできた。

「金属のよろい戸をつけていないんですか?」グァスタフェステがきいた。

「残念ながら、ええ」モンテヴェリオは答えた。「おばには取りつけるように言いつづけていたんですが、聞く耳を持たなくて。見た目が悪いし、家の外観がだいなしになると言っていました。たしかにそうなんですが……」彼は肩をすくめた。「取りつけておけばもっと防犯効果があったでしょうね」

「ストレーザ警察の報告書を見たんですが」グァスタフェステは言った。「泥棒はキッチンの窓から押し入ったそうですね？」

「そうです。警報器への電気を切ったあとに」

「それで盗まれたものですが、どの部屋にあったんですか？」

「この部屋、音楽室、二階のおばの寝室。泥棒は寝室であの箱を見つけたんです。おばは、お気づきかもしれませんが、防犯には無頓着でした。警報装置はつけていました――ひとつもなしでは、保険会社がこの家に保険をかけさせてくれないでしょう――ですがスイッチを入れたことはなかったんじゃないかと思います。宝石類についても同じでした。化粧台や引き出しの箱に入れたままほったらかしだったんです。どれにも鍵をかけていませんでした」

　わたしは窓へ歩いて外を見た。テラスがあり、家の幅いっぱいに石の手すりがついていた。テラスの両端からは、石の階段が斜めに庭をとおって降りていて、その庭は温帯と亜熱帯の植物のみずみずしいジャングルだった――バナナの木、ユーカリ、椿、アザレア、紫陽花《あじさい》。椰子の木がうっそうとした下生えから頭を突き出しており、短くてずんぐりしているものもあれば、背が高くて細いものもあり、てっぺんの葉の傘がプロペラのようで、突風にのって舞い上がりそうだった。湖のむこうにベッラ島《イーゾラ・ベッラ》の凝ったつくりのテラス群が見えた。湖を縦横に行く汽船のひとつが島へ向かっていて、白い船体とその航跡の中を遠ざかっていくさざ波に、日の光がきらめいていた。

「すばらしい場所ですね」わたしは言った。「おば様は本当に幸運な方でしたね」

「なかなか悪くない住まいでしょう」モンテヴェリオは感情を出さずに言った。

「この家はどうなるのですか？　お売りになるんですか？」

「わかりません。ここを維持していくだけの余裕があるかどうか」

「ストレーザにお住まいなのでしょう？」

「パランツァです。ほら、入り江の反対側ですよ。寝室が二つのアパートメントを持っているんですけどね。全部持ってきてもここならひと部屋におさまって、まだ余裕があるでしょう」

「ドガの絵はどこにあったんですか？」グァスタフェステがきいた。

「そこです」

モンテヴェリオが指さした。マントルピースの上の目につく四角い壁が、まわりより色が薄かった。

「そうそう、絵は取り戻されましたよ」グァスタフェステが言った。

モンテヴェリオはびっくりして彼を見た。

「ドガが？　いつです？」

「きのうです。クレモナの競売会社に手入れをしたんですよ」

「クレモナ？　泥棒はつかまえたんですか？」

「故買屋だけです、そいつは泥棒のことなど何も知らないと言っています」

「ドガだけなんですか？　ほかの盗まれたものはひとつも？」

「これまでのところは。もちろん、すでにご存じのあの金の箱がありますが」

グァスタフェステは部屋を見まわした。壁にたくさんの絵がかかっていて——実のところ、多すぎるほどだった。絵はくっつきあって詰めこまれ、額縁がぶつかりそうになっていた。何枚かの絵はあきらかに同じ作者によるものだった。独特のスタイルがあって——純粋な絵画ではなく、さまざまな媒体を混ぜ合わせた構成で、一部は油絵、一部は水彩、一部はコラージュだった。なかには殴り塗りも同然の、色を大きく飛びちらせ、さまざまなものをカンバスに留めただけのものもあった——布や袋の切れ端、黒いカードから切り取られた奇妙なシルエット、ニスを塗った流木のようなかたまりもあった。二枚は音楽的な主題があるようだった——音部記号やばらばらな音符が描かれた大きな五線譜、シュールでゆがんだ楽器のイメージ。そのうち一枚の絵では、紙ぺらのように薄くて形の自在なヴァイオリンが階段をすべりおり、その階段の板がピアノの黒鍵と白鍵になっていた。

「泥棒はこういう絵は一枚もとっていかなかったようですね」グァスタフェステが言った。

「趣味がいいんでしょう」モンテヴェリオは答えた。

「描《か》いたのは誰なんです？」

「全部おばの手になるものですよ」

「芸術家だったんですか？　プロの？」

「あなたならこんなものに金を払いますか？　いいえ、おばは純粋に自分の楽しみでやっていたんです。こういうのが家じゅうにありますよ」

「それは一枚も盗まれなかった？」

「ええ。お恥ずかしいことに」

「わたしはとても好きですね」わたしは妙にニコレッタ・フェラーラをかばいたくなって言った。これらの作品にはかなりの手間と想像力がそそぎこまれたのだから、もう少し敬意を払われてもいいのではないかと思ったのだ。

「本当ですか？」モンテヴェリオは信じられないというように言った。

「非常に個性的ですよ」

「ええ、そういう言い方もできますね」

「あの金の箱ですが」グァスタフェステが言った。「どこに置いてあったんですか？」

「音楽室です」

「拝見できますか？」

音楽室は家のいちばん端にあった。居間と同じくらいの広さで、ものがいっぱいなのも同じくらいで、壁ぎわには正面側がガラスの楽譜棚があり、中央にはグランドピアノが二台あった——スタインウェイとベーゼンドルファーだ。ここもニコレッタ・フェラーラの風変わりな作品が壁にかかっており、やはり音楽が主題のものが多かった。奇妙なコラージュが何枚かあり、コピーされた楽譜の断片で、風景や、奇妙な動物や、人の顔を作ってあった。

「おば様は音楽がお好きだったんですね」わたしは言った。

モンテヴェリオはうなずいた。

「ええ、本当に好きでした。おばはとてもピアノが上手で、ヴァイオリンもうまかったんです」

「あなたがヴィンチェンツォ・セラフィンに見せたヴァイオリン、あのベルゴンツィは、どういう経緯でおば様のものになったのかご存じですか？」

「おばがおばの父から相続したんだと思いますよ。何世代にもわたってビアンキ一族に受け継がれてきたものです、たしか」

「おば様の旧姓はビアンキというんですか？」

「ええ」

「裕福な家なんでしょうね」

モンテヴェリオはかすかに笑った。

「一、二ユーロに不自由したことはなかったですね。十九世紀のなかばに銀行業で財をなしたんです」

「それで、彼女は結婚によってあなたのおば様になったのですか？」

「おばはうちの母の兄、ルーカと結婚したんです。金はすべておばのものでした。おじのルーカはミラノの投資ブローカーだったんですよ。ニコレッタは父親が亡くなったとき、相続資産をどうすればいいか助言を求めておじのところに来たんです。ルーカおじの解決法は、彼と結婚すること。おばはそのとおりにしたというわけです」

「それで、おじ様はいつ亡くなったんですか？」

「ああ、十年、いや十二年前です」

わたしはテーブルの上にある額入りの写真に目を向けた。中年の男女が噴水のそばに立っており、ローマのナヴォーナ広場にある〝四大河の噴水〟だとわかった。

「これがおば様とおじ様ですか？」と、きいた。

「ええ、そうです」

わたしはもっと近くで写真を見てみた。ニコレッタ・フェラーラは人目を惹く顔をしていたが、美人ではなかった。目鼻だちは均整がとれていなくて、鼻は大きいほう、顎の線は少し男っぽい。目と口の結び方に意志の強さ、おそらくは頑固さすらうかがわれた。彼女に会ったことはないのに、顔にはどこか見おぼえがある気がした。

「ヴィンチェンツォ・セラフィンがこの家へ来たとき、どの部屋へ通しましたか？」グァスタフェステがきいた。

「ヴァイオリンを見せたのはここです」モンテヴェリオは答えた。

「しかし、ここへ来るには、さっきの居間を通らなければならなかったでしょう？」

「ええ、そうしたと思います」

グァスタフェステは意味ありげな目をわたしに向けた。

「ドガ以外に、居間から盗まれたものは何でした？」

「ええと、銀器ですね。おばはあそこにある大きなガラスのキャビネットに入れていたんです
──もちろん、鍵をかけずに」

「では金の箱は？」

「あれはむこうのキャビネットのいちばん上にありました。まさかシニョール・セラフィンがこのことに関係しているとほのめかしているんじゃないでしょうね?」

「いえ、いえ」グァスタフェステは言った。「あんな評判のいいヴァイオリンディーラーの方を。ところで、どういうわけで彼のところへ行ったんです?」

「あの人もこの先に家を持っているんです、バヴェーノの近くに。直接の知り合いではないですが、友人の友人があの人のことを教えてくれまして。この国でも最高のディーラーのひとりだと言っていました」

「おば様はどういう経緯であの金の箱を手に入れられたのかご存じですか?」わたしはきいた。

「やはり両親から相続したんだと思いますよ。あれも一族の世襲財産だったんです、家具やヴァイオリンと同じように。わたしも子どもの頃からおぼえています。ここへお昼を食べにくると、いつもあのキャビネットの上にあの箱が置かれていました。わたしは夢中になりましたよ――あかずの箱ですからね。あれに面白い組み合わせ錠がついてるのはご存じでしょう? 何時間も暗号を解こうとしたものです。組み合わせが何なのか、おばでさえ知らなかったんです。わたしは中に宝の地図が入っていると思いこんでいました。力ずくであけてしまいたかったんですが、おばは聞こうとしませんでした。あれはイギリスのアーサー王とエクスカリバーの伝説のようなものだと言ってね。ふさわしい人物があらわれたとき、箱は開く。それまで箱は秘密を守ることを許されるべきだと。おばは一度、あれが昔、ある王家の女性のものだったと言いましたが、もちろん、わたしたちは信じませんでした。ニコレッタおばはそんなふうだったんです――空想にふけってばかりで、物語を話したり、事実にちょっとばかり脚色をしたりするのが好きでした」

「その王家の女性が誰だか言っていましたか？」

「おぼえていませんね」

「エリーザでは？」

「いいえ、違うと思いますが。なぜです？」

「あれはエリーザ・バチョッキ、ピオンビーノおよびルッカの女公のために作られたものなんです。ナポレオンの妹ですよ」

「ニコレッタおばはそんなことは何も言っていませんでした」

「保険の書類にはその由来が何も記載されてなかったんですか――売り渡し証書か鑑定保証書は？　おば様もどこかの時点でその価値を査定させたはずでしょう」

「保険はかかっていなかったんです」モンテヴェリオは言った。「ドガ、銀器、宝石類――そういうものは保険の契約に具体的に記載されているんですが、あの金の箱は違うんです」

「保険でカバーされてなかったんですか？」

「カバーされてないものはたくさんありますよ。おばは保険のようなことには気をまわさなかったんです。本当にどうでもいいようでした。何かが盗まれたり、壊れたりしたってどうだっていうの？　だいたい、ただの物でしょう。何を思いわずらうことがあるかしら？　それがおばの流儀でした。おばくらいたくさんのものを持っていたら、そんなふうに無関心になれるんでしょうね」

「おばさんの資産は全部あなたが相続するんですか?」グァスタフェステがきいた。

「おおかたはそうです。おばはいろいろな慈善団体に金を残しましたが、この家と、その中にあるものはもうすべてわたしのものになりました。わたしの好みからすると多すぎますけどね。たぶん家具と、おばが長年のあいだに集めたがらくたは全部処分することになるでしょう」

「セラフィンはあのベルゴンツィのヴァイオリンを買いたいと申し出てきましたか?」わたしはきいた。

「いいえ、まだ査定を知らせてきてくれません」

「わたしがあなたの立場だったら、ほかのディーラーにも意見をきいてみますよ」

「そうなんですか? シニョール・セラフィンはとても率直で、正直な方にみえましたが」

「外見はあてになりませんよ」

帰りの車の中で、グァスタフェステはネプチューン荘《ヴィッラ・ネトゥーノ》から二キロ離れるまで黙っていた。それから口を開き、「時間の無駄でしたね? 俺たちにわかったことといえば、あの嘘つきで悪党のセラフィンがあの家を下見して、そのあとヴィルヌーヴと仲間のロドリーノに情報をもらし、彼らが泥棒を働いたってことだけ――もうそれはわかってましたし」

「うーん」わたしは曖昧につぶやいた。

この旅が無駄だったとは思えなかった。ニコレッタ・フェラーラの写真の何かが心に引っかかっていた。彼女の旧姓も聞きおぼえがある。ビアンキ。どこでビアンキという名前を聞いたのだろう?

それを考えているうちに、車は湖岸の道路を南へ進み、高速に入った。ミラノが近づき、車の数が増えはじめたとき、わたしの頭をニコレッタ・フェラーラから離れさせることが起きた。グァスタフェステが車のダッシュボードに付けてあった無線でメッセージを受け取ったのだ。ウラジーミル・クズネツォフの居場所がわかった、とパチパチ鳴る雑音まじりに男の声が知らせてきた。グァスタフェステは手を伸ばして受信機のボタンを押した。

「どこだ?」

「ボローニャです。〈オテル・プリマヴェーラ〉」

「つかまえたのか?」

「だめでした。ボローニャ警察が到着する前にチェックアウトしてしまって」

「くそ《メルダ》っ!」

グァスタフェステはハンドルの両横を手のひらで叩いた。

「いつもこうじゃないか?」彼はぎりぎりと歯がみして言った。「やっとこさ行方を突き止めると、あいつは消えている」

「ボローニャだって?」わたしは言った。

グァスタフェステがこちらを見た。

「それがどうかしましたか?」

「イザベッラ・コルブランの屋敷はカステナーソにあるんだ——ボローニャのすぐ郊外だよ」

16

ミラノからボローニャまでは二百キロあるが、われわれは九十分足らずで走り抜けた。速度計はときおり時速百八十キロをさし、ルーフライトが点滅して車列の中に道を開いてくれた。わたしは景色をほとんど見なかった――道中のあらかたはぎゅっと目をつぶっていたのだ。やがて車がスピードを落とし、わたしをシートに押しつけていた重力が少しやわらぐのを感じてはじめて、目をあけてみた。標識にボローニャ――五キロとあるのが見えた。

「よく眠れましたか？」グァスタフェステがきいた。

「眠っていたんじゃないよ」

「息が重そうでしたよ」

「睡眠と長いパニック発作をとりちがえているんじゃないか」と言ってやった。

環状線を北へ走ってボローニャをまわり、それから曲がってカステナーソへのもっと小さい田舎道に入った。このあたりは平らで、何もない耕作地だったが、数か月前だったら小麦ととうもろこしが植わっていただろう。ぽつぽつと散らばっている農家は、日光と風をさえぎってくれるライムや杉の木の輪に囲まれていた。

踏み切りを越えたとき、光る電気の速度標識がこちらに向けて赤く点滅しはじめ、時速六十三キロで走るよう知らせてきた。グァスタフェステはブレーキを踏んで、車のスピードを法定制限速度以下に落とした。もうカステナーソの郊外で、現代的なアパートメントのブロックをいくつか通りすぎると、じきに何軒かの店舗があらわれた。イディーチェ川にかかる橋を渡り、そのままいくつか信号を通っていくと、ほとんど間をおかずに、町の反対側へ出てしまったことに気がついた。

「あれだけなんですか？」グァスタフェステが言った。「それとも、何か見逃しましたかね？」

彼は縁石に車をつけ、バックで農道へ入れ、来た道を引き返した。

何も見逃してはいなかった。カステナーソにあるものはあれで全部だったのだ——主道路にくっついている目立たない細長い集落で、これといった中心部もなく、イザベッラとロッシーニが生きていた頃にはあったであろうもっと昔の中核部分もない。彼らの時代には、小さな自給自足の農業コミュニティだったはずだ。いまではボローニャから数キロしか離れていない、退屈なベッドタウンになってしまっていた。

金物屋の外に車を停めて降り、あとは徒歩で調べてみることにした。背中の曲がったみすぼらしい恰好の男が歩道を通りかかった。わたしは彼を呼び止め、イザベッラ・コルブランの屋敷がどこにあるか知りませんかときいてみた。

「誰だって？」彼は言った。

「イザベッラ・コルブランです」わたしは繰り返した。「歌手だった人です。ロッシーニと結婚していた」

「ロッシーニ？　マラーノの建築屋のことかい？」

「作曲家ですよ。二人はカステナーソの近くに家を持っていたんです」

「誰が？」

グァスタフェステはわたしの腕をつかんで引っぱりながら、限られた遺伝子プールや田舎の住民の知的能力について悲観的なつぶやきをもらした。

声をかけた二人めの人物も助けになってはくれなかった。その男は見るからに町の職員だった。蛍光黄色のヴェストを着て、ひどい夢遊病をわずらっているかのような様子で仕事にかかろうとしていたから。通りを歩きながら長いハンドルのついた鉤《かぎ》でごみを拾い、手に持った黒いごみ袋に入れていく。男の飼い犬か、あるいはほかにもっとましな用事のない野良犬なのか、硬い毛のテリアが彼の横を走りまわり、興奮して鉤に吠えた。男はイザベッラ・コルブランが誰かも、ロッシーニのことも知らなかった。

「犬にききゃよかった」グァスタフェステは不機嫌に言い、わたしたちはなおも通りを進みながら、この地域に関する知識を多少なりと披露して、〝地元民〟という呼び名がふさわしいことを証明してくれる人間を探した。

信号のところで、小さな警察署が目につき、わたしは中へ入って協力を頼んでみようと提案した。グァスタフェステはのってこなかった。職業上のプライドだろう。警察機構の中には確固たる順列があり、アントニオのような都会の刑事は、あきらかに田舎のうすのろとしか思っていないらしい仲間に頼みごとなどしたくないのだった。そこでわたしたちはかわりに道路を渡り、町役場《コムーネ》のそばの木立の下にあるベンチに座っていた年寄りたちに近づいていった。彼らはちゃんとロッシーニのこと、それにイザベッラのことも知っていたが、コルブラン邸については悪い知らせをくれた。

「あれはもうないよ」男たちのひとりが言った。

「ない？」わたしは言った。

「知らなかったのかい？　第二次世界大戦のさいちゅうに壊されちまったんだ」

「全部ですか？」

「ほとんどな。俺も自分では行っちゃいないが、石が少し残ってるだけのはずだ」

　これは衝撃だった。はるばるやってきたのに何もないとは。

「それはどこなんですか？」わたしはきいた。

　男は手ぶりで教えてくれた。

「二、三キロ先だよ。踏み切りを越えて、環状交差路を右。柱の幸いなる聖処女教会《サントゥアーリオ・デッラ・ベアタ・ヴェルジネ・デル・ピラール》を探してみな。屋敷はそのそばだから」

　わたしたちは無言で車へ引き返した。グァスタフェステはフロントガラスの外を長いあいだじっとにらんでから、やがて苦々しげに言った。「また時間の無駄でしたね。クズネツォフがこんなところへ来たはずがない」

「すまなかった」わたしは言った。「わたしが間違っていたんだ」

「あなたが悪いんじゃありませんよ、ジャンニ。ただがっかりしただけです」彼はエンジンをかけた。「高速に戻ります?」

「そうだね。でも途中で屋敷に行ってみないか? そう遠回りでもないだろう」

グァスタフェステは肩をすくめた。

「オーケイ、行きましょう」

カステナーソを出て周囲の農用地へ入り、畑や車道の両わきの排水溝や、日の光にきらめく温室やビニールハウスのあいだを一直線に延びる道路を走った。ボローニャの都市乱開発もまだここまでは広がっていなかった。ここはまだ孤立していて、住民も少ないようだった。前方の地平線に教会の塔があった。近づいていくにつれ、その建築やすすけた赤煉瓦から、それがそうとう古い建物で、四百年、もしかしたら五百年は昔のものだとわかった。

「あれのはずだが」わたしは言った。

グァスタフェステは教会のすぐ前の一時駐車場に車を入れ、エンジンを切った。わたしたちがいるのは何もない土地の真ん中の小さな十字路だった。むかいの角にある、ごく最近建てられたとわかる家を別にすれば、あたりにある建物はその教会だけだった。そのすぐ前の安全地帯――古いものと新しいものが奇妙に並んでいる――では、けばけばしいプラスチックの看板がピザ屋の宣伝をしていた。

わたしたちは車から降りて教会へ歩いた。簡素な立方体のような煉瓦の建物で、傾斜の急な屋根と、片側に高い鐘楼があり、てっぺんに小さなドームがついていた。塔の下に、ロッシーニを記念した白い大理石の銘板がはめこまれている。グァスタフェステが玄関をあけようとした。鍵がかかっていた。道路の先へ歩いてみた。教会の裏手は見通しのいい畑になっている。コルブラン邸の名残はまったく見られなかった。

「もう行きましょう」グァスタフェステが呼んだ。「ここにいてもしょうがないですよ」

彼のほうへ歩いていったとき、ダークブルーのフィアットのセダンが主道路を降りて、教会の外にある砂の前庭へ入ってくるのが見えた。スーツとネクタイ姿で、わたしくらいの年配の男が降りてきて、興味ありげにこちらを見た。わたしはここへ来たわけを説明した。

「イザベッラの屋敷ですか?」男は言った。「見るほどのものはないですよ。玄関の残骸と崩れた石が少し、それと林の中にあずまやがありますが、ほとんど打ち捨てられています」

彼は上着のポケットから鍵束を出した。

「この教会は二人が、つまりイザベッラとロッシーニが結婚したところなんですよ。中をごらんになりますか?」

グァスタフェステが躊躇《ちゅうちょ》し、申し出を断りそうなのを察知して、わたしは彼が何か言う前に前へ出た。

「ありがとうございます。ご親切に」

「わたしが来たときで運がよかったですね」男は言った。「ここはたいてい閉まっていますから」

彼がドアの錠をあけてくれ、わたしたちは彼について中へ入った。内部は暗く、弱い日光がひとつはドアの上、もうひとつは右手横にある二つの高い窓からさしこんでいた。教会というより礼拝堂だった。袖廊はなく、ただ短く四角い身廊があるだけで、祭壇は奥側にあった。壁は鈍い灰色で、ひとつ二つ大きなひびが入っており、セメントで乱暴に埋められていた。何列かの会衆席と木の椅子、二つの告解室、ビニールらしい造花の飾り、それにこの頃宗教施設でよく見る、先に電球のついた偽物の奉納キャンドルがあった――たぶん本物のキャンドルは経済的でない、あるいは火事の危険があるとみなされているのだろう。ここには独特の黴《かび》くささがあり、ボトルに詰めて〝古い教会〟と名づけて売れそうだった。

「一八二二年三月十六日。二人の結婚した日です」男は言った。「こぢんまりした内輪の式で、司祭と二人の立会人が同席しただけでした。ここはイザベッラの地元の教会で、十六世紀にスペイン大学によって建てられたものです――サラゴーサの〝柱上の聖母聖堂〟をたたえて。その話はご存じでしょう？　聖ヤコブがサラゴーサへ行くと、聖処女マリアがあらわれて碧玉色の木と彼女の木像を与えたんです」

「いろいろお詳しいんですね」わたしは言った。

「そのことについて小冊子を書きましたから。これがそうです」

彼は入口の横のテーブルから小冊子をとり、わたしに渡してくれた。

「ウンベルト・ボスコーロ、これがわたしです」彼はそう言って、表紙にある名前をとんとんと叩いてみせた。「この地域の歴史についていろいろ書いているんです。わたしの趣味でして。それは二ユーロです――その箱にどうぞ。収益はすべてこの教会に行きます。お気づきでしょうが、得られるかぎりの援助を必要としていますから」

「たいていの時間は閉めているとおっしゃっていましたね」わたしは言った。

ボスコーロはうなずいた。

「わたしのような、少数のボランティアによって維持されているんです、みんな引退した人間ですよ。隔週で日曜ごとに礼拝が、ときには結婚式もおこなわれますが、それだけです。司祭はこの地域のほかの教会もいくつか担当していまして、多くの老人ホームでも定期的にミサをしています。信仰のある人たちはいまではみんなそこにいますのでね。皆、どんどん老いて、亡くなっていきます。非常に残念ですが」

わたしは壁に留めてある金属の献金箱の投入口に少しばかりの金を入れ、それから小冊子をぱらぱらめくった。

「コルブラン邸のことはここにありますよ」ボスコーロは言った。

彼は手を伸ばして、小冊子の真ん中へ指をさしいれ、ページを開いて、長い車まわしの先にある堂々とした三階建ての白い屋敷の写真を見せた。前景には二本の高い石の柱があり、そのあいだに錬鉄の門がついていて、門は奥へ開いて屋敷をすっかり見せていた。

「これは立派な建物ですねえ」わたしは言った。

「一九〇〇年に撮られたものです。イザベッラの父、フアンは一八一二年にスペイン大学から屋敷を買いました。コルブラン一族がスペインの出なのはご存じですか？　フアンはスペイン宮廷に何人も友人がいました。ここイタリアにも力のある友人たちがいたんですよ――ウジェーヌ・ド・ボーアルネ、ジョゼフィーヌ皇后の最初の夫との息子ですね、それからナポレオンの義弟のジョアシャン・ミュラ。イザベッラとロッシーニはファン・コルブランが死んだあと、この屋敷に住みました。彼らの田舎用の別邸だったんです」

ボスコーロは小冊子の別の写真を指さした。

「それがイザベッラです。凜々しい女性だと思いませんか？」

「ええ、本当に」

イザベッラは肖像画のために腰をおろし、ステージ衣装とおぼしきものを着ていた——長い古典的なローブと、漆黒の髪にヘッドドレスをつけている。背景幕は森の風景の絵で、オペラの舞台装置のようだった。両手に小さな竪琴を持っている。イザベッラは背の高い豊満な女性で、近頃の流行りではない肉づきのいい体をしていた。両腕と喉があらわになっていて、衣装が胸の大きな谷間を見せており、画家はその部分を労を惜しまず細かくえがいていた。イザベッラは伏し目がちに片側を向いていて、その顔には謎めいた、ややメランコリックな表情が浮かんでいた。

「結婚は長続きしませんでした」ボスコーロが言った。「悪いのはロッシーニだとずっと言われています——別の女性、オランプ・ペリシエと出ていったので——しかし結婚生活がうまくいかないという問題には、常に二つの面があるものでしょう？ イザベッラは一緒に暮らすのが楽な相手ではありませんでした。癇癪《かんしやく》持ちで、気分屋でしたし。有名なプリマドンナであること、人々からほめそやされて、喝采されることに慣れていた。引退生活になじめなかったんですよ。静かな田舎の暮らし、ロッシーニの陰で生きることを受け入れられなかった。彼は自分の世話をしてくれ、抱えていた多くの病を看護してくれる女性を求めていました。それにはイザベッラよりもオランプのほうが適任だったのです」

「その屋敷は」グァスタフェステが言った。「正確にはどこにあるんですか？」彼がいまのような地方の歴史話にうんざりしはじめているのがわかった。

「お教えしますよ」

ボスコーロはわたしたちを教会の裏へ連れていき、横の道を少し進んだ。そして畑のむこうを指さした。

「あそこです。農道があって、それがおおよそ屋敷の車まわしになっているんです。それから遠くのあの低い林、あれがあずまやの跡が残っているところですよ」

わたしたちは彼の助けに礼を言って車へ戻った。それから横道を走っていって、ボスコーロが指さしてくれた農道の端の、芝生の縁で停まった。二百年前、ちょうどここに堂々とした玄関と車まわしがあったのだろう。ロッシーニとイザベッラは馬車でここを出たり入ったりしたことだろう。いまはわずかばかりの乾いた泥と、芝や野草の伸びすぎた、わだちのついた農道があるだけだった。

「本当に来ただけの値打ちはあるんですかね？」グァスタフェステが言った。

「もう来てしまったんだ」わたしは答えた。「ちょっと見ていってもいいだろう」

わたしは車を降りて農道を歩いていった。グァスタフェステもしぶしぶついてきた。六十メートルほど行くと、農道は古い煉瓦の小山と大理石の柱の基部によってとぎれ、それがコルブラン邸の残っているすべてだった。

あたりを見まわし、かつてここにあった建物を想像してみた——白いスタッコ塗りの壁、アーチ形の戸口、エレガントな客間、四方に広がる手入れのゆきとどいた庭園と芝生。その屋敷にいるイザベッラが、壁の中で生気を失っていく孤独な見捨てられた女性が、わずかな召使とギャンブル癖しか慰めを持たずに、誰もいない部屋を歩きまわる姿が浮かんだ。

大理石の柱に腰をおろして、ウンベルト・ボスコーロのロッシーニとイザベッラに関する小冊子を読みはじめた。イザベッラが一八四五年に死んだあと、屋敷は貸し出され、離れのひとつは地元の鍛冶屋に仕事場として使われたが、その鍛冶屋はイザベッラのために林の中にあずまやを建てた人物だった。あずまやはイザベッラのお気に入りの避難所だったのだろう。彼女はそこへ行ってひとりになり、考えごとをしたり、誰も聞くことのない歌を歌ったりするのが好きだった。声はすでに失い、本人もそれはわかっていたが、それでも音楽に慰めを見出していた。

一八四八年、北イタリアを支配していたオーストリアに対する反乱が起きた。ボローニャの市街でも戦闘がおこなわれ、イザベッラの屋敷はオーストリア軍によって占拠されて、破壊され、略奪され、鍛冶屋と地所管理人のロレンツォ・コスタは殺されてしまった。

グァスタフェステにその話をすると、彼はあきらめたように肩をすくめた。

「それじゃ、そういうことなんですね」彼は言った。「もし宝石細工のヴァイオリンがそのときまだここにあったとしても、もしロッシーニがパリに持って帰っていなかったとしても、オーストリア軍が盗んでいったんだ。いずれにせよ、もうないんですよ」

わたしは冊子をポケットに入れ、煉瓦の山をぶらぶらまわってみた。ウラジーミル・クズネツォフはわたしたちの前にここへ来たのだろうか？　もしそうなら、わたしたちと同じものを見つけたはずだ。ここには何もないということを。

屋敷の裏の林は歩いてすぐだった。あずまやは木立の中深く隠され、草におおわれた廃墟となっていた。ドーム形の屋根はところどころ崩れて、中央にかけらが積み重なっており、その表面から雑草が伸びていた。あずまやの横壁はそれほど損傷が多くなく、なぜここが石工ではなく、鍛冶屋によって建てられたのかがわかった。基礎は低い煉瓦づくりで、いまではかけて、苔《こけ》でおおわれていたが、その上にある横壁は錬鉄の格子細工で、ロココ調の渦巻きや三つ葉模様や葉の形がしつらえてあり、まるで生い茂る野生の植物がこのあずまやを這いのぼっているようだった。

金属の葉のひとつに、それからタイル張りの屋根の残った部分へのぼっていこうとしている錬鉄の巻きひげにさわってみた。金属は経過年数を考えればかなりいい状態だった。瀝青《れきせい》かタールが塗られ、素材を空気から守っていた。ところどころは錆びてかけ落ち、隙間があいていたが、それでもイザベッラ・コルブランがここへ来ていた当時の感じはわかった。中には石のベンチがあったのだろう――日陰になった内側にその崩れた残骸が見てとれ、わたしはイザベッラがそこに座って、考えごとにふけったり、彼女の名を知らしめたアリアのひとつをそっと歌ったりしているところを思いえがいた。

「もういいでしょう、ジャンニ」グァスタフェステが言った。「ここにいても何の役にも立ちませんよ」

わたしはうなずいた。彼の言うとおりだった。ぐずぐずしていても仕方ない。彼について林を出て道を車へ戻った。道路はUターンするには幅が足りなかったので、そのまま先へ走っていって、次の交差点で左へ曲がり、それからもう一度左折して幹線道路へ引き返した。今度は昔のコルブラン邸の反対側に出て、わたしたちと屋敷の地所のあいだには耕された畑とさっきの林があった。車が一台、道路の横に停まっていて、車道が狭くなっていた。グァスタフェステはスピードを落として通りすぎようとし、わたしは窓から外を見た。

「停まって」わたしはとっさに言った。

「えっ？」

「停まって」

グァスタフェステは車を停めた。

「あの林のそばに何かが見えたんだ」わたしは言った。「男が二人だと思う、木立の中へ入っていった」

「男が二人？」

グァスタフェステはシートに座ったまま体をひねり、畑のむこうに目を凝らした。

「たしかですか？　俺には何も見えませんけど」

「あそこにいたんだよ」わたしは言いはった。

「農夫ですか？」

「わからない」

わたしたちは車を降りてしばらくそこに立ち、畑のむこうを見て耳をすました。ひどく静かだった。聞こえるのは耳元に吹く風の音と、遠くでとぎれとぎれにする車のうなりだけだった。そのとき突然、鋭い声が静寂を破った――林から苦悶の叫び声がした。わたしはぎくっとした。

「いまのは何だ？　鳥か？　動物？」

「鳥じゃない」グァスタフェステは答えた。「人です」

彼は道路を渡って排水溝を飛び越し、すぐに畑を走りだした。わたしも後を追い、何とか遅れまいとがんばった。わたしがやっと畑のなかばまで行ったとき、グァスタフェステが林の中へ消えるのが見えた。つかのま、彼の姿が消えた。しかしすぐに木立の端にまたあらわれた。わたしはそちらへ近づきながら、彼が携帯を耳にあてていることに気づいた。

「さがっていてください、ジャンニ」彼が低い声で言った。

「どうしたんだ？」

「いま警察が来ます。そこから動かないで。ここは俺にまかせてください」

グァスタフェステは身をひるがえして林の中へ戻った。わたしは前へ行きかけて迷った。グァスタフェステはさがっているようにと言った。パリで、アラン・ロビエの死体を見つけたときも、ほとんど同じことを言った。彼の指示に従ったほうがいいのはわかっていたが、好奇心が強すぎた。何があったのか自分の目で見たかった。下生えを押し分け、林の端へ入っていった。しかしはっと立ち止まり、ショックでうめき声をもらしてしまった。数メートル先の開けた狭い場所で、男の体が地面に伸びていて、両腕を横へ投げ出し、目と口を開いて恐ろしいゆがんだ表情をしていた。ウラジーミル・クズネツォフだった。首に真っ赤な傷があり、喉が切り裂かれていた。

わたしは後じさりながら、脚の力が抜けるのを感じた。目をそらし、深呼吸をして、襲いかかってきた吐き気を止めようとした。グァスタフェステはどこだろう？　彼は自分にまかせろと言ってくれたが、じっとしているわけにはいかなかった。林の中に殺人者がいるのだ。グァスタフェステひとりに立ち向かわせるわけにはいかなかった。わたしは死体をまわっていって、そのまま林の中を進んだ。

そこは何年も人の手が入っていないうっそうとした林だった。道はなく、開けた場所もほとんどない。木々は密集し、あいだの空間も灌木《かんぼく》や低木がびっしりはえていて、なかには高く太いものもあるので通り抜けられない。それでも無理やり植物をかきわけていくと、枝やキイチゴがわたしの腕や脚に爪を立てた。三、四十メートルほど行ったところで、足を止め、頭を傾けて耳をすましてみた。かすかにきしむような音、弓鋸《ゆみのこ》が金属を切っているような音がした。からみあった灌木のしげみを強引にまわっていくと、五メートルほど先にあずまやの壁が見えた。男が錬鉄の格子細工を必死に切って、凝った装飾の小さな一片をはずそうとしていた。わたしはふいにそれが何なのか気づいた。その部分が頭に思い浮かんだ。さっき見ていたのに気づいていなかったのだ。

じりじりと近づいた。男にはわたしが見えず、聞こえてもいなかった、自分の作業に没頭していたのだ。しかし一瞬手を止めて休んだとき、わたしの足が小枝の散らばった地面を踏んでパキッと音をたてたのを聞きつけられた。男が頭を振り向けた。彼の目と目が合い、わたしは驚きに足を止めた。オリヴィエ・ドラクール、パリの〈モリヌー・エ・シャルボン〉の副支配人だった。ドラクール！　わたしはぼうぜんと彼を見つめたが、林の端近くの空き地にあるクズネツォフの死体を思い出すと、驚きは恐怖に変わった。

ドラクールはわたしを見つめ、その顔に追いつめられた必死の形相が浮かんだ。額《ひたい》にうっすら汗をかいている。彼はさっとあたりに目をやり、わたしがひとりなのをたしかめた。彼の頭の中で何が計算されているかわかった。たかがひとりの老人、そんなものは脅威ではない。目の前の仕事を終わらせる時間はある、それからわたしにとりかかろう。

彼は少しのあいだ鋸《のこぎり》引きに戻り、すさまじいエネルギーで金属の最後の数ミリを切り、やがて格子細工の一片が彼の手の中へと落ちた。彼はその一片を持ち、激しい動きのせいで息を荒らげながら食い入るように見つめた。それから頭を上げて、こちらの血が凍りつくような鋭い視線でわたしをその場に釘づけにした。

息ができなかった。脚が震え、心臓がどくどく鳴った。この男は人殺しなのだ。一歩後じさった。グァスタフェステはいったいどこだ？　林の中で迷ったのか？　あずまやのことを忘れてしまったのか？

ドラクールがこちらへ近づいてきた。彼から逃げられないことはわかっていた。わたしは年をとりすぎているし、脚も力がなさすぎた。

「アントニオ！」わたしは叫んだ。「こっちだ、あずまやのそばだ、アントニオ！」

ドラクールが手に持った弓鋸を振り上げ、その歯は外側をむいていた。わたしは下へ手を伸ばして落ちていた枝を拾い、棍棒のように体の前で振りまわした。ドラクールはなおも近づいてくるのをやめず、その口はゆがんで憎悪の笑みを浮かべ、目には狂った残忍な光があった。

「警察がこっちへ向かっているぞ」わたしは叫んだ。「逃げられっこない。アントニオ！」

そのときグァスタフェステが見えた。あずまやの陰のしげみから忍び出てくるところだった。だが遠すぎて何もできない。ドラクールはわたしに手が届きそうなところまで来ていた。わたしは体の前で枝をあちこちへ振り、彼を近寄らせず、グァスタフェステに時間を与えようとした。

「聞こえたのか？」わたしは声をはりあげた。「警察がもう来るんだ。もうおしまいなんだ」

ドラクールが飛びかかってきた。しかし前へ飛び出したとき、足がキイチゴを踏んでよろけた。わたしは持っていた枝で打ちかかり、彼の手から弓鋸を叩き落とした。彼は一瞬、立ち止まって下生えを見て弓鋸を探した。そのとき、グァスタフェステがあずまやをすばやくまわってきてドラクールに体当たりし、背中にぶつかって荒っぽく地面に倒した。ドラクールが持っていたあずまやの金属片が草むらに飛んだ。グァスタフェステは息を切らしたドラクールを地面に押さえつけ、あざやかな慣れた動きで相手の両手に背中側で手錠をかけた。

「大丈夫ですか、ジャンニ？」

わたしはうなずいた。吐き気がした。頭がぐるぐる回る。このまま気絶するのだろうかと思った。手を伸ばして木の幹によりかかった。足元の地面では、ドラクールが弱々しくうめき、グァスタフェステが膝で彼の背中を押さえていた。

「もう安全ですよ、ジャンニ」グァスタフェステが言った。「こいつは俺がつかまえましたから」

わたしはしばらくその場を動かず、心拍と呼吸が普通に戻るのを待った。それからゆっくりとあずまやへ歩いていった。脚がまだ震えていた。口が乾いていた。錬鉄の格子細工にできた隙間が、金属が切り取られた部分のぎざぎざになった銀色の縁が見えた。これまでの年月、このあずまやはここにあった。どれだけ多くの人々がこのドーム屋根の涼しい陰の中に座り、曲げられた鉄の入り組んだ模様を透かしてむこうを見ただろう――そして何も気づかずにいただろう？　だが気づくはずがなかったのだ。それはほかの装飾に完璧にとけこんでいて、まったく目立たなかった――単に全体の中の必要不可欠な一部になっていた。もし何かを隠そうと思うなら、見通しのいい、誰でも見られる場所に隠せ。

下生えからさっきの金属片を拾った。引き延ばされた楕円形をしていて、大きなヨーロッパグリの葉に似ており、長さ三十センチ、幅十センチほどだった。両端はむきだしでぎざぎざになった、切断されたばかりの金属だったが、表面のほかの部分は――表と裏と両横は――まったく金属にはみえず、タールで分厚くおおわれていた。

ドラクールは頭をねじってわたしに毒づいた。

「それはわたしのものだ。おまえには何の権利もない。わたしが見つけたんだ」

「ボローニャ警察が到着したら、彼らにそう言うんだな」グァスタフェステが答えた。

彼はドラクールの顔をぐっと地面に押しつけ、顔をあげて耳をすました。わたしにも聞こえた——遠くからサイレンの音が近づいてくる。

わたしはポケットナイフを出して、黒いおおいを少し削ってみた。はがすのは容易ではなかった——岩のようにがっちり固められていたのだ。ナイフの刃をもっと深く入れて、おおいのかたまりをはがした。下には別のものがあった、楕円形ではないが、楕円形の金属片に接着され、タールで偽装されたものが。別のところを削りおとすと、黄色い光がのぞき、それから別の何か——小さな豆くらいの血のように赤い結晶が、その隣に二つめの結晶が、こちらはガラスのかけらのように透明なものが見えた。ガラスでないのはわかっていたが。

わたしは顔をあげてグァスタフェステに笑ってみせた。

17

グァスタフェステはボローニャに残り、地元の刑事たちがオリヴィエ・ドラクールを尋問するときに立ち会うことにしたので、わたしは列車でクレモナへ戻った。家に着いたときにはもう夕暮れだった。空は薄暗く、雨の前ぶれのふくれあがっていく黒雲でおおわれていた。家は寒く、空気は重苦しかった。いくつか明かりをつけてセントラルヒーティングを稼動し、コーヒーを一杯いれた。食欲はあまりなかった。ボローニャ駅ではぱさぱさのハムチーズサンドイッチを食べた――朝食のあと最初に口にした食べ物だ――しかしもう何もほしくなかった。午後の出来事で食欲がなくなっていた。

気分がふさいでいた。胃がむかついてうつろな感じがした。ショックがいまごろやってきたのだろうかと思った。地面に横たわるクズネツォフの死体が目に浮かびつづけ、次の場面に移ることを頑固に拒むループになった映画のように、その場面が頭の中に繰り返しよみがえる。そしてようやく先へ進んだと思ったら、それはただあずまやのそばでの場面、つまりドラクールが弓鋸《ゆみのこ》を手にこちらへ近づいてくる場面に変わっただけだった。どちらの場面のほうがいやなのか自分でもわからなかった――喉を切られた死体か、わたしも同じ目にあわせようとしている殺人者か。自分がドラクールと争っても勝てなかったことはわかっていた。アントニオがほんの三十秒遅れてあらわれたら、息絶えたわたしを見つけることになっただろう。そう思うと体が震え、全身を氷のような戦慄が走って骨まで冷えきってしまった。

力を振りしぼって肘掛け椅子から立ち上がり、あたたかいセーターを探しに二階へ行った。体がぞくぞくして、発熱したように手足が小刻みに震えた。セーターを着てその上にガウンをはおり、震えが止まるまでしばらくベッドの端に座っていた。このままベッドに入ってしまおうか、それとも下へ戻って熱いスープでも作ろうかと考えていたとき、電話が鳴った。てっきりグァスタフェステだろうと思いながら、ベッドサイドテーブルの受話器をとった。エフゲニー・イヴァノフだった。

「ジャンニ？」彼は言った。「話したいことがあるんです」彼は英語でしゃべり、声はささやきに近く、語尾がかすれていた。

「話？」

「僕のところへ来てもらえませんか？」

「いまどこにいるんだい？」

「ローディの近くの家です」

「ローディ？」

「場所はわかりますか？」

「もちろんだ。いますぐ行ったほうがいいのか？」

「ええ」

「どういうことなんだ、エフゲニー？」

わたしはいらだちを隠せなかった。もう暗くなりかけていたし、たいへんなショックを受けた日だったのだ。

「いろいろなことを解決したいんです。お願いします、ジャンニ。あなたしか力になってもらえる人がいないんです」

そのうったえは心の底からのもので、わたしは少し気持ちがやわらいだ。

「ローディの近くのどこだい?」と尋ねた。

「川のそばです。ガルガニャーノという町の外です」

わたしは考えてみた。ローディは遠くではない、クレモナとミラノのあいだにある、小さな中世風の町だ。

「ジャンニ?」エフゲニーがおずおずと言った。「迷惑をかけてすみません。来てもらえたら本当にありがたいんです。ほかに頼れる人がいないんです」

「どうやって行ったらいい?」

彼は道順を教えた。わたしは電話を切った。本当は行きたくなかった。疲れていたし、気力も使い果たしていた。困りごとを抱えた青年との真剣な、たぶんむずかしい話し合いなどいちばんやりたくなかった。しかし彼を見捨てるわけにはいかなかった。わたしはエフゲニーが好きだった。わたしを信頼してくれていることにもプライドをくすぐられた。彼はわたしの助けが必要だと言ったのだ。その願いをはねつけるのは不人情というものだろう。だいいち、家にいたところで、クズネツォフやドラクールのことばかり思い出して悶々とするだけだったし、それはもうたくさんだった。

外は雨がぱらついていた。わたしは防水のジャケットをとって車へ向かった。幹線道路に出る頃には天がぱっくり割れて、激流のようなどしゃ降りの中を走るはめになり、空は暗く、まるで真夜中のようだった。ローディまでは二十分ほどかかり、それから家を見つけるまでさらに十五分かかった。でこぼこの農道の先にある、小さな平屋の石づくりのコテージで、アッダ川の上の小さな丘にあった。車からコテージの玄関へ走るとき、広い氾濫原に川の流れがかろうじて見てとれた。

ドアはもう開いていた。エフゲニーが戸口の内側に立っていた。隣に二十代前半の、ほっそりした愛らしい若い女性がいる。わたしは彼女が誰か気づいてはっとした。先々週の土曜、クレモナの市庁舎であったコンサート後のパーティーで、ヴィットーリオ・カステラーニと一緒にいた学生だった。

エフゲニーはわたしの手をとってぎゅっと握り、そのまましゃべりだした。

「来てくれてありがとうございます。本当に親切にしてくださって。雨が降っているんですか?」

「エフゲニー、いったいここで何をしているんだ?」わたしは手を引っこめながら言った。

彼は横の女性にちらりと目をやった。

「こちらはミレッラです」と言った。「あのパーティーに来ていました」

「知っているよ」

わたしは彼女を見た。ミレッラは後ろめたそうに目をそらした。ではルーディ・ワイガートの言うとおりだったわけだ。セックス——すべての人間行動の鍵。

「彼女、ミラノの大学の音楽学生です」エフゲニーは言った。

「ここはあなたの家なんですか?」彼女にきいてみた。

「いえ、友達のものです」

「それで、二人ともずっとここに?」

その質問はエフゲニーにむけてした。彼は恥じ入るように下を向いた。

「僕はよくないことをしました」彼は言った。「母は絶対に許してくれないでしょう」

「母親というものは許すことが上手だよ」わたしは言った。「さあ、いったいどういうことだったのかちゃんと説明してもらえないか」

わたしたちはホールわきのリビングへ入った。小さな部屋で、片側にキッチン部分とおおいのない炉がついており、その中で残り火が静かに燃えていた。ホールにあった三つのドアから、ここが寝室ひとつのコテージであることはわかっていた。リビング、寝室、バスルーム。

エフゲニーとミレッラは並んでソファにかけ、わたしを火のそばの肘掛け椅子に座らせてくれた。脚が心地よくあたたまるのを感じた。エフゲニーはミレッラの手を握り、彼女は彼に体を寄せ、肩が触れ合った。二人はひどく若く、ひどくぎこちなくみえた。

「説明するのはむずかしいです」エフゲニーは口を開いた。「今度のことは本当に悪かったと思っています。僕が起こしたいろいろな問題や、心配や。母と話してもらえましたか——僕が電話したあとに?」

「ああ、話したよ」

「それで?」

「お母さんは心配していたよ、もちろん。きみがわたしに電話をして、彼女にはしなかったことで傷ついていた」

「そうですね。あれで母が悲しんだことはわかっています」

「でもきみは無事で、じきに帰ってくると言っておいたよ。ここで何をしているんだ、エフゲニー？　お母さんは心配で病気になりそうなんだよ。きみのコンサートも少なくともひとつはキャンセルしなければならなかった。キャリアにも傷が残ってしまう」

「もうキャリアを手に入れたいのか、自分でもわからないのです」エフゲニーは静かに言った。

「どういう意味だ？」

彼は肩をすくめるのと同じ表情をした。

「これまでしてきた生活を続けていく気になれないんです。僕にはむいてないと思うのです」

「幸せじゃないということかい？」

「ええ、そうです」彼はミレッラに目を向けた。「音楽のこと、演奏のことでは、という意味です。ほかの部分では、その、ええ、いまは幸せです。とても幸せです」

彼はミレッラにほほえみ、二人はわたしがそこにいないかのようにしばし甘く見つめあった。わたしは若いときの恋愛がいかに人を酔わせ、心奪うものかを――そして他人にはいかに腹立たしいものかを忘れていた。

「最初から始めよう」わたしは二人の愚かな頭をぶつけあわせてやりたい衝動を抑えた。「きみのコンサートのあとのパーティーか。そこからすべてが始まったんだろう」

エフゲニーはうなずいた。

「僕たちはあそこで知り合います」彼は言った。「あなたが帰るあとに。僕たちはおしゃべりを始めて。意気投合します。携帯の番号を交換します。それから月曜の午後、ミレッラが僕に電話をしてきて、ドライヴにいかないかとききます。ママはいません。買い物に行きました」

「お母さんはきみがウラジーミル・クズネツォフと出ていったと思っていたよ」わたしはそう話した。

　エフゲニーは驚いて目を見開いた。

「クズネツォフ？　どうして僕があの人と出かけるんです？」

「あの日の午後、ホテルのきみの部屋に電話してきたんだろう？」

「ええ、そうでした」

「どうして？」

「あの人、僕の仕事をマネージメントしたがっているんです。前にも接触してきますが、時間の無駄ですよ。いつも断っているし。ママは僕が彼に会いにいったと思ったんですか？　そんなことするわけないってわかっているでしょうに。エージェントなんかいりませんよ。ママがいるんですから」

「お母さんはそうは思っていないよ。きみが彼女から離れていったと思っていた。あるいは、クズネツォフに誘拐されたのかもしれないと」

「僕を誘拐？　でもそんなの馬鹿げていますよ」

「不安になった母親というのはすじの通った考え方などしないものだよ。どうしてひとこと、どこへ行くのか書き置いていかなかったんだい？」

「じきに戻ってくるつもりなんです。僕は彼女とドライヴに行きます。それからバーに行きます。それからレストランで食事をします。僕たちの年頃のたいていの人には普通のことなんでしょうが、僕は一度もしたことがないんです。女の子と食事に出かけたこともない。ママが許してくれなかったから」

「あとでお母さんに電話することもできただろう」

「あとで？　そうするつもりでした、本当にそうだったんです、でも……」彼は言いよどんだ。「ワインを飲みすぎて。それでミラノの、ミレッラのアパートメントに行きます、それから、その、いろいろあって」

彼はわずかに赤くなって目をそらした。

「ああ、わかった」わたしはいそいで言った。その部分には入りこみたくなかった。

「全部わたしのせいなんです」ミレッラが話に入ってきた。

「違う、違う……」エフゲニーが反対した。

「そうなのよ。次の日にあなたを送っていくことだってできたのに、そうしなかったんだもの。かわりにこんなところへ来てしまって」

「でも僕がそうしたいんだ」エフゲニーは言った。

彼はまっすぐわたしを見た、緊張した真面目な表情だった。

「僕にとってどういうものか、あなたは知らないでしょうね、僕が子どもの頃からしてきた生活が。しばらく離れる必要があったんです。考える余裕が必要だったんです。ママに電話しなければいけなかったのはわかっています、でもあの晩帰らないあと——二十三年間で別々になったはじめての夜でした——そのことに向き合えなかったんです。ママの怒り、がっかりされることに向き合えなかった。僕はこれまでもママをがっかりさせてばかりなんです」

「そんなことはないよ」わたしは言った。

「いいえ、そうなんです。僕が何をしても足りないんです。小さな頃から、ママの唯一はっきりした思い出は、こう言っているところなんです、〝もっと上手にできるでしょう、エフゲニー〟」

「お母さんはきみの可能性をじゅうぶんに発揮させたかっただけだよ。心の中ではいつもきみのためだけを考えてきたんだから」

「それはわかっています」彼は背中を伸ばし、今度は挑戦的な態度になった。「でもどうしてほんの数日、どこかへ行ってはいけないのですか？　なぜミレッラと一緒にいてはいけないのですか？　どうしていつもいつも自分の居場所を母に言わなければならないのでしょう？　僕は子どもではないのです。母もそのことをわからなければいけません」

　彼はごくんと唾をのんだ。

「ジャンニ、母にこのことを話すのを手伝ってください。もういろいろなことが変わらなければいけないと言ってください。僕はどう言えばいいのかわからないのです。アドヴァイスをください。あなたは長く生きて、経験がある」

　彼は懇願するようにわたしを見つめていた。その目に混乱と苦悶が見てとれた。彼は愚かで無分別だが、あまり厳しくあたる気にはなれなかった。

「年齢と経験があるからといって、誰かにアドヴァイスできるなんて錯覚したことはないよ」

と言った。

「でも僕には必要なんです」エフゲニーは言った。「僕がこんなことをしたのは、あなたが原因でもあるんですよ」

「わ、た、し、が?」わたしは仰天した。「わたしが何を――」

「いいえ、誤解しないでください」エフゲニーはあわててさえぎった。「あなたが悪いというんじゃないのです。きっかけになったのは日曜だったんです、それで僕はやっと生活を変えなければいけないと決心するんです」

「日曜?」

「あなたの家で一緒に四重奏をするときです。僕は本当にうれしい、楽しみのためだけに音楽を演奏するのが――プレッシャーもなく、期待もされずに。これまで二十年近くヴァイオリンを弾いてきました。始めるのは四歳のときです。アルファベットを読むより先に楽譜が読めるようになります。それが僕の人生すべてでした。ほかのことはみんな二の次。大事なのはヴァイオリンだけでした。音階、練習、試験、演奏。二十年間でそれしか知らなくて、もううんざりなんです。ほかのことがしたいんです。そうしたら日曜に、あなたが音楽も楽しみになることを教えてくれます。ほかの何ものでもない。ただの楽しみに。楽しみこそ、僕がこれまで持てなかったものなんです――音楽にも、ほかのことすべてにも」

エフゲニーは不安げにこちらを見て、賛同を求めており、わたしには彼の中にいる少年がかいまみえた。半ズボンをはいた四歳の子が一生懸命母親を喜ばせようとし、大人になったいまでもそうしている。ミレッラが彼の手を強く握り、直感的に彼を支えるようなしぐさで体を寄せた。今度のことで彼女を責めるわけにはいかなかった。原因は彼女ではない。彼女はある反応を起こさせる触媒にすぎず、それは遅かれ早かれ、いずれは起きたことだったのだ。

「ヴァイオリニストとしての成功はあきらめようというのかい?」

「あきらめるわけじゃありません。違うやり方でやりたいだけです。いくつかのことを変えて、ランニングマシンから降りたいんです」彼はもう一度ミレッラに目を向けた。「音楽以外の生活もほしいんです」

「それじゃお母さんにそう話すんだ」

「それが問題なんです。母には話せません。これまでも話そうとしたんですが、聞いてくれないのです。母はいつだって正しい。正直言って、僕は母が怖いんです、母がどんな反応をするか怖いんですよ」

わたしは肘掛け椅子から立ち上がった。

「荷物をとっておいで。クレモナへ送っていこう」

彼は逆らわなかった。どうするべきかはわかっているのだ。わたしはただ、車輪を回しはじめるためにここに来たのだった。

二人は荷物をまとめに寝室へ行き、わたしは炉のそばに火かき棒を見つけ、薪《たきぎ》の残り火を崩した。火かき棒の取っ手はすすで汚れていて、それが手についたので、洗い落とそうとホールを歩いてバスルームへ行った。

タオルで手を拭いていたとき、このコテージの給湯システムの使い方について指示している、壁に貼られた手書きの紙が目に留まった。その筆跡にはおぼえがあった。貼り紙をじっと見て、文字の形に目を凝らし、筆跡を他人と違うものにしている書き手の特徴を探した。ふいに、どこでそれを見たのか思い当たった――ヴィットーリオ・カステラーニのオフィスから借りた、エリーザ・ボナパルトの本の余白だ。

わたしはホールへ戻った。エフゲニーとミレッラはコート姿で寝室から出てくるところで、ミレッラは小さめの旅行バッグを持っていた。

「自分のコテージを使わせてくれるなんて、カステラーニ教授は親切なんだね」わたしは言ってみた。

ミレッラはきょとんとした。

「カステラーニ教授?」

「ここは彼の家なんだろう?」

「いいえ、マルコのです」

「マルコ?」

「彼もパーティーにいたんですよ。マルコ・マルティネッリ。音楽学部の准講師です。ここは彼の一家のコテージなんです。いろんな人が使ってます。マルコは気にしませんから」

彼女の目が不安そうにわたしを見た。

「わたしは一緒に行かなくてもいいんですよね？　エフゲニーのお母さんに会いに」

「ああ、まだそれはしないほうがいいだろう」わたしは答えた。「もう少し先だろうね」

人がこんなにほっとしたのは見たことがなかった。

「オーケイ」彼女は言った。

「それじゃ二人きりでお別れをするといい」わたしは如才なく言った。「車の中で待っているよ、エフゲニー」

ということは、カステラーニのオフィスから持ってきたのはマルコの本だったのか、と思いながら雨の中を車へ走った。なぜマルコがエリーザ・バチョッキの本を持っていたのだろう？　そしてこの日二度めだったが、姓のことが頭に引っかかっていた。最初にビアンキ、今度はマルティネッリ。どうしてマルティネッリという名前におぼえがあるのだろう？

わたしは〈オテル・エマヌエーレ〉のロビーからリュドミラに電話をかけ、それからエフゲニーを肘掛け椅子に残して、ひとりで上の階へ行った。リュドミラは自室の開いた戸口に立って待っており、わたしの後ろの誰もいない廊下を見た。

「エフゲニーは……」彼女は言った。

「まず話をしましょう」わたしは言った。

「あの子は元気なの？　無事だと言って」

「無事ですよ」

「どこにいるの？　どうして一緒に上がってこないの？」

わたしはドアを閉めて彼女を座らせた。リュドミラは椅子の端に腰をかけ、両手をきつく握りあわせて、唇を結んでいた。全身が緊張していた。

「あの子に会わせて」彼女は言った。「どうしてここへ来ないの？　何があったの？」

わたしは別の椅子を引き寄せて、彼女と向き合って座った。

「いずれ来ますよ、シニョーラ」

「悪い知らせがあるのね？」彼女は言った。「何なの？　あの子はクズネツォフと契約のサインをしたんでしょう？　教えて。あの子はわたしから離れていく気なの？　知らなければならないのよ」

「彼はあなたから離れていったりしませんよ」わたしは言った。

「それじゃなぜここへ来ないの？」

「まずわたしからあなたに話すよう頼まれたんです」

「わたしに話す？　何を話すというの？」

「今後のことです」

「今後？　どういう意味？」

わたしはエフゲニーがどこに、誰といたのかを彼女に話した。そして彼がコテージで、そのあとクレモナに戻る車の中でわたしに言ったことを話した。リュドミラは長いあいだわたしを見つめ、わたしが言ったことすべてを受け止めていた。やがて彼女の目が怒りにきらめいた。

「これはいったい何の馬鹿騒ぎなの？　あの子はこれまで苦労してきた歳月を、たかが女の子ひとりのために投げ出す気なの？　頭がおかしくなったの？」

「彼は何も投げ出すつもりなどありませんよ」わたしはおだやかに言った。

「いいえ、そうなのよ。その女の子は誰なんです、そのミレッラというのは？　学生、と言っていたわね。チャンスに飛びつくタイプなんでしょう、きまってるわ。金に目が利くどこかの可愛い子ちゃんが、前途洋々のエフゲニーに食いついたってわけよ。ああ神様、男ってものは！　あの馬鹿な子は何を遊んでいるの？　そのミレッラとやらに会いたいわ。彼女も下に来ているの？」

リュドミラは立ち上がってドアへ歩きだした。わたしは彼女がドアのハンドルをつかむ前にさえぎった。

「わたしが口を出すことじゃありませんが」と言った。「しかしエフゲニーはわたしにあなたと話してくれと頼んできたんです、それにまだ話は終わっていません。座ってください」

「わたしに指図するなんて何様のつもり？　あの子はわたしの息子なのよ。このことはわたしが息子と解決します」

「シニョーラ、どうか座ってください」

わたしは彼女の目をとらえた。彼女は挑むように見返してきた。わたしは彼女の出口をふさいでおり、彼女もわたしが一戦交えずにはそこをどかないつもりだとわかった。それから数秒わたしをにらむと、くるりときびすを返して部屋を戻っていった。

「それじゃ言いたいことを言ってしまってちょうだい」嚙みつくように言った。「そうしたらエフゲニーと、その……金目当ての女の子との片をつけるから」

「あなたがそんな状態でいるうちは話ができませんよ」わたしは言った。

「そんな状態って?」

「怒っているじゃありませんか」

「怒る権利くらいあるでしょう? あの子は一週間も姿を消していたのよ。置き手紙も、電話もなしで。わたしは警察にも行ったわ。彼らはずっとあの子を探してくれている。なのにいまごろ戻ってきて、何もかも丸くおさまると思っているなんて」

「あなたが怒るのはわかります」わたしは言った。「エフゲニーはひどいことをしたし、たくさんの厄介事や心痛を引き起こした。自分でもそれはわかっているんです。でも彼に腹を立てても何の役にも立ちませんよ」

「そうかしら? あの子には多少なりと常識というものを叩きこまなければだめよ。自分がどんなに馬鹿だったか、その女の子がどんなふうにあの子を利用するつもりか気づかなくては。もう彼女とは手を切って、自分のキャリアに専念しなければいけないの。コンサートもやることになるわ。コンクール以来、オファーが押し寄せているんだから。さしだされた機会を無駄にする余裕なんてないのよ。あの子がずっと夢見てきたものなの。わたしたち二人が夢見てきたの」

「エフゲニーには別の夢もあるのかもしれませんよ」わたしは言った。

「キャリアを築くほど大事なことなんかないわ」

「彼にとってですか、それともあなたにとって？」

「何の話？」

「わたしが言いたいのは、彼は仕事と同時に、ほかのこともうまくできるということです。人との付き合い、友達。彼を追いつめないでください。あなたかミレッラか選ばせたりしないでやってください」

「ミレッラ？　たった数日前に知り合った女の子でしょう？　わたしは母親よ。二十三年間も一緒にやってきた。それが無だというの？」

「大きなことですとも、だからあなたも危険にさらさないほうがいいでしょう」わたしは言った。「彼は子どもではないんですよ。二十三歳の男なら、母親より必要なものがあるんです。よく聞いてください、リュドミラ。彼はただ、少し変化を起こしたいだけなんです、いろいろなことを少し違ったやり方でやりたいだけなんです。自分のキャリアを捨てるつもりも、あなたを捨てるつもりもない。おおげさに騒がないでください。彼には恋人ができた、それだけのことです。彼の年の男の子なら当たり前のことですよ。ミレッラとはひと月しか続かないかもしれない、あるいは生涯続くかもしれない。いまどっちだろうと考えても仕方ありません。ものごとはあるがままに進ませればいいんです。エフゲニーに自分で選ぶ自由をあげて、自分で失敗をさせてあげなさい。あなたがそうしてやらなければ、彼はもうあなたと縁を切って、二度と戻ってきませんよ」

気まずい沈黙が降りた。わたしはそれを埋めたくなる気持ちを抑えた。言うべきこと、エフゲニーに言ってくれと頼まれたことは言った。最初の一歩を踏み出すかどうかはリュドミラしだいだった。受け入れるか、拒否するか。

「どうしてエフゲニーはそのことをわたしに話してくれなかったの?」リュドミラはやっとそう言った。「どうしてあなたをよこしたの?」

「正直に言ってほしいですか? 彼はあなたが怖いからです」

リュドミラはぎょっとした。

「わたしが怖い? 馬鹿なことを言わないで」

「彼はいまのようなことを話そうとしたけれど、あなたが聞こうとしなかったと言っていました」

リュドミラは考えこみながら目をそらした。額《ひたい》に皺《しわ》が寄る。わたしは皺の模様から彼女の気持ちを推し量ろうとし、リュドミラが傷つき、とまどい、信じられないでいることがわかった。

「あの子が本当にそんなことを言ったの? わたしが怖いと?」彼女はもう一度こちらを見てきいた。

「ええ。残念ですが」

わたしたちはふたたび黙りこんだ。

「あの子に来るように言ってくださる?」リュドミラは静かな声で言った。

「用意はできましたか？」

「ええ、できたわ」

わたしは電話のところへ行って、ロビーのフロント係に話をした。それからドアをあけ、エフゲニーを待った。彼はゆっくりと廊下を歩いてきて、わたしの顔を見つめ、何かのヒントはないかと探していた――わたしには何のヒントもあげられなかった、わたし自身もリュドミラがどうするつもりなのかわからなかったからだ。戸口のすぐ手前で彼は立ち止まり、中へ入るべきかどうか迷った。しかしすぐに自分を奮い立たせて足を踏み出した。用心深く母親を見て、対決にそなえて身構えた。

リュドミラがロシア語で何か言った。わたしには意味がわからなかったが、怒っているようには聞こえなかった。エフゲニーもロシア語で返事をした。二人は不安そうにたがいを見た。わたしはもう引き上げるしおどきだと察した。エフゲニーに短く励ましの笑みを送り、ドアへ向かった。

廊下の端まで行き、階段を降りようとしたとき、ふいになぜビアンキという名前におぼえがあるのかを思い出した。

18

アントーニア・ビアンキ――それはわが家にあるパガニーニの伝記のうちの一冊、その七十四ページに載っていた。そしてその横にあるアントーニアの肖像は、わたしがストレーザで見たニコレッタ・フェラーラ、旧姓ビアンキの写真に不思議なほどよく似ていた。二人は同じ口、鼻を持ち、目にも同じ頑固さがあった――実際、あまりにも似ているところが多いので、姓という手がかりがなくても、二人に血のつながりがあるのではないかと思っただろう。

アントーニア・ビアンキは歌手で、一八二〇年代の数年間パガニーニの伴侶になり、彼のただひとりの子ども、アキッレの母親になった。かのヴァイオリニストと出会ったのは二十歳のときだった。パガニーニは四十一歳。二人は嵐のような四年間をともに暮らしたが、結婚はしなかった。パガニーニはむろん、一緒に暮らすのが楽な相手ではなかったが、アントーニアも癇癪《かんしゃく》や嫉妬を爆発させる点で不安定といってもよく、人前でパガニーニに暴力をふるったり、彼の大事なグァルネリ・デル・ジェスを叩き壊そうとしたことも一度ならずあったらしい。彼女の生んだ息子だけが、パガニーニと彼女をその短い年月つなぎとめていたものだった。

溺愛するアキッレがいなければ、パガニーニはもっと早くアントーニアのもとを去っていたのだろう。ついに苛烈な別れが訪れたとき、パガニーニはアントーニアに二千スクードを与えてアキッレに対するいっさいの権利を放棄させ、それ以降、父と息子は切っても切れない関係になった。

二千スクード？　わたしはその金額に首をひねりながら、本の中の関係するページを読んでいった。それは大きな金額ではなかった、ましてパガニーニがコンサートでとっていた莫大な出演料に比べれば。アントーニアはあまり母親でいたいとは思っていなかったようだから、息子を手放せて好都合だったのかもしれない。しかし彼女の暴力的な、報復を好む性質を考えると、そんなにもあっさりパガニーニを解放するとはいささか驚きと言っていいだろう。本当にそうだったのか？

彼女が持っていったのが金《かね》だけでないことはあきらかだ。パガニーニは、アンリ・ル・ブレ・ラヴェルがエリーザ・バチョッキのために作ったあの金《きん》の箱も、アントーニアに与えたに違いない。でなければ、どうしてあれがニコレッタ・フェラーラの家にあった？　別離の頃には、パガニーニが宝石細工のヴァイオリンでバルバイアにギャンブルの借金を返してから数年がたっていた。金の箱は彼には用のないものだっただろうから、手放すのもさしたる犠牲ではなかったはずだ。あのベルゴンツィのヴァイオリンもだろうか？　あれもまたかつてはパガニーニのもので、アントーニアと金銭上の取り決めをしたときに、その中に含まれていたのだろうか？　パガニーニはけちだという評判だったが、気がむけばひどく気前よくもなれた。慈善のためのコンサートを数えきれないほどおこなっているし、困窮していたエクトル・ベルリオーズにも多大な援助を与えた。遺言書ではアントーニアに年金を残し、別れてから長い歳月が流れても彼女を忘れていなかったことを示している。二人は一緒では幸せになれなかったが、彼女はパガニーニの息子の母親であり、パガニーニは彼女がちゃんと生きていけるようにしておいたのだ。

ほかにも彼女に何か与えたのだろうか？　あるいは、アントーニアが別れるときに何か持っていったのか？　わたしはそんなことを考えながら寝る支度をした。やがて眠りが訪れると、そうしたことも頭から消えた。しかしその夜はよく眠れず、ウラジーミル・クズネツォフやオリヴィエ・ドラクールの悪夢にさいなまれ、二時間ごとに目をさましてしまった。やっと朝が来て工房に戻り、仕事に没頭できたときにはほっとした。

昼食の時間が近づいた頃、テラスに足音がして、作業台から顔を上げるとグァスタフェステが外にいた。一緒に家に入り、わたしは二人ぶんのチーズサンドイッチとグリーンサラダを作った。

グァスタフェステはわたしが二つのグラスに赤ワインをつぎ、テーブルに座るのを待ってから言った。「大丈夫ですか、ジャンニ？」

「大丈夫じゃないわけがあるかい？」

「きのうは――楽な一日じゃなかったでしょう。パリのこともあったし。アラン・ロビエの死体を見つけて、次がウラジーミル・クズネツォフ。うちに相談できる人間もいるんですよ、ほら。心的外傷《トラウマ》を扱うことに慣れている、訓練を受けたカウンセラーとか。そういう人間と話してみますか？」

「わたしにカウンセラーは必要ないよ、アントニオ。話をするならきみがいるしね、でも正直に言うと、話したくないんだ。どのみち、死体のことは。わたしがカステナーソから帰ったあとどうなったかのほうが知りたいな」

「ドラクールは自白しましたよ」グァスタフェステは言った。「クズネツォフとロビエ殺しを認めました。泥棒の仲間割れ、そんなことのようです。やつは二人が彼を裏切り、宝石細工のヴァイオリンの分け前を奪おうとしていると思ったんです」

「彼らはみんなぐるだったのか?」

グァスタフェステはうなずき、サンドイッチをひと口かじり、それから手の甲で口をぬぐった。

「ドラクールはヴィルヌーヴやロビエと長年、商売上のつながりがあったんです——盗品の宝石を売ったり買ったり。宝石細工のヴァイオリンのにおいを最初にかぎつけたのもドラクールでした。彼は偶然、アンリ・ル・ブレ・ラヴェルの記録の書きこみを見つけ、それをヴィルヌーヴとロビエに話した。連中はサンクトペテルブルグにコネがあって——ウラジーミル・クズネツォフです——彼もヴァイオリンに興味を持った。クズネツォフはただの音楽エージェントじゃありませんでした。副業に別の仕事をしていたんです——盗まれた美術品やアンティーク品をロシアから密輸出して、ロビエとヴィルヌーヴに西側で金持ちの買い手を探させる。クズネツォフはジェレマイア・ポージエのことも、彼がエカテリーナ女帝のために作った宝石細工のヴァイオリンのことも知っていた。彼は最近、ポージエの個人的な文書を少し手に入れ、その中にカステナーソの不動産管理人からの一八四八年付けの手紙があって、ヴァイオリンの由来について尋ねていたんです」

「不動産管理人？」

「ロレンツォ・コスタです」

「イザベッラ・コルブランが亡くなったあと、オーストリア軍が屋敷を兵舎にしていたとき、彼らに殺された人物かい？」

「そうです」グァスタフェステは言った。「そしてヴァイオリンを兵隊から隠そうと決め、地元の鍛冶屋にそれをあずまやの鉄格子に溶接させたのも彼でした。鍛冶屋もオーストリア軍に殺されたそうです」

「秘密を墓まで持っていってしまったわけか」わたしは言った。「ドラクールはどこを探せばいいのか、どうやって知ったんだ？」

「知りませんでした。彼とクズネツォフが知ったのはヴァイオリンがカステナーソにあったことです。二人は数週間前にそこへ行ったんですが、われわれと同様、廃墟を探しあてただけでした。そのあと金の箱のことが浮上してきて、それが一時的に二人の目をそらし、たどるべき手がかりを与えた。そしてほんの二日前に彼らはあのあずまやを思い出し、もう一度探してみようと、弓鋸《ゆみのこ》を持ってカステナーソに行ったわけです」

「パリで気がつくべきだったな」わたしは言った。「ドラクールにポージエのことを聞いたことがあるかと尋ねたとき、彼は嘘をついていいえと答えた。まともな宝石商なら、ポージエが何者だったか知っていたはずなのに」

わたしはワインを飲んだ。

「それであのヴァイオリンはどうなるんだ?」

「宝石の専門家のところへ送られるでしょう、あのタールを全部落として、ヴァイオリンを元の状態に戻せる誰かの」

「そのあとは?」

「さあ。たぶん最後は博物館入りじゃないですか——ガラスのケースに陳列されて」

グァスタフェステはゆたかな黒髪をかきあげた。

「人間の欲ってやつには首を傾げますよね?」彼は言った。「たかがいくつかの鉱物結晶で飾られた金属片のために、人間が何をするかには。そのために二人の人間を殺して——まったく理解できませんよ」

「二人? フランソワ・ヴィルヌーヴを忘れてないか?」

「そこが厄介でしてね」グァスタフェステは言った。「ドラクールはヴィルヌーヴ殺しを否定しているんです。事件のときはクレモナにもいなかったと言って」

「彼を信じるのかい?」

「いいえと言いたいところなんですがね。そうすればすべてがずっと簡単になりますから。ドラクールがヴィルヌーヴ、ロビエ、クズネツォフの全員を殺した。事件は解決。でもやつは事実を言っていると思うんですよ。二つの殺人は認めている。なぜ三つめを認めないのか——自分がやったのなら？」

「でもそれじゃ誰が……」わたしは言いかけた。

「クズネツォフかもしれませんね。残念ながら、やつにはもうきけませんが」

「なぜクズネツォフがヴィルヌーヴを殺すんだ？」

「あの金の箱を手に入れるためじゃないですか、たぶん。そもそもロドリーノは、あれを二人に売ったんですし」

「だが箱はホテルの金庫にあったし、あれに接触できたのはヴィルヌーヴだけだっただろう。彼を殺しても、クズネツォフは箱を手に入れられなかったよ」

グァスタフェステは肩をすくめた。

「俺にはわかりませんよ、ジャンニ。もうたしかなことはわからないんじゃないですか」

「ドラクールはそれについて何と言っていたんだい？　彼にはきいてみたのか？」

「ええ、ききましたよ。彼は知らないと言っていました。自分じゃないと――その点は頑として譲らないんです。それだけじゃなく、彼には誰だかわからないんです――あるいは言うつもりがない」

「それじゃヴィルヌーヴの事件はまだ未解決なのか？」

「そのようですね。どうやら振り出しに戻って、すべての証拠をもう一度見てみなきゃならなくなりそうだ。ヴィルヌーヴがクレモナに来てからの動きを詳しく調べないと。どこへ行き、誰と会ったたか。鑑識にも問い合わせて、手がかりが見つかるかどうかきかないと」

「ロドリーノは？」

「ヴィルヌーヴが殺された時刻には水ももらさぬアリバイがあります」

「セラフィンは？」

「彼のアリバイもしっかりしています――残念ですが。それに、証言したのは愛人だけじゃないんですよ。ほかにも何人もの人間が、日曜の午前中には彼がミラノにいたと請け合っているんです。そう、犯人は俺たちがまだ考えてもいない人間って気がします。これまではフレームの外にいた誰か。ヴィルヌーヴを知っていた、もしくは彼の滞在中に知り合い、同じように金の箱に興味を持った誰か。そのためなら人殺しもするくらい……ジャンニ？」

　彼はどうしたのかというようにこちらをじっと見た。

「大丈夫ですか？」

「何が？」わたしは言った。

「気を失いそうな顔でしたよ。目がうつろになって」

「マルティネッリだ」わたしは言った。

「誰？」

「マルティネッリ。いま思い出した。フェリーチェ・バチョッキのいとこの娘は、イグナツィオ・マルティネッリと結婚した」

「何の話をしてるんです？」

「〈オテル・サン・ミケーレ〉のヴィルヌーヴの部屋だが」わたしは言った。「誰のものかわからない指紋はあったのかい？」

「もちろん。ホテルの部屋ですからね。何十人もの人間がいたでしょうよ。なぜです？」

「きみにあるものを渡すから、鑑識に調べてもらってくれないか」

「鑑識？　ジャンニ、いったい何です？」

「もしわたしの考えが当たっていれば、きみが会わなきゃならない人物がいるよ」


今度は下の玄関ホールでは待たず、グァスタフェステを横に連れてまっすぐ二階へ上がった。廊下は塗りたてのペンキのにおいがした。先週のはじめに漆喰《しっくい》を塗っていた作業員たちは、ペンキ塗りの作業に移っていた。梯子と汚れよけシートが廊下を侵食し、わたしたちは注意しい通らなければならなかった。

マルコ・マルティネッリはヴィットーリオ・カステラーニの隣のオフィスにいた。狭い部屋だった。デスクと椅子がひとつずつあるだけでもこの限られたスペースにはたくさんだろうに、さらに二組のデスクと椅子が運びこまれて詰めこまれ、三人の人間が仕事をやれるようになっていた――とはいえ閉所恐怖症を引き起こしそうな状態で、これでは誰の仕事もはかどらないように思えた。壁は棚がずらりと並んでファイルと本であふれそうになっており、床にも段ボール箱に入った本とファイルがあった。

わたしたちにとってはさいわいなことに、マルコはひとりきりだった。壁のひとつにぴったり体を押しつけて、コンピューターのキーボードを打っている。目が充血して疲れているようだった。わたしとグァスタフェステがドアからどうにか入って、床に立てる場所を探すあいだに、彼は顔を上げた。

「ヴィットーリオは留守ですよ」彼は言った。「あしたまでは戻ってきません」

「きみに会いにきたんだよ」わたしは言った。

「僕に？」

わたしは苦労してほかの椅子に座り、両足を箱のひとつにのせた。

「居心地のいいところだね？」

「最悪ですよ」マルコは答えた。

「でも一時的なものなんだろう？」

「一時的をどう定義するかによりますね」

「廊下の先にあるのはきみのオフィスなんだね？　天井が落ちてきたのは」

「ええ」

「それじゃ、カステラーニ教授のオフィスにあったあの本の箱はきみのなのかい？」

「ええ。どうしてきくんです？」

「これを借りてたんだ」

わたしがグァスタフェステに目をやると、彼はマルコに見せるために持ってきた透明ビニールの証拠品袋を持ち上げた。袋の中には、『ナポレオンの妹たち：カロリーヌ、ポーリーヌ、エリーザ』があった。

「これはあなたのものですね？」グァスタフェステがきいた。

「いったい何なんです？　あなたは誰ですか？」

「いいから質問に答えてくれませんかね」

「ええ、僕の本です。それが何か？」

グァスタフェステは警察の身分証を出した。

「アントニオ・グァスタフェステ、クレモナ警察《クエストゥーラ》の者です。九日前にクレモナの〈オテル・サン・ミケーレ〉で起きた、フランソワ・ヴィルヌーヴ殺人事件を捜査しています」

マルコは思わず鋭い叫び声をあげ、口を手で押さえた。頬から血の気が引いていく。彼はデスクを見おろし、息を荒らげ、胸がせわしなく上下した。やがて彼はグァスタフェステに目を戻したが、その顔はこわばって灰色だった。

「それが僕に何の関係があるんです？」彼は言った。「フランソワ・ヴィルヌーヴなんて聞いたこともないし、〈オテル・サン・ミケーレ〉もです」

「ヴィルヌーヴはテーブルランプで頭を殴られていた」グァスタフェステは言った。「ランプには指紋がついていて、それがこの本についていた指紋と一致したんですよ。あなたの本に。これをどう説明します？」

マルコは答えなかった。彼が考え、選択肢をあれこれ試してみているのがわかった。彼はドアへ目を向けた。オフィスがもっと散らかっていなかったら、逃げることも考えたかもしれないが、デスクのせいで壁ぎわから動けず、だいいち、出口とのあいだにはグァスタフェステとわたしがいた。そこで彼はしらを切りとおそうとした。

「もう一度それを見せてください」そう言って、証拠品袋に目を凝らした。「ああ、間違えていました。これは僕の本じゃありませんね。これまで見たこともないです」

「この本はそれほど重要じゃないんです」グァスタフェステはおだやかに言った。「肝心なのはあなたの指紋なんですよ。あのテーブルランプについていた指紋があなたのものであることに、わたしは年金を賭けますね。警察署《クエストゥーラ》に行って、あなたの指紋を採取すればぴったり一致するでしょう」

「僕を逮捕するっていうんですか?」マルコは言った。

グァスタフェステはうなずいた。それから彼に注意を与え、権利を告知した。

「僕を逮捕するっていうんですか?」マルコがもう一度言った。「殺人で?」彼は息もできず、信じられないというようにグァスタフェステを見ていた。

「そのとおり」

グァスタフェステは上着のポケットから手錠を出した。マルコは椅子に座ったまま体を引き、壁にくっついて、身を守るように両手を上げた。

「ちょっと待ってくれ。殺人だって? あれは殺人なんかじゃない。本当に違うんだ」

「違う?」

「あなたは全部勘違いしている」

「彼を殴ったことは認めるんだな?」グァスタフェステは言った。

「ねえ、あなたの考えているようなことじゃなかったんですよ。僕はあそこへ彼と話をしにいった、それだけなんだ。ただ話をしに。言い合いはしたくなかった。喧嘩もしたくなかった。あとになって、そういうことになっているって知ったんです。ニュースを聞いて、テレビを見ていたら」

「ヴィルヌーヴのホテルの部屋には行ったんだな？」

「でも殺すためじゃない。僕は殺してない。ただそうなってしまったんです」

「なぜあそこに行ったんだ？」

「彼と話をしに。僕の目的はそれだけだった。話すことだよ」

「何について？」

「モーゼの箱」

「蓋《ふた》にモーゼの彫刻がついたあの金の箱だな？」

「ええ」

「どうしてヴィルヌーヴがあれを持っていると知ったんだ？」

「パーティーで彼の話が聞こえてきたんです。クレモナで、エフゲニー・イヴァノフのリサイタルのあとの。彼は別の客と一緒だった――小太りの小柄な男で、黒いひげがあって。二人がそのことを話していたんです」

「それで、なぜその箱に興味を持った？」

「箱はどうでもよかった。僕がほしかったのは楽譜です」

「楽譜?」

「パガニーニの楽譜ですよ」

「『セレナータ・アパッショナータ』?」わたしはきいた。

「そうです」

マルコはデスクの引き出しをひとつあけ、茶色の紙封筒をとりだした。その封筒から、黄ばんだ手書き文書の薄い束を出した。最初のページのいちばん上に題が手書きされていた——『セレナータ・アパッショナータ』——そして献辞が、〝エリーザ・バチョッキ女公に〟。パガニーニの筆跡だった。その下には速度記号の〝ゆるやかに、しかしあまり遅すぎないように《アダージョ・マ・ノン・トロッポ》〟、それから楽譜そのもの——ニ長調のピアノパートのト音記号とヘ音記号、四分の四拍子、五線にぐちゃぐちゃと走り書きされた音符。

「これはピアノ伴奏譜だろう?」わたしは言った。「ヴァイオリンパートは?」

「ずっとそれを探しているんです」マルコは言った。「何年も頭から離れないんです」

「これはどこで手に入れたんだ?」

「うちの一族のものです、代々伝えられてきました」

「エリーザからフェリーチェ・バチョッキへ、それから婚姻によってマルティネッリ家へ」

「そのとおりです。でもヴァイオリンパートはずっとなくなったままなんです。僕が子どもの頃、祖父がそのことをよく話してくれました——昔失われたパガニーニの傑作のことを。うちの一族ではほかに誰も興味を持たなかった。みんな祖父のことを、ただの作り話をするもうろく老人と思っていた。祖父はモーゼの箱のことも教えてくれました――祖父はあれをそう呼んでいたんです、〝モーゼの箱〟って――蓋にモーゼと十戒のついた金の箱のことを。祖父はそれもパガニーニのものだったけれど、ずいぶん前になくなってしまったと言っていました。だからヴィルヌーヴがそのことを話しているのを聞いたとき、耳をそばだてたんです。彼がモーゼの箱を持っているのなら、『セレナータ・アパッショナータ』のヴァイオリンパートにつながる情報を持っているかもしれない、って」

「宝石細工のヴァイオリンのことは知らなかったのか？」グァスタフェステがきいた。

「宝石細工のヴァイオリンって何です？　僕がほしかったのは楽譜だけです。それを見つけられたら、キャリアのうえで強力な後押しになると思ったんです。パガニーニの新しい、未発見の作品、それなら終身保証のポストが手に入る。そうすればカステラーニを出し抜いてやれる。偉大なるヴィットーリオ・カステラーニ、あのうぬぼれ屋の、恩着せがましいろくでなしは、僕をタイピストか召使みたいに扱うんです。だから思い知らせてやろうって」

「それでヴィルヌーヴは楽譜のことを何か知っていたのかい？」わたしはきいた。

「わかりませんでした」

「彼のホテルの部屋で何があったんだ？」グァスタフェステが言った。

　マルコはためらった。

「彼を殺すつもりはなかったんです。それは信じてください。信じてもらえるはずです。僕は彼と話をしにいきました。でも彼は何も話してくれようとしなかった。僕を追い出そうとした。

僕は帰らないと言いました。すると彼は僕に怒鳴りはじめたんです。僕もかっとなって。そんなふうじゃだめだったといまではわかるんですが。それでテーブルランプをつかんで……そんなに強く殴ったとは思わなかったんですが、彼は倒れました。床に伸びてしまいました。僕はただ気絶させただけだと思ったんです。それでパニックになって、ドアをあけて、逃げました。彼が死んだと知ったのはあとになってからです」

マルコはグァスタフェステを、それからわたしを傲然とにらみつけた。

「あいつは馬鹿で、石頭だったんですよ。話してくれればよかったんだ。僕は楽譜のことを知りたいだけだったんだから。あの楽譜は僕のものです。何年もあれを探してきたんだ。僕のものなんですよ、わかるでしょう?」

マルコはデスクにつっぷして両手で顔をおおい、体全体を震わせた。グァスタフェステは彼を立たせて手錠をかけた。マルコは抵抗しなかった。もう戦う気力がなくなっていたのだ。

わたしたちは下の玄関ホールへ降りていき、グァスタフェステは警察署《クエストゥーラ》に電話をして、マルコを護送するためのパトカーをよこしてくれと言った。そのパトカーが到着すると、わたしたちはグァスタフェステのロゴマークのない車でクレモナに戻った。彼は静かで、いつになく黙りこくっていた。彼は犯人をとらえ、自白もとったが、そこから得られるはずの満足感はほとんどなかった。ものごとがそれほど単純であることはめったにない。

わたしもまた黙っていた。解決するべきことがまだひとつあり、解くべき謎がまだひとつあった。どうやってそれをしようかと考えていた。

19

ルッジェーロ・モンテヴェリオはネプチューン荘《ヴィッラ・ネトゥーノ》の外でわたしを待っていた。握手をし、わたしはまたしても彼の邪魔をすることを詫びた。あまり彼の時間をとらずにすめばいいのだが。二人で中へ入り、音楽室まで行った。よろい戸は閉じていたので、モンテヴェリオは明かりをつけた。わたしは壁にかかった作品を見ていき、前回来たときに目を惹いた、コピーした楽譜のコラージュの前で足を止めた。ニコレッタ・フェラーラの作品の興味深い見本だった。彼女はさまざまなクラシック音楽の楽譜をコピーし、それからそのコピーを小さく切り分け、ほとんどは数小節だけにして、それで模様を作って厚いボードに並べていた。いくつかの小片はすぐに何の曲だかわかった。ベートーヴェンの『クロイツェル・ソナタ』の最初の四小節、タルティーニのソナタ『悪魔のトリル』の一部、ブラームスのヴァイオリン協奏曲の断片、バッハの無伴奏ソナタとパルティータの部分もいくつかあった。それはまるで音楽のジグソーパズルか、パーティーゲームとして考えられたもののようだった――作曲家と作品名をあててください。

断片はすべてヴァイオリン曲のようで、どれも印刷された楽譜のコピーだった――ひとつをのぞいては。ボードの下側の一角に、手書きの楽譜の一部があり、わたしの知らない曲の最初の数小節だった。ト音記号のついた一段だけの五線譜で、調号は二長調、四分の四拍子、速度記号は〝アダージョ・マ・ノン・トロッポ〟。

「おば様はどこで制作をしていたんですか？」と、きいてみた。

「アトリエを持っていたんです」モンテヴェリオは答えた。

「この家の中に？」

「湖畔のボートハウスの中です」

「ボートハウスがあるんですか？」

「幹線道路のむこう側に。トンネルを通って行けるんですよ」

「拝見できますか？」

「ご希望なら」

わたしたちは外のテラスへ出て階段を降り、庭を通っていった。この日は曇りで、前に来たときよりも涼しかった。強い風が湖から吹いていて、わたしの髪を乱し、上着の袖を引っぱった。

小道は草木にすっかりおおわれ、湿った空気は松とセージと野生のニンニクのにおいであふれていた。塀に作られたくぼみの中では、石の隙間から泉がぶくぶくと湧き、石の水盤を満たしてあふれ、蔦と雑草で半分隠された細い流れになって落ちていた。巨大な杉の木の横にある日陰になったくぼ地には古典的な彫像が見えた。手に三つ叉の矛を持った男の像だった。

「海神《ネプチューン》ですか？」わたしはきいた。

「そこらじゅう彫刻だらけなんですよ」モンテヴェリオは答えた。「ほとんどは下生えのせいで見えません。ニコレッタおばは庭師をひとりしか置かなかったんです。そっくりひとチーム雇える余裕はあったでしょうに、ここが野性的で手入れされていないほうが好きだったようです。そのほうがおばの気ままな性格に合っていたんでしょう」

たぶんわたしも気ままな性格なのだろう、ここの野性味にはひどく心を惹かれるものがあったから。ここには独特の雰囲気が、手入れのゆきとどいた庭にはない謎があった。道のどの部分にも、どの曲がり角にも、意外さ、隠された喜びが必ずあるという気がした。

アザレアの大きな植えこみをまわっていくと、前方の地面にぽっかり暗い穴があいていた――道路の下を通るトンネルだった。わたしたちは中へ入った。空気がひんやりと湿っていた。濡れた地面のにおいが強くなり、それが苔《こけ》むした壁からにじみでていた。

「専用のトンネルを持っているのは、この地域ではここだけなんです」モンテヴェリオが言った。「ほかの人たちは湖へ行くのに道路を渡らなければならないんですよ」

出た先は小さな渚だった。靴の下でこけら板がきしんだ。水は澄んで騒がしく、波が岸辺を叩いていた。右手に赤いタイル屋根の古い木造のボートハウスがあった。建物の低い部分はところどころ水の下になっており、湖側に二つの大きなドアがついていて、ボートが出入りできるようになっていた。高いほうの部分は四方に窓があり、屋根には天窓もあった。

すり減った木の階段をのぼり、モンテヴェリオはドアの錠をはずした。ひとめ見るなり、ニコレッタ・フェラーラがそこをアトリエに使っていた理由がわかった。光が満ちあふれて、窓からはマッジョーレ湖とアルプスがのぞめ、これでは誰でも絵を描《か》きたくなろうというものだった。

アトリエはニコレッタが亡くなってから手を触れていないままのようだった。イーゼルがひとつ中央に置かれていて、未完成のカンバスがのっており、壁には何枚ものカンバスが――完成したものもしていないものも――立てかけてあった。片側には作業台があって、油絵の具やアクリル絵の具、膠《にかわ》の入った壺がびっしり置かれ、台の隣には小さなコピー機があった。

「少し見てまわってもかまいませんか？」わたしは尋ねた。

モンテヴェリオはどうでもいいというふうに肩をすくめた。

「お好きにどうぞ」

作業台の下にはさまざまな大きさの引き出しのついたチェストがいくつもあった。ひとつは幅広の浅い引き出しがついていて、中には大判のカードや紙が入っていた。別のチェストには使いかけの絵の具のチューブや汚れた絵筆がたくさんあった。三つめのチェストの中に、探していたものがあった――ニコレッタが屋敷にあったコラージュに使った楽譜だ。ベートーヴェン、モーツァルト、バッハ、その他のヴァイオリンソナタ集。ブラームス、チャイコフスキー、ブルッフの協奏曲。サラサーテ、ヴュータン、ヴィニャエフスキといった作曲家の小曲のごちゃまぜ。わたしはひとつずつ引き出しをあけていき、やがてパガニーニの名前を見つけた。彼の曲の分厚い束があった――二十四の奇想曲、『無窮動』、『モーゼ幻想曲』、協奏曲……そしていちばん下にばらの手書き楽譜が数枚あった。

わたしはしばし手を止めて、心臓が速く打つのを感じていた。それから引き出しからその紙を出し、慎重に作業台の上に置いた。指が震えた。長いことその音符を見つめ、頭の中で旋律を歌い、ヴァイオリンがそれを弾いたものとして聴いてみた――パガニーニが弾いたものとして聴いてみた。

これですべての辻褄が合った。『セレナータ・アパッショナータ』の楽譜はひとつだけではなかったのだろう。パガニーニはオリジナルの楽譜をその献呈相手、エリーザ・バチョッキに贈ったが、彼自身も写しを手元に残しておいた。エリーザが死ぬと、彼女が持っていた楽譜は夫のフェリーチェに渡り、そこからマルティネッリ一族に伝わったが、そのどこかでヴァイオリンパートはなくなってしまい、ピアノ伴奏譜だけが残された。パガニーニのほうの写しは彼の所有物の中に残ったが、どういうわけか、二人が別れたあとはアントーニア・ビアンキのところに行ったに違いない。そしてアントーニアから、何世代かを経てニコレッタ・フェラーラに受け継がれた。

その紙に指先を触れてみて、うちの工房に〝大砲《イル・カノーネ》〟が持ってこられたあの午後に感じたのと同じ、ぞわぞわするうずきをおぼえた。わたしは昔から霊の存在を信じている。鎖を鳴らす青白い幻影という意味ではない。過去の本質的なものが現在まで残るということだ。いろいろな場所が、かつてそこに住んでいた人々の何かを持ちつづけていること、物体が元の持ち主の名残をとどめていることを強く感じるからだ。そうしたものは見ることも、聞くことも、においをかぐこともできない。聴覚や視覚は文明化されすぎ、発達しすぎてしまった。われわれは、いちばん根っこのレベルでは、見たり聞いたりにおいをかいだりする生き物ではない。感じる生き物なのだ。わたしは端が折れたその紙にパガニーニの一部を感じることができた。彼のヴァイオリンに感じたように。

「大丈夫ですか？」モンテヴェリオが心配そうな声できいた。

わたしは顔を振り向けた。

「ええ、大丈夫です」

「幽霊を見たような顔をしていますよ」

「そうですか？　幽霊？」わたしは言った。「そうですね、どうも見たようです」

グァスタフェステが客の中では最初に来た。まあ、マルゲリータのあとでは最初ということだが。彼女はミラノを早くに出てきて、昼食の準備を手伝ってくれた。何もかも順調だった。チキンはオーヴンに入っていて、野菜は皮をむいて刻んであり、パスタソースはガス台の上でコトコトいっている、だからキッチンではもうすることがなく、わたしたち三人はそれぞれワインのグラスを持って居間に行った。

オリヴィエ・ドラクールとマルコ・マルティネッリが逮捕されてからほぼ六週間がたっていた。わたしはカステナーソでのショッキングな出来事を忘れてはいなかった――これからも忘れるとは思えない――しかしそれは記憶の奥へ引っこみ、もはや悪夢をもたらすことはなかった。殺人事件はまだ終結していなかった。グァスタフェステと同僚たちはいまも、来たる法廷審問と裁判にそなえて証拠固めをしていたが、もうプレッシャーはかかっていなかった。彼は元気で休息をとったようにみえ、目の隈も消えていた。

「いま着ているのは新しいジャケットかい？」わたしはきいた。

「ええ、ちょっと自分に奮発してやろうかと思って。どうですか？」

「すごくいいよ」

「色があなたにぴったりね」マルゲリータが言った。

「ありがとう。あんまり自分に贅沢はしないんですが……まあ、何週間も忙しかったし。ちょっとくらいご褒美をもらってもいいかなと」

「その後どうなっている？」と、きいてみた。

「判事はマルコには甘くなりそうですね。告発は故殺に引き下げられるでしょう。刑の軽減事由がいくつもありますから。彼にヴィルヌーヴを殺す気がなかったのははっきりしているらしいこと。ヴィルヌーヴの頭蓋骨は珍しいほど薄かったこと。マルコが若いこと。これまでトラブルにかかわったこともないし。かなり軽い刑ですまされるんじゃないですかね」

「ドラクールは？」

「あいつは話が別ですよ。二件の残忍な殺人、そのうち一件はフランスで、一件はイタリアでおこなわれた。役所の手続きは悪夢のようになりそうですが、やつは長い刑期を食らうでしょうね。それで思い出した。あなたに見せようと思って」

グァスタフェステはジャケットのポケットから一枚の写真を出して、わたしに渡した。

「宝石細工の修理人が例の黄金のヴァイオリンをきれいにしおえたんです。いまはこんなふうだそうですよ」

わたしは写真に目を凝らした。自分の見ているものが信じられなかった、それほどその変化には驚かされたのだ。カステナーソであずまやから切り取られた形のない、黒くてタールにおおわれた物体はいまや、燦然《さんぜん》と輝く豪華な宝石細工になり――サンクトペテルブルグのジェレマイア・ポージエの工房をはじめて出た日のようにまばゆく、荘厳だった。黄金は磨かれてなめらかな光沢を放ち、ダイヤモンド、ルビー、エメラルドが小さな白・赤・緑の星さながらにきらめいている。

「なかなかのものでしょう？」グァスタフェステは言った。「どの石も無傷だそうですよ」

「言葉が出ないな」わたしは言った。

マルゲリータにも写真を見せた。彼女は低く感嘆のあえぎをもらした。

「綺麗だわ。こんなのを見たのははじめて」

「これはどうなるんだい？」と、きいてみた。

「それは文化大臣が決めることですよ」グァスタフェステは答えた。皮肉をこめてにやりとする。「つまり、長いこと待たされるでしょうね」

「どこかに展示するべきよ」マルゲリータが言った。「世間の人にはこれを見る権利があるわ」

「そうなるといいんですがね」グァスタフェステが言った。「でもあまり期待しないでください。いろんな人間が首をつっこんでくるでしょうからね。早くも弁護士のにおいがするんですよ。たぶんヴィオッティの相続人たちが権利を主張するでしょう。教会も。そもそもあれは、彼らの修道院から奪われたわけですし。イザベッラ・コルブランの子孫も加わるかも。俺の経験からくる意見を言いましょうか？　十年間はローマの保管室にしまいこまれ、みんながそれをめぐって言い争う。その後、品物はあれやこれやの公式文書とともにミステリアスに姿を消し、数か月後あらわれたときには――もちろん、世界じゅうが知らないまま――アメリカの億万長者の個人コレクションにおさまってますよ。でなきゃ中国かな、いちばんがっかりするとしたら」

「きみの言うとおりだろうな」わたしは言った。

もう一度写真を見ながら、これまでの年月にこのヴァイオリンを所有した人々のことを思った――エカテリーナ女帝からヴィオッティ、パガニーニ、ドメニコ・バルバイア、イザベッラ・コルブラン――そしてオリヴィエ・ドラクールは、人を殺してまでこれを手に入れようとした。たしかにすばらしい宝石細工だが、物はそれがどんなに特別な存在であっても、人の命ほどの値打ちはない。

わたしはグァスタフェステに写真を返して立ち上がった。家の前の私道にタクシーが停まり、エフゲニーとリュドミラ・イヴァノヴァが中にいるのが見えたのだ。外へ出て二人を迎えた。エフゲニーは片手にヴァイオリンケースを、もう片方の手にワインのボトルを持っていた。以前ほどはやつれていなかった。顔も体も肉がついてきている。そして何よりも幸せそうだった。彼はたっぷり愛情をこめてわたしをハグし、ほほえんだ。

「ジャンニ！　また会えましたね」

「ニューヨークはどうだった？」と、きいてみた。

「すばらしかったです」

「みんなこの子に夢中だったわ」リュドミラが言った。

わたしはどんな対応をされるかと少々心配しながら、彼女を振り返った。しかし彼女は両腕を広げて、あたたかくわたしを抱きしめた。

「よく来てくれました」

「楽しみにしていたのよ」リュドミラは答えた。

「中へどうぞ。すぐに昼食ができますから」

アリーギ神父が次に到着した。またしても登場の頃合を見はからったかのように、グァスタフェステが彼の強力な、特別仕立ての食前酒を配っていたまさにそのとき、ぎょっとするほどぴったりのタイミングであらわれた。それから二十分後、わたしの恐れていたときがやってきた。小型の白いフィアットが私道に入ってきて、ミレッラが降りてきた。

彼女がリュドミラと会うのはこれがはじめてではなかった——それは何週間か前にすんでおり、神経のすりきれる出来事だったのは間違いなかったが、さいわいわたしはその場にいなかった——しかし今日はまだほんの二度めか三度めの対面で、わたしはどうなるか心配だった。

マルゲリータとグァスタフェステには前もってざっと事情を知らせておいたので、彼らは賞賛に値する手際のよさで割り当てられた任務をこなしてくれた。マルゲリータがリュドミラを熱心な会話に引っぱりこむいっぽうで、グァスタフェステは居間のドアのほうへぶらぶら移動してそこをうろつき、出口をふさいだのだが、その前にわたしがエフゲニーを連れてそっと抜け出し、キッチンで彼をミレッラに会わせておいた。わたしは五分間だけ彼らを二人きりにしてから、居間へ連れていき、そこでエフゲニーが皆に彼女を紹介した。はためにも緊張していたものの、ミレッラはうまくふるまい、リュドミラもそつのない態度をとった。ミレッラの両頰にキスをして、どうにか顔をゆがめて笑顔ととれなくもない表情すら浮かべてみせたのだ。

そのあとは皆、リラックスしたようだった。エフゲニーとミレッラは二人で部屋の隅に引っこみ、低い声でむつまじいささやきをかわし、リュドミラは部屋の中央で場を仕切り、エフゲニーのニューヨークデビューの大成功をわたしたちに話してきかせた。

昼食は問題もなくすぎたが、それはマルゲリータの力によるところが小さくなく、彼女は誰もが加われるように会話を盛り上げ、たくみに皆を話す気にさせるコツを心得ており、それはまるで焚き火の番をしていて、ときに炎をかきたて、火花を飛ばし、残り火が完全に消えることなく熱を放つように按配《あんばい》しているかのようだった。

「あなたが来てくれてよかったよ」わたしはコーヒーをいれに、ほかの客を残して彼女とキッチンへ行ったときにそう言った。

「うまくいっていると思う?」マルゲリータがきいた。

「とてもね。ほとんどあなたのおかげだ」

「そんなことないわ。わたしは何もしていないもの」

「あなたがすべてをまとめてくれているんだよ」

「エフゲニーとミレッラはとても幸せそうね」

「見ていてほほえましいだろう?」

「リュドミラも、彼がどんなに変わったか気がついているはずよ。あの人たちがこの前ここへ来たときのことを思うと……。彼は殻を破った、大人になったのね。自分に満足しているわ、ほかの人にも」

わたしは彼女にほほえんだ。

「男は女性のおかげでそうなれるんだよ」

マルゲリータはトレイにコーヒーカップを並べ、ジャグにミルクをそそいだ。

「でも、この次のことは気が進まないわ」

彼女の声には不安があった。

「あなたは文句なくすばらしいよ」わたしは言った。

「そんなに上手じゃないわ、ジャンニ。いまでは承知しなければよかったと思ってるの。あなたはプロを呼ぶべきだったのよ。きっと大恥をかくわ」

わたしは彼女の肩に腕をまわして強く抱いた。

「そんな馬鹿なことを言って、自分でもわかっているだろう」

「絶対恥をかくわ。エフゲニーは世界でも最高クラスのヴァイオリニストなのよ、なのにわたしは何? 単なるアマチュア以外の何ものでもないわ」

「仲間うちのことじゃないか」わたしは言った。「舞台で演奏するわけじゃない、ただの楽しみなんだ。だからそんなふうに自分を卑下するのはやめて。あなたは本当にいいピアニストなんだから」

マルゲリータには励みにならなかったようだった――みんなでコーヒーを飲んでいるときの彼女の顔でわかった。怖気《おじけ》づいているようで、あまりしゃべらなかった。しかしいざそのときが来ると、彼女は音楽室で鍵盤の前に座り、緊張も抜けていったようにみえた。何週間も担当のパートを練習してきたのだ。自分にはできるとわかっていた。彼女はエフゲニーにうなずき、彼の弓を持った腕をじっと見た。それから『セレナータ・アパッショナータ』の最初のゆたかな和音が部屋に響きわたった。

こんなにも特権を与えられた、こんなにも大きな幸運に恵まれたと感じたことはそうそうない。わたしの家で、わたしたち七人だけで、二百年間誰にも聴かれることのなかった曲を聴いているとは。そして何とすばらしい曲だったか。パガニーニの音楽には深みがないと言われる。彼の作曲はほとんどが彼自身の技巧を見せびらかし、息を呑むばかりの華々しさで聴衆を驚愕させるために書かれた。しかし『セレナータ・アパッショナータ』は違った。おざなりのピアノ伴奏がついたヴァイオリンソロではなく、二つの楽器の本当の二重奏だった――自分を見せびらかすためではなく、感情を表現するために作られた音楽だった。それは心からの思いで書かれた曲だった。パガニーニはこれを作曲したときにはまだ青年であり、恋に落ちた青年だったのだ、そのことがすべての音符、すべてのハーモニーにはっきりあらわれていた。彼の名を世間に広めたおおげさなハーモニー、左手のピチカート、その他の技巧はいっさいなかった。ただ妙《たえ》なる美しさのシンプルなメロディラインがあるだけで、それがさざなみのようなピアノの対旋律によって完璧に補完され、それからタイトルの〝情熱の《アパッショナータ》〟ももっともだと思わせる、恋する者の情熱に満ちあふれた展開部になり、やがてメロディが戻ってきて、二つの楽器が演奏を終えたあとの静寂の中でも、長く空中にただよって残った。

エリーザはパガニーニに宛てた手紙の中で何と書いていた？〝いまも頭の中であの忘れられないメロディが聞こえます。あれはあなたの影、ずっとわたしのそばにいてくれる霊だと思っているのよ……〟

やっと彼女の言っていた意味がわかった。このメロディ、この愛の歌はこれからずっと長いあいだ、わたしのもとにも残るだろう。

二十秒、三十秒がたった。誰も何も言わなかった。誰もこのときを壊す最初の人間になりたくなかったのだ。しかしやがてグァスタフェステが手を叩いた。

「ブラーヴォ！」彼は声をあげた。「最高にすばらしい《ブラヴィッシモ》！」

リュドミラ、ミレッラ、アリーギ神父、それにわたしも拍手に加わった。エフゲニーは頬を染めてわたしたちにお辞儀をした。マルゲリータも恥ずかしそうにほほえみ、しばらくわたしと見つめあった。やがてわたしはそちらへ行って彼女をハグした。

「すてきだったよ。本当に最高だった」

「本当？」彼女はきいた。

「わたしを信じないのかい？　エフゲニーにきいてごらん」

「みごとでしたよ、シニョーラ」エフゲニーは言った。「それに何ていい曲なんだ。これは出版するべきですよ。レコーディングも。どう思う、ママ？」

「手配できると思うわ」リュドミラは答えた。

「早くやろう。世界じゅうに聴いてもらいたいんだ」

フランス窓をあけ、みんなでテラスへ出た。グァスタフェステがワインのボトルを持ってきて、わたしたちのグラスにつぎ、全員で『セレナータ・アパッショナータ』に乾杯した。そのあとエフゲニーとミレッラは庭へ出ていった。マルゲリータがわたしに腕をからめてきて、二人で芝生を歩いた。

「さっきのこと、ずっと忘れないわ」彼女は言った。

「わたしもだよ」

「あの曲は出版して録音するべきなのかしら？　自分たちだけの秘密をほかの人たちに知らせるって、恥ずかしいことに思えるんだけど。エリーザ・バチョッキはどんな気持ちだったかしらね？　あんな音楽を書いてもらって、最初に聴かせてもらって、それがパガニーニのような男性、心から愛した男性からの愛の証だとわかっているのは」

「誰でも曲を作れるわけじゃない」わたしは言った。「でも、愛情を示す方法はほかにもたくさんあるよ」

庭の奥で、エフゲニーとミレッラが手を握りあっていた。二人は格子垣のむこうへ消え、キスをしているのがちらりと見えた。

「何時にミラノへ戻る予定？」わたしはきいた。

「まだ考えてなかったわ」

「考えなくてもいいんだよ」わたしは少し間を置いた。「あなたならいつ泊まっていってもかまわないから」

マルゲリータは顔を振り向け、わたしを見てほほえんだ。

「そうするわ」と、彼女は言った。

解説

青柳いづみこ

本書の主人公にして探偵役のジャンニ・カスティリョーネは、イタリア北西部のクレモナ近郊に工房をもつヴァイオリン職人兼修復師である。

半世紀以上にわたってヴァイオリンの修復にたずさわってきたジャンニは、いろんな珍しい経験をしている。世界に名だたる演奏家がスーパーのレジ袋にストラディヴァリを入れて持ってきたこともあるし、グァダニーニが新聞紙とじゃがいもの袋に包まれて送られてきたこともある。著名なイタリア人ソリストの妻が、亭主の頭に叩きつけてばらばらにしてしまったアマティが運び込まれたこともあった。いずれも、十七〜十八世紀にクレモナで製作された世界の銘器なのだが。

しかし、その日はたった一挺のヴァイオリンを運ぶために六台の車が護送艦隊を組んで乗り込んできたのである。

先頭は青と白のパトカー、その後ろにはダークブルーのアルファロメオ、その後ろが、現金を運ぶときに使う黒い装甲ヴァン。四台目は赤いフィアット、五台目は銀のメルセデス、最後は再びパトカー。

ヴァンの中身は、ストラディヴァリと並び称される銘器、グァルネリ・〝デル・ジェス〟。しかも、ヴァイオリンの名手として知られたニコロ・パガニーニが愛用していたと伝えられる「大砲《イル・カノーネ》」だった。

アルファロメオにはボディーガード、フィアットにはジェノヴァ市のキュレーターが乗っている。そしてメルセデスには、ロシアの天才ヴァイオリニスト、エフゲニー・イヴァノフとその母親が乗っていた。

パガニーニの名を冠する国際コンクールに優勝したエフゲニーは、副賞の一部としてこの楽器を演奏することを許され、特別に楽器が生まれた町クレモナの大聖堂でリサイタルを開くことになっていた。ところが、練習してみたところ、かすかな唸りがきこえるのである。

〝それはひどくかすかだった——閉めた窓の外で、一匹の動きの鈍いスズメバチがとぎれとぎれにブンブンいっているような——〟

それでも、プロの奏者の超過敏な耳にとってはじゅうぶんに差し支えが出るほどの騒音なので、高名な修復師であるジャンニのところにやってきたというわけである。

ジャンニがヴァイオリニストに「うなりがどこから来るかわかりますか?」ときくと、隣で母親が「この子にわかるはずないでしょう」と答える。

修復師が重ねて、「わたしは息子さんの意見をお尋ねしたんです」と言い、「英語は話せますか?」ときいているのに、母親は息子はロシア語しか話せない、だから自分が通訳するのだとまくしたてる。「通訳」ではなく、勝手に答えているだけにすぎないのだが。

二人の会話を黙ってきいていた若いヴァイオリニストが、小さなおずおずした声で「英語なら話せます」と発言したので、ようやく修復師はエフゲニーとコミュニケーションをとり、楽器を修理することができた。

私はピアノ弾きだが、娘がヴァイオリンを習っていたことがあるので、こんなやりとりをニヤニヤしながら読んだ。

ヴァイオリンは人間の声にもっとも近いすばらしい楽器だが、この楽器をとりまく環境にはいろいろと問題も多い。たとえば、度のすぎた早期教育。ピアノは習い立てから大人と同じサイズの楽器を使うから、どんなに早くても四歳からだが、ヴァイオリンのサイズは八分の一からあり、二歳半ぐらいでも始めることが可能だ。

当然、そんな時期から自分で「習いたい!」という子供はいないから、すべてが親主体で進行する。週一〜二回のレッスンにつきそって、先生の注意を逐一メモする。あるいはヴィデオ撮影する。

やっとレッスンが終わっても、親は日々の練習を監視し、先生の指導を徹底させる。定期的なレッスンの他にも発表会、コンクール、オーディション等で追いまくられ、子供は息つくひまもない。

だから、二十三歳のエフゲニーがこう発言しても少しもびっくりしない。

「僕の生活はヴァイオリンだけです――レッスン、練習、コンサート。普通の男の子がやること――サッカーをしたり、パーティや映画に行ったり――ひとつもやりません」

ジャンニ・カスティリョーネは次のように注釈をつける。

〝神童であることには得るものも多いが、その暮らしはわたしが万人にあれかしと思うものではないし、多くの子供たちも、野心的な親に強制されなければ選ばないだろう。そして、たいていは背後のどこかに押しの強い母親か父親がいる〟

まぁ、モーツァルトだってベートーヴェンだってそうだったのだが。

大作曲家たちはよい曲を書くのにペンと五線紙があればよいが、ヴァイオリニストには楽器が必要だ。それもとびきりのクオリティが求められる。どんなに腕がよくても、楽器が凡庸だとよい演奏ができない。

その「よい楽器」がとんでもなく高いのだ。ピアノなら有名海外メーカーのフルコンサート・グランドでもせいぜいウン千万円だが、ヴァイオリンの銘器はウン億円。

ヴァイオリンの修業は年齢とともに経費がかさむ仕掛けになっている。八分の一や四分の一の楽器は先生から貸与されることが多いから、せいぜい弦を張り替えるくらいだが、小学校高学年くらいになると、フルサイズ、いわゆる大人の楽器を弾くようになる。そのころに、たいていは先生の世話でウン百万円からウン千万円の楽器を購入する。腕が上がるにつれて、元の楽器を下取りに出してもう少し上のランクの楽器を買う。

だからヴァイオリニストは、いつなんどきでも楽器を抱えている。飛行機に乗るときももちろん荷物として預けたりせず、座席でしっかり抱き抱えている。

ウン千万円の楽器ですらそうだから、ウン億円だったらどうなる？　しかもそれが自分の楽器ではなく、特別に貸与されたヴァイオリンだったら……。

そこで、冒頭の護送艦隊のシーンになるわけである。著者は、悠揚迫らざる語り口にかすかにユーモアをのぞかせながら、専門家にしかわからないヴァイオリン界の複雑な構造を生き生きと描き出してくれるので、胸のすく思いがする。

クレモナの大聖堂で開かれたエフゲニーのリサイタルはすばらしい出来だった。バッハの無伴奏パルティータにはじまり、パガニーニの技巧的な小品をいくつか弾いたあと、悪魔的な難曲として知られる『モーゼ幻想曲』でしめくくる。

翌日、エフゲニーは四重奏をするためジャンニの工房にやってくる。修復師はアマチュアのヴァイオリン弾きで、以前は仲間たちとカルテットを組んでいた。しかし、本書の前作にあたる『ヴァイオリン職人の探求と推理』で第一ヴァイオリン奏者を亡くしたため、以降は合奏をやめていた。

ヴィオラはカトリックの神父、チェロはクレモナ署の刑事。アマチュアの奏者とプロの天才ヴァイオリニストのレヴェルの差は歴然としていたが、エフゲニーは目を輝かせ、メンバーたちの奏でる音楽に溶け込んでいった。

美しい音楽的融合の時間。しかし、クレモナのホテルで殺人事件が起き、チェリストの刑事が呼び出される。殺されたのはパリからきた美術品とアンティークのディーラーで、大聖堂でのコンサートにも出席していた。彼の財布から、エフゲニーがリサイタルで弾いたパガニーニ『モーゼ幻想曲』の楽譜の切れっ端が出てくる。そして、ディーラーが宿泊していたホテルの金庫からは、シナイ山上のモーゼを彫刻した黄金製の箱が発見された。

箱は文字を使った組み合わせ錠で封印されていた。『モーゼ幻想曲』の楽譜と箱についていたモーゼの彫刻との符合に気づいたジャンニは、専門知識を総動員して暗号を解読し、箱をあけることに成功する。そこに隠されていたのは……。

物語はここから、パガニーニの遺品をめぐる連続殺人事件に発展する。現実の謎解きもおもしろいのだが、それ以上におもしろいのは、ジャンニがとりついたパガニーニの恋愛事件と黄金の箱の中身をめぐる歴史ミステリーである。とりわけ、一八一九年にパリで製作された箱の記録を調べるために宝石店の文書保管庫を訪れるくだりはわくわくする。

本書を読むにつれ、読者はパガニーニの生涯にも詳しくなる。エフゲニー・イヴァノフをひきまわしているのは母親だったが、ニコロ・パガニーニの場合は父親だった。彼は、幼いころから桁外れの才能を発揮した息子の練習を監督し、コンサートの手配をし、演奏旅行に付き添い、収益をピンはねした。ニコロがあまりに稼いだので、十六歳で両親に家を買ってやれるほどだったという。

ほかのティーンエージの少年たちと同様、ニコロも父親の目が息苦しくなり、十九歳のとき、トスカーナ地方のルッカへの演奏旅行を利用して逃亡する。四年後、ルッカの宮廷オーケストラのコンサートマスターをつとめていたニコロは、ある女性と出会い、恋に落ちる。エリーザ・バチョッキという名のその女性はナポレオンの一番上の妹で、のちにパガニーニから『モーゼ幻想曲』を献呈された人でもあった。

そして、現代のパガニーニともいうべきエフゲニー・イヴァノフもまた、二十三歳にしてはじめて、母親の監視の目をくぐって姿を消してしまうのである。彼の失踪は事件と何らかの関係があるのか？　あるいは、母親が主張するように音楽エージェントに誘拐されたのか？　それとも？

その答えは本書をお読みください。

検印
廃止

訳者紹介 東京都生まれ。英米文学翻訳家。主な訳書にロブ〈イヴ&ローク〉シリーズ、コリータ「夜を希《ねが》う」「冷たい川が呼ぶ」、アダム「ヴァイオリン職人の探求と推理」「ヴァイオリン職人と消えた北欧楽器」、「怪奇文学大山脈」I〜III(共訳)など。

ヴァイオリン職人と
天才演奏家の秘密

2014年11月14日 初版
2020年9月11日 5版

著者 ポール・アダム

訳者 青《あお》木《き》悦《えつ》子《こ》

発行所 (株) 東京創元社
代表者 渋谷健太郎

162-0814/東京都新宿区新小川町1-5
電話 03・3268・8231-営業部
03・3268・8204-編集部
URL http://www.tsogen.co.jp
DTP キャップス
旭印刷・本間製本

ISBN 978-4-488-17806-2 C0197

新作のクラフトビール、美味しい料理、そして事件

DEATH ON TAP◆Ellie Alexander

ビール職人の醸《じょう》造《ぞう》と推理

エリー・アレグザンダー
越智 睦 訳 創元推理文庫

◆

南ドイツのバイエルン地方に似た風景が広がる、
ビールで有名なアメリカ北西部の町・レブンワース。
町で一番のブルワリーを
夫とその両親と切り盛りするわたしは、
幸せな日々を過ごしていた
——夫の浮気が発覚するまでは。
わたしは家から夫を追い出し、
新しくオープンするブルワリー兼パブで働くことに。
新作のクラフト・ビールや、
ビールに良く合うとっておきの料理が好評で、
開店初日は大盛況。
しかし翌朝、店で死体を発見してしまい——。
愉快で楽しいビール・ミステリ登場！

ミステリ作家の執筆と名推理

Shanks on Crime and The Short Story Shanks Goes Rogue

日曜の午後は ミステリ作家と お茶を

ロバート・ロプレスティ

高山真由美 訳　創元推理文庫

◆

「事件を解決するのは警察だ。ぼくは話をつくるだけ」そう宣言しているミステリ作家のシャンクス。しかし実際は、彼はいくつもの謎や事件に遭遇し、推理を披露して見事解決に導いているのだ。ミステリ作家の“お仕事”と“名推理”を味わえる連作短編集！

収録作品＝シャンクス、昼食につきあう，
シャンクスはバーにいる，シャンクス、ハリウッドに行く，
シャンクス、強盗にあう，シャンクス、物色してまわる，
シャンクス、殺される，シャンクスの手口，
シャンクスの怪談，シャンクスの牝馬《ひんば》，シャンクスの記憶，
シャンクス、スピーチをする，シャンクス、タクシーに乗る，
シャンクスは電話を切らない，シャンクス、悪党になる